PANINI BOOKS

JEDI QUEST

Sammelband

DIE SCHATTENFALLE
DER AUGENBLICK DER WAHRHEIT
WACHABLÖSUNG

Jude Watson

Drei Romane in einem Band

Bibliografische Information der Deutschen Nationalbibliothek
Die Deutsche Nationalbibliothek verzeichnet diese Publikation in
der Deutschen Nationalbibliografie; detaillierte bibliografische
Daten sind im Internet über http://dnb.d-nb.de abrufbar.

*Dieses Buch wurde auf chlorfreiem,
umweltfreundlich hergestelltem Papier gedruckt.
In neuer Rechtschreibung.*

Deutsche Ausgabe 2009 Panini Verlags GmbH, Rotebühlstraße 87,
70178 Stuttgart. Alle Rechte vorbehalten.
© 2003, 2009 Lucasfilm Ltd. & ™. All Rights Reserved.
Used under authorization.
Titel der amerikanischen Originalausgaben:
„*Star Wars* Jedi Quest #7 – The Shadow Trap",
„*Star Wars* Jedi Quest #8 – The Moment of Truth",
„*Star Wars* Jedi Quest #9 – The Changing of the Guards".
No similarity between any of the names, characters, persons and/or
institutions in this publication and those of any pre-existing person
or institution is intended and any similarity which may exist is purely
coincidental. No portion of this publication may be reproduced, by any
means, without the express written permission of the copyright holder(s).

Übersetzung: Dominik Kuhn
Redaktion: Mathias Ulinski, Holger Wiest
Chefredaktion: Jo Löffler
Umschlaggestaltung: tab indivisuell, Stuttgart
basierend auf dem US-Cover von Alicia Buelow und David Mattingly
Satz: Greiner & Reichel, Köln
Druck: GGP Media GmbH, Pößneck
Printed in Germany

1. Auflage, Mai 2010
ISBN 978-3-8332-2029-6

www.paninicomics.de
www.starwars.com

JEDI QUEST

DIE SCHATTENFALLE

Band 7

Jude Watson

Kapitel 1

Anakin Skywalker hasste die Zeit zwischen zwei Missionen. Er fand, dass Freizeit im Allgemeinen viel zu hoch bewertet wurde. Wie oft sollte er seine Jung-Ma-Bewegungen im Dulon-Training denn noch vollführen, um sie zu perfektionieren?

Unendlich oft, würde sein Meister Obi-Wan sagen.

Anakin zog seine Tunika über den Kopf und warf sie am Ufer des Sees ins Gras. Er ging drei Schritte nach vorn und sprang in das grüne, klare Wasser. Ohne eine Mission fühlte er sich irgendwie ... ziellos. Dabei gab es auch im Tempel eine Menge zu tun. Ein Jedi zu sein bedeutete, immer zu trainieren. Den Kampfgeist zu perfektionieren, das Verständnis galaktischer Politik zu verbessern – all das waren wichtige Aufgaben zwischen den Missionen. Normalerweise nutzte Anakin seine Zeit im Tempel sinnvoll. Doch dieses Mal ... dieses Mal wollte er nichts weiter als schwimmen.

Er hatte sich eine Zeit ausgesucht, in der der See verlassen war. Aus irgendeinem Grund war das mitten am Tag, wenn die meisten Jedi-Schüler lernten oder übten und auch die Jedi-Ritter beschäftigt waren – sie perfektionierten ihre Kampfeskünste, so wie Anakin es eigentlich auch hätte tun sollen.

Doch Anakin konnte es kaum erwarten, in das Wasser zu springen. Seine Gedanken kamen langsam zur Ruhe, als er untertauchte und mit den Lichtstrahlen spielte, die sich an der Oberfläche brachen. Sein Meister und er kommunizierten zurzeit nicht gut miteinander. Nach ihrer Mission auf Andara hatte sich eine Kluft zwischen ihnen aufgetan. Obi-Wan hatte gesagt, er wäre zutiefst enttäuscht von ihm gewesen. Obwohl es nicht die Art der Jedi war, sich mit der Vergangenheit aufzuhalten, konnte Anakin diese Bemerkung nicht vergessen und er spürte sie wie einen Dolchstoß in seinem Herzen. Sie lag wie ein Schatten über jedem Augenblick, den er und sein Meister zusammen verbrachten.

Früher hatte er sich manchmal an Obi-Wans Zurechtweisungen gestört. Sein Meister hatte das Bedürfnis, ihm immer zu zeigen, dass er etwas besser hätte tun können, dass er geduldiger hätte sein können oder gründlicher. Jetzt aber fehlten ihm diese Lektionen. Jetzt erkannte er, was sie eigentlich gewesen waren: ein Zeichen der Hingabe, das Bedürfnis, ihm dabei zu helfen, der beste Jedi zu werden, der er sein konnte.

Anakin kam an die Oberfläche und schüttelte die Wassertropfen von sich ab. Er war jetzt in der Nähe des Wasserfalls und er hielt kurz inne, um den kühlen Sprühnebel auf seiner Haut zu spüren. Dann schwamm er mit ein paar kräftigen Zügen ans Ufer und zog sich an Land, wo er unter dem feinen Nebel aus Tröpfchen sitzen blieb.

Und da, wie aus heiterem Himmel, geschah es.

Die Vision erschien und verdrängte die friedliche Szenerie. Das Rauschen des Wassers wurde so intensiv, dass seine Ohren schmerzten. Vor seinem geistigen Auge zogen Bilder so schnell vorbei, dass er sie fast nur noch als Lichtblitze wahrnahm. Eine enorme Flotte aus Raumschiffen unter seinem Kommando. Eine Revolte tausender Sklaven, die seinen Namen riefen. Er selbst, wie er durch die staubigen Straßen von Mos Espa ging und an die Tür seines alten Zuhauses kam. An dieser Stelle blieben die Bilder stehen. Das Gesicht seiner Mutter, als er sie an sich zog und festhielt. Er berührte die Sklavenhandschellen an ihren Handgelenken und sie fielen zu Boden. Er hörte das metallene Geräusch des Aufpralls.

Und dann war da eine Explosion aus Licht und Schmerz und er wusste, dass er Shmi verloren hatte. Dass er eigentlich alle verloren hatte, die er liebte, einschließlich Obi-Wan.

Diejenige, die unten weilt, wird ewig unten weilen.

Da spürte Anakin plötzlich wieder das Gras unter seinen Händen. Es war weich und federte. Er hörte das Geräusch des Wasserfalls. Die Explosion aus blendendem Licht zerfiel in tausend Funken und verlor sich im kühlen Grün des Wassers.

Er hatte diese Vision jetzt zum dritten Mal gehabt. Bisher war sie immer spät abends erschienen, kurz vor dem Einschlafen. Das erste Mal war sie ihm beinahe wie ein Traum erschienen. Das zweite Mal war sie klar und deutlich gewesen. Doch dieses Mal war sie noch nachdrücklicher gewesen. Sie schien an ihm zu hängen wie ein klebriges Netz, das er nicht abschütteln konnte.

Was hatte die Vision zu bedeuten? Weshalb sah er sich bei der Befreiung von Sklaven? Er hatte diesen Gedanken nicht mehr gehabt, seitdem er als kleiner Junge auf Tatooine gelebt hatte. Natürlich dachte er oft an seine Mutter und träumte davon, dass er sie von ihrem harten Leben befreite. Doch diese Vision war so *echt*. Er hatte das Gefühl, als könnte er es wirklich schaffen. Jetzt erkannte er den Unterschied zwischen einem Traum und einer Vision.

Wer war diejenige, die unten weilt und ewig unten weilen würde?

Anakin schüttelte den Kopf und beobachtete, wie kleine Wassertropfen auf seinem Unterarm landeten. Er war beunruhigt und müde. Die tägliche Schwimmpartie genügte nicht, um seine Gedanken zu ordnen und sein Herz zu beruhigen.

Es war an der Zeit, Obi-Wan von der Vision zu erzählen.

Auf Andara hatte Obi-Wan ihn zurechtgewiesen, weil er entgegen seiner Anweisung die Initiative ergriffen hatte. Anakin hatte gewusst, dass ein anderer Padawan, Ferus Olin, verschwunden war. Doch anstatt Obi-Wan das mitzuteilen, hatte er sich der Schülergruppe angeschlossen, über die er eigentlich hätte ermitteln sollen. Anakin hatte angenommen, dass er Ferus finden würde, wenn er die Mission fortführte. Doch Obi-Wan war anderer Meinung gewesen, als er das herausgefunden hatte. Anakin hatte ihn noch nie so wütend erlebt. Sein Meister war der Meinung gewesen, dass er die Basis ihres gegenseitigen Vertrauens verletzt hatte.

Es hatte überhaupt keine Rolle mehr gespielt, dass Ferus gesund gefunden worden und dass die Mission ein Erfolg gewesen war.

Auch der Rat der Jedi hatte dies nicht berücksichtigt. Anakin hatte vor dem versammelten Rat erscheinen und eine Rüge hinnehmen müssen. Für einen Padawan war dies eine ernste Angelegenheit. Obi-Wan und er hatten seitdem zwar wieder einige Missionen unternommen, doch es war nicht mehr so wie früher. Sie hatten einen gemeinsamen Rhythmus verloren, dessen Existenz Anakin sich nie sicher gewesen war – bis er ihn verloren hatte.

Anakin zog mit einer Hand seine Tunika wieder an und kontaktierte mit dem Comlink in der anderen seinen Meister. Obi-Wan antwortete sofort.

„Anakin hier. Ich muss mit Euch über etwas reden. Ich möchte Euch nicht stören, aber ..."

„Ich bin im Saal der Tausend Quellen."

„Dann werde ich in ein paar Minuten dort sein."

Anakin hängte seinen Comlink wieder an den Gürtel. Er konnte sich nicht mehr daran erinnern, wann er sich das letzte Mal erlaubt hatte, mit seinem Meister zu frotzeln. Oder wann Obi-Wan das letzte Mal einen Scherz gemacht hatte. In letzter Zeit hatte er sich sogar gefragt, ob Obi-Wan ihn überhaupt noch als Padawan wollte. Es wäre nicht das erste Mal, dass sich ein Meister von seinem Padawan trennen würde. Normalerweise passten die Paare gut zusammen, aber eben nicht immer. Für den Padawan war es keine Schande, wenn er einen Meister brauchte, der besser passte. Anakin jedoch würde es als Schande empfinden.

Der Saal der Tausend Quellen war nicht weit vom See entfernt. Anakin folgte eilig dem mit Holzplanken belegten Weg. Illuminationsbänke an der Decke simulierten Sonnenlicht, das durch die grünen Blätter schien. Anakin wünschte, er könnte an diesen Ufern den Frieden finden, den die anderen Jedi dort fanden.

Sein Meister saß mit geschlossenen Augen auf seiner Lieblingsbank. Er meditierte zweifellos oder lauschte dem Geräusch der Quellen, das oft mit dem zarten Läuten von Glöckchen verglichen wurde.

Er ergriff das Wort, ohne die Augen zu öffnen. „Du hast aufgeregt geklungen."

Anakin setzte sich neben ihn. Obi-Wan öffnete die Augen und sah ihn eindringlich an. „Ich hatte eine Vision", erklärte Anakin. „Ich hatte sie jetzt schon drei Mal und ich weiß nicht, was sie bedeuten soll."

„Visionen haben nicht immer einen Sinn", sagte Obi-Wan und drehte sich zu Anakin um. „Erzähl mir darüber."

Anakin fasste den Inhalt der Vision, die ihn so beunruhigt hatte, kurz zusammen. Sie war ihm noch so deutlich im Sinn, dass er keinerlei Probleme hatte, sich an Details zu erinnern.

„Diejenige, die unten weilt, wird ewig unten weilen", murmelte Obi-Wan.

„Wisst Ihr, was das bedeutet?"

Obi-Wan gab keine Antwort. „Yoda sollte über diese Sache informiert werden."

„Informiert werden worüber, frage ich mich", sagte Yoda und kam, auf seinen Gimer-Stock gestützt, zu ihnen herüber. „Um dich zu suchen, ich kam, Obi-Wan. Ein Problem vorzufinden nicht erwartet habe ich."

Obi-Wan lächelte und erhob sich. „Kein Problem. Eine Vision beunruhigt Anakin."

„Eine Vision, du sagst?" Yoda drehte sich leicht zur Seite und warf einen neugierigen Blick auf Anakin. Er ließ sich auf einem Felsen nieder und legte die Hände auf seinen Stock. Das tat er immer, wenn er zuhörte.

Anakin berichtete noch einmal von seiner Vision, sprach aber nicht über seine Gefühle. Er wusste, dass Yoda nur die inhaltlichen Details wissen wollte.

Seltsamerweise wiederholte Yoda genau das, was Obi-Wan gesagt hatte. „Diejenige, die unten weilt, wird ewig unten weilen", murmelte er.

„Wisst Ihr, wer damit gemeint ist, Meister Yoda?", fragte Anakin.

Yoda nickte langsam. „Sie gut ich kenne. Meisterin Yaddle es ist."

„Meisterin Yaddle war jahrhundertelang auf dem Planeten Koda eingekerkert", erklärte Obi-Wan. „Die Kodaner gaben ihr diesen Namen. Diejenige, die unten weilt."

Anakin nickte. Er hatte schon von Yaddles langer Gefangenschaft gehört, aber noch nie diesen Namen. Yaddle gehörte derselben Spezies an wie Yoda und war ein Mitglied des Rates der Jedi. Sie war eine hoch geschätzte Jedi-Meisterin. Es überraschte ihn, dass sie in seiner Vision vorkam.

„Zu einer Mission nach Mawan sie gerade aufbricht", sagte Yoda. „Eine schwirige, ich fürchte. Debattiert wir haben, welches Jedi-Team mit ihr wir schicken sollten. Deine Vision vielleicht die Antwort darauf ist."

Enttäuschung überkam Anakin. Im gleichen Augenblick wurde ihm klar, dass er gehofft hatte, die Vision würde bedeuten, dass sie nach Tatooine reisen sollten. Er hatte sich vorgestellt, dass er aus seinen Träumen treten und seine Mutter tatsächlich retten könnte. „Ich dachte, die Vision bedeutet vielleicht, dass ich irgendwie den Sklaven auf Tatooine helfen könnte", sagte er zögerlich.

Yoda und Obi-Wan schüttelten die Köpfe.

„Vorsichtig du sein musst", sagte Yoda. „Schwer zu lesen Visionen sind. Eine Landkarte eine Vision nicht ist."

Anakin verbarg seine Ungeduld. Hatte Yoda nicht soeben seine Vision interpretiert und ihm gesagt, wohin er gehen sollte?

Obi-Wan spürte Anakins Verwirrung. „Visionen von einer Sklavenbefreiung sind nichts Überraschendes", sagte er zu seinem Padawan. „Dieses Verlangen ruht tief in deinem Innern. Es ist nur normal, dass es eines Tages in irgendeiner Form an die Oberfläche kommt. Aber einer Vision tatsächlich auch zu folgen, ist oft ein Fehler."

„Aber tun wir nicht genau das, wenn wir Yaddle begleiten?", fragte Anakin.

Yoda machte eine leichte Bewegung mit seinem Gimer-Stock und stimmte Anakins Argument damit zu. „Eine Warnung die Vision ist." Er wandte sich an Obi-Wan. „Schwierig die Lage auf Mawan geworden ist."

Obi-Wan nickte. „Es ist eine traurige Situation. Ich kannte den Planeten, als er noch blühte."

„Offen diese Welt jetzt ist", sagte Yoda.

„Offen?", fragte Anakin.

„Mawan wurde vor zehn Jahren durch einen Bürgerkrieg entzweit", erklärte Obi-Wan. „Der Planet wurde durch den Konflikt um Jahre zurückgeworfen. Es gelang seitdem nie mehr, eine Regierung aufzustellen. Die Hauptstadt hat ihre gesamte Infrastruktur verloren. Die Straßen verfielen, die Raumstraßen wurden nicht mehr überwacht und letztlich brach die Energieversorgung völlig zusammen. Auch eine Menge Wohnraum wurde zerstört. Die meisten der Bewohner wurden arbeits- und obdachlos. Viele zogen aufs Land, doch dort dezimierte eine Hungersnot die Bevölkerung. Da es keine Regierung, keine Sicherheit und keine Hoffnung gibt, konnten sich kriminelle Elemente ausbreiten. Der Planet ist jetzt eine offene Welt, auf der alles passieren kann, ohne dass sich jemand vor dem Gesetz fürchten müsste. Kriminelle aus der ganzen Galaxis haben dort eine Basis für ihre Unternehmungen. Es gibt keine Sicherheit für die Bürger."

„Der Senat zu beschäftigt war", sagte Yoda. „Doch Mawan nicht länger ignorieren sie können. Offene Welten werden überschwemmt von Wellen des Bösen. Einen Einfluss auf die Galaxis sie auch haben. Erbeten der Senat hat die Gegenwart von Jedi, um einzurichten ein provisorisches Regierungskomitee. Um das Vertrauen der Mawaner zu erlangen, einen Diplomaten wir brauchen."

„Einen Diplomaten, das stimmt", sagte Obi-Wan. „Aber auch einen Krieger. Jemanden, der die Kriminellen davon überzeugen kann, dass es in ihrem eigenen Interesse ist, wenn sie den Planeten verlassen. Ich verstehe, weshalb Ihr Yaddle ausgewählt habt."

Yoda senkte den Kopf. „Unsere fähigste Diplomatin sie ist. Geradezu perfekt im Umgang mit der Macht. Doch Beistand sie braucht. Helfen du und dein Padawan ihr müsst, denn wichtig diese Mission ist. Wenn Mawan fällt, fallen auch andere Planeten. Die Dunkle Seite der Macht wächst in der Galaxis."

„Wir sind bereit, Meister Yoda", sagte Obi-Wan.

Anakin nickte. Doch er verspürte eine Angst, die er nicht begriff. Selbst der Name des Planeten hatte ihm ein unangenehmes Gefühl in der Magengrube verursacht. Normalerweise fand er eine Mission aufregend, ganz gleich wie schwierig oder gefährlich sie war. Doch jetzt wusste er, dass er nicht nach Mawan gehen wollte.

Kapitel 2

Der Kreuzer der Republik flog tief über Mawans Hauptstadt Naatan dahin. Obi-Wan lehnte sich leicht nach vorn, um einen Blick aus dem Fenster des Cockpits werfen zu können. Vor allem das Netz der Energieversorgung wurde von den Gangsterbossen heiß umkämpft; es war immer wieder in Raubzügen und bei Übernahmen beschädigt worden. Nachts war das Netz abgeschaltet und die Stadt lag im Dunkeln. Sie ragte wie ein schwarzer Schatten aus der Nacht hervor.

Obi-Wan war schon einmal in die Nacht von Naatan geflogen. Es lag Jahre zurück, noch vor dem Krieg. Man hatte die Stadt schon aus vielen Kilometern Entfernung aus dem All leuchten sehen. Die Mawaner mochten sanfte Farben, mit denen sie das harte Licht ihrer Welt etwas milderten. Sie setzten zart rot leuchtende Lichter ein, um nachts ihre Straßen und Plätze zu beleuchten, und so hatte die Stadt, aus der Luft betrachtet, wie ein seltenes pinkfarbenes Juwel gefunkelt.

Er hatte seine Besuche in Naatan immer genossen. Die Stadt war ein blühendes kosmopolitisches Zentrum gewesen, ein wichtiger Zwischenstopp auf der Hauptraumstraße zum Galaktischen Kern. Der Reichtum der Hauptstadt hatte sich in ihren Parks, Bibliotheken und Schulen widergespiegelt.

Doch als sie tiefer kamen und sich in eine leere Luftstraße einordneten, konnte Obi-Wan sehen, dass diese Parks jetzt nur noch schwarze Löcher in der Landschaft waren, wie klaffende Wunden. Die Schulen lagen in Trümmern und die Bibliotheken waren dem Erdboden gleichgemacht. Er sah eingeschlagene Fenster, verbogene Tore, halb zerstörte Cafés. Verlassene Gleiter standen in den Straßen. Wo Obi-Wan auch hinsah, er fand nichts als Verwüstung. Es war nicht nur die Zerstörung, sondern auch das, was sie repräsentierte: die Erinnerung an ein Leben, das die Bewohner in einer angenehmen Umgebung gelebt hatten. Jetzt waren diese Bewohner zu einem Dasein im Untergrund verdammt und das Böse hatte die Leere gefüllt, die zurückgeblieben war.

„Alle in den Untergrund abgewandert", sagte Euraana Fall. „Die Einzigen, die noch oben leben, gehören zu den Gangsterbanden." Euraana war eine Eingeborene von Mawan und hatte die für ihre Spezies typische blasse Haut und deutlich sichtbare blaue Adern. Mawaner hatten zwei Herzen und die Adern lagen dicht unter der Haut, was auf dem

Planeten als Symbol für Schönheit galt. Euraanas Trauer zeigte sich in ihren schimmernden grauen Augen, doch ihre Stimme zitterte nicht. „Die meisten Bürger leben in den Versorgungstunnels. Vor der Großen Säuberung – so nennen die Mawaner den Bürgerkrieg – wurden all unsere Waren in unterirdischen Tunnels transportiert und mit Luftdruck an die Oberfläche gehoben. Dort unten befinden sich auch unsere Rechenzentralen und Kontrolleinheiten. Das hat die Stadt so angenehm gemacht. Für eine solch große Stadt hatten wir recht wenig Verkehr."

„Ja, es war wunderbar, in der Stadt spazieren zu gehen", sagte Obi-Wan, als der Kreuzer zur Landung ansetzte. „In Euren Cafés wurde immer viel diskutiert und musiziert."

„Und in unseren Parks erklang das Lachen unserer Kinder", sagte Euraana, als sie den Blick über die Stadt schweifen ließ. „Alles dahin." Sie deutete auf einen Punkt in der Ferne. „Dort ist das Viertel, in dem der Verbrecherfürst Striker herrscht. Er wird wegen der gleichnamigen Projektilpistolen so genannt, die seine Bande beim ersten Raubzug einsetzte. Striker sind keine besonders fortschrittlichen Waffen, aber er hat damit den Kampf gewonnen. Jetzt sind seine Schergen natürlich besser bewaffnet. Man sagt Striker nach, dass er von allen Gangsterbossen die beste Bewaffnung besitzt."

Obi-Wan beugte sich nach vorn und nahm das Viertel in Augenschein, das Euraana genannt hatte. An Pfählen hingen grell blau und grün leuchtende Lampen und tauchten die Gegend in ein bedrohliches Licht. Halb zerfallene Gebäude waren mit bunten Plastoid-Materialien notdürftig repariert worden; das grellfarbene Material bildete einen krassen Kontrast zum polierten Stein der alten Gebäude. Auf den Straßen des Viertels waren einige wenige Wesen zu sehen, die in den modernsten Gleitern mit frischer Lackierung und blinkenden Lichtern an gut besuchten Cafés vorbeifuhren. Es war offensichtlich, dass hier allerhand Handel getrieben wurde. Und man verfolgte die Flugbahn ihres Kreuzers mit argwöhnischen Blicken.

„Was kaufen und verkaufen sie denn?", fragte Anakin.

Euraana zuckte mit den Schultern. „Waffen. Gewürz. Illegale Medikamente, die sie den Unglücklichen der Galaxis verkaufen. Dort unten wird ein Vermögen gemacht. Und dieses Vermögen ist aus der Asche unserer Zivilisation gewachsen."

„Nicht mehr lange", sagte Yaddle leise. Sie hatte während der Reise nicht viel von sich gegeben und die meiste Zeit mit Meditation zugebracht. Doch jetzt schien der wache Blick aus ihren grünbraunen Augen Euraana Kraft zu verleihen, denn sie nickte. Obwohl Yaddle sehr klein war, strahlte sie Größe aus.

Da es keine Luftkontrolle mehr gab, brauchte der Pilot des Senats auch keine Freigabe für die Landekoordinaten. Und weil alle Landeplattformen der Stadt zerstört waren, setzte er den Kreuzer im großen Hof eines einst eindrucksvollen Gebäudes ab. Vorsichtig wich er allen Trümmern aus.

Obi-Wan beobachtete, wie sein Padawan sein Survival-Pack schulterte und mit den anderen darauf wartete, dass die Ausstiegsrampe gesenkt wurde. Normalerweise war Anakins Blick vor einer Mission voller Erwartungen. Obi-Wan schätzte es sehr, wie sich sein Padawan in eine neue Situation stürzte und all seine Sinne einsetzte, um Informationen zu sammeln. Doch dieses Mal sah Anakin so aus, als würde es ihn schaudern.

Obi-Wan ging neben ihm her, als sie ausstiegen. „Irgendwelche Eindrücke?" Er war immer daran interessiert zu hören, was Anakin wahrnahm. Die Macht sprach durch Anakin auf eine Weise, wie Obi-Wan es noch bei niemandem sonst gesehen hatte.

Anakin schüttelte den Kopf. „Nichts, was ich benennen könnte. Natürlich spüre ich die Dunkle Seite der Macht. Das ist deutlich."

„Und war zu erwarten", fügte Obi-Wan hinzu. „Was ist mit deiner Vision? Irgendwelche Verbindungen?"

Anakin schüttelte den Kopf. „Nichts."

Zwischen ihnen schwebten jetzt Schatten. Er erkannte sie in der Art, wie Anakin seine Schultern hielt, an seinen Augen. Es war zwar nicht so, dass er dem Blick seines Meisters auswich, doch sein Blick war gläsern. Obi-Wan stellte immer wieder fest, wie wenig er hinter diesem Blick sehen konnte.

Er wusste, dass er teilweise selbst Schuld daran war. Seit der Mission auf Andara hielt er Abstand von seinem Padawan. Seine Wut war verflogen, doch an ihre Stelle war Vorsicht getreten. Er hatte Anakin Zeit einräumen wollen; Zeit, um ohne den Einfluss der Meinung und Interpretation seines Meisters über alles nachzudenken. Er wusste, dass er manchmal wenig einfühlsam war. Er erinnerte sich an Qui-Gon und daran, wie sich sein Meister manchmal von ihm zurückgezogen hatte und an einen Ort begeben hatte, den Obi-Wan nie hatte erreichen können. Manchmal hatte sich Obi-Wan im Stich gelassen gefühlt, doch er war durch die Situation auch immer gezwungen gewesen, mit seinen eigenen Gefühlen zurecht zu kommen. Er wollte für Anakin dasselbe tun. Sein Padawan war jetzt sechzehn. Es war an der Zeit, dass er eine tiefere Verbindung zu seinem eigenen Innern bildete.

Anakin hatte auf Andara eine Fehlentscheidung getroffen. Die Tatsache, dass er das Verschwinden eines Jedi für sich behalten hatte, erstaunte Obi-Wan noch immer. Doch seine Handlungen ließen ihn nicht vergessen, dass Anakin etwas Besonderes war. Wenn er einmal Fehler machte, dann waren es meistens große. Sein Bedürfnis, perfekt und mächtig zu sein, war ein Schwachpunkt. Wie auch immer Obi-Wan es anstellte, er konnte Anakin nicht klar machen, dass alles von selbst zu ihm kommen würde, wenn er sich nur zurückhielt. Doch Anakin wollte die Dinge immer vorantreiben.

Obi-Wan beschloss, ein paar ihrer Unstimmigkeiten auf dieser Mission zu klären. Sie befanden sich auf einer gemeinsamen Reise und für jede Phase würden sie unterschiedliche Rhythmen und Geschwindigkeiten entwickeln.

Anakin musste das begreifen. Ein wenig Distanz zwischen ihnen musste nicht bedeuten, dass die Basis gefährdet war.

„Unsere Kontaktleute stoßen hier in der Nähe zu uns", sagte Euraana Fall. „Dort entlang."

Die Jedi bahnten sich einen Weg durch die Trümmer in dem Hof und folgten Euraana die dunkle Straße entlang. Den Piloten und seinen Kreuzer ließen sie allein zurück.

„Besser keinen Leuchtstab benutzen", sagte Euraana. „Wir sollten keine Aufmerksamkeit erregen. Dieser Teil der Stadt ist nicht sonderlich bevölkert. Ein idealer Ort, um unsere Operationen vorzubereiten."

Sie führte sie zu einem Gebäude, das auf wundersame Weise von den Kriegshandlungen verschont geblieben zu sein schien. Der Eindruck hielt nur so lange an, bis sie eintraten und sahen, dass der hintere Teil halb eingestürzt war. Die gewölbte Decke war ebenfalls halb zerstört. Darüber waren vereinzelt Sterne am Himmel zu sehen. Sie sahen aus wie Mineralstaub, den jemand auf ein Seidentuch geworfen hatte.

„Dies war einmal eine Versammlungshalle." Euraanas Stimme hallte in dem leeren Raum wider. „Ich habe hier Vorlesungen und Konzerte miterlebt. Hier gibt es noch immer Büros und Cafés. Wir könnten alles wieder in Gang bringen."

Aus den Schatten lösten sich zwei Umrisse. Obi-Wan spannte sich kurz an, sah dann aber, dass sie freundlich gesinnt waren. Höchstwahrscheinlich waren das ihre mawanischen Kontaktpersonen. Es waren zwei kleine, muskulöse Männer mit bleicher Haut und langen Haaren, die mit Metallklammern nach hinten gebunden waren. Einer der Männer hatte glänzendes schwarzes Haar, der andere schneeweißes.

Der kleinere von den beiden – der mit dem weißen Haar – nickte Euraana knapp zu und streckte ihr die Hand mit der Innenfläche nach oben entgegen. Es war die mawanische Freundschafts- und Willkommensgeste. „Ich bin froh, dass Ihr es geschafft habt." Seine Stimme dröhnte wie ein störrischer Unterlichtantrieb.

„Ich grüße Euch, Swanny", sagte Euraana zu dem Weißhaarigen. Dann wandte sie sich dem dunkelhaarigen Mawaner zu und sagte: „Hallo Rorq." Euraana drehte sich um und stellte die beiden den Jedi vor. Die Männer nickten zur Begrüßung.

„Swanny und Rorq waren vor dem Krieg Tunnelarbeiter", erklärte Euraana. „Sie leben unter der Erde. Die Tunnelarbeiter haben sich bereit erklärt, uns zu helfen und diese beiden sind ihre Repräsentanten."

„Ich fürchte, man hat mich nicht umfassend informiert", sagte Obi-Wan höflich. „Tunnelarbeiter?"

Swanny sah etwas pikiert drein. „Ist damit etwas nicht in Ordnung?"

„Lasst es mich Euch erklären", sagte Euraana schnell. „Die Tunnelarbeiter waren vor dem Krieg … na ja, am unteren Ende der sozialen Leiter."

„Was bedeutet, dass die Mächtigen und Reichen auf uns herabsahen", sagte Rorq und verschränkte seine dicken Arme. „Sie haben uns Tunnelratten genannt."

„Dabei waren wir diejenigen, die alles für sie am Laufen hielten", fügte Swanny mit einem zynischen Zug um die Mundwinkel hinzu.

„Und jetzt ist hier die Ordnung aller Dinge genau umgekehrt", sagte Euraana, hob die Hand und drehte die Handfläche nach oben.

„Die Tunnelratten schwimmen oben", sagte Swanny. „Nette Geschichte."

„Die Bürger, die dort unten leben, sind jetzt davon abhängig, dass die Tunnelarbeiter sich um alles kümmern und die Generatoren am Laufen halten", fuhr Euraana fort. „Sie haben praktisch eine komplette unterirdische Stadt geschaffen."

„Wir haben ihnen das Fell gerettet", brummte Rorq.

„Wir sind auf den Geschmack gekommen, was Macht bedeutet", sagte Swanny. „Und wir sind nicht nur gut darin, sondern wären auch gern in den Wiederaufbau von Naatan eingebunden – allerdings nicht nur im Untergrund. Die Dinge liegen jetzt etwas anders."

„Alles hat sich verändert", sagte Euraana leise.

„Vor der Großen Säuberung hätte mich Euraana keines Blickes gewürdigt", erklärte Swanny. „Jetzt hingegen *muss* sie sich mit mir abgeben."

„Ach ja?", sagte Euraana mit einer gehobenen Augenbraue. „Kennt Ihr mich so gut, Swanny Mull? Gut genug, um mich im gleichen Atemzug als Snob und Opportunistin zu bezeichnen?"

Swanny grinste und hob die Hände. „Vielleicht habe ich zu vorschnell gesprochen."

„Vielleicht solltet Ihr Euch auf die Dinge konzentrieren, von denen Ihr Ahnung habt", sagte Euraana in einem barschen Tonfall. „Zum Beispiel auf die Gangsterbosse." Sie drehte sich zu den anderen um. „Die Tunnelarbeiter dienen als Mittler. Die Bürger sind gezwungen, ihre Waren auf unterirdischen Märkten zu kaufen, die die Verbrecherbosse betreiben. Die Tunnelarbeiter arrangieren das." Sie warf einen eisigen Blick auf Swanny. „Sie werden sowohl von den Gangstern als auch von den Bürgern für ihre Dienste bezahlt."

„Weshalb sollte man uns auch nicht bezahlen?", fragte Swanny ruhig. „Wir nehmen alle Risiken auf uns."

„Erzählt uns von den Verbrecherfürsten", bat Obi-Wan. Er hatte das Gefühl, dass Swanny und Euraana noch stundenlang sticheln würden, wenn er jetzt nicht dazwischen ging. „Wer ist am gefährlichsten? Wer am mächtigsten? Oft unterscheiden sie sich doch stark voneinander."

Swanny runzelte die Stirn. „Die meisten Gangster in Naatan sind kleine Fische, die für die großen Bosse arbeiten. Ich würde sagen, dass unsere drei größten Probleme Striker, Feeana Tala und Decca heißen."

„Dann lasst uns mit Decca beginnen", sagte Obi-Wan.

„Sie ist eine Huttin", sagte Rorq mit einem Schaudern.

„Die Tochter von Gardulla. Nach Gardullas Tod übernahm Decca ihre Organisation. Ihre Zentrale war früher auf C-Foroon in der Nähe von Tatooine, doch man hat sie von dort verjagt. Sie kam hierher und brachte ihre Schergen mit. Decca verdingt sich vor allem im Gewürzhandel."

„Doch sie hat ein persönliches Problem mit Striker", sagte Swanny. „Nur ein paar Tage nachdem sie auf Mawan angekommen war, überfiel er ihre Zentrale und riss die Kontrolle über die Energieversorgung und ein Lagerhaus voller Waffen an sich. Decca kontrolliert dafür das Transportwesen. Sie kontrolliert die meisten der Haupttunnels. Außerdem hat sie gleich nach ihrer Ankunft die meisten auf Mawan verfügbaren Transporter gestohlen und es irgendwie geschafft, sie zu behalten."

„Das Problem ist nur, dass sie keinen Treibstoff dafür hat", sagte Rorq. „Striker stiehlt immer wieder ihre Vorräte, nur um sie zu ärgern. So viel Treibstoff braucht er gar nicht, weil er gar nicht so viele Fahrzeuge hat."

„Und niemand weiß, wer Striker ist?", fragte Anakin.

Swanny schüttelte den Kopf. „Viele haben ihn noch nicht einmal gesehen. Seine Gehilfen haben seit Jahren die Kontrolle und er hat nur ab und zu vorbeigeschaut. Erst seit kurzem ist er ständig auf Mawan." Er nickte Obi-Wan zu. „Ich würde sagen, dass er der Mächtigste von den Dreien ist. Und der Gefährlichste."

„Und Feeana Tala?", fragte Yaddle. „Eine Eingeborene von Mawan sie ist."

Rorq nickte. „Sie kontrolliert die meisten Waren und Dienstleistungen, die den Bürgern dort unten verkauft werden. Für die anderen Gangsterbosse sind das nur kleine Fische."

„Und doch überfallen sie sie, wenn ihnen danach ist", sagte Swanny. „Sie wollen so viel wie nur irgend möglich auf Mawan kontrollieren. Decca will Striker vom Planeten haben und er will, dass sie verschwindet. Feeanas Vorteil ist, dass sie die Tunnels dort unten beinahe so gut kennt wie wir."

Euraana sah Yaddle an. „Was ist also unser erster Schritt?"

„Zurückkehren und die Stadt wieder bewohnen die Bürger müssen", sagte Yaddle. „Also die Kontrolle über die Energieversorgung erlangen wir müssen."

„Ihr werdet für die Sicherheit der Bürger garantieren müssen", sagte Euraana.

Yaddle wandte sich zu ihr um. „Garantieren Ihr sagt? Garantien es nicht gibt." Sie spreizte die Finger beider Hände. „Helfen wir ihnen werden. Mut selbst sie müssen finden."

Euraana nickte. „Wenn wir die Energieversorgung wieder kontrollieren, könnten wir sie vielleicht davon überzeugen, die Tunnels zu verlassen. Und wenn es wenigstens einige Fortschritte in Bezug auf die Gangsterbosse gäbe ..."

„Das ist unsere Aufgabe", sagte Obi-Wan und zeigte auf sich und Anakin. „Man muss ihnen deutlich machen, dass die Streitkräfte des Senats sie vertreiben werden, wenn sie den Planeten nicht freiwillig verlassen."

„Wenn der Senat seine Streitkräfte überhaupt schickt", sagte Euraana besorgt. „Sie haben noch immer nicht zugestimmt."

„Zustimmen sie werden, wenn die Stadt zurückbekommen wir können", sagte Yaddle.

„Aber was tun wir, wenn die Gangsterbosse nicht hören wollen?", fragte Swanny. „Meiner Erfahrung nach tun sie das nämlich eher selten."

„Wir müssen einen Grund finden, der sie zum Zuhören zwingt", sagte Obi-Wan. „Jeder hat einen wunden Punkt. Deshalb müssen wir zunächst etwas über ihre Unternehmungen herausfinden."

„Dabei können Euch Swanny und Rorq helfen", sagte Euraana. „Die Oberfläche des Planeten ist so stark zerstört, dass sogar die Gangster unterirdische Bunker besitzen."

„Da unten ist es sicherer, falls irgendetwas geschieht", sagte Swanny. Er grinste Obi-Wan und Anakin an. „Wir wissen so ziemlich alles, was da unten vor sich geht."

„Bringt uns hinunter", sagte Obi-Wan. „Wir bleiben mit Euch in Verbindung, während Ihr Euch um das Energieversorgungsnetz kümmert", sagte er zu Yaddle. Sie nickte zum Abschied.

„Wenn Ihr mir bitte folgen würdet." Swanny verneigte sich vor den Jedi, was allerdings einen leichten Spott in sich zu bergen schien.

Obi-Wan und Anakin folgten den beiden. Obi-Wan blieb wachsam. Er hatte seine Zweifel bezüglich der Hilfsbereitschaft von Swanny und Rorq. Sie waren raubeinig, schroff und wahrscheinlich nicht vertrauenswürdig.

Qui-Gon hätte sich sofort mit ihnen angefreundet.

Kapitel 3

Anakin ging neben Obi-Wan her, als sie Swanny durch die dunklen Straßen zu einem Industrieviertel von Naatan folgten. Wegen der hoch aufragenden, unbeleuchteten Gebäude war es hier noch dunkler als anderswo. Swanny führte sie zu einer Zelle, die aus einer undurchsichtigen Glasröhre bestand und in einem Durchgang zwischen zwei ehemaligen Lagerhäusern stand.

„Das ist eine Druckluftröhre", erklärte Swanny. „Wir benutzen sie anstatt von Turboliften. Wenn Ihr noch nie in so einem Ding wart, könntet Ihr es etwas seltsam finden. Man tritt einfach in die Luft, der Druck nimmt ab und trägt einen nach unten." Er öffnete ein Kontrollfeld und tippte eine Ebene sowie eine Geschwindigkeit ein. „Ich werde es Euch für das erste Mal langsam einstellen. Stellt auf jeden Fall niemals die Kontrolle auf ‚Auswurf', denn damit haben wir immer giftige Substanzen entsorgt, indem wir sie einfach in die Atmosphäre katapultiert haben. Das Dach des Zylinders fährt zur Seite und Ihr findet Euch mitten in den Wolken wieder."

„Gibt es dort unten viele Ebenen?", fragte Obi-Wan.

„Ungefähr zwanzig", gab Rorq zurück. „Und die Tunnels erstrecken sich über das gesamte Gebiet von Naatan. Das ist wie eine zweite Stadt dort unten. Ihr werdet es sehen."

Rorq tat einen Schritt in die bodenlose Druckluftröhre. Einen Augenblick hing er mitten in der Luft und grinste sie an. Dann schoss er nach unten.

Swanny wies auf die Röhre. „Nach Euch."

Obi-Wan tat ebenfalls einen Schritt in das scheinbar schwarze Nichts. Anakin hörte noch das leise Rauschen eines Luftzugs. Dann war sein Meister außer Sichtweite nach unten gesunken.

„Der Nächste", sagte Swanny.

Anakin machte einen Schritt in die Kammer. Der Luftdruck unter seinen Stiefeln fühlte sich eigenartig an. Er sank nach unten und die Luft strömte an seinen Ohren vorbei. Es war ein seltsam vertrautes Gefühl, obwohl er noch nie zuvor in einem solchen Drucklift gewesen war. Als er am Boden ankam, spürte er den Aufprall an den Füßen und stolperte beinahe, als er ausstieg.

Obi-Wan und Rorq warteten schon dort. Einen Moment später kam auch Swanny zu ihnen herunter. Er stieg behände aus dem Lift, wie es jemand tat, der jahrelange Übung darin hatte.

„Ah", sagte Swanny und breitete die Arme aus, um auf den dunklen, schmutzigen Tunnel zu deuten. „Trautes Heim."

Anakin rümpfte die Nase. Die Luft war stickig und schwer und roch abgestanden.

Swanny grinste. „Das Reinhaltungssystem hängt auch an der zentralen Stromversorgung. Manchmal funktioniert es, manchmal nicht. In letzter Zeit eher nicht."

Swanny aktivierte einen Leuchtstab und sie machten sich auf den Weg den Tunnel entlang. Er war recht hoch und breit genug, dass sie zu viert nebeneinander gehen konnten.

„Dies ist einer unserer Haupttransporttunnel", erklärte Swanny. „Wir hatten Gleiter für diese Wege. Jetzt bewegen wir uns auf die althergebrachte Weise voran."

Obi-Wan sah sich das Netzwerk von Tunnels an, das rechts und links vom Haupttunnel abzweigte. „Ich weiß nicht, wie Ihr es anstellt, dass Ihr Euch hier nicht verirrt."

„Es gibt überall Info-Punkte mit Karten, die aber nicht funktionieren, wenn die Energieversorgung abgestellt ist", sagte Rorq. „Glücklicherweise würden wir den Weg hier auch mit verbundenen Augen finden. Patrouille, Swanny."

Swanny löschte schnell den Leuchtstab, als Rorq schon in einen Seitengang sprang. Swanny schob die Jedi ebenfalls hinein. Sie pressten sich gegen die Wände, als ein Gleiter langsam den Haupttunnel entlangfuhr. In der Maschine saßen zwei Wachen, Blaster-Gewehre im Anschlag.

„Es ist besser, wenn man ihnen aus dem Weg geht", flüsterte Swanny. „Deccas Leute."

„Schickt sie regelmäßig Patrouillen durch die Gegend?", fragte Obi-Wan.

„Ich würde sagen eher unregelmäßig", gab Swanny zurück. „Sie hat nicht genügend Treibstoff für regelmäßige Patrouillen und baut daher auf den Überraschungseffekt. Sie ist ständig darauf aus, Strikers Leute aufzumischen, wenn sie kann. Die Patrouillen nehmen dich gefangen und stellen erst später Fragen. Ich habe keine Lust auf einen Gewehrlauf am Schädel, absolut keine."

Sie gingen wieder in den Haupttunnel zurück. „Die Stellen, an denen früher die wichtigsten Computer-Knotenpunkte standen, nennen wir Substationen", erklärte Swanny und hielt den Leuchtstab etwas höher, damit sie besser sehen konnten. „Die meisten wurden bei Blaster-Gefechten zerstört. Außerdem gibt es hier noch Docking-Stationen für unsere einst so glänzende Flotte von Transportern. Decca kontrolliert jetzt die meisten Docking-Buchten. Und die anderen Gangsterbosse haben die meisten Substationen an sich gebracht."

„Und wo leben die Mawaner?", fragte Anakin.

„Sie haben einen halb ausgeschachteten Bereich übernommen, der vor der Großen Säuberung als weitere Docking-Bucht geplant war. Dort haben sie eine Art Zeltdorf aufgebaut. Wir Tunnelratten dienen ihnen als Späher, die sie vor Überfällen beschützen. Außerdem transportieren wir für sie Essen, Wasser und andere Versorgungsgüter."

„Gegen ein kleines Entgelt", sagte Obi-Wan.

Swanny nickte. „Ein kleines Entgelt, nur um die Kosten zu decken. Wir müssen den Gangstern immerhin auch Bestechungsgelder zahlen."

„Und wer kontrolliert jetzt die Energieversorgung?", fragte Obi-Wan.

„Im Augenblick Striker", sagte Swanny. „Aber das könnte sich schnell auch wieder ändern. Der Hauptgenerator befindet sich hier unten in einer der Substationen. Striker lässt ihn bewachen."

„Könnt Ihr die Energie nicht von einer Substation zu einer anderen schalten?", fragte Anakin.

Swanny zuckte mit den Schultern. „Technisch gesehen wäre das möglich. Aber es ist alles andere als einfach. Man würde viel Glück brauchen, um das System von einer anderen Quelle ausreichend versorgen zu können. Außerdem gibt es eine Relais-Substation, die das gesamte System abstellt, wenn nicht alles nach Plan läuft. Das will niemand riskieren, nicht einmal die Gangsterbosse. Das Risiko, dass das gesamte System danach nicht mehr hochfährt, ist einfach zu groß. Sie alle wollen die Kontrolle über die Energieversorgung. Zerstören wollen sie sie aber nicht."

„Was habt Ihr vor der Großen Säuberung gemacht, Swanny?", fragte Obi-Wan.

„Ich bin eine Wasserratte", sagte Swanny stolz. „Ich habe alle Abwassersysteme programmiert. Ich kenne so ziemlich jedes Rohr hier unten. Rorq war in den Treibstoff-Transporttunnels tätig."

„Man hat mir einen Hungerlohn gezahlt, dafür dass ich die Oberfläche in Gang gehalten habe", brummte Rorq.

Swanny legte Rorq einen Arm um die Schulter. „Ah, aber es war doch ein schönes Leben, oder nicht, mein Freund? Niedrige Lebenserwartung, keine Bonuszahlungen, die Verachtung unserer Mitbürger – du musst schon zugeben, dass dir das alles fehlt."

Rorq schüttelte den Kopf. „Du spinnst ja."

„Deshalb bin ich auch glücklich", sagte Swanny mit einem schrägen Grinsen. „Wie sollte ich sonst normal bleiben?"

„Weshalb arbeitet Ihr mit uns zusammen?", fragte Obi-Wan. „Wenn die Bürger Naatan wieder übernehmen, ist die Chance groß, dass Ihr wieder hier unten landet."

„Wahre Worte", sagte Swanny. „Die meisten der Tunnelarbeiter halten sich zurück. Sie unterstützen die Bürger nicht. Ihnen gefällt die Macht, die sie haben, auch wenn sie unter einem korrupten System arbeiten, das sie jeden Moment das Leben kosten könnte. Vielleicht bin ich ja verrückt, aber ich möchte lange genug leben, um die Sonne noch einmal sehen zu können. Naatan wird eines Tages wieder an die Mawaner zurückfallen, dessen bin ich mir sicher. Wenn ich den richtigen Leuten helfe, werde ich auch dafür belohnt." Er grinste. „Nennt mich einfach einen Visionär mit einem ausgeprägten Interesse am eigenen Wohlergehen."

„Wenn es Euch gefällt", gab Obi-Wan zurück.

Anakin konnte am Gesichtsausdruck seines Meisters ablesen, dass Swanny ihn amüsierte. Es überraschte ihn immer wieder, wenn sein gestrenger Meister bei irgendeinem eigenartigen Charakter auftaute.

„Wo würdet Ihr Jedi gern beginnen?", fragte Swanny.

„Rorq und ich würden uns natürlich gern von allen extrem gefährlichen Szenarien fern halten, aber wir sind zu beinahe allem bereit."

„Wir müssen herausfinden, wie die Systeme funktionieren, die sie aufgebaut haben", sagte Obi-Wan. „Ich möchte aber nicht, dass sie von der Anwesenheit der Jedi wissen. Noch nicht. Es zahlt sich nicht aus, seine Karten zu zeigen, bevor man weiß, was dem Gegenspieler wichtig ist."

Rorq schien nervös zu sein. „Ihr meint, wir sollen uns in ihre Verstecke schleichen?"

„Es sei denn, es fällt Euch etwas anderes ein", gab Obi-Wan zurück.

„Ruhig, Junge", sagte Swanny gedankenverloren zu Rorq. Seine nachdenklichen Augen verengten sich zu Schlitzen, dann blieb er stehen. „Wir organisieren Märkte für Feeana. Wir legen Orte und Zeiten fest, an denen die Mawaner zum Kaufen und Verkaufen kommen. Heute Abend findet ein solcher Markt statt. Sie ist die Einzige, die öfter Geschäfte mit uns macht. Und sie haut die Mawaner nicht so oft übers Ohr wie die anderen. Wenn Ihr Eure Kapuzen aufbehaltet und keine Aufmerksamkeit erregt, könnte man Euch für Mawaner halten. Feeana ist vielleicht dort. Sie hat gern ein Auge auf die Dinge."

Obi-Wan nickte. „Dann los."

Swanny und Rorq führten sie schnell und mit entschlossenem Schritt durch ein Labyrinth von Tunnels. Sie stiegen ein paar Ebenen tiefer und gingen durch ein kleines Netzwerk von Tunnels, das sich plötzlich in einen großen Raum weitete.

Dieser Raum war offensichtlich einmal für Lagerzwecke verwendet worden. An die Rundungen der Wände schmiegten sich Durastahl-Regale und überall standen Plastoid-Tonnen. Doch alles war leer. Stattdessen waren Tücher auf dem rauen Boden ausgebreitet, auf denen wiederum ein Sammelsurium von Dingen verstreut lag. Nicht mehr ganz frische Früchte, Mehl, ein paar verbeulte Küchengeräte, eine defekte Wärmeeinheit. Zusammengefaltete Thermo-Umhänge mit zerrissenen, ausgefransten Säumen. Ein paar alte Stiefel.

Die Mawaner gingen an den Waren vorbei. Anakin sah, wie ihre hungrigen Blicke an den verschiedenen Waren klebten, wie ihre Arme herunterhingen und wie sie leere Geldbörsen an ihren Gürteln befingerten. Eine solche Hoffnungslosigkeit hatte er zum letzten Mal in den Sklavenunterkünften von Tatooine gesehen.

„Sie können sich nichts davon leisten, kommen aber dennoch", sagte Swanny.

Gelangweilte Gangster mit Blaster-Gewehren standen an den Wänden. Ein paar von ihnen hatten sich angelehnt und versuchten, nicht einzudösen.

Auf der anderen Seite des Raumes saß eine mawanische Frau rittlings auf einer verbeulten Durastahl-Kiste, die eine

Hand locker auf das Blaster-Holster gelegt. Sie war jünger, als Anakin es erwartet hatte, er schätzte sie vielleicht so alt wie Obi-Wan. Sie machte einen zähen und drahtigen Eindruck. Ihre Augen behielten ständig den Raum im Blick, während sie schnell in ein Headset-Comlink sprach. Anakin zog seine Kapuze tief ins Gesicht, um unerkannt zu bleiben. Da er nicht die auffälligen blauen Adern eines Mawaners besaß, würde man ihn sofort als Außenweltler erkennen.

Er und Obi-Wan mischten sich mit gesenkten Köpfen unter die anderen. Anakin wusste, dass sein Meister näher an Feeana heran wollte, damit sie hören konnten, welche Anweisungen sie in ihr Headset gab.

Er warf einen kurzen Blick auf sie und sah, wie aufmerksam sie die Menge beobachtete. Jetzt senkte sie den Blick. Plötzlich stand sie auf und machte einen Satz nach vorn. Die Kraft dieses Sprunges überraschte Anakin. Feeana landete nur ein paar Zentimeter von ihm und Obi-Wan entfernt.

„Spione!", rief sie, den Blaster auf Obi-Wans Brust gerichtet. „Umstellt sie!"

Kapitel 4

Feeanas Truppen reagierten nicht so schnell wie ihre Kommandantin. Ein Anführer mit einem Headset stolperte auf sie zu und machte dabei Anstalten, seine Kollegen dazu zu bewegen, ihm zu folgen. Anakin wusste, dass sein Meister ihren Angriff binnen Sekunden hätte vereiteln können, doch er ließ sie näher kommen. Einen Augenblick später waren sie von zwanzig Mitgliedern von Feeanas Gang umstellt und zwanzig Blaster waren auf sie gerichtet.

Anakin warf seinem Meister einen Blick zu. Obi-Wan schwieg und beobachtete ruhig und aufmerksam die Situation. Anakin wusste, dass die Strategie seines Meisters normalerweise auf Warten aufgebaut war. Obi-Wan konnte schneller als jeder andere ihm bekannte Jedi zuschlagen, er konnte jedoch auch länger warten, als ein Jedi es sollte – zumindest Anakins Meinung nach. Vor allem dann, wenn ein Blaster auf sein Herz gerichtet war.

Wie auch immer, er war ein Jedi-Padawan und es war seine Aufgabe, dem Vorbild seines Meisters zu folgen.

„Ihr gehört zu Deccas Gang", sagte Feeana. „Macht Euch bloß nicht die Mühe, es zu leugnen."

Feeana wirbelte zu Swanny und Rorq herum, die gerade mit vorsichtigen Schritten zurückwichen.

„Swanny und Rorq haben sie mitgebracht", sagte sie.

Im gleichen Augenblick schwenkten zehn der zwanzig Blaster auf Swanny und Rorq.

„Hoh!", stieß Swanny hervor und hielt die Hände hoch, während Rorq mit einem nervösen Grinsen die Zähne bleckte. „Wir sind nur zufällig zur gleichen Zeit hier."

„Die haben wir noch nie zuvor in unserem Leben gesehen", sagte Rorq durch zusammengebissene Zähne.

„Wir sind keine Spione", sagte Obi-Wan. „Wir sind Jedi. Wir sind auf einer diplomatischen Mission hier und nicht, um zu kämpfen."

„Beweist es", sagte Feeana höhnisch.

Obi-Wan ließ nur an einer kurzen Veränderung seines Gesichtsausdrucks erkennen, wie sehr ihm diese Aufforderung zuwider war. Er streckte die Hand aus und Feeanas Headset flog geradewegs in seine Finger.

Obi-Wan führte das Headset zum Mund und sagte in scharfem Tonfall: „Alle Befehle sind aufgehoben. Geht nach Hause."

Die Gangster sahen einander an. Der Anführer der Gruppe, der ebenfalls ein Headset-Comlink trug, legte eine Hand an das Ohr, so als könnte er es nicht fassen, dass Obi-Wan gerade einen Befehl gegeben hatte.

Anakin hörte leise die verwirrten Ausrufe und Fragen, die aus dem Headset in Obi-Wans Hand drangen. Er musste ein Grinsen unterdrücken.

Feeana senkte kurz anerkennend den Kopf. „Okay, Ihr seid ein Jedi. Kann ich jetzt bitte meinen Comlink zurück haben? Die sind hier schwer zu bekommen."

Obi-Wan warf ihr das Gerät wieder zu. Feeana gab sofort Anweisungen. „Bleibt bis auf weiteres auf euren Positionen." Sie sah die Jedi an. „Ihr seid also auf einer diplomatischen Mission hier. Dann lasst uns reden."

Feeana ging mit ihnen zu einer Ecke. Sie zog eine Durastahl-Tonne herbei und stülpte eine andere um, um provisorische Sitzgelegenheiten zu schaffen. Dann gab sie den Jedi ein Zeichen, sich zu setzen und sah Obi-Wan erwartungsvoll an.

„Der Senat hat ein provisorisches Regierungskomitee nach Mawan entsendet", sagte Obi-Wan. „Dieses Komitee befindet sich augenblicklich an der Oberfläche. Innerhalb der nächsten Tage werden Sicherheitskräfte des Senats erwartet."

„Mit anderen Worten: Sie unternehmen endlich etwas", sagte Feeana.

„Ja", gab Obi-Wan zurück. „Mawan darf nicht für immer eine offene Welt bleiben. Wenn die Verbrecherbosse erst einmal ausgeschaltet sind, wird der Senat dafür sorgen, dass die Mawaner wieder an die Macht kommen."

Feeana stützte die Hände in die Hüften. „Was also wollt Ihr von mir?"

„Wir hoffen, dass die Verbrecherbosse freiwillig entweder ihre Banden auflösen oder den Planeten verlassen", sagte Obi-Wan. „Eure Wahl. Eine andere habt Ihr nicht."

„Und was bekomme ich dafür?", fragte Feeana.

„Euch bleibt erspart, dass Ihr Euch mit den Jedi anlegen müsstet und mit einer extrem gut bewaffneten Sicherheitstruppe."

Feeana sah ihn verschmitzt an. „Da müsst Ihr aber schon mit etwas Besserem kommen, Jedi. Ihr wisst ja, dass die Einsätze steigen, wenn eine Seite nichts zu verlieren hat."

„Weshalb sagt Ihr mir dann nicht einfach, was Ihr wollt?", schlug Obi-Wan vor. „Das würde uns Zeit sparen."

Anakin bewunderte die Ruhe seines Meisters. Obi-Wan schien zu wissen, was Feeana dachte. Er selbst hingegen hatte nicht die geringste Idee.

„Eine Amnestie", sagte Feeana. „Ich bin eine eingeborene Mawanerin. Ich möchte diesen Planeten nicht verlassen. Ich bin auch nicht wirklich ein Gangsterboss. Ihr solltet mich eher als eine Diebin sehen, die es klug anstellt. Und dann erzählt mir bitte auch, welche andere Möglichkeit ich denn gehabt hätte. Wegen der gierigen Regierung habe ich mein Zuhause verloren. Ich wurde gezwungen, im Untergrund zu leben. Zuerst habe ich gestohlen, um meine Familie zu ernähren. Dann, um andere Familien zu ernähren. Dann brauchte ich selbst einen Teil meines Diebesguts, um weiter stehlen zu können. Dann brauchte ich andere, die mir dabei halfen. Und noch bevor es mir klar war, hatte ich eine Gangsterbande beisammen. Ich versorge die Mawaner mit allem, was sie brauchen. Ohne mich wären sie Deccas und Strikers Gnade ausgeliefert. Ich bin wenigstens eine loyale Mawanerin. In erster Linie bin ich eine Bürgerin Mawans und erst dann eine Kriminelle. Es sollte nicht schwer sein, mir eine Amnestie zu gewähren."

„Ich denke, das wäre möglich", sagte Obi-Wan. „Was noch?"

„Ein Versprechen", gab Feeana zurück. „Dieses Übergangskomitee wird ja zweifelsohne in die Bildung einer neuen mawanischen Regierung eingebunden sein. Die besten Posten werden natürlich Insider bekommen. Und ich möchte bei dieser Gruppe dabei sein."

„Einen Augenblick", sagte Obi-Wan. Er ging ein paar Schritte zur Seite und aktivierte seinen Comlink. Anakin sah, wie er leise in das kleine Gerät sprach. Dann kam er zu Feeana zurück. „Euer Wunsch ist gewährt. Aber als Gegenleistung werdet Ihr mit Euren Leuten an die Oberfläche gehen und als kommissarische Sicherheitstruppe dienen, während das Übergangskomitee versucht, die Kontrolle über die Energieversorgung zurückzugewinnen."

„Moment mal", sagte Feeana. „Ich unternehme überhaupt nichts, bevor ich nicht weiß, dass Ihr Erfolg haben werdet."

„Ich denke nicht, dass Ihr Euch in einer Situation befindet, Forderungen stellen zu können", sagte Obi-Wan. „Ihr müsst Euch Eure Amnestie verdienen, indem Ihr Eurer Heimatwelt Loyalität beweist. Sagtet Ihr nicht gerade eben, dass Ihr in erster Linie Mawanerin seid oder täusche ich mich? Und an Eurer Stelle würde ich ohnehin eine großzügige Geste machen, damit Euch später auch Unterstützung zuteil wird."

Er sah sie eindringlich an. Anakin beobachtete den stummen Kampf zwischen den beiden. Er hatte keine Zweifel, wer gewinnen würde.

„In Ordnung", sagte Feeana schließlich. „Ich tue es."

Sie ging etwas zur Seite und sprach in ihr Comlink. Anakin ließ den Atem ausströmen, den er gerade unbewusst angehalten hatte.

„Eine weniger", murmelte er zu Obi-Wan.

Obi-Wan schaute Feeana hinterher. „Vielleicht. Wir müssen uns beeilen, um ihre Loyalität zu behalten. Wenn sie den Eindruck bekommt, dass wir die Kontrolle über Mawan verlieren, wird sie von der Vereinbarung zurücktreten. Wir müssen Striker und Decca ausschalten und zwar schnell."

Kapitel 5

Swanny und Rorq kamen zu ihnen gelaufen. „Mein Freund, es war eine Freude, das mit anzusehen", gratulierte Swanny Obi-Wan. „Ihr habt Feeana in die Augen gesehen und gewonnen. Wenn ich jetzt einen Hut hätte, würde ich ihn vor Euch ziehen."

„Exzellente Diplomatie", fügte Rorq in einem Anflug offensichtlicher Schmeichelei hinzu. „Ich habe eine Menge gelernt, indem ich Euch beobachtete."

„Danke", sagte Obi-Wan trocken. „Eure Unterstützung bedeutet mir viel."

„Jederzeit", sagte Swanny.

„Vor allem als Ihr vorgabt, uns nicht zu kennen", fügte Obi-Wan hinzu.

„Was soll ich sagen?", sagte Swanny. „Mein Überlebenswille hat sich gemeldet. Ich funktioniere auf Instinktbasis. Kann nichts dafür. Ich möchte tapfer sein, aber dann passiert irgendetwas und ich mache den Mund auf und rede wie eine Womp-Ratte. Das ist nicht persönlich gemeint."

„Klar", sagte Obi-Wan. „Aber Ihr seid mir jetzt etwas schuldig."

Swanny und Rorq musterten ihn nervös. „Und was wäre das?", fragte Swanny vorsichtig.

„Helft uns, in Deccas Lager zu kommen", sagte Obi-Wan. „Und damit meine ich, dass Ihr beide mitkommt. So wie ich die Hutts kenne, werden wir mit Decca sicherlich nicht so einfach verhandeln können wie mit Feeana. Decca wird nicht freiwillig zustimmen, den Planeten zu verlassen. Wir müssen einen Schwachpunkt in ihrer Organisation finden und sie zerschlagen oder die Sache zumindest so schwer für sie machen, dass sie von selbst verschwindet. Das bedeutet aber, dass wir mitten hinein und herausfinden müssen, wie alles funktioniert."

„Wir können Euch natürlich die Daten geben, wo Deccas Lager liegt", sagte Swanny. „Das ist kein Problem."

„Und Eure unglaublichen Jedi-Fähigkeiten werden Euch zweifellos in die Lage versetzen, Euch einzuschleichen", fügte Rorq hinzu.

Obi-Wan sagte nichts. Er wartete einfach ab.

„Ich sehe schon, dass Ihr etwas mehr von uns erwartet", sagte Swanny.

„Was Ihr auch schon versprochen habt", sagte Obi-Wan. „Es sei denn, Ihr würdet diese Angelegenheit lieber mit dem Übergangskomitee ausmachen."

„Neeein", sagte Swanny. „Ich glaube nicht, dass ich das möchte. Vielleicht gibt es ja tatsächlich einen Weg, Euch hineinzubringen. Heute Abend gibt es dort ein Fest."

„Ein Fest?", fragte Anakin.

„Decca hat heute ein Scharmützel mit Striker gewonnen", erläuterte Swanny. „Sie schmeißt dann immer eine große Party, damit ihre Leute feiern können. Essen, Drinks, Musik ... und hier kommen Rorq und ich ins Spiel. Ich muss nur eines wissen."

Obi-Wan und Anakin sahen ihn fragend an.

„Könnt Ihr singen?", fragte Swanny.

Die Band hieß „Swanny and the Rooters". Swanny hatte den Jedi erzählt, dass sie schon auf vielen von Deccas Feiern gespielt hatten. Wenn sie auf diesem Fest auftauchten, würde Decca einfach annehmen, dass irgendjemand aus ihrer Bande sie gebucht hätte. Das wäre ein gewisses Risiko, aber eben kein großes.

Obi-Wan und Anakin mussten die Rollen der anderen beiden Band-Mitglieder übernehmen. Swanny gab Obi-Wan eine Vioflöte und Anakin ein Keyboard.

„Tut einfach so, als würdet Ihr spielen", hatte er zu ihnen gesagt. „Ich bin so gut, dass niemand merken wird, dass Ihr gar nicht spielen könnt."

Sie bauten sich in einer Ecke der großen Substation auf, während schwadronierende Wesen aus der gesamten Galaxis sich betranken und sich mit Fleisch und Gebäck die Bäuche voll schlugen. Ein Whipide, dessen Fell von Schweiß und Essensresten bedeckt war, reichte einem Kamarianer zwei Becher Grog, der einen auf seinem Reißzahn abstellte und den anderen austrank.

„Witzige Leute hier", murmelte Anakin Obi-Wan zu.

„Das dachte ich mir auch grade", erwiderte Obi-Wan durch die Zähne. Er setzte sich auf einen Barhocker und stützte die Vioflöte unbeholfen auf seine Schulter. Es war überraschend einfach gewesen, sich auf diese Party zu mogeln – was nicht bedeuten musste, dass der Rest ebenso einfach werden würde.

Anakin saß neben ihm und hielt sein kleines Keyboard. Er würde so tun müssen, als könnte er darauf spielen. Swanny und Rorq brauchten allerdings Background-Sänger.

„Nur ein paar ‚Huhh-Huaahs' im Refrain", sagte Swanny, der sich zu ihnen herumdrehte. „Keine Soli oder sonst was. Ihr könnt den Songs doch folgen, oder?"

„Natürlich", versicherte Obi-Wan ihm.

Swanny und Rorq hoben zu einem schwungvollen Lied an und Anakin tappte mit dem Fuß mit. Er stellte überrascht fest, dass die beiden gute Musiker waren.

Swanny zwinkerte ihm zu. „Abwasser ist mein Leben, aber Musik kommt gleich danach."

Decca the Hutt kam in den Raum und hievte ihren gewaltigen Körper auf eine Repolsorlift-Plattform, die offensichtlich für sie gebaut worden war, denn sie war groß, flach und voller schimmernder Samtkissen. Die Huttin war von ihren

Gehilfen umgeben, die um die besten Plätze auf der Plattform buhlten, während Decca sich platzierte. Die Helfer waren zu dritt, und einer von ihnen, ein Kamarianer zu ihrer Rechten, war offenbar der Assistent, dem sie am meisten vertraute. Seine beiden Schwänze wedelten, als er sich nach vorn beugte und ihr etwas ins Ohr flüsterte.

„Ich wünschte, wir könnten hören, was er sagt", meinte Obi-Wan, während er so tat, als würde er die Saiten seiner Vioflöte zupfen.

„Singt!", zischte Swanny, als er und Rorq in den Refrain übergingen.

Anakin begann eine Chorstimme zu summen und Obi-Wan neben ihm stimmte mit ein. Unglücklicherweise fand er nicht die richtige Melodie und Swanny warf ihm einen entsetzten Blick zu.

„Oh, nicht so laut", zischte er. „Vielleicht solltet Ihr besser gar nicht singen."

Anakin unterdrückte ein Lächeln. Er war froh, dass sein Meister nicht in *allem* gut war.

„Sieh mal in die Ecke hinter Decca", sagte Obi-Wan fast unhörbar zu Anakin. „Da ist eine große Datapad-Bank. Wir sollten so dicht wie irgend möglich an sie herankommen, sodass wir einen Blick auf den Inhalt werfen können."

„Wenn sie weiter diese Drinks in sich hineinschüttet, dürfte das keine Schwierigkeit sein", sagte Anakin.

„Sieh mal, wie sie dem Kamarianer zuhört, während der Ranat näher zu kommen versucht."

Anakin beobachtete die Szenerie. Der Kamarianer arrangierte mit seinen vier Armen die Kissen für Decca, während er mit ihr sprach. Er hatte Deccas volle Aufmerksamkeit. Es war beinahe komisch anzusehen, wie der höchstens ein Meter große Ranat versuchte, zwischen Deccas Fettfalten zu gelangen, um zu hören, was gesprochen wurde.

Anakin war nicht sicher, welche Schlüsse er aus dem Szenario ziehen sollte. Aber er wusste, dass sein Meister ihn später über seine Beobachtungen befragen würde, daher sah er sehr genau hin, wie Decca zuhörte und nickte. Dann schaute er sich langsam im Raum um und prägte sich die Abgänge der Seitentunnels und die Aufstellung der Wachen ein. Er schätzte, dass mindestens vierzig Bandenmitglieder auf der Party waren, was bedeutete, dass an der Oberfläche noch andere waren, die Wache hielten. Aber wie viele? Während ihrer Spielpause würden sie sich sicher unter die Menge mischen können.

Decca gab Swanny ein Zeichen und er hörte auf zu spielen. Die Huttin hob ihre großen Arme. Ihre Fettfalten zitterten. Es wurde still in der Substation.

„Uns ist zu Ohren gekommen, dass die Jedi mit einem Übergangskomitee des Senats auf Mawan angekommen sind", verkündete Decca. „Diese Narren. Sie glauben, sie könnten uns loswerden."

Die anderen Gangster lachten und polterten mit den Kolben ihrer Blaster-Gewehre auf dem Boden.

„Sie werden bereuen, sich gegen Decca the Hutt zu stellen. Ich schwöre Euch heute, dass mich kein Komitee von diesem Planeten entfernen wird!" Decca stand plötzlich auf, eine einzige wogende Fettmasse. „Die Galaxis soll wissen, dass Decca niemals nachgibt!"

„Na ja, ich hatte ohnehin nicht damit gerechnet, dass Diplomatie bei Decca wirkt", murmelte Obi-Wan. „Lass uns unter die Leute gehen. Wir müssen eine Gelegenheit finden, an diese Datapad-Bank zu kommen."

Anakin hatte gehofft, dem Buffet einen Besuch abstatten zu können. Seine letzte Mahlzeit war eine Proteinration auf der Reise gewesen. Die Lehrer im Tempel schienen eine Lektion immer zu vergessen, wenn sie über Missionen sprachen: dass man niemals genug zu essen bekam. Er legte sein Keyboard auf den Boden.

Im gleichen Augenblick wurden die beiden Jedi von einer Explosion von ihren Hockern gerissen. Die Substation füllte sich mit Rauch. Das Geräusch von Blasterfeuer erfüllte den Raum.

„Bleib unten!", rief Obi-Wan Anakin zu. „Wir werden angegriffen!"

Kapitel 6

Der Rauch war so dicht und beißend, dass Obi-Wan die Augen tränten. Durch den Dunst erkannte er nichts weiter als undeutliche Bewegungen und das Aufblitzen von Blasterfeuer. Heisere Schreie und Kampfrufe übertönten Swannys Bemerkung: „Wow, die Show ist wohl vorbei."

Obi-Wan beugte sich zu Anakin. „Das könnte eine Chance für uns ein", sagte er schnell. „Decca hat für diese Art von Angriff sicher einen Fluchtplan. Sie wird fliehen und wir haben eine Möglichkeit, an diese Datapads zu kommen. Benutze die Macht und lass dich von ihr durch den Rauch führen."

Er stürzte sich mit gesenktem Kopf ins Getümmel. Deccas Bandenmitglieder kämpften buchstäblich blind, mit zugekniffenen, tränenden Augen. Doch das hielt sie nicht davon ab, ihre Waffen zu benutzen. Blasterfeuer schoss ziellos durch den Raum. Obi-Wan glitt behände durch den Wald aus Armen und Beinen und ließ sich von der Macht leiten, als er mit dem Lichtschwert das Blasterfeuer ablenkte. Er spürte, dass die gegnerische Bande sich näher an Decca heran arbeitete und versuchte, sie zu fassen, bevor sie fliehen konnte. Obi-Wan zweifelte nicht daran, dass Striker hinter diesem Angriff steckte, höchstwahrscheinlich zur Vergeltung ihres Sieges vom selben Tag.

Es herrschte ein konstantes Sperrfeuer. Die Blaster-Strahlen kreischten an seinen Ohren vorbei und verursachten noch mehr Hitze und Rauch in dem Raum. Elektro-Jabber wurden durch die Luft geschwenkt und Obi-Wan sah, wie einer davon versehentlich auf einem von Deccas Gangstern landete, der gerade sein Blaster-Gewehr in die Luft abfeuerte. Der Mann sank zu Boden, seine Beine würden zwei oder mehr Stunden gelähmt sein. Er schaffte es, sich von einem Phlog wegzuschleppen, der mit wirbelnder Vibro-Axt auf das Blasterfeuer zustampfte. Schreie und Kampfgeheul erfüllten die Luft.

Es war eine Zurschaustellung von ziemlich schlampigen Kampfeskünsten, wie Obi-Wan fand. Deccas Bande mochte vielleicht groß und wild sein, aber sicherlich nicht gut organisiert. Strikers Soldaten hingegen gingen viel effizienter zur Sache und bewegten sich langsam, aber sicher auf die Ecke zu, in der Decca gesessen hatte. Der Rauch war jetzt allerdings so dicht, dass man unmöglich sehen konnte, wohin sie verschwunden war.

Neben Obi-Wans Ohr ertönte eine panische Stimme. „Wo auch immer Ihr hingeht, nehmt mich mit."

„Swanny, was macht Ihr denn?", fragte Obi-Wan und wirbelte mit seinem Lichtschwert, um eine plötzliche Salve von Blasterfeuer abzuwehren. „Bleibt bei der Bühne, dort seid Ihr sicher."

„Wollt Ihr mich auf den Arm nehmen? Hier gibt es keine *Bühne* mehr. Irgendein Phlog ist auf dem Weg zu Strikers Bande darüber hinweggewalzt."

„Wir sitzen fest", sagte Rorq, der plötzlich auf Obi-Wan zugekrochen kam. „Ihr müsst uns hier rausbringen."

Obi-Wan sah die beiden erschöpft an. Da spürte er eine Erschütterung in der Macht und wirbelte herum. Er konnte gerade noch rechtzeitig einen Elektro-Jabber in zwei Hälften spalten, den ein Mitglied von Deccas Bande gegen ihn richtete; offensichtlich hatte er Obi-Wan für einen Feind gehalten.

Er musste diese Datapads erreichen. Doch er konnte nicht das tun und gleichzeitig Swanny und Rorq beschützen.

Obi-Wan machte einen Satz näher zu Swanny und lenkte mit dem Lichtschwert eine plötzlich auftretende Salve aus einem Schnellfeuer-Blaster ab. Das Feuer drang in gnadenlosem Tempo auf sie ein und Obi-Wan musste sein Lichtschwert kontinuierlich in Bewegung halten. Er griff nach der Macht und benutzte sie, um die Zeit zu verlangsamen, sodass er jeden einzelnen Blasterschuss sehen konnte. Wo war Anakin?

Als hätte er Obi-Wans Gedanken gelesen, tauchte Anakin aus dem Rauch auf. Er hatte das Lichtschwert hoch erhoben in den Händen, hielt es ständig in Bewegung und sprang auf den automatischen Schnellfeuer-Blaster zu, den einer von Strikers Bande an der Wand aufgebaut hatte.

Anakin trat in einem Sekundenbruchteil zwischen zwei Schüssen mit beiden Füßen nach dem Blaster. Die Waffe fiel von ihrem Stativ und Anakin hackte sie in zwei Stücke.

Dann arbeitete er sich zurück zu Obi-Wan.

„Bring Swanny und Rorq in Sicherheit", rief Obi-Wan über den Lärm hinweg. „Ich hole diese Datapads. Komm dann wieder zu mir, sobald die beiden in Sicherheit sind."

Sie hatten keine Zeit, um über einen anderen Plan nachzudenken. Der Rauch quoll auf Obi-Wan zu und er ging geradewegs in ihn hinein.

Seine Augen begannen sofort wieder zu tränen und er spürte den Rauch, der ihm das Atmen erschwerte, in seinen Lungen. Doch er kämpfte sich voran. In diesem Rauch würde es selbst ein Hutt schwer haben, sich zu verstecken.

Er musste über die Körper von Toten und Verwundeten steigen. Obi-Wan schmeckte den Tod und den Rauch auf seiner Zunge. Er spürte, wie sich Müdigkeit in seine Knochen schlich. Es war die Gier, die solche Reaktionen bei ihm bewirkte. Jetzt verstand er auch die Mawaner besser, die für ihre Ideale gekämpft hatten – im Gegensatz zu denen, die den Gangsterbossen dienten. Die Gier auszurotten war unmöglich; zu versuchen sie zu kontrollieren, war eine niemals enden wollende Aufgabe. Seine Arbeit würde niemals ein Ende haben. Und in einem Kampf wie diesem konnte ihn dann bei dem Gedanken daran eine große Müdigkeit befallen.

Er hatte es vernachlässigt, sich auf den Kampf zu konzentrieren. Das war schlecht. Obi-Wan lenkte seine Aufmerksamkeit zurück zur Schlacht. Da loderte plötzlich die Datapad-Bank in Flammen auf. Sie war von einer Granate getroffen worden.

Obi-Wan blieb stehen, um darüber nachzudenken, was er als Nächstes unternehmen sollte. Doch er hatte keine Zeit umzukehren. Eine gewaltige Druckwelle riss ihn beinahe von den Füßen. Der Boden schien sich Obi-Wan zu nähern, als er auf ein Knie sank. In seinen Ohren klingelte es. Die Gewalt der Explosion verriet ihm, dass es sich um einen Thermo-Detonator gehandelt hatte. Der Rauch wurde jetzt noch dichter und er hörte die Schreie von Verwundeten.

Er sprang nach vorn, um einem plötzlich Hieb mit einem Betäubungsstock auszuweichen. Der Angreifer verschwand so schnell im Rauch, wie er erschienen war.

Obi-Wan beschloss, sich auf die Suche nach Decca zu machen. Wenn er ihr folgen würde, käme er vielleicht hinter ihren Fluchtplan und ihre Ausweichstrategie. Vielleicht würde sie ihn sogar zu einem anderen Versteck führen. Schließlich erreichte er das Ende der Substation. Er sah gerade noch, wie Decca ihren massigen Körper in einen speziell konstruierten Gleiter presste, der breiter und länger als üblich war. Der Pilot gab Vollgas und das Fahrzeug schoss den Tunnel entlang.

Er hatte seine Chance, ihr zu folgen, um wenige Sekunden verpasst. Und in dem Tunnel stand kein zweiter Gleiter, mit dem er sich an ihre Fersen hätte heften können.

Obi-Wan kehrte um. Der Rauch lichtete sich bereits. Er sah die Gangster auf dem Boden liegen oder sitzen, die Köpfe in die Hände gestützt. Ein paar von ihnen, die noch gehen konnten, hatten sich auf die Verfolgung von Strikers fliehender Bande gemacht.

Swanny streckte Rorq die Hand hin und half ihm aufzustehen. Sie hatten hinter einer Mülltonne Deckung gesucht.

Obi-Wan suchte die Menge ab. Wo war Anakin?

Er ging schnell zu Swanny und Rorq hinüber. „Ist Anakin den anderen gefolgt?"

Swanny schüttelte den Kopf. „Ich weiß es nicht. Ich habe nichts gesehen. Er hat uns hinter diese Tonne geschubst, kurz bevor etwas sehr Großes explodierte."

Der Thermo-Detonator. War Anakin etwa zu dicht bei der Explosion gewesen?

Etwas lag in der Nähe auf dem Boden. Obi-Wan durchfuhr eine furchtbare Angst. Langsam ging er zu dem Objekt und beugte sich hinab.

Er nahm es auf und strich mit den Fingern darüber. Der Griff war von Staub bedeckt und die Oberfläche hatte einen tiefen Kratzer.

Es war Anakins Lichtschwert.

Kapitel 7

Wenigstens lebe ich noch, dachte Anakin. *Ich mag dumm sein, aber ich lebe noch.*

Es war ein wenig Jedi-hafter Gedanke. Jedi gingen nicht mit sich selbst ins Gericht. Doch das war Anakin egal. Er fühlte sich dumm und unvorsichtig. Er versuchte, in dem Müllcontainer, in dem er sich wiedergefunden hatte, eine andere Position einzunehmen, doch es gab nicht genug Platz und jedes Mal, wenn er sich bewegte, schrie seine Schulter vor Protest auf. Er war jedoch nicht schwer verletzt. Anakin war auf der Schulter gelandet, als der Thermo-Detonator eingeschlagen hatte. Er hatte ihn nicht rechtzeitig gesehen. Der Sprengkörper war explodiert und die Druckwelle hatte Anakin erfasst.

Dabei hatte er sein Lichtschwert fallen lassen. Das war etwas, was einem Jedi niemals passieren durfte.

Jetzt wurde er an ein unbekanntes Ziel gebracht. Nach der

Explosion war er benommen gewesen und man hatte ihn wie einen Sack Kartoffeln in einen Container voller abgenagter Knochen von dem Fest geworfen. Der Angreifer hatte Anakin den Gürtel der Tunika abgenommen, also war auch der Comlink weg. Man hatte die Tonne den Tunnel entlanggerollt, sie auf ein Fahrzeug geworfen und jetzt fuhr Anakin … irgendwohin.

Er konnte kaum erwarten zu erfahren, was Obi-Wan dazu sagen würde.

Die Lage zwischen Obi-Wan und ihm war schon angespannt genug. Was würde wohl passieren, wenn er herausfand, dass Anakin sein Lichtschwert verloren hatte und gefangen genommen worden war?

Anakin malte sich das Gespräch aus.

Ich habe den Thermo-Detonator zu spät gesehen, Meister. Ich wurde überrascht.

Es gibt keine Überraschungen, wenn die Macht mit dir ist, mein junger Padawan.

Anakin verzog das Gesicht. Er konnte es kaum erwarten. Falls er jemals wieder hier herauskommen würde.

Er tastete den Container von innen ab. Es war eine ganz gewöhnliche Mülltonne. Der Deckel hatte ein Scharnier und ein einfaches Schloss. Wenn er es irgendwie schaffen würde, sich auf den Rücken zu drehen, könnte er das Schloss vielleicht mit einem kräftigen Tritt gegen den Deckel knacken.

Es war einen Versuch wert. Er wollte nichts lieber, als diesem stinkenden Gefängnis entkommen. Doch von Obi-Wan hatte er gelernt zu warten.

Er war sich beinahe sicher, dass er von Strikers Bande gefangen genommen worden war. Ohne sein Lichtschwert hatten sie ihn vielleicht nicht als Jedi erkannt. Vielleicht war er nur einer von vielen Gefangenen. Er nahm an, dass man ihn zu Strikers Versteck bringen würde. Er konnte also warten, bis seine Zeit kommen würde, und solange beobachten. Immerhin waren sie hier, um Informationen zu sammeln. Vielleicht würde er etwas Wichtiges über Striker herausfinden, etwas, was sie gebrauchen konnten.

Also war es wohl das Beste, wenn er hier liegen blieb und wartete, bis man ihn herausholte.

Er hatte den Gedanken kaum zu Ende gedacht, da spürte er, wie der Gleiter langsamer wurde. Das Gefährt blieb stehen, die Mülltonne wurde grob gepackt und auf den Boden geworfen. Anakin stützte sich ab, stieß sich aber dennoch den Kopf. Es war schwer, mit einem solch pochenden Schädel die Geduld nicht zu verlieren, doch er bekam sich in den Griff und erlangte Ruhe für das, was auch immer ihn erwartete.

Der Deckel der Tonne wurde geöffnet und Hände griffen herein. Anakin ließ seinen Körper vollkommen erschlaffen. Er wurde grob gepackt, jemandem über die Schulter gelegt und dann auf den Boden geworfen.

Anakin hob den Kopf und sah in ein böses gelbes Augenpaar.

„Herzlich willkommen, du Wicht." Ein riesiger Imbat grinste ihn mit faulen Zähnen an. Dann griff er an seinen Gürtel und nahm ein Paar Betäubungshandschellen ab. In seinen gewaltigen Händen sahen sie aus wie zarte Armreifen. Er legte sie Anakin an, drehte sich mit einem Grunzen um und ging weg.

Anakin rappelte sich unsicher auf. Seine Schulter tat noch immer weh und er spürte, wie an seiner Stirn über dem linken Auge eine Beule wuchs.

Um ihn herum ging es hoch her, doch niemand beachtete ihn. Er konnte sich frei bewegen, wobei die Betäubungshandschellen natürlich dafür sorgen würden, dass er sich nicht zu weit entfernte. So wie es aussah, war er der einzige Gefangene.

Anakin tat das, was Obi-Wan von ihm erwarten würde. Er beobachtete.

Die Substation war noch größer als die von Decca. Lange Bänke mit Überwachungseinrichtungen, jetzt außer Betrieb, standen an einer Wand. In einer Ecke stand ein Haufen aus Bänken und Stühlen, die aus den Fußbodenhalterungen gerissen worden waren. In einem Waffenregal war eine eindrucksvolle Sammlung von Handfeuerwaffen zu sehen.

Alle Gangster waren beschäftigt, keiner beachtete ihn. Ein paar von ihnen prüften und reinigten Waffen. Andere saßen an improvisierten Computerstationen und gaben Daten ein. Hier schien jeder eine Aufgabe zu haben. Im Vergleich zur schludrigen Organisation von Feeanas Truppe und dem

Chaos und der unterdrückten Gewalt von Deccas Bande schien dies eine professionelle Operation zu sein.

Und das sagte Anakin, dass Striker derjenige von den Dreien war, um den man sich Sorgen machen musste.

Anakin hatte nicht die geringste Ahnung, wo er sich befand. Wie sollte Obi-Wan ihn jemals finden?

Dabei wollte er gar nicht von Obi-Wan gefunden werden. Nicht bevor er die Chance gehabt hatte, etwas herauszufinden. Das würde ihn in den Augen seines Meisters wieder rehabilitieren. Vielleicht könnte er etwas Wichtiges herausfinden und dann fliehen.

Anakin ging langsam näher an die Computertische heran. Er konzentrierte sich auf die Finger eines Mannes, der etwas auf einer Tastatur eingab. Er holte die Macht zur Hilfe und spürte sofort, wie sich die Zeit zu verlangsamen schien. Er versuchte, aus den Buchstaben, die der Mann tippte, Worte zusammenzusetzen.

BIO ... dann verpasste er ein paar Buchstaben, weil jemand vor der Konsole vorbeiging ... FFE.

GIF

Anakin beugte sich frustriert nach vorn, um mehr sehen zu können. Doch da landete unvermittelt eine riesige Hand auf seiner Schulter und er spürte den Schmerz im ganzen Körper. „Der Boss will dich sprechen."

Der Imbat ging durch den großen Raum, ohne nachzusehen, ob Anakin ihm überhaupt folgte. Er drückte auf den Öffner einer Durastahl-Tür, die in einen Raum am Rand der

Substation führte. Er wartete, bis die Tür offen war und schob Anakin grob hinein. Die Tür schloss sich hinter ihm.

Der Raum war fast leer, abgesehen von einem Tisch und einem Stuhl. Vor Anakin stand ein lächelnder Mann, der ihm die Hände entgegenstreckte. „Verzeih mir die Art und Weise, wie ich dich hierher bringen ließ, mein Freund. Ich wollte dich unbedingt so schnell wie möglich sehen."

Ein Schock durchfuhr Anakin.

Es war ihr größter Feind Granta Omega.

Kapitel 8

„Ihr wollt, dass wir Euch zu Strikers Versteck bringen?", fragte Swanny. „Aber niemand weiß, wo das ist."

„Ihr habt behauptet, dass Ihr wüsstet, wo sich alle aufhalten und was überall vor sich geht", sagte Obi-Wan.

„Eine leichte Übertreibung kann oft einen Handel zum Abschluss bringen", sagte Swanny. „Aber bitte zieht auch die Bedeutung des Wortes ‚Versteck' in Betracht. Sie impliziert doch, dass sich jemand versteckt, oder nicht?"

„Dann werden wir es wohl finden müssen", sagte Obi-Wan.

„Wir?", fragte Rorq. „Was haben wir denn mit der Sache zu tun?"

„Anakin kam Euretwegen in die Nähe des Thermo-Detonators", sagte Obi-Wan. „Er hat Euch das Leben gerettet."

„Und wir sind sicher, dass er ganz bestimmt nicht wollen

würde, dass wir unser Leben verlieren – nach all dem Ärger, den er gerade durchmacht", sagte Rorq ernsthaft.

„Seht mal, Meister Obi", sagte Swanny. „Striker ist so effektiv, weil niemand etwas über ihn weiß. Man weiß nicht, woher er kommt, und man kennt seinen richtigen Namen nicht. Man weiß nicht, wo er lebt. Man weiß nicht, wann er das nächste Mal zuschlagen wird. Hier gibt es Kilometer um Kilometer von Tunnels – einige von ihnen nur halb fertig – und leere Substationen entlang der Außenbereiche. Er könnte sich überall aufhalten. Und es ist nicht gerade so, dass wir jemals genau hätten nachsehen wollen."

„Dann räuchern wir ihn eben aus", sagte Obi-Wan.

„Ich glaube, ich hatte für heute Nacht genügend Rauch", sagte Swanny und rieb sich über das rußgeschwärzte Gesicht.

„Ich meine keinen richtigen Rauch", sagte Obi-Wan. „Ich meine, wir sollten ihn so provozieren, dass er aus seinem Versteck kommen muss."

„Ihn provozieren?", fragte Rorq stöhnend. „Das klingt nicht besonders gut."

Obi-Wan hatte das Gefühl, dass ihm gleich der Geduldsfaden reißen würde. Er hätte während des Angriffs bei Anakin bleiben müssen. Jetzt wusste er nicht, ob Anakin schwer verwundet war – oder noch Schlimmeres geschehen war.

Ihm fiel wieder ein, wie wütend er auf Andara gewesen war. *Ich dachte, Ihr würdet stolz auf mich sein*, hatte Anakin gesagt. Und er hatte antworten wollen, dass er in der Tat stolz war, dass ihn Anakins Fortschritte erstaunten und dass es so Vieles in ihm gab, was er sogar bewunderte. Doch stattdessen hatte er geschwiegen und gedacht, dass dafür ein passenderer Moment kommen würde. Er hatte seinen Padawan nicht loben wollen, wo er doch einen solch gravierenden Fehler gemacht hatte.

Doch vielleicht hätte er es tun sollen. Denn dieser passendere Moment war nicht gekommen.

„Wo ist Striker am verwundbarsten?", fragte er Swanny.

„Ich habe nicht die geringste Ahnung", gab der Mawaner zurück. „Wenn man mich fragt, nirgends. Er hat Leibwachen, die ihn die ganze Zeit umgeben. Und Überwachungseinrichtungen, Waffen, Killer, eine riesige Armee ... kann ich aufhören?"

Obi-Wans Comlink piepte. Er hob ihn schnell vors Gesicht.

„Mit Euch sprechen ich muss", sagte Yaddle. „Am Drucklift wir uns treffen."

„Natürlich", gab Obi-Wan zurück. „Aber ich wollte Euch ohnehin gerade kontaktieren. Anakin wird vermisst. Ich vermute, dass Striker ihn gefangen genommen hat."

Yaddle zögerte nur einen Herzschlag lang. Er spürte ihre Besorgnis. Dann sagte sie langsam: „Euer Problem, mein Problem – gegenseitig sich lösen sie könnten."

Swanny und Rorq schienen angesichts dieser Ablenkung erleichtert zu sein. Sie taten nichts lieber, als Obi-Wan zum Drucklift zu führen.

Yaddle stieg mit dem anmutigen, gleitenden Schritt aus der Liftröhre, der ihr zu eigen war, auch wenn sie müde oder ungeduldig war.

„Zusätzlich zur Substation, in der die Hauptverteilung der Energieversorgung liegt, Striker noch eine andere wichtige Station übernommen hat", sagte sie. „Substation 32, eine zentrale Relaisstation. Wichtig sie ist als Knotenpunkt für den Neustart des Netzes."

Swanny nickte. „Das stimmt. Von dieser Substation kann er die Energiequelle außer Kraft setzen, die Ihr für den Neustart benötigt."

„Sie zurückgewinnen wir müssen", sagte Yaddle.

„Ich suche eine Möglichkeit, Striker zu provozieren", sagte Obi-Wan.

„Das wäre geeignet", murmelte Swanny. „Er hat sich diese Substation erst heute Abend von Decca zurückgeholt. Ich könnte mir vorstellen, dass er sich deswegen ziemlich gut fühlt."

„Wenn wir die Substation angreifen, wird er Verstärkung schicken müssen", sagte Obi-Wan zu Yaddle. „Wir könnten sie bis zu seinem Versteck zurückverfolgen."

„Darf ich auch mal was sagen?", fragte Swanny. „Es ist ein Ding der Unmöglichkeit, diese Substation zurückzubekommen. Das wollte ich einfach mal erwähnt haben."

„Was meint Ihr damit?", fragte Obi-Wan.

„Er hat seine besten Leute abgestellt, um die Energieversorgung zu bewachen", erklärte Swanny. „Seine explosivsten Waffen. Ich habe die Jedi schon in Aktion gesehen und es ist ein netter Anblick, bitte versteht mich nicht falsch. Aber können zwei Jedi es mit Granaten und Raketenwerfern aufnehmen?"

Obi-Wan und Yaddle tauschten Blicke aus.

„Es gibt nur einen Zugang zur Substation 32", fuhr Swanny fort. „Das ist wirklich der einzige Eingang. Und er wird Euch keine zwei Meter an diesen Eingang heranlassen, ohne Euch in Stücke zu schießen."

„Ich schätze mal, das war's", sagte Rorq. „Es gibt keinen anderen Weg."

Yaddle lächelte. Obi-Wan wandte sich an Swanny und Rorq.

„Für die Jedi gibt es immer einen anderen Weg."

Kapitel 9

Zeig ihm deine Überraschung nicht. Gönn ihm nicht einmal den kleinsten Funken Überraschung.

„Nun komm schon, Anakin", sagte Granta Omega in einem schmeichelnden Tonfall. „Du bist überrascht, gib es zu. Und vielleicht freust du dich sogar ein wenig?" Omega lächelte ihn an. Omegas besonderer Charme hatte Anakin schon immer verwirrt. Er hatte diesen Mann sogar einmal gemocht – bevor er versucht hatte, Obi-Wan zu töten. Bevor deutlich geworden war, dass die Dunkle Seite der Macht seine Handlungen bestimmte.

Granta Omega war darauf aus, einen Sith aus der Reserve zu locken. Er selbst war nicht Macht-sensitiv, doch er wollte der Macht nahe stehen. Er wollte die Quelle solch unglaublicher Kräfte begreifen. Er wollte alles unternehmen, um den einen Sith anzulocken, von dem er wusste, dass er in der Galaxis unterwegs war. Granta Omega war enorm reich und würde alles und jeden benutzen, um sein Ziel zu erreichen. Selbst die Jedi.

„Freuen ist das falsche Wort", gab Anakin zurück. „Und ich würde auch nicht sagen, dass ich überrascht bin. Eher sehr unglücklich."

Omega legte den Kopf zur Seite und betrachtete Anakin. „Es tut mir Leid, das zu hören. Aber ich bin mir sicher, dass du früher oder später verstehen wirst, weshalb sich unsere Wege immer wieder kreuzen. Die Macht ist stark in dir. Stärker als in jedem anderen Jedi. Stärker als in deinem Meister – und er weiß es. Ich interessiere mich noch immer für die Sith, aber auch immer mehr für dich."

„Das beruht nicht auf Gegenseitigkeit."

Omega schlenderte durch den leeren Raum. Er war etwas, was man als ‚Nichts' bezeichnete, ein Wesen, das seine Erscheinung und seine Aura so vollkommen verwischen konnte, dass sich die Personen, die ihn einmal getroffen hatten, nicht mehr an sein Aussehen erinnern konnten. Omega erschien Anakin bei jedem Treffen anders. Bei ihrer ersten Begegnung hatte er wie ein erschöpfter Kopfgeldjäger ausgesehen. Anakin war ihm dann begegnet, als er als Wissenschaftler mit dem Namen Tic Verdun aufgetreten war. Er hatte planlos und nervös gewirkt und freundliche braune Augen gehabt.

Jetzt hatte Anakin das Gefühl, dass er den echten Granta Omega sah. Er hatte dunkle Haare, die bis zu den Schultern reichten. Seine Augen waren tief dunkelblau und nicht braun, wie Anakin sie einmal gesehen hatte. Er hatte einen schlanken, aber kräftigen Körper. Und er sah jünger aus. Vielleicht sogar jünger als Obi-Wan.

„Dann sei doch wenigstens beeindruckt, dass ich dir vergeben habe", sagte Omega. „Wie dir auffallen dürfte, bin ich dir nicht böse. Du und dein Meister, ihr habt bei unserem letzten Treffen einen lukrativen Handel vereitelt. Ich war kurz davor, den gesamten Bacta-Markt zu kontrollieren. Ein Vermögen hätte ich verdient. Doch stattdessen bin ich beinahe in einer Flutwelle ertrunken. Und ich war gezwungen, all meine geheimen Finanzaufzeichnungen zu löschen. Dennoch kein Groll."

„Eurerseits vielleicht", sagte Anakin.

„Wie ich eben sagte, hat mich dieses kleine Abenteuer einiges gekostet. Ich musste das irgendwie wieder wettmachen. Planeten wie Mawan sind für Wesen wie mich wie geschaffen. Wir können hier relativ ungestört alle möglichen Unternehmungen starten. Niemand, der bestochen werden muss, oder gegen den man kämpfen muss. Wir nehmen uns einfach unseren Teil. Ich hatte hier ohnehin schon ein paar Geschäftsinteressen verfolgt, daher bedurfte es nur meiner persönlichen Anwesenheit, dass ich mich den Geschäften hier voll und ganz widmen konnte. In nur wenigen Monaten habe ich zurückgewonnen, was ich verloren hatte."

„Soll ich Euch jetzt gratulieren?", fragte Anakin.

Omega seufzte. „Immer noch ein Jedi", sagte er. „Monde und Sterne, könnt ihr vielleicht langweilig sein. Zweifellos der Einfluss deines Meisters." Er lehnte sich an den Tisch. „Kannst du denn nicht einmal entspannen? Nicht alle Jedi sind so steif wie dein Meister."

„Woher soll ich das wissen?"

„Einige von euch finden es interessant, tief im Jedi-Archiv zu stöbern und herauszufinden, dass die Jedi mehr über die Dunkle Seite wissen, als sie zuzugeben wagen. Sie verschwenden ihre Zeit nicht damit, über ihre Lieblingsfelsen im Saal der Tausend Quellen zu meditieren oder sich in den Empfangsraum des Rates zu mogeln, um den Senatsschiffen dabei zuzusehen, wie sie in der für sie vorbehaltenen Luftstraße andocken."

„Woher wollt Ihr all diese Dinge wissen?", fragte Anakin verblüfft. Nur Jedi wussten diese Dinge. Sie waren nicht wichtig, aber es waren Dinge, die Padawane taten.

„Vielleicht weiß ich mehr über die Jedi als du?", fragte Omega in einem stichelnden Ton. „Neidisch?"

Er lachte, als er Anakins Gesicht sah. „Du siehst besorgt aus. Und wütend. Habe ich dir nicht eben geraten, dass du dich entspannen sollst? Du siehst aus, als hättest du gerade einen Rüffel von Rei Soffran bekommen."

Rei Soffran war ein angesehener Jedi-Meister und Lehrer der mittleren Padawan-Jahrgänge. Er war im Tempel berühmt für seinen strengen Unterricht. Wenn man in Rei Soffrans Kammer gerufen wurde, wusste man, dass jeder kleine Fehler, den man gemacht hatte, seziert und dass man wie ein gebratener Doisey-Vogel auseinander genommen werden würde.

Aber woher wusste Granta Omega das?

Omega setzte sich auf den Tisch. Er rutschte zur Kante und sah Anakin an. Er ließ dabei seine Beine baumeln, so als wäre er ein kleiner Junge. „Na komm schon, Anakin. Du brauchst Obi-Wan doch gar nicht. Und du brauchst auch den Rat nicht. Hast du das denn noch nicht erkannt?"

Anakin dachte an seine letzte Mission auf Andara. Er hatte sich unter eine Gruppe von Schülern gemischt, die als geheime Schwadron aufgetreten waren und sich für Missionen in der ganzen Galaxis angeboten hatten. Sie hatten selbst entschieden, was sie tun und lassen wollten. Sie waren niemand anderem als sich selbst Rechenschaft schuldig. Bevor alles zerbrochen war, hatte er sie bewundert – und war vielleicht sogar neidisch gewesen. Es hatte wie Freiheit ausgesehen. Es hatte ihn dazu gebracht, darüber nachzudenken, wie es wohl wäre, wenn er keinen Meister und keinen Rat der Jedi hätte, die ihm sagten, was er zu tun und zu lassen hatte. Er hatte diese Gedanken tief in seinem Innern vergraben, so wie eine schmutzige Tunika in seinem Reisebeutel.

Etwas in seinem Ausdruck musste sich verändert haben, denn Omegas Augen funkelten in einem scharfen, klaren Blau. „Du *hast* es erkannt." Er beobachtete ihn weiter. „Aber du willst es dir nicht eingestehen."

Anakin schüttelte den Kopf. „Das stimmt nicht."

Omega lachte. „Ich dachte, Jedi dürfen nicht lügen. Du stehst schon mit einem Fuß auf dem Weg zur Dunklen Seite, Anakin. Bist du sicher, dass du dazu bestimmt bist, ein Jedi zu werden?"

„Das ist alles, was ich jemals wollte", sagte Anakin. Die Worte drangen aus seinem Mund, ohne dass er es wollte. Sie kamen aus seinem Kopf, wo sie schon immer gewesen waren.

„Ja, du warst ein Sonderfall", sagte Omega. „Ich habe die Geschichte gehört. Als kleiner Junge auserwählt. Du warst ein Sklave, also hast du natürlich von einem besseren Leben geträumt, einem Leben, von dem du geglaubt hattest, dass es die Freiheit bedeutete. Willkommen in der Wirklichkeit, Anakin. Bist du frei?" Omega schnaubte. „Wenn ich noch immer an den Träumen festhalten würde, die ich als kleiner Junge hatte, dann würde ich jetzt Raumschiffe reparieren, um meinen Lebensunterhalt zu verdienen. Ich dachte einst, das wäre aufregend. Wie kannst du dir so sicher sein, dass dein Traum der richtige war?"

„Der Traum war richtig, weil ich ihn in diesem Augenblick lebe", gab Anakin zurück.

„Der Traum", sagte Omega leise, „handelte von vielen Möglichkeiten, von Freiheit und Abenteuer. Das ist nicht dasselbe. Du warst einmal ein Sklave. Und natürlich hast du von Freiheit geträumt. Aber du bist jetzt kein kleiner Junge mehr. Du musst wissen, dass das Einzige, mit dem man sich in diesem Leben Freiheit kaufen kann, Reichtum ist. Und ich besitze ihn. Ich kann dir mehr Freiheit bieten als die Jedi."

Anakin schüttelte den Kopf. „Ich möchte Eure Art Freiheit nicht."

„Warum nicht? Ich kann tun, was auch immer ich tun will. Lass mich dir eines sagen: Freiheit ist eine gute Sache. Sie macht sogar Spaß. *Du* könntest alles tun, was du willst. Mit meiner Hilfe könntest du eine Armee aufstellen. Du könntest zu deinem ärmlichen Heimatplaneten zurückkehren und deine Mutter befreien. Ist das nicht dein innigster Wunsch? Weshalb halten dich die Jedi davon ab?"

Anakin musste erstaunt an seine Vision denken. Er hatte die Handschellen an den Handgelenken seiner Mutter berührt und sie waren zu Boden gefallen. Es war keine Vision von etwas gewesen, das geschehen *würde*, wie ihm jetzt klar wurde. Es war eine Vision darüber gewesen, was sein *könnte*.

Was sein könnte …

Der Gedanke daran loderte verheißungsvoll in ihm auf. Er dachte daran, wie er sich in seinem Traum gefühlt hatte. So mächtig, so sicher. Seine Hände um Shmis vertraute Haut zu schließen, das Leuchten in ihren Augen zu sehen, als sie ihn sah.

„Ja, Anakin Skywalker", sagte Omega leise. „Ich kann dir die Mittel geben, um das zu erreichen. Wir könnten schon morgen von hier aufbrechen, wenn du das wolltest."

„Nein", sagte Anakin. *Ich höre ihm nicht zu. Ich höre das nicht.*

Omega stieß sich von dem Tisch ab. Anakin hörte das Geräusch seiner Stiefel auf dem Boden, doch er sah ihm nicht in die Augen. „Wie auch immer, denk einfach darüber nach. Du brauchst die Jedi ja nicht für immer zu verlassen. Du könntest versuchsweise mit mir mitgehen. Sehen, wie dir *richtige* Freiheit gefällt. Du kannst immer zu den Jedi zurückkehren. Sie sind in letzter Zeit ziemlich verzweifelt, sie würden dich wieder zurücknehmen."

„Ich werde Euch niemals irgendetwas geben", sagte Anakin.

„Wie wäre es mit einem Handel? Etwas, das ich will, gegen etwas, das du willst? Ich weiß, dass die Jedi mich von diesem Planeten entfernen wollen. Ich bin nicht sicher, ob ich schon gehen will, aber wenn der Senat sich in die mawanische Politik einmischen will, wäre ich ein Narr, wenn ich hier bleiben würde. Wie auch immer, ich hätte da ein paar Forderungen. Wenn du Yaddle kontaktierst und sie dazu bringst, zu einem Treffen hierher zu kommen, werde ich für ihre Sicherheit garantieren."

„Und wer wird für Eure Sicherheit garantieren?", erwiderte Anakin.

Omega kicherte. „Du. Die Tatsache, dass ich einen Jedi hier habe, bedeutet, dass derjenige, wer auch immer dort oben das Sagen hat, mir keine Armee auf den Hals schicken wird, um zu ‚verhandeln'. Ich mag vielleicht habgierig sein, aber ich denke auch praktisch. Ich wäre durchaus bereit, meine Unternehmungen von hier zu verlagern. Aber Yaddle ist die Einzige, die meine Bedingungen annehmen kann. Sorge dafür, dass das Treffen zustande kommt. Dann, während ich meinen Aufbruch vorbereite, kannst du dir überlegen, ob du mit mir kommen möchtest oder nicht."

„Ich muss mir nichts überlegen. Ich weiß, was ich bin. Ich weiß, was ich will."

Omega seufzte. „Ihr Jedi. Immer so entschlossen." Er schüttelte sich. „Diese Selbstgerechtigkeit gruselt mich. Lass mich wissen, ob du das Treffen zustande bringst. Ich lasse dir deinen Comlink bringen."

Er öffnete die Tür und ging in die geschäftige Substation hinaus. Anakin schaute ihm hinterher und sah wie er zur anderen Seite des Raumes ging. Ihm fiel auf, wie sich Omega im Gehen schnell mit seinen Helfern absprach. Er traf knappe Entscheidungen und ging weiter. Der Raum war voller Aktivität. Jetzt wurde Anakin zum ersten Mal klar, wie dieser Mann ein solches Vermögen angehäuft hatte.

Woher wusste Omega all diese Dinge über den Tempel? Hatte er einen Jedi korrumpiert? Hatte er sich in den Tempel eingeschlichen? Das war geradezu unvorstellbar, und doch – es musste eine Erklärung dafür geben.

Omegas Einladung, an seinen Unternehmungen teilzunehmen, war geradezu lachhaft. Und doch hatte sie ihm die Vision wieder ins Gedächtnis gerufen – und Anakin spürte erneut den Schmerz.

Wir könnten schon morgen von hier aufbrechen …

Dann könnte er sie wiedersehen. Er könnte sie befreien und dafür sorgen, dass sie in Sicherheit kam, dass es ihr gut ging. Und dann konnte er wieder zu den Jedi zurückkehren. Omega hatte gesagt, es wäre möglich.

Doch die Jedi würden ihn nicht wieder aufnehmen, wenn

er das tun würde. Das wusste Anakin. Und Omega höchstwahrscheinlich auch. Sein Angebot war von Anfang bis Ende verlogen.

Oder steckte auch Wahrheit darin? Hielten die Jedi ihn von seinem innigsten Wunsch zurück?

Und war er stark genug, sich der Antwort zu stellen?

Kapitel 10

Yaddle schaute mit sichtlicher Abneigung im Tunnel umher. „Zu viel Zeit unter der Oberfläche verbracht ich habe", murmelte sie, allerdings recht unbeschwert. „Froh ich sein werde, wenn den Himmel ich wiedersehe."

Obi-Wan lächelte bei ihren humorvollen Worten, doch er wusste, dass sich dahinter die Wahrheit verbarg. Er erinnerte sich an die Worte aus Anakins Vision: *Diejenige, die unten weilt, wird ewig unten weilen.* Yoda hatte das als Warnung interpretiert. Yaddle war jetzt unter der Oberfläche. Was wäre, wenn der Angriff auf die Substation schief ging und Yaddle etwas zustoßen würde?

„Ich kann es allein machen", sagte er zu ihr. „Ihr solltet umkehren."

Yaddle schüttelte den Kopf. „Was Ihr denkt, ich weiß, Obi-Wan. Besorgt wegen der Vision Eures Padawans ich nicht bin. Denkt Ihr, dass weglaufen ich sollte?"

„Das meinte ich nicht, Meisterin Yaddle", sagte Obi-Wan respektvoll. „Ich wollte nur vorschlagen, dass ..."

„Dass weglaufen ich sollte", unterbrach Yaddle Obi-Wans Erklärungsversuch. „Zeit wir verschwenden."

Obi-Wan war von Yaddle zurechtgewiesen worden und er akzeptierte es. Er hätte sich an ihrer Stelle auch nicht zurückgezogen. Er wandte sich an Swanny. „Habt Ihr nicht gesagt, dass man die Energieversorgung auch aus einer anderen Quelle speisen könnte, aber nur wenn die zentrale Relaisstation zerstört ist?"

„Stimmt", sagte Swanny ruhig. „Die Substation 32. Das meine ich ja. Vielleicht erinnert Ihr Euch, was ich sagte: Wenn Ihr das Relais in die Luft jagt, könnte das gesamte Energienetz hochgehen. Das wäre ein einziges nettes Kawumm und ihr könntet Euch von Eurem Lichtschwert verabschieden."

Obi-Wan wandte sich wieder an Yaddle. „Könnten Eure Experten das Energieversorgungsnetz hochfahren, wenn wir die Substation 32 ausschalten? Wir dürfen Striker keine Möglichkeit geben zurückzuschlagen."

„Herausfinden wir das werden." Yaddle holte sofort ihren Comlink hervor.

Swanny sah Obi-Wan neugierig an. „Ich verstehe nicht ganz. Wie können zwei Jedi eine komplette Substation außer Gefecht setzen?"

„Na ja, wir brauchen schon etwas Hilfe", sagte Obi-Wan. „Und genau da kommt Ihr ins Spiel."

„Ich? Ihr wisst, dass ich Euch gern helfen würde, aber Ihr habt ja schon gesehen, wie feige ich bin, wenn's darauf ankommt", sagte Swanny.

„Ihr müsst nicht einmal in die Nähe der Substation", versicherte Obi-Wan ihm.

Yaddle schaltete ihren Comlink wieder ab und nickte. „Sie schaffen es können. Aber wichtig das Timing ist. Die Relaisstation zerstören innerhalb der nächsten Stunde wir müssen. Ungeduldig Feeana ist. Um zu patrouillieren in der Stadt, wir sie brauchen. Uns vertrauen die mawanischen Bürger müssen. Wenn versprechen wir ihnen die Kontrolle über das Energieversorgungsnetz und dass Feeana und ihre Leute die Stadt können halten, an die Oberfläche sie kommen werden." Yaddle hielt kurz inne. „Eine Idee Ihr habt, Meister Kenobi."

Es war eine Feststellung, keine Frage.

„Wir können die Station nicht in die Luft sprengen", sagte Obi-Wan. „Doch wir könnten sie überschwemmen." Er wandte sich an Swanny. „Könnt Ihr die Substation über die Abwasserrohre fluten, ohne in die Station hinein zu müssen? Ihr habt gesagt, dass Ihr jedes unterirdische Rohr kennt."

Swanny dachte eine Minute nach, während Obi-Wan versuchte, seine Ungeduld nicht zu zeigen. „In der Substation gibt es einen kleinen Waschbereich für die Arbeiter", sagte er schließlich. „Wenn ich das Abwasser vom Tank 102C umleite und es mit genügend Druck durch das System A-9 pumpe, wäre es denkbar, dass es eine Rohrverbindung bricht. Die Rohre, die in die Substation 32 führen, gehören nämlich zum alten System und sind nicht sonderlich gut in Schuss. Wir hätten dann innerhalb weniger Minuten eine nette Überflutung. Ich würde allerdings länger als eine Stunde brauchen, um dorthin zu kommen und herauszufinden, welche Rohrkreisläufe ich benutzen müsste."

„Wir haben vierzig Minuten", sagte Obi-Wan. „Wir sollten anfangen."

Swanny hatte Recht gehabt, was Strikers Feuerkraft betraf. Als Obi-Wan und Yaddle die Außenbereiche der Substation erreichten, konnte Obi-Wan zwei große Granatwerfer auf Repulsorlift-Plattformen sehen, die den Eingang bewachten. Die Schützen saßen hinter den Werfern und die Jedi konnten erkennen, dass die Zielcomputer aktiv waren. Einige Kampf-Droiden standen in Reih und Glied bereit.

„Wir könnten ein Ablenkungsmanöver brauchen", murmelte Obi-Wan Yaddle zu. Sie hatten sich hinter einer Transportkiste versteckt.

„Schaffen wir es müssen, wenn das Übergangskomitee Erfolg haben soll", sagte Yaddle. „Je länger es dauert, desto mehr Dinge schief können gehen."

„Seht dort", sagte Obi-Wan und zeigte auf eine Wasserlache, die unter der doppelten Durastahl-Tür der Substation hervorrann. „Swanny war anscheinend erfolgreich. Die Überflutung hat begonnen."

Yaddle klappte ihren Comlink auf und gab dem Energieversorgungs-Team, das von Euraana aufgestellt worden war, ein Zeichen, sich bereit zu halten.

Auf ihren Repulsorlift-Plattformen bemerkten die Wachen das Wasser nicht, das hinter ihnen unter dem Spalt der Durastahl-Tür hervorquoll. Ihre Blicke ruhten unverändert auf den Zielcomputern, die ihnen Angreifer oder Luftwaffen anzeigen würden.

„Wenn das Wasser hoch genug gestiegen ist, um die Ausrüstung zu gefährden, müsste der Alarm ertönen", murmelte Obi-Wan. „Ich wette, die Schützen verlassen ihre Granatwerfer und überlassen die Bewachung des Eingangs den Droiden. Sie werden Verstärkung rufen."

„Ein Problem es noch gibt", sagte Yaddle. „Aufbrechen die Türen könnten."

„Und das würde bedeuten, dass der Tunnel flutet", sagte Obi-Wan und nickte. „Dann würde der Wasserspiegel dort drinnen wieder sinken und die Technik würde weiter funktionieren." Er dachte einen Moment nach. „Könnt Ihr die Macht benutzen, um die Türen zu stützen?"

Yaddle nickte.

Das Wasser strömte jetzt den Tunnel entlang und schwappte an ihren Stiefeln hoch. Aufgrund des abschüssigen Bodens floss es unter den Türen hindurch. Sie konnten sehen, dass es stieg, denn jetzt leckte das Wasser auch durch den Spalt zwischen den Türen. Die Türflügel bebten bereits unter dem Druck.

Obi-Wan spürte, wie er von der Macht umgeben wurde, als Yaddle die geheimnisvolle Energie um sich herum sammelte. Das Wasser und die Türen bewegten sich plötzlich nicht mehr. Das Wasser sammelte sich um die Räder der Granatwerfer und die Beine der Droiden.

Sie beobachteten, wie das Wasser immer höher stieg, zurückgehalten von der Macht. Schon bald schwappte es an den Repulsorlift-Plattformen hoch, doch die Wachen, die sich nur auf ihre Computer konzentrierten, bemerkten noch immer nichts.

Da leuchtete plötzlich ein rotes Licht über den Türen auf und im gleichen Augenblick ging der Alarm los. Die beiden Schützen richteten sich in ihren Sitzen auf und drehten sich um. Jetzt sahen sie das Wasser.

„Was ist denn los?", rief einer von den beiden.

Der andere sprach etwas in seinen Comlink. „Bleib ruhig, sie schicken Verstärkung."

„Ich *bin* ruhig!", rief der zweite Wachmann. „Ich kann nur nicht schwimmen!"

Der andere Wachmann tippte einen Code in ein kleines Sensorgerät ein.

„Jetzt sollten sie die Energieversorgung umschalten", sagte Obi-Wan.

Yaddle horchte aufmerksam auf ihren Comlink.

„Die Station überbrücken sie jetzt haben", ließ sie Obi-Wan wissen. „Warten wir müssen, ob die andere Energiequelle das Versorgungsnetz neu starten kann …"

Da gingen plötzlich die Kampf-Droiden in Formation und ließen das Wasser um sich herum aufspritzen.

„Sie müssen einen Lebensformsensor aktiviert haben", sagte Obi-Wan.

„Nur ein paar Minuten noch sie brauchen."

„Die Zeit ist gerade abgelaufen", sagte Obi-Wan und aktivierte sein Lichtschwert. „Vorwärts."

Er lief durch das Wasser in den Tunnel hinaus, geradewegs auf die beiden Granatwerferschützen zu. Als sie den Jedi sahen, zogen sie sich wieder auf ihre Plattformen hoch. Yaddle ließ ihre Kräfte von der Tür ab. Die beiden Durastahl-Flügel brachen auf und entließen einen Schwall Wasser in den Tunnel. Obwohl Obi-Wan darauf vorbereitet war, riss ihn die Wucht der Welle beinahe von den Beinen. Er streckte eine Hand aus und ließ die Macht fließen, um einen der beiden Schützen zu Fall zu bringen. Der Mann knallte mit dem Kopf gegen einen der offenen Türflügel und sank zu Boden. Und noch immer ergoss sich Wasser in den Tunnel.

Hinter Obi-Wan schaltete Yaddle einen der Kampf-Droiden mit einem knappen Lichtschwerthieb aus, während sie den anderen Schützen gegen die Tunnelwand schleuderte.

Der erste Wachmann kam wieder auf die Beine, sah die beiden Jedi mit erhobenen Lichtschwertern auf sich zukommen, drehte auf dem Absatz um und lief, durch das Wasser platschend, davon.

Die Kampf-Droiden waren nicht so einfach einzuschüchtern. Sie kamen schon in Reih und Glied auf die Jedi zu.

Obi-Wan hatte noch nie an Yaddles Seite gekämpft. Sie bewegte sich unglaublich anmutig, ihr Lichtschwert war nur noch als verwischter Strahl zu sehen. Die Macht erfüllte die Luft, bis Obi-Wan sie um sich herum und in seinem Innern summen spürte. Von Yaddles Energie angetrieben, schlug er vier Droiden mit einem einzigen Hieb entzwei. Das Blasterfeuer kam massiv, doch er konnte es problemlos ablenken. Jetzt, da die Macht so präsent war, war es einfach und fühlte sich irgendwie natürlich an. Yaddle schaltete zehn der Droiden in kürzester Zeit aus und versenkte ihr Lichtschwert in den Kontrollen der Granatwerfer. Nach nur wenigen Minuten zischten die Reste aller Droiden im Wasser.

„Die Verstärkung müsste bald eintreffen", sagte Obi-Wan.

„In der Nähe ich spüren sie kann", sagte Yaddle. Sie horchte auf ihren Comlink und nickte. „Erfolg", sagte sie zu Obi-Wan. „Die Energieversorgung wieder läuft und in unserer Hand ist. Die Stadt Naatan wieder beleuchtet ist. Zu den Mawanern ich jetzt gehen muss. Zeit es ist, dass zu ihren Häusern zurück sie kehren."

Obi-Wan nickte. „Ich warte auf die Verstärkung. Sie werden höchstwahrscheinlich zurückkehren und Striker Bericht erstatten."

„Sobald ich kann wiederkommen, ich werde und helfen Euch, Anakin zu finden", sagte Yaddle.

Yaddle schritt mit wehender Robe eilig den Tunnel entlang. Obi-Wan versteckte sich wieder hinter der Transportkiste und wartete. Trampelnde Stiefel kündigten schon bald die Ankunft der Verstärkung an.

Die Männer warfen einen Blick auf die Wasserlache und die zischenden Droidenteile, dann stellten sie fest, dass die Wachen fehlten. Der befehlshabende Offizier hob seinen Comlink und sprach hinein. Dann gab er den anderen ein Zeichen.

„Hier können wir nichts mehr tun", sagte der Offizier.

„Sollten wir die Tunnels nicht durchsuchen?", fragte einer der anderen Männer.

„Sehe ich so aus, als wäre ich nicht ganz bei Sinnen? Zurück zum Hauptquartier."

Sie trabten davon. Einen Augenblick später kam Obi-Wan hinter der Kiste hervor und folgte ihnen.

Kapitel 11

Er war dann doch dankbar, Essen erhalten zu haben. Anakin hatte überlegt, ob er den Teller mit Gemüsekuchen und Harima-Soße ablehnen sollte, aber was brachte das schon? Er aß den Teller leer und trank eine ganze Karaffe mit Wasser, als plötzlich Granta Omega aus seinen Privatgemächern kam und alle im Versteck in Aufruhr gerieten.

Anakin konnte die Befehle nicht hören, die Omega brüllte, aber plötzlich waren alle beschäftigt. Computer wurden heruntergefahren. Transportkisten wurden geschlossen und versiegelt. Waffen eingesammelt. Gravschlitten tauchten auf und wurden von den Gangstern beladen.

Obi-Wan, dachte Anakin. Er lächelte.

Die Substation war binnen weniger Minuten geräumt.

Noch immer mit den Betäubungshandschellen gefesselt, wurde Anakin von dem ihm schon bekannten Imbat-Wachmann in einen Gleiter gestoßen. Das Fahrzeug schoss mit

Höchstgeschwindigkeit den Tunnel entlang. Anakin konzentrierte sich darauf, sich jede einzelne Biegung einzuprägen.

Irgendwann erreichten sie ihr Ziel, einen kleineren Raum, der wohl einmal als Tankstation genutzt worden war. Der Imbat stieß ihn aus dem Gleiter, doch dieses Mal schaffte Anakin es, auf den Füßen zu landen. Er sah, wie die Gangster sich schnell daran machten, das Versteck wieder einzurichten. Es war offensichtlich, dass sie das schon oft getan hatten.

Granta Omega kam mit klackenden Stiefelabsätzen auf ihn zu. Er sah ihn grimmig an. „Es ist an der Zeit, dass du Yaddle kontaktierst."

„Wenn ich ihr sagen darf, wer Ihr seid, und wenn ich frei sprechen kann." Er hatte nichts zu verlieren, wenn er Yaddle kontaktierte. Er war zuversichtlich, dass sie es mit Granta Omega aufnehmen konnte. Und Yaddle konnte Obi-Wan mitteilen, dass er noch lebte.

Omega winkte ab. „Natürlich. Ich versuche nicht, dich hinters Licht zu führen, Anakin. Ich bin Geschäftsmann. Ich möchte einen Handel abschließen."

„Ich brauche meinen Comlink."

Omega warf ihm das kleine Gerät zu.

„Wenn ich ihn schon habe, möchte ich auch meinen Meister kontaktieren", sagte Anakin. Es war einen Versuch wert.

„Glaubst du etwa, dass er sich Sorgen um dich macht?" Omega lachte laut. „Man könnte euer ach so kostbares Archiv mit all dem füllen, was du *nicht* über deinen Meister weißt. Kenobi hat kein Herz. Wesen sind für ihn nur ein Mittel zum Zweck, um das zu werden, was er sich einbildet zu sein – ein großer Jedi."

Anakin wurde plötzlich etwas deutlich, was in seinem Kopf umhergeschwebt war, was er aber bislang nicht hatte benennen können. Doch nun wurde es ihm klar.

„Für Euch ist das eine ganz persönliche Angelegenheit, oder nicht?", fragte er Omega. „Ihr hasst Obi-Wan."

Omega errötete. „Keinen Kontakt mit deinem Meister! Ich rede nur mit Yaddle. Meine Gastfreundschaft hat auch Grenzen."

Anakin kontaktierte Yaddle. Er konnte nichts weiter unternehmen. Er erklärte ihr kurz, dass Striker in Wirklichkeit Granta Omega war und dass er dessen Gefangener war. Letzteres kam nur schwer über seine Lippen. Er schämte sich noch immer dafür, dass er sich hatte gefangen nehmen lassen.

„Omega bittet um ein Treffen", schloss er. „Aber er möchte sich nur mit Euch treffen."

„Dich als Geisel er nicht nehmen hätte müssen", sagte Yaddle. „Mit ihm gesprochen ich hätte, wenn gefragt er hätte."

„Es scheint, als ob er einen Beweis dafür haben will, dass Ihr allein kommt", sagte Anakin. „Er befürchtet, dass er hintergangen werden könnte, wenn das Treffen zustande kommt."

„Ich befürchte gar nichts", zischte Omega Anakin zu. „Pass auf."

„Ich kann Euch nicht sagen, wo ich bin, denn ich weiß es nicht genau", sagte Anakin. „Wir sind gerade in ein neues Versteck umgezogen. Und ich weiß nicht, wie ernsthaft Omega einen Handel in Betracht zieht. Er sagt, er würde es ernst meinen, aber ich traue ihm nicht." Omega grinste Anakin an. Die Bemerkung schien ihn keineswegs zu besorgen. „Die Entscheidung liegt bei Euch, Meisterin Yaddle. Ich bitte Euch nur, nicht meinetwegen zu kommen. Es geht mir gut."

„Noch", sagte Omega so laut, dass Yaddle es hören konnte.

„Kommen ich werde", sagte Yaddle. „Aber erst Obi-Wan informieren ich muss."

„Ich habe eine Liste mit Koordinaten", sagte Omega zu Anakin. „Ich werde sie eine nach der anderen durchgeben. Wenn es an irgendeinem Punkt so aussieht, als wäre Yaddle nicht allein, werde ich verschwinden – und zwar mit dir."

„Verstanden", sagte Yaddle, nachdem Anakin ihr diese Information weitergegeben hatte.

Anakin umfasste seinen Comlink fester. Er hoffte, dass sie die richtige Entscheidung getroffen hatten. „Möge die Macht mit Euch sein", sagte er zu Yaddle.

Omega verdrehte seine Augen. „Nicht das noch", sagte er.

„Striker ist Granta Omega?", zischte Obi-Wan in seinen Comlink. Er hatte sich in der beinahe leeren Substation versteckt, um alles zu beobachten. Die Truppe, der er gefolgt war, war geradewegs hierher gekommen, doch es war klar, dass das Versteck bereits verlegt worden war. Sie waren jetzt damit beschäftigt, die letzten Waffen und Ausrüstungsteile einzusammeln und sie auf Fracht-Gleiter zu laden.

„Ihn treffen ich werde", sagte Yaddle.

„Ich begleite Euch."

„Besser nicht Ihr das tut", erwiderte Yaddle.

„Er ist mein Padawan ..."

„Und seine Sicherheit Ihr mir nicht anvertraut?"

Obi-Wan hielt den Comlink weg und seufzte. Er lehnte den Kopf an die glatte Tunnelwand. Es war nicht gerade einfach, mit einer solch angesehenen Jedi-Meisterin wie Yaddle ein Team zu bilden. Er würde keine einzige Diskussion für sich entscheiden.

„Sein Versteck verlegt Omega hat. Zu lange es dauern würde, bis gefunden wir es hätten. Einen Zeitgewinn dieses Treffen bedeutet." Yaddle sprach etwas leiser weiter. „Auf ihn Acht geben ich werde, Obi-Wan. Aber ich brauche Euch, um zu helfen den Mawanern. Zugestimmt sie haben, wieder an die Oberfläche zu gehen. Der Auszug bereits beginnt. Die Gegenwart eines Jedi notwendig dabei ist."

Es dauerte einen Augenblick, bis Obi-Wan dies akzeptieren konnte. Es widersprach seinem dringendsten Wunsch. Er musste Anakin mit eigenen Augen sehen, um überzeugt zu sein, dass es ihm gut ging. Doch Yaddle hatte ihm gesagt, dass es Anakin gut gehen würde und dass seine Stimme fest geklungen hätte.

Und er musste Granta Omega sehen. Wut stieg in ihm hoch. Sie war so stark, dass er am liebsten mit der Faust die

Wand durchschlagen hätte. Er musste lernen, diese Wut zu akzeptieren und gehen zu lassen.

Omega hatte seinen Padawan in seiner Gewalt. Sein größter Feind hielt seinen kostbarsten Begleiter fest. Und anstatt bei Anakins Befreiung helfen zu können, war es Yaddles Wunsch, dass er vollkommen fremde Wesen zurück zu ihren Heimen brachte.

Dieser Gedanke half ihm. Er war ein Jedi. Die Bedürfnisse von Fremden waren am wichtigsten. Seine eigenen Wünsche hatten im Vergleich dazu nicht die geringste Bedeutung. Obi-Wan wiederholte in Gedanken noch einmal diese Worte, dieses Mal mit dem Mitgefühl und der Kraft, die sie beinhalteten. Er musste Fremde sicher zu ihren Häusern bringen.

„In Ordnung", sagte er zu Yaddle. „Doch lasst Omega wissen, dass ich ihn bald treffen werde."

„Eine Drohung das ist", sagte Yaddle streng. „Und sie überbringen ich nicht werde."

Obi-Wan lehnte den Kopf wieder an die Wand.

„Es sei denn, ich es tun muss", schloss Yaddle.

Anakin stand da und wartete auf Yaddle. Omega hatte Sucher-Droiden eingesetzt, um sicherzustellen, dass sie allein zu den einzelnen Koordinaten kam.

Sie befanden sich in einer der Drucklift-Stationen, allerdings in einer kleineren als derjenigen, mit der Anakin vor wenigen Stunden hier heruntergekommen war. Es schien ihm, als wären seitdem schon Tage vergangen. Er schätzte, dass er etwa zwanzig Ebenen tief war, irgendwo im nordwestlichen Quadranten des Tunnelsystems. Wenn er den Weg zurück zu Obi-Wan finden müsste, würde er es schaffen.

„Sie folgt meinen Anweisungen", sagte Omega. „Klug von ihr."

„Was habt Ihr erwartet?", fragte Anakin. „Sie hat keine Angst vor Euch."

„Ja, auf die Arroganz der Jedi ist eben immer Verlass", sagte Omega. „In einer solch unsicheren Galaxis ist es ein Trost, dass es etwas gibt, auf das man zählen kann. Sag mir, Anakin, hast du über mein Angebot nachgedacht? Ich treffe die Vereinbarung mit Yaddle und noch heute Nacht können wir nach Tatooine fliegen. Du könntest schon morgen deine Mutter wiedersehen. Ich habe ein schnelles Schiff."

„Ich musste nicht über Euer Angebot nachdenken."

„Du *hast* aber darüber nachgedacht, das weiß ich. Es ist deine letzte Chance. Ich werde ungern dramatisch, aber ..." Omega hob die Schultern. „Entscheide dich."

„Es gibt nichts zu entscheiden", sagte Anakin.

„Schade. Du versäumst etwas. Und ich auch, das ist das Traurige daran. Ah, die kleine Fee ist da."

Yaddle kam auf sie zu. Ihre Robe wehte bei jedem ihrer Schritte.

„Vielen Dank, dass Ihr gekommen seid", sagte Omega höflich.

Yaddle sah Anakin einen Moment an. Er bemerkte, wie ihr Blick kurz auf seinen Betäubungshandschellen ruhte und sie dann wieder nach vorn schaute. Ihre Blicke trafen sich und er nickte kurz, um ihr zu verstehen zu geben, dass es ihm gut ging.

„Wenn Recht ich gehört habe, Bedingungen Ihr habt, aber gewillt Ihr seid, Mawan zu verlassen", sagte Yaddle.

„Gewillt?", entgegnete Omega. „Wohl kaum. Mir geht es hier gut."

„Nicht zu gehen, Ihr vielleicht beschließt, doch warnen ich Euch muss", sagte Yaddle. „Von den Sicherheitskräften des Senats gejagt Ihr dann werdet. Zur Mittagszeit Mawan unter unserer Kontrolle wird stehen."

„Beeindruckt von Eurer Schnelligkeit ich bin", sagte Omega, um Yaddle zu verspotten.

Die Jedi-Meisterin zeigte keinerlei Wut oder Ungeduld und doch sah Anakin, dass in ihren Augen etwas aufblitzte, das ihm wie Trotz erschien. „Und Obi-Wan Euch ausrichten lässt, dass bald er treffen Euch wird."

Omega lachte. „Natürlich! Ich wünschte, ich könnte ihm ausrichten lassen, dass ich mich auf ihn freue, aber leider finde ich ihn zum Einschlafen langweilig."

„Ich warte darauf, zu hören Eure Bedingungen", sagte Yaddle.

„Lasst mich Euch erst mitteilen, dass ich mich im Besitz einer höchst illegalen Biowaffe befinde", sagte Omega.

Anakin drehte es den Magen um. Er musste an die Finger

denken, die Daten in eine Tastatur getippt hatten. BIO FFE – Biowaffe! Das hätte er doch erkennen müssen! Und die nächsten Buchstaben, die er gesehen hatten, waren GIF ...

„Es ist eigentlich ein recht einfacher Apparat", fuhr Omega fort. „Wunderschön einfach. Im Grunde ist es nur ein Behälter mit einem wirkungsvollen Sprengstoff. Doch der Behälter ist auch mit Hexalon-Gas gefüllt. Seid Ihr damit vertraut?"

„Giftig für Lebensformen es ist", sagte Yaddle. „Tödlich."

„Gut, dann wisst Ihr ja, womit Ihr es zu tun habt. Der Behälter steht schon in dieser Druckliftröhre. Ich kontrolliere den Zünder durch eine Fernbedienung. Ich kann den Befehl innerhalb von Sekunden übermitteln. Ich weiß, dass Ihr die Mawaner zu ihren Häusern an der Oberfläche zurückbringen lasst. Obi-Wan macht das, stimmt's? Ein Jammer, dass sie alle sterben werden."

„Ihr habt Obi-Wan im Fadenkreuz?", fragte Anakin voller Zorn.

„Nein, dein Meister ist nur ein zusätzliches Geschenk." Omega beäugte Yaddle. „Ihr solltet mittlerweile wissen, dass ich höhere Ziele habe."

Yaddle erwiderte seinen Blick. Anakin spürte, wie die Macht zu fließen begann. Sie schien um seine Füße zu wehen und dann langsam an seinem Körper nach oben zu steigen, so als würde Yaddle sie aus dem Boden ziehen. Er spürte die Macht geradezu wie etwas Greifbares.

„Ein Ratsmitglied töten Ihr wollt", stellte Yaddle fest.

„Ich fürchte, das stimmt", gab Omega zurück.

Anakin wurde klar, dass er nur eine Marionette in Omegas Spiel war. Er hatte ihn benutzt. Und Anakin hatte sich benutzen lassen. Er war so dumm gewesen!

„Ihr müsst wählen", sagte Omega. „Das Leben der Mawaner oder Anakin Skywalkers Leben. Das Leben des Auserwählten."

„Oder mein eigenes Leben", sagte Yaddle. „Mit so vielen Leben Ihr spielt."

„Das ist mein Job", sagte Omega. „Die Handschellen, die Anakin trägt, sind keine Betäubungsfesseln. Sie sind stark genug, um ihn zu töten."

Anakin sah zu den Handschellen hinab. Er hatte sich all dies selbst zuzuschreiben. Er war der Köder gewesen, um Yaddle hierher nach unten zu locken. Omega hatte gelogen. Er wollte noch immer einen Sith beeindrucken. Und wie konnte er das besser anstellen als durch den Mord an einem Mitglied des Rates der Jedi?

„Euer Tod wird schmerzlos sein, Meisterin Yaddle", sagte Omega. „Das ist mein Geschenk an Euch. Ich habe kein Interesse daran, Euch Schmerzen zuzufügen. Anakin wird Obi-Wan die Nachricht übermitteln. Und bald wird es die gesamte Galaxis wissen."

„Und die Biowaffe?", fragte Yaddle.

„Die ist meine Sicherheit, dass ich diesen Planeten unbehelligt verlassen kann", sagte Omega. „Mit meinen Soldaten, mit meiner Ausrüstung, mit meinem Reichtum, mit meinen Aufzeichnungen. Aber diejenige, die unten weilt, wird ewig unten weilen. Ich werde Eure Legende besiegeln, Meisterin Yaddle."

Diejenige, die unten weilt, wird ewig unten weilen.

Und so hätte Omega auch seine Rache an Anakin genommen. Der junge Jedi würde damit leben müssen, dass er an Yaddles Tod Schuld war.

„Also, was wollt ...", setzte Omega an.

Die Bewegung kam so plötzlich und war so schnell, dass Anakin sie nicht wahrzunehmen vermochte. Yaddles Lichtschwert war aktiviert. Anakin hatte noch nicht einmal gesehen, dass sie einen Finger bewegt hatte. Sie setzte das Lichtschwert zu einem Hieb gegen Anakins Handgelenke ein. Er hatte nicht einmal Zeit zu zucken, und das war auch gut so, denn sie hätte mit Leichtigkeit seine Hände abhacken können. Anakin spürte nur eine kurze Hitzewelle, so als hätte er etwas Heißes berührt, und zog seine Hände weg.

Die Handschellen fielen zu Boden.

Handschellen, die zu Boden fielen ...

Auch das war in seiner Vision vorgekommen! Doch nicht Shmi hatte die Handschellen getragen. Sie hatten überhaupt nichts mit Shmi zu tun gehabt. Obi-Wan und Yoda hatten Recht gehabt.

„Abfeuern!", schrie Omega plötzlich und wandte sich Yaddle zu. „Damit habt Ihr den Tod von Tausenden zu verantworten."

Anakin wurde plötzlich klar, dass Omega die ganze Zeit einen Comlink-Kanal offen gehabt haben musste. Das war ein Befehl gewesen. Anakin hörte das Rauschen in der Liftröhre.

Er sah nur noch den Saum von Yaddles Robe, als sie mit Hilfe der Macht Richtung Liftröhre sprang. Sie drückte im Vorbeifliegen den ‚Auswurf'-Knopf mit dem Griff ihres Lichtschwerts. Als sie die Röhre erreicht hatte, schoss sie wie von einer Laserkanone abgefeuert nach oben davon.

Omega blieb wie angewurzelt stehen. Anakin zögerte keine Millisekunde. Er sprang hinter Yaddle in die Röhre und drückte dabei ebenfalls den ‚Aufwurf'-Knopf.

Die Beschleunigung war unglaublich. Er schoss so schnell nach oben, dass ihm die Luft wegblieb und er in seinen Ohren einen stechenden Schmerz verspürte. Er schoss in einen Nachthimmel hinaus, in dem die Sterne funkelten. Die Lichter der Stadt wischten an ihm vorüber. Irgendwann begann er zu fallen. Der Wind pfiff ihm um die Ohren. Nur die Macht konnte ihn vor einer extrem unsanften Landung bewahren. Er ließ die Macht fließen, um seinen Sturz zu bremsen, landete aber dennoch recht hart und musste die Knie anziehen und sich abrollen, um den Aufprall abzufangen.

Benommen blieb er auf dem Rücken liegen und versuchte, wieder zu Atem zu kommen. Yaddle war nicht gelandet. Er spürte die Macht so stark, dass er mit ihrer Hilfe auf die Beine kam. Wieder erschien sie ihm wie etwas Greifbares, so als fühlte er sie auf seiner Haut und sogar bis in die Haarspitzen.

Yaddle schwebte über ihm in der Luft, über dem höchsten Gebäude von Naatan, den silberfarbenen Behälter gegen die Brust gedrückt.

Obwohl sie so hoch über ihm schwebte, konnte er ihre Stimme klar und deutlich hören. Er bemerkte, dass sie in seinem Kopf erklang.

Wenn deinen Zorn du verdrängst, dich wiederfinden er wird. Wenn annimmst du ihn, verschwinden er wird. Auserwählt du sein magst. Aber wofür? Selbst beantworten diese Frage du musst.

Er nahm ihre Worte kaum wahr. Eine furchtbare Erkenntnis festigte sich in ihm. Und dann wurde Anakin plötzlich alles klar – so klar wie die kalt funkelnden Sterne. Ihm wurde klar, was Yaddle vorhatte.

„Nein!", schrie er. Doch er spürte es bereits. Yaddle zog das Netz der Macht enger, das sie um sich herum gewoben hatte. Sie zog es so fest und mit einer solchen Kraft, dass Anakin auf die Knie sank. Noch nie zuvor hatte er die Macht derart in Bewegung gespürt. Er war unfähig, etwas zu sagen oder sich zu bewegen.

Von weit unten sandte Omega den Detonationsbefehl. Anakin hörte nur ein scharfes Ploppgeräusch. Die Macht wurde stärker und stärker, bis Anakin schwindlig wurde. Der Behälter explodierte nicht, er implodierte und Yaddle saugte das giftige Gas in ihren Körper und absorbierte es.

Dann verschwand sie einfach. Eine Wolke aus wirbelnden, leuchtenden Partikeln schwebte in der Luft und löste sich nach wenigen Augenblicken auf.

Anakins Gesicht war nass. Doch er spürte die Tränen nicht, die an seinen Wangen herabrannen. Der Nachthimmel war leer und die Jedi-Meisterin Yaddle war tot.

Kapitel 12

Anakin saß einfach nur da und starrte zu Boden. Er spürte nicht, wie die Zeit verging. Irgendwo in einem Winkel seines Verstands wusste er, dass er einen Comlink suchen und Obi-Wan kontaktieren musste, doch der Gedanke war fern und er setzte ihn nicht in die Tat um.

Yaddle war tot. Er wusste es, doch er konnte es nicht fassen. Ein Mitglied des Rates der Jedi, ein weises Wesen so erfahren im Umgang mit der Macht, dass es legendär war. Ein Wesen, dessen Kraft und Weisheit die Jedi in Zeiten wie diesen brauchten. Sie hatte sich für ihn geopfert. Weil er einen Thermo-Detonator zu spät gesehen hatte. Weil man ihn gefangen genommen hatte. Weil man ihn getäuscht hatte. Eine Kette von Ereignissen hatte ihn hierher gebracht. Und er hätte jederzeit seinen Kurs ändern können, doch stattdessen hatte er einen Fehler nach dem anderen gemacht.

Sie hatte zuerst ihn gerettet und war dann der Bombe gefolgt. Darüber dachte Anakin nach. Sie hatte die Leben Tausender für seines aufs Spiel gesetzt. Weshalb?

Auserwählt du sein magst. Aber wofür? Selbst beantworten diese Frage du musst.

Hatte sie ihn deshalb gerettet?

Wenn das der Grund gewesen wäre, würde er die Verantwortung nicht ertragen können. Er war für ihren Tod verantwortlich.

Ein Paar staubige, dreckige Stiefel kam in sein Blickfeld. Obi-Wan kauerte neben ihm nieder.

„Etwas Furchtbares ist geschehen", sagte er. „Ich spürte, wie die Macht sich aufbäumte und dann wie in ein Vakuum verschwand. Erzähl."

„Meisterin Yaddle ist tot", sagte Anakin mit gedämpfter Stimme.

Obi-Wan holte tief Luft und wartete, um seine Betroffenheit zu verarbeiten. „Wie ist es geschehen?"

Anakin erzählte ihm in unbeteiligtem Tonfall die Geschichte. Er wäre nicht in der Lage gewesen, darüber zu reden, wenn er seinen Gefühlen freien Lauf gelassen hätte.

Obi-Wan schwieg lange. Er setzte sich auf die Fersen und sah zum Himmel.

„Sie kam meinetwegen nach unten", sagte Anakin. „Sie hat zuerst mich gerettet. Wenn ich nicht gefangen genommen worden wäre ..."

„Stopp." Es war Obi-Wans strengster Tonfall. „Jedi beschäftigen sich nicht mit der Frage ‚was wäre gewesen, wenn'. Und das weißt du auch, Anakin. Du entscheidest in jedem Augenblick selbst über deinen nächsten Schritt. Blicke nicht zurück, um ein Urteil zu fällen."

Obi-Wan stand auf. „Yaddle hat die einzige Entscheidung gefällt, die sie hätte fällen können. Und sie fällte sie freiwillig."

Obi-Wan streckte die Hand aus und hielt Anakin sein Lichtschwert hin.

„Wir werden um sie trauern, aber nicht jetzt. Jetzt ist es an der Zeit, ein Jedi zu sein."

Anakin nahm das Lichtschwert an. Er stand auf und hängte es an seinen Gürtel. Die Worte seines Meisters hätten ihm Trost spenden müssen, doch sie taten es nicht. Sie waren Anakin beinahe wie automatisch erschienen, so als würde Obi-Wan es gar nicht wirklich meinen.

Selbst Obi-Wan war der Meinung, dass Anakin für Yaddles Tod verantwortlich war.

Schmerz und Schuldgefühle erfüllten ihn so tief, dass er glaubte, darin ertrinken zu müssen.

Und dann war da eine Explosion aus Licht und Schmerz …
Er hatte alle verloren, die er liebte, einschließlich Obi-Wan.

Die Vision hatte sich bewahrheitet.

Kapitel 13

Obi-Wan kontaktierte Yoda auf dem Notfallkanal. Es fiel ihm schwer, diese Nachricht zu überbringen. Er würde Yoda großen Schmerz verursachen. Er spürte den Schmerz selbst, denn sein Körper fühlte sich bei jeder Bewegung an, als wäre er aus Blei. Er war kaum in der Lage gewesen, die richtigen Worte für Anakin zu finden und er wusste, dass das Wenige, was er gesagt hatte, seinen Padawan nicht erreicht hatte.

Er dachte nur an Yaddle. Sie war seit seinen frühesten Erinnerungen ein Teil seines Lebens gewesen. Sie hatte sich ganz besonders an den jungen Jedi-Schülern erfreut. Sie hatte immer ein Auge zugedrückt, wenn sie irgendwelche Streiche gespielt hatten. Sie hatte ihnen Süßigkeiten in die Taschen gesteckt. Ihre Hand auf seinem Kopf war ihm als das Tröstlichste erschienen, was es im Universum gab.

Und dann war er älter geworden und die Dinge im Tempel

ernster. Er musste schwierige Lektionen lernen. Yaddle war nun auf eine andere Art und Weise für ihn da gewesen. Wie oft hatte er voller Respekt an ihre Tür geklopft, wenn er ein Problem gehabt hatte, das er nicht mit Yoda hatte besprechen wollen. Obi-Wan wurde erst jetzt klar, wie außergewöhnlich es war, dass ein Mitglied des Rates der Jedi für alle Jedi-Schüler ansprechbar gewesen war. Obi-Wan hatte nicht als einziger ihren Trost und ihren Rat gesucht.

Er hatte etwas sehr Kostbares verloren. Sie war schon so lange ein Teil seines Lebens gewesen, dass es ihm nicht bewusst gewesen war. Yaddle war einfach immer mit ihrer stillen Weisheit für ihn da gewesen. Es war beinahe so schlimm, als hätte er Yoda verloren.

Er erzählte Yoda so schnell wie möglich die Details der Vorkommnisse, denn er wusste, dass der Jedi-Meister alles hören wollte.

Yodas Stimme war schmerzerfüllt. „Eine Erschütterung der Macht ich spürte. Ich wusste, dass tot sie war. Meinen Transport nach Mawan bereits organisiert ich habe. Ihre Arbeit fortsetzen wir müssen. Möge die Macht mit uns sein."

Sie hatten seit dem Aufbruch von Coruscant nicht mehr geschlafen, doch es war auch keine Zeit dafür gewesen. Jetzt, da Yaddle tot war, drohte die instabile Koalition, die sie aufgebaut hatte, zu zerbrechen. Die Nachricht von der Biowaffe hatte sich schnell verbreitet und die Mawaner standen kurz vor einer Panik. Wenn Granta Omega im Besitz einer solch verheerenden Waffe war, wer konnte dann mit Sicherheit sagen, dass er nicht noch eine zweite hatte?

Innerhalb von wenigen Stunden diskutierte der Senat erneut über die Bitte, Sicherheitstruppen zu schicken. Es wurde beschlossen, dass man zunächst die weitere Entwicklung abwarten wollte. Der Senat wollte keine Armee in eine instabile Lage entsenden.

Anakin ließ angesichts dieser Nachricht den Kopf in die Hände sinken. „Geht es nicht gerade um die instabile Lage? Deshalb brauchen wir sie doch!"

Obi-Wan seufzte. „Ja, aber die Senatoren befürchten, dass es ein schlechtes Licht auf sie werfen würde, wenn die Sicherheitstruppe von den Gangsterbossen geschlagen wird. Ihr Ansehen ist ihnen wichtiger als die Sicherheit auf Mawan."

„Was können wir tun?", fragte Anakin.

„Das ist einfach", gab Obi-Wan zurück. „Wir müssen ihnen einen leichten Sieg ermöglichen. Es ist allerdings schwierig, das zu bewerkstelligen. Granta Omega ist zu unserem größten Problem geworden."

„Es würde ihn freuen, das zu hören", sagte Anakin.

Sie saßen in einem kleinen Büro in der Kommandozentrale, die das Übergangskomitee des Senats eingerichtet hatte. Jetzt, da die Energieversorgung wieder gesichert war, konnten sie die Straßen mit Überwachungskameras beobachten, die über die ganze Stadt verteilt waren. Viele waren beschädigt, doch einige funktionierten noch und das genügte, um sich einen groben Überblick über die Vorgänge zu verschaffen. Auf den Straßen war es bedrückend ruhig. Kriminelle Transaktionen wurden in den Gebäuden oder im Untergrund getätigt. Die Sonne ging gerade auf und durchzog den grauen Himmel mit pinkfarbenen Streifen. Obi-Wan wünschte, er wäre so hoffnungsvoll wie die Szenerie anmutete.

Euraana Fall kam herein. Ihr Gesicht war bleich vor Sorge und Erschöpfung. „Feeana Tala ist kurz davor, die Stadt zu verlassen und ihre Patrouillen abzuziehen. Sie glaubt nicht, dass wir die Stadt halten können, wenn Omega angreift."

„Das würde bedeuten, dass die Stadt ohne Sicherheitskräfte wäre", sagte Anakin.

„Was wiederum bedeutet, dass alle wieder in den Untergrund gehen würden und wir wieder da sind, wo wir angefangen haben", erklärte Euraana und ließ sich auf einen Stuhl fallen. Sie beugte sich nach vorn und legte die Stirn in ihre gefalteten Hände. Sie schloss die Augen. „Ich bin schon ganz heiser vom vielen Reden und Diskutieren. Ich weiß nicht, was ich noch tun soll. Ich habe mit dem Repräsentanten des Senats gesprochen. Er weigert sich, die Entscheidung des Senats, die Sicherheitskräfte abzuziehen, rückgängig zu machen."

„Ich werde mit ihm sprechen", sagte Obi-Wan. „Und ich kümmere mich auch um Feeana. Komm, Anakin." Es erschien ihm unendlich anstrengend, sich aus dem Stuhl zu erheben. Obi-Wan spürte die Erschöpfung in jedem Knochen.

„Wir werden unterwegs etwas essen", sagte er zu Anakin und sah, wie sich das Gesicht des Jungen etwas aufhellte.

Sie gingen zu dem Café auf der zweiten Ebene. Es hatte einmal die vielen Mawaner bewirtet, die zu Konzerten und Lesungen in den Saal gekommen waren. Die zahlreichen Öfen und Kühleinrichtungen ließen erahnen, wie viele Gerichte hier einst einmal serviert worden waren. Jetzt waren die Auslagen leer. Wenigstens gab es Tee und eine Schale mit kleinen Muja-Kuchen.

Anakin nahm einen. „Vertrocknet", sagte er enttäuscht. „Warum bekommen die bösen Jungs all das gute Essen?"

Obi-Wan hob seine Teetasse. „Deshalb wurde das Tunken erfunden. Eine weitere Jedi-Lektion für dich."

Anakin versuchte zu lächeln. Es war der erste unbeschwerte Moment, den sie seit Yaddles Tod miteinander hatten. Doch einen Augenblick später verdüsterte sich Anakins Gesicht schon wieder.

Etwas stimmt ganz und gar nicht, dachte Obi-Wan. Es war nicht nur die Bestürzung über Yaddles Tod. Weshalb war es jedes Mal so, dass ihm die Umstände in die Quere kamen, wenn er versuchte, mit seinem Padawan zu reden? Immer galt es, eine Mission abzuschließen und in letzter Zeit gab es dann sofort wieder etwas Neues, Wichtiges, galt es, eine neue Schlacht zu schlagen, kaum dass sie die letzte gefochten hatten.

Am anderen Ende der Reihe leerer Tische sah Obi-Wan Feeana Tala. Sie saß zusammengesunken über einer Tasse

Tee. Wenigstens hatte er ein klein wenig Glück. So musste er nicht offiziell auf sie zugehen. Manchmal war es besser so, wenn man versuchte, ein Abkommen zu retten. Die Unterstützung des Senats würde leichter zu gewinnen sein, wenn er wusste, dass Feeana sich nicht zurückziehen würde.

Sie sah ebenso müde aus wie Euraana. Als Obi-Wan zu ihr ging, winkte sie ihn weg. „Geht fort."

Obi-Wan setzte sich und lächelte sie aufmunternd an. Er gab Anakin ein Zeichen, ihm zu folgen. Dann tunkte er ein Stück Kuchen in seinen Tee. „Ich wünsche Euch auch einen guten Morgen."

„Bemüht Euch nicht, höflich zu sein", sagte Feeana. „Ich weiß genau, weshalb Ihr hier seid. Ihr wollt mir sagen, dass meine Mithilfe wichtig sei, um die Stadt zu halten. Ihr werdet mir sagen, dass ich das als Mawanerin meinem Heimatplaneten schuldig bin. Ihr werdet mir sagen, dass man mich wahrscheinlich einsperren wird, wenn ich mich mit meinen Leuten in den Untergrund absetzen sollte." Sie rührte verdrossen in ihrem Tee. „Ich weiß das alles. Aber meine Soldaten sind auf der Straße und es sind nicht genug, um die Stadt gegen Striker verteidigen zu können – oder Omega, wie er anscheinend heißt. Was soll ich denn tun? Sie in den Tod schicken?"

„Ich würde Euch nicht bitten, Eure Patrouillen fortzusetzen, wenn das der Fall wäre", sagte Obi-Wan. „Ich bin nicht gewillt, so viele Leben zu riskieren, um unser Ziel zu erreichen."

„Aber Decca und Omega ..."

„Um Decca und Omega werden wir uns kümmern."

Sie legte bedächtig ihren Löffel weg. „Das sagt Ihr so einfach. Und doch hat sich vor ein paar Stunden eine Jedi-Meisterin in Staub aufgelöst."

„Yaddle starb, um Eure Soldaten und die Bürger von Mawan zu schützen", sagte Obi-Wan in scharfem Tonfall. „Daran solltet Ihr erkennen, weit die Jedi zu gehen bereit sind."

Einen Augenblick war es still. Feeana nippte an ihrem Tee und verzog das Gesicht. „Er ist kalt", sagte sie. Dann nickte sie langsam. „In Ordnung. Ich bleibe."

Aufgrund von Feeanas Kooperation und Yodas Versprechen, nach Mawan zu kommen, konnte Obi-Wan den Senat überzeugen, Hilfe zu leisten. Es fiel ihm allerdings schwer, ruhig zu bleiben und ruhig zu sprechen. Eigentlich wollte er hinausschreien, dass Yaddle sich für den Frieden und die Sicherheit der Mawaner geopfert hatte und dass er die Hilfe des Senats als selbstverständlich betrachtete. Obi-Wan wusste, dass Schmerz und Trauer ihn ungeduldig werden ließen. Er war unendlich traurig. Und er war zornig. Zornig, dass Yaddle hatte sterben müssen.

Er durfte diese Gefühle nicht länger in sich tragen, sonst würden sie ihn in die Tiefe reißen. Er musste sie in sich aufnehmen und gehen lassen. Und doch hatte er das Gefühl, als würde er gegen eine steigende Flut ankämpfen.

Und Anakin war so schweigsam. Obi-Wan konnte nicht die Kraft aufbringen, sich um die Bedürfnisse seines Padawans zu kümmern. Granta Omega wartete jetzt nur den passenden Augenblick ab und bereitete seinen Racheplan vor. Er würde sicher versuchen, Anakins Trauer für seine eigenen Zwecke zu nutzen. Omega hatte bereits ein Mitglied des Rates der Jedi getötet. Das war sein großes Ziel gewesen und er hatte es erreicht.

Wie konnte Obi-Wan seinen Zorn verlieren, wenn er doch um Omegas Triumph wusste?

Ein Silberstreifen am Horizont war, dass Yoda kommen würde. Er ging mit Anakin zum Landeplatz. Der Tag war bereits angebrochen, grau und kühl. Ein plötzlicher Temperatursturz hielt die meisten Mawaner in ihren Häusern. Es war eine glückliche Fügung, die ihnen eine erholsame Pause verschaffte. Wenn Feeanas Leute sich nicht um Diebstähle und Plünderungen kümmern mussten, würden sie eher auf ihren Posten bleiben.

Yoda stieg aus dem Kreuzer aus. Sein Blick wanderte sofort zu Anakin.

„Zuerst es sehen ich muss."

Anakin nickte. Er wusste sofort, was Meister Yoda wollte. Yoda wollte den Ort sehen, an dem Yaddle gestorben war.

Yoda blieb lange an der Stelle stehen, an der Yaddles Leben hoch oben in der Luft sein Ende gefunden hatte. Er legte den Kopf in den Nacken, so als wollte er etwas in der Luft um ihn herum aufspüren. Er schloss die Augen und schien Yaddles Gegenwart zu fühlen. Obi-Wan nahm an, dass Yoda sich im Stillen von der Freundin verabschiedete, die er so lange gekannt hatte. Er wandte sich ab, um Yoda allein zu lassen. Anakin schaute zu Boden.

Dann drehte Yoda sich um. „Bereit ich bin."

Sie gingen zur Kommandozentrale zurück, wo Swanny und Rorq, auf den Stufen sitzend, sie erwarteten. Sie standen auf, als die Jedi näher kamen.

„Es gibt schlechte Neuigkeiten", sagte Swanny. „Decca und Omega haben ihren Streit beigelegt. Sie haben eine Allianz gegründet."

„Das hatte ich befürchtet", sagte Obi-Wan.

„Es kommt noch schlimmer. Omega hat jetzt Zugang zu Deccas Flotte und Decca kommt an Omegas Waffen heran. Sie planen einen Angriff auf die Stadt."

„Wir haben keine Möglichkeit, die Stadt zu sichern", sagte Obi-Wan zu Yoda. „Wir haben nur die Sicherheitspatrouillen."

„Dann den Angriff vereiteln wir müssen", sagte Yoda. „Ihre Stärken sind Transporter und Waffen? Dann die Stärken wir angreifen müssen."

„Ich bin es langsam Leid, immer wieder sagen zu müssen, dass das unmöglich ist", erklärte Swanny. „Aber dieses Mal ist es wirklich so. Decca hat gerade erst eine große Treibstofflieferung erhalten. Das war ein Teil des Abkommens – Omega hat den Treibstoff geliefert. Sie haben ihn gerade nach unten gebracht."

„Eine Treibstofflieferung", murmelte Obi-Wan. „Das könnte uns helfen."

Swanny sah ihn ungläubig an. „Ich wüsste nicht, inwiefern. Aber ich habe das Gefühl, dass ich das bald erfahren werde."

„Behaltet die Information über die Allianz erst einmal für Euch", sagte Obi-Wan. „Wenn Feeana davon Wind bekommt ..."

„Äh, ich glaube, das könnte zu spät sein", sagte Rorq. Er zeigte in die Ferne. Feeana kam gerade mit wütendem Gesichtsausdruck auf sie zu.

„Sie haben eine Allianz gebildet!", rief sie, als sie auf sie zu eilte.

„Das ist uns bekannt", sagte Obi-Wan.

„Und dann steht Ihr einfach hier herum?", wollte sie wissen.

„Einen Vorschlag Ihr für uns habt?", fragte Yoda milde.

Sie bemerkte ihn erst jetzt. „Wer ist das?"

„Jedi-Meister Yoda", sagte Obi-Wan. „Einer unserer verehrtesten Meister."

„Wie auch immer", sagte Feeana. „Vielleicht könnt Ihr mir sagen, was ich tun soll, wenn Omega und Decca meine Truppen mit Gleitern und Raketenwerfern angreifen."

„Den Angriff vereiteln wir werden, noch bevor er beginnt", sagte Yoda.

„Und wie soll das geschehen?", fragte Feeana. „Wenn Ihr wollt, dass ich kooperiere, solltet Ihr mich eingehender informieren."

„Vertraut uns einfach", sagte Obi-Wan. „Wir brauchen

Euch, um alle Eingänge zu den Druckliften zu kontrollieren. Sobald wir im Untergrund alles unter Kontrolle haben, nehmen wir Kontakt mit Euch auf."

„Ich schätze, mir bleibt keine Wahl", sagte Feeana.

„Eine Wahl immer wir haben", sagte Yoda zu ihr. „Aber die beste diese ist."

Feeana ging fort. Der Kampf in ihrem Innern stand ihr im Gesicht geschrieben.

„Also, dann würden wir uns verabschieden und Euch viel Glück wünschen", sagte Swanny und wandte sich zum Gehen. Obi-Wan packte ihn am Kragen.

„Nicht so schnell", sagte er. „Ihr kommt mit uns."

Kapitel 14

Anakin war froh, unter die Oberfläche zu kommen. Es war ihm schwer gefallen, unter freiem Himmel zu stehen, dort, wo Yaddle gestorben war. Der Himmel war ihm wie eine Last erschienen, die auf seine Schultern gedrückt hatte. Hier unten in den Tunnels fühlte er sich wohler.

Er dachte an Rache und das ängstigte ihn. Er hasste Granta Omega. Er hasste ihn mit einer Intensität, die außer Kontrolle zu geraten schien. Er war dankbar, Yoda bei sich zu haben. Die Gegenwart des großen, vielleicht sogar größten Jedi-Meisters wog ebenso schwer wie Anakins Hass. Das würde seinen Zorn im Zaum halten. Er würde sich an Yoda und seinen Meister halten, um die Kontrolle zu finden, die er brauchte.

Er wusste, dass Yoda und Obi-Wan ebenfalls Wut und Schmerz empfanden. Er sah es in ihren Augen, spürte es in der Luft, die sie umgab, spürte es in der Art, wie sie gingen und sprachen. Und doch waren sie nicht von ihrer Mission abgelenkt. Anakin hatte erstaunt gesehen, wie sie Informationen austauschten. Ihre Blicke sagten ihm, dass sie unabhängig voneinander denselben Plan entwickelt hatten. Yoda empfand offensichtlich Trauer, und doch war er hierher gereist, um einen Plan zu vollenden, den Yaddle begonnen hatte. Dabei würde ihm nichts im Wege stehen, nicht einmal seine eigene Trauer.

Anakin wurde plötzlich klar, wie sehr er sich geirrt hatte. Auf Andara hatte er einen kleinen Vorgeschmack darauf erhalten, wie es wohl ohne einen Meister, ohne den Rat der Jedi sein mochte. Doch er brauchte den Rat. Er brauchte seinen Meister. Sie konnten ihm zeigen, wie weit er gehen musste.

Er wollte unbedingt innere Ruhe erlangen. Er versprach sich selbst, dass er es schaffen würde. Auf allen Missionen wurde ihm immer wieder deutlich gezeigt, worauf er sich konzentrieren musste. Er würde es lernen.

Wenn ich Obi-Wans Vertrauen zurückgewinnen kann.

Anakin hatte das Gefühl zu ertrinken. In seiner eigenen Schuld. Für ihn hatte sich jetzt alles verändert. Die Meisterin Yaddle war vor seinen Augen gestorben. Das würde ihn für immer verändern. Das wusste er so sicher wie er seinen eigenen Namen kannte. Und ebenso sicher wusste er, dass er von nun an alles daran setzen würde, ein Jedi-Ritter zu werden.

„Okay, wir sind da", sagte Swanny, als sie vor einer Karte

des Abwassersystems standen. „Was habt Ihr vor? Wollt ihr das Treibstofflager überfluten?"

„Das wäre zu gefährlich", sagte Obi-Wan. „Es sind zu viele Leute dort. Ich hatte etwas anderes im Sinn." Er zeigte auf die Karte. „Hier ist Deccas Treibstofflager. Wo sind die Tanks des Treibstofflagers?"

Rorq zeigte auf einen Punkt, der etliche Ebenen höher lag. „Hier. Der Treibstoff wird dort in einen großen Tank gepumpt und von dort in die einzelnen Tanks im Depot."

Obi-Wan wandte sich an Swanny. „Gibt es irgendeinen Punkt zwischen dem Lager und dem Depot, an dem die Abwasserleitungen in der Nähe der Treibstoffleitungen liegen?"

„Klar", sagte Swanny. „Die Rohre laufen hier entlang und kreuzen an dieser Stelle die Treibstoffleitungen." Er zeigte auf einen Punkt der Karte.

„Wo ist das?", fragte Obi-Wan. „In Deccas oder Omegas Territorium?"

„In der Nähe des mawanischen Zeltlagers", sagte Swanny. „Ich glaube, langsam begreife ich."

„Wäre das machbar?", fragte Obi-Wan.

„Wir müssten die Rohre aufschneiden und ein bisschen Hydro-Schweißen", sagte Swanny. „Das wäre allerdings ein Kinderspiel."

„Es ist fast zu einfach", fügte Rorq hinzu.

Yoda nickte. „Der beste Plan immer der einfachste ist", sagte er.

Anakin erkannte jetzt, was Yoda und Obi-Wan bereits auf der Oberfläche geplant hatten. Deccas Flotte wurde im Depot betankt. Wenn sie den Treibstoff gegen Abwasser austauschen könnten, bevor er das Depot erreichte, würde sie ihre Transporter mit Wasser betanken. Damit wäre sie lahm gelegt. Selbst wenn sie die Tanks wieder leer pumpen würden, würde es Tage dauern, bis sie wieder trocken wären. Auch der kleinste Rest Wasser im Treibstoff würde den Antrieben Probleme bereiten. Es war genial einfach.

„Wir müssen allerdings wissen, wann sie mit dem Betanken anfangen", sagte Swanny. „Wenn wir nämlich zur gleichen Zeit an den Rohren arbeiten, könnten wir knietief im Treibstoff stehen."

„Wir werden ein Auge auf das Tankdepot haben", sagte Obi-Wan. „Anakin wird Euch bei der Arbeit beschützen." Er sprach jetzt zu Anakin. „Komm zu uns ins Treibstofflager, sobald Swanny und Rorq fertig sind."

Anakin nickte. Er war froh, eine Aufgabe zu haben, auch wenn er nur auf Swanny und Rorq aufpassen sollte.

Sie trennten sich. Anakin folgte Swanny und Rorq durch die Tunnels an den festgelegten Ort. Swanny blieb an einem Werkzeugschuppen stehen, dessen Türen mit einem schweren Schloss verriegelt waren.

„Wir brauchen Werkzeug", sagte Swanny. „Und dazu müssen wir in diese Hütte einbrechen. Das könnte eine Weile dauern. Wenn ich einen Fusionsschneider hätte, könnte ich einbrechen, aber der Schneidbrenner ist im Schuppen."

„Kein Problem", sagte Anakin. Er aktivierte sein Lichtschwert und schnitt in weniger als einer Sekunde ein Loch in die Tür.

„Ich sollte euch Jungs nicht immer unterschätzen", sagte Swanny.

Er und Rorq stiegen durch die Tür und suchten zusammen, was sie brauchten. Dann ging die kleine Gruppe eilig weiter. Als sie am Ziel angekommen waren, machten sich Swanny und Rorq sofort an die Arbeit. Rorq öffnete eine kleine Luke in der Tunnelwand. Dahinter lag ein schmaler Raum, der kreuz und quer von Rohren durchzogen war.

„Wisst Ihr, was für Rohre das sind?", fragte Anakin.

„Frag ich dich, ob du deinen Job richtig machst?", wollte Swanny wissen.

„Ständig."

„Stimmt. Na ja. Vertrau mir einfach." Swanny schloss mit einem Stöhnen das Ventil eines Rohres und schnitt dann mit einem Macro-Schweißgerät durch das Metall.

Die Minuten verstrichen. Anakin trat von einem Bein aufs andere. Da piepte sein Comlink und er aktivierte ihn.

„Deccas Mannschaft ist angekommen", sagte Obi-Wan. „Sie beginnen mit dem Auftanken. Wie weit sind die beiden?"

Anakin fragte Swanny. Der hob drei Finger.

„Noch drei Minuten."

„Macht zwei daraus", gab Obi-Wan zurück.

„Fast fertig", sagte Swanny, als er ein kurzes Stück Rohr

zwischen die beiden Leitungen einpasste. „Jetzt müssen wir es nur noch anschweißen und …" Er beugte sich über den Macro-Schweißer. „… abdichten …"

„Beeilung", sagte Obi-Wan durch den Comlink. „Sie haben die Tankschläuche schon abgenommen."

„… eine Sekunde noch …"

„Sie fangen an!"

„Fertig!", rief Swanny und sackte erschöpft über dem Rohr zusammen.

Rorq patschte mit der Hand gegen das Rohr. „Hoffen wir, dass das Ding hält", sagte er.

Anakin spürte, wie ein Schweißtropfen seinen Nacken hinabrollte. Er hörte das Rauschen und Gurgeln der Flüssigkeit in dem Rohr. Swanny und Rorq hatten ihre Hände auf die Leitung gelegt.

„Das ist das Abwasser", flüsterte Swanny, so als könnten Decca und ihre Leute ihn hören. Er patschte wieder gegen das Rohr. „Die Dichtung hält."

„Sieht so aus, als wäre alles klar", sagte Anakin in seinen Comlink. „Ich mache mich auf den Weg."

Er ließ Swanny und Rorq bei den Rohren zurück und lief die Tunnels entlang. Yoda und Obi-Wan fand er hinter einem Gleiter versteckt genau am Eingang zum Depot.

„Sie sind beinahe fertig mit dem Tanken", sagte Obi-Wan.

Anakin sah, wie Decca sich in das Depot schleppte und mit ihren Piloten sprach. Die Techniker liefen hin und her, brachten die schweren Schläuche von einem Gleiter zum anderen und nahmen letzte Checks vor.

Die Piloten ließen Decca stehen und gingen zu ihren Maschinen. Der erste startete den Antrieb, doch die Maschine gab nur ein kurzes Husten von sich und erstarb. Dann der nächste Pilot. Wieder ein Husten, ein Sprotzen und dann Stille. Die Transporter liefen einer nach dem anderen heulend an und verstummten dann.

„Was geht hier vor?", donnerte Decca auf Huttisch.

„Sabotage!", sagte einer der Piloten. „Die Anzeige der Treibstofftanks sagt, dass eine fremde Substanz darin ist."

„Granta hat mich verraten!", bellte Decca.

„Ah", murmelte Yoda. „Auf Misstrauen zwischen Dieben man immer bauen kann."

Decca wandte sich an den Kamarianer neben ihr. „Schickt den Sucher-Droiden los. Wir spüren diesen schleimigen Eidechsenaffen auf und nehmen jede einzelne Waffe an uns, die wir dort finden! Wir zerquetschen ihn!"

„Zeit, den Gleiter zu nehmen!", sagte Yoda.

Obi-Wan setzte sich in den Pilotensitz, während Anakin hinten einstieg und Yoda sich auf die Passagierseite setzte. Sie hielten die Köpfe gesenkt. Obi-Wan startete den Antrieb und schoss mit Höchstgeschwindigkeit aus dem Depot heraus. Draußen blieb er einen Augenblick im Leerlauf stehen. Nur eine Sekunde später erschien der Sucher-Droide und schoss wie ein Jagdvogel den Tunnel entlang.

Obi-Wan gab Vollgas und sie flogen weiter. Es war einfach, den Sucher-Droiden im Auge zu behalten. Decca konnte sich nicht sonderlich schnell bewegen, doch sie versammelte wahrscheinlich in diesem Augenblick ihre Truppen, damit sie dem Sucher-Droiden an sein Ziel folgten, wo auch immer das sein mochte.

Der Droide wurde plötzlich langsamer, also passte Obi-Wan sich dem Tempo an. Der Sucher blieb in der Luft stehen, was bedeutete, dass er sein Ziel gefunden hatte, aber keine Aufmerksamkeit erregen wollte. Obi-Wan brachte den Gleiter zum Stehen und sie stiegen aus.

Die letzten paar Meter gingen sie zu Fuß. Der Tunnel beschrieb vor ihnen eine Biegung. Omega musste sich irgendwo hinter dieser Biegung befinden.

Langsam und vorsichtig bogen sie um die Kurve. Dahinter sahen sie einen großen, unterirdischen Landeplatz. Die Türen waren in die Tunnelwände zurückgefahren und gaben den Blick auf den großen, offenen Platz frei. Dort stand Omega und sprach mit einem Mann in schwerer Panzerrüstung.

Anakin sah endlose Reihen von Transportkisten, deren Inhalt verzeichnet war. Flechette-Werfer. Flammenwerfer. Raketenwerfer. Hier gab es genug Waffen, um eine Invasion zu starten.

Und genau darum ging es.

„Eine Truppe von Kampf-Droiden und ein paar Wachen", murmelte Obi-Wan. „Nichts, was wir nicht in den Griff bekämen."

„Darauf vorbereitet er nicht ist", sagte Yoda.

Der Sucher-Droide schwebte summend näher. Da bewegte sich plötzlich ein Schatten und Blaster-Feuer brach aus. Der Sucher explodierte in einer Wolke aus Metallsplittern.

„Erwischt", sagte Feeana. „Sieht so aus, als hätten wir Besuch. Genau wie ich es Euch vorausgesagt habe."

Hinter Feeana tauchten die Kampf-Droiden auf und gingen in Angriffsformation. Zuerst eine Reihe, dann noch eine. Ein mobiler Granatenwerfer rollte in Position.

Omega lächelte und Anakin wurde klar, dass er über ihre Ankunft informiert gewesen war.

Feeana hatte sie verraten.

Kapitel 15

Obi-Wan erkannte schlagartig, dass sie hoffnungslos unterlegen waren. Hinter den Kampf-Droiden tauchte eine Reihe Soldaten nach der anderen auf, alle mit automatischen Blaster-Gewehren bewaffnet. Und sie hatten noch andere Waffen – diese waren rund um sie herum aufgetürmt.

Omega stand mit Feeana hinter den Truppen in einem Gravschlitten. Er hatte die Arme verschränkt, so als würde er auf einen nur für ihn inszenierten Kampf warten. Auf seinem Gesicht war ein leichtes Lächeln zu sehen.

„Gibt es einen Plan?", fragte Anakin voller Hoffnung.

Yoda zog sein Lichtschwert. „Zeit für Strategie es ist nicht. Zeit zum Kampf es ist."

Obi-Wan spürte, wie die Macht erbebte, eine gewaltige Welle, die ihn in den Raum hinausspülte. Er ließ sich von dieser Flut mitreißen und spürte, wie sein erster Zug davon beflügelt wurde, ein vernichtender Hieb, der fünf Droiden auf einmal ausschaltete. Er mähte sie nieder und sah, wie sie rauchend zu Boden fielen.

Omegas Lächeln wurde schwächer.

Yoda war mit Obi-Wan und Anakin vorgeprescht, doch sein Kampfstil war weniger dramatisch als Obi-Wans weite Schwünge und Anakins wirbelndes Lichtschwert. Sein Arm schien sich kaum zu bewegen; seine Attacken erinnerten eher an ein Aufblitzen als an einen Hieb. Und doch fielen in kürzester Zeit zehn der Droiden in einem Haufen aus verbogenem Metall auf dem Boden zusammen.

Da sah Obi-Wan, wie sich die schweren Durastahl-Container bewegten. Sie schwebten in die Luft, angehoben durch Yodas Beherrschung der Macht. Als sie hoch genug waren, öffneten sich die Deckel und Flammenwerfer flogen in hohem Bogen aus den Containern heraus. Feuer spuckend regneten sie auf die anderen Waffen nieder. Der Gestank von verpufften Sprengstoffen erfüllte die Luft, Rauch stieg auf und die übrigen Waffen schmolzen in der enormen Hitze.

Die Soldaten wichen stolpernd vor dem feurigen Spektakel zurück. Der beißende Rauch brachte sie zum Husten. Sie zögerten.

„Vorwärts!", brüllte Omega.

„Gern", sagte Obi-Wan und lief los, Anakin und Yoda an der Seite. Ihre Lichtschwerter waren zischende Bögen aus leuchtender Energie. Die Macht floss und Droiden flogen durch die Luft. Die anderen wurden zu Schrott niedergemetzelt. Die Jedi mähten eine Reihe Droiden nach der anderen um.

Die Soldaten stolperten weiter rückwärts. Einige suchten ihr Heil in der Flucht.

„Haltet die Stellung!", brüllte Omega. Dann drehte er sich um und sprang von dem Gravschlitten ab.

Obi-Wan sah, wie Yoda die Hand hob und ein Trio von Kampf-Droiden gegen die Wand schleuderte. Auch Anakin setzte jetzt die Macht ein, um sich seinen Weg zu bahnen, damit er die nächste Droiden-Reihe angreifen konnte. Obi-Wan blieb sogar Zeit, die gute Kondition, Balance und Konzentration seines Padawans zu bewundern. Die Tatsache, dass Yoda die Macht gerufen hatte, hatte bei Anakin offensichtlich etwas bewirkt. Er kämpfte besser, als Obi-Wan es je zuvor gesehen hatte.

Daher war Obi-Wan zuversichtlich, dass er Anakin mit Yoda allein bei den Droiden lassen konnte. Omega wollte entkommen.

Obi-Wan ließ die Macht fließen, sprang über die Reihe der Droiden hinweg und segelte sogar über die fliehenden Soldaten, die sich nicht einmal die Mühe machten, ihn aufzuhalten.

Ein paar hundert Meter weiter stand Feeana mit dem Gesicht zu einer Tunnelwand, die augenscheinlich aus Plastoid bestand. Sie drückte etwas an der Seite und eine versteckte Tür öffnete sich. Omega und Feeana verschwanden durch die Tür, die sich zischend hinter ihnen schloss.

Obi-Wan rannte darauf zu. Er hielt sich nicht damit auf, den Öffnungsknopf zu suchen, sondern versenkte sein Lichtschwert in der Plastoid-Wand. Innerhalb von Sekunden hatte er ein Loch hineingeschnitten und ging hindurch.

Er fand sich in etwas wieder, was offensichtlich einmal ein Verbindungstunnel hätte werden sollen. Man hatte ihn in den Felsen getrieben, aber nicht fertig gestellt. Aus der Felswand ragten rasiermesserscharfe Steinkanten hervor.

In einem niedrigen Bereich weiter vorn war ein wendiger, silberner Kreuzer geparkt. Obi-Wan erkannte den Typ nicht, doch ihm war sofort klar, dass Omega damit an die Oberfläche und dann aus Mawans Atmosphäre in die Galaxis fliegen konnte. Er würde wieder entkommen. Und er war nur Sekunden davon entfernt. Er stieg gerade ins Cockpit, Feeana an den Fersen.

Dieses Mal würde es ihm nicht gelingen.

„Hab immer einen Fluchtplan in der Hinterhand", sagte Omega, als er in dem kleinen Kreuzer stand. Die Kanzel des Cockpits war noch immer offen. „Das hat mir mein Vater beigebracht."

Etwas in Omegas Gesichtsausdruck hielt Obi-Wan davon ab weiterzugehen. Omega würde für seine Flucht auch Feeana opfern. Obi-Wan wusste es, Omega wusste es. Die Einzige, die es nicht wusste, war Feeana. Sie stand noch immer an der Seite des Schiffes und wartete ungeduldig darauf, dass Omega sich setzte, damit sie auf den Passagiersitz klettern konnte.

Außerdem war Obi-Wan verblüfft. Bei seinen Nachforschungen hatte er erfahren, dass Omega seinen Vater nie gekannt hatte.

„Überrascht?", fragte Omega. Er trödelte jetzt beinahe, so als hätte er alle Zeit der Welt. „Ich hatte meine Gründe, die Identität meines Vaters geheim zu halten. Aber ich denke, es ist an der Zeit, dass ich mir das Vergnügen gönne, Euch die Wahrheit zu sagen. Ich bin der Sohn von Xanatos von Telos."

Xanatos! Obi-Wan hatte das Gefühl, als hätte man ihm einen Schlag versetzt. Qui-Gons ehemaliger Padawan, der zur Dunklen Seite der Macht übergetreten war. Qui-Gons größter Feind. Obi-Wan hatte das Böse gesehen, das Xanatos angerichtet hatte. Xanatos war sogar in den Tempel eingedrungen und hatte versucht, Yoda zu töten.

„Ihr habt meinen Vater getötet", sagte Omega. „Er war größer als sein Meister und das konnte Qui-Gon nicht ertragen, deshalb brachte er ihn um – mit Eurer Hilfe."

„Er hat sich selbst umgebracht", sagte Obi-Wan. „Er hat es vorgezogen, auf Telos in einen giftigen Teich zu springen, statt sich von Qui-Gon gefangen nehmen zu lassen. Qui-Gon hatte sogar versucht, ihn zu retten."

„Mein Vater hätte sich niemals selbst umgebracht!", rief Omega.

„Ihr habt Euer ganzes Leben damit zugebracht, Euch Eure eigene Wahrheit zu basteln", sagte Obi-Wan. „Aber sie entspricht nicht den Tatsachen."

„Granta, lasst mich hinein", sagte Feeana. Ihre Stimme klang beinahe flehend. „Wir müssen hier verschwinden!"

„Mein Vater hat mich beschützt!", sagte Omega. „Er hat mir Geschichten über die Jedi und den Tempel erzählt und wie sie die Macht missverstehen." Bitterkeit schlich sich in seine Stimme. „Er hatte gehofft, dass ich seine Gabe erben würde. Doch er wusste, als ich noch ein Kind war, dass ich niemals Macht-sensitiv sein würde."

Obi-Wan sah die Wunde. Er sah Omegas Schmerz. „Und er war enttäuscht", sagte Obi-Wan.

„Er hinterließ mir seine Firma!", schrie Omega prahlerisch. So als hätte ihm sein Vater etwas Besseres als Liebe, etwas Besseres als Zustimmung geschenkt. „Er hinterließ mir sein Vermögen in Form von Offworld!"

Offworld war eine Firma, die Xanatos gegründet hatte, ein Minen-Unternehmen, das seinen Reichtum durch die Arbeit von Sklaven, durch Bestechung und Gewalt erlangt hatte. Omega hatte seinen Reichtum also nicht selbst erarbeitet; er hatte mit Offworld schon eine Basis gehabt.

Obi-Wan hätte sich am liebsten selbst den Tunnel hinab gestoßen. Warum war er nicht darauf gekommen? Er hätte wissen müssen, dass hinter all den Anspielungen und Beleidigungen etwas Persönliches gesteckt hatte. Dass Omegas Gefühle ihm und den Jedi gegenüber von Bitterkeit geprägt waren. Er hätte es wissen müssen!

Er hatte alle Hinweise gehabt. Weshalb sonst hätte Sano Sauro den talentierten Jungen aufnehmen und auf eine

Schule schicken sollen? Sauro war kaum ein Wohltäter der Armen. Er hatte Xanatos gut gekannt und war selbst auf Telos tätig gewesen. Und dann war da das Geheimnis über die Herkunft des Jungen – weshalb hatten Mutter und Sohn auf Nierport Sieben, einem trostlosen Tankstopp-Asteroiden, gelebt? Natürlich weil sie sich versteckt hatten. Xanatos hatte sie dorthin geschickt. Und als er gestorben war, hatten sie keine Möglichkeit gehabt, von dort wegzugehen.

Omega gab Obi-Wan die Schuld am Tod seines Vaters. Er war verbittert, weil er das Talent seines Vater nicht geerbt hatte. Also jagte er der Macht durch die ganze Galaxis hinterher. Er wollte noch reicher werden als sein Vater. Er wollte einem Mann, der tot war, beweisen, dass er seiner würdig war.

Jetzt erkannte Obi-Wan sogar Xanatos in seinem Sohn. Diese Augen mit dem metallischen Glänzen von Durastahl. Das dichte, schwarze Haar.

Er hatte alle Hinweise vor Augen gehabt und sie übersehen.

„Ihr seid genau wie Euer Meister", spottete Omega. „Mein Vater hat mir von Qui-Gon erzählt und darüber, wie er Xanatos immer unterdrückt hat. Ihr tut mit Anakin genau dasselbe. Ihr wollt nichts als Kontrolle und versteckt Euch hinter Jedi-Lektionen." Er sprach das Wort „Jedi" wie einen Fluch aus. „Warum lasst Ihr ihn nicht einfach er selbst sein? Weshalb zeigt Ihr ihm nicht, wie viel Macht er besitzen könnte?"

Obi-Wan musste sich nicht umdrehen. Die Macht erfüllte den Tunnel und er wusste, dass Anakin hinter ihm stand. Sein Padawan hatte alles mitgehört.

„Es ist zu Ende, Omega", sagte Obi-Wan.

„Es wird niemals enden, bevor Ihr nicht tot seid", sagte Omega. Er streckte die Hand aus und griff nach Feeanas Fußgelenken. Mit einem schnellen, kräftigen Ruck zog er ihr die Beine weg und sie flog schreiend von der Schiffshülle geradewegs auf die scharfkantigen Felsen zu.

Anakin sprang. Die Macht verlieh seinem Sprung Weite und Präzision. Er fing Feeana nur Millimeter von den spitzen Felsen entfernt auf und drehte sich noch in der Luft, um sicher zu landen.

Obi-Wan war ebenfalls gesprungen und hatte versucht, auf der Hülle des Kreuzers zu landen. Doch er musste Anakin seitlich ausweichen und Omega hatte bereits den Antrieb angeworfen. Er flog mit offener Cockpithaube davon. Obi-Wan landete unbeholfen auf dem Knie.

Die Kanzel des Cockpits schloss sich. Der Kreuzer gewann an Tempo.

Omega war wieder entkommen.

Kapitel 16

Anakin sah, wie sein Meister aufstand. Auf Obi-Wan schien eine Schwere zu lasten, wie Anakin sie noch nie zuvor erlebt hatte.

Er behielt Feeana fest im Griff, die schockiert den Tunnel entlang starrte, fassungslos, dass man sie zurückgelassen hatte.

Anakin wusste, dass ihm alle Fragen im Gesicht geschrieben standen. Er hatte schon von Xanatos gehört. Jeder Jedi-Schüler kannte die Geschichte über die Invasion des Tempels. Obi-Wan hatte ihm ein wenig darüber erzählt, doch jetzt wurde Anakin klar, dass noch viel mehr hinter der Geschichte steckte.

„Wir sprechen später darüber, Anakin", sagte Obi-Wan. „Wir müssen eine Mission zu Ende bringen."

Als sie in die Substation zurückkamen, war die Schlacht vorbei. Decca kam gerade mit ihren Truppen an. Sie standen ungläubig vor den herumliegenden Droiden, geschmolzenen Waffen und nur drei Jedi.

Obi-Wan stieg über einen Droiden-Haufen und sprach mit Yoda. „Omega ist entkommen. Was machen wir jetzt mit Decca?"

„Ein wenig Überredungskunst wir jetzt einsetzen werden", sagte Yoda. „In eine Sackgasse geraten sie ist. Zuhören sie jetzt wird."

Er ging auf Decca zu.

„Ich dachte, Ihr würdet verlieren", sagte Feeana wie betäubt zu Anakin. „Ich hatte Angst um meine Truppen, deshalb habe ich ein Abkommen mit Granta geschlossen. Er hatte mir vor langer Zeit angeboten, dass ich zu ihm stoßen könnte. Er sagte, er würde mich und meine Leute beschützen. Ich war eine solche Närrin."

Anakin erkannte, dass es nichts weiter zu sagen gab. Er führte Feeana zu den anderen Gefangenen und ging dann zurück zu Obi-Wan.

„Also hat sich deine Vision bewahrheitet", sagte Obi-Wan. „Yaddle kam hier zu Tode. Wir wussten nur nicht, wie wir die Vision interpretieren mussten."

Anakin nickte. Er hatte einen Kloß im Hals. Weshalb fühlte er sich verantwortlich wegen dieser Vision?

„Und andererseits hat sie sich auch nicht bewahrheitet", sagte Obi-Wan. „In der Vision ging es nicht um Shmi. Es ging um dich. Es ging um die Versuchungen in deinem Leben." Er zögerte. „Was hat Omega dir gesagt?"

Anakin zögerte ebenfalls. „Dass die Jedi mich zurückhalten würden", sagte er schließlich. „Dass ich die Sklaven auf Tatooine befreien könnte. Und meine Mutter. Er sagte, er würde mir dabei helfen."

„Das muss verführerisch für dich geklungen haben", sagte Obi-Wan.

Anakin schwieg. Er konnte es nicht zugeben, aber auch nicht lügen.

„Es ist in Ordnung, Anakin", sagte Obi-Wan. „Es ist nur verständlich, dass du das Leben deiner Mutter erleichtern möchtest. Aber ein Jedi zu sein bedeutet, dass du zu allen Wesen Bindungen hast. Du bist der einzige Jedi mit einer solch starken, tiefen Bindung zu deiner Mutter und das macht es schwerer für dich. Aber denk daran, ein Leben der Hingabe besteht nicht nur darin, andere Dinge aufzugeben. Es dreht sich auch um das Geben."

„Ich glaube nicht, dass Ihr mich zurückhaltet", sagte Anakin. „Ich hasse ihn, weil er das gesagt hat."

„Hass ist keine Antwort", erwiderte Obi-Wan. „Verständnis schon." Er seufzte. „Xanatos konnte ebenso Gefühle verdrehen. Er war ein sehr gefährliches Wesen. Genau wie Omega. Wir werden ihn wiedersehen, dessen bin ich mir sicher."

Auch Anakin war sich sicher.

Yoda kam langsam auf seinem Gimer-Stock und mit sanft wehender Robe zu ihnen, das Lichtschwert wieder am Gürtel hängend. So war er Obi-Wan am vertrautesten: als weiser Lehrer und nicht als Krieger. Er war allerdings froh, dass er den Krieger gesehen hatte. Er hatte gesehen, wie mächtig Yoda war, dabei war ihm klar, dass er nur einen kleinen Teil seiner Fähigkeiten gesehen hatte.

„Den Planeten Decca verlässt", sagte Yoda.

„Wie habt Ihr das bewerkstelligt?", fragte Obi-Wan.

„Informiert ich sie habe, dass die Jedi darüber nachdenken, eine Außenstelle des Tempels auf Mawan einzurichten", sagte Yoda. „Missfallen dies ihr scheint zu haben."

„Wir denken darüber nach, hier eine Außenstelle des Tempels einzurichten?", fragte Obi-Wan überrascht.

„Von Zeit zu Zeit über einen Außenposten nachdenkt der Rat", sagte Yoda. „Eigentlich nur angedeutet ich es habe. Genug das war, um sie zu überreden zum Aufbruch." Er zwinkerte Anakin zu. „Siehst du, dass die richtige Diplomatie besser ist als Kämpfe, junger Padawan?"

Anakin nickte gehorsam, doch etwas in seinem Gesicht musste Yoda beunruhigt haben, denn sein Blick wurde plötzlich ernst. „Du weißt, dass Yaddles Tod deine Schuld nicht war", sagte er.

„Ich hatte die Vision!", stieß Anakin hervor. „Ich hätte es wissen müssen!"

„Und Obi-Wan und ich?", fragte Yoda in scharfem Tonfall. „Von der Vision erzählt du uns hast und doch wussten wir es nicht. Uns auch die Schuld du gibst?"

„Natürlich nicht", sagte Anakin. „Aber die Bilder der Vision wurden wahr, als ich bei Omega war. Ich hätte Yaddle niemals fragen dürfen, ob sie sich mit ihm treffen würde. Ich hätte es ablehnen müssen. Ich hätte versuchen müssen zu fliehen."

„Wenn zurück du blickst, deine Richtung auf dem Weg du verlierst", sagte Yoda sanft. „Lernen du wirst, Anakin, dass Sterne sich bewegen und dass sie fallen und dass nicht das Geringste mit dir zu tun sie haben."

Yoda ging mit Obi-Wan davon. Anakin war dankbar für seine tröstenden Worte.

Doch weshalb hatte sein Meister sie nicht gesprochen? Als er gesagt hatte, dass er die Schuld an Yaddles Tod tragen würde, hatte Obi-Wan geschwiegen.

Er wusste in seinem tiefsten Innern, dass er eine Reihe von Ereignissen in Gang gesetzt hatte, die zum Mord an einer Jedi-Meisterin geführt hatten. Wenn ihn das auch nicht zum Verantwortlichen machte, so wusste er doch, dass ihn dieser Gedanke nachts verfolgen würde.

Die Vision war nicht falsch gewesen. Die Tatsachen, die sie geschaffen hatte, waren jetzt Teil seines Lebens. Er spürte sie in seinem Innern wie eine Wunde. Es war ein Verlust. Und die Kluft zwischen Obi-Wan und ihm war tiefer als je zuvor.

JEDI QUEST

DER AUGENBLICK DER WAHRHEIT

Band 8

Jude Watson

Kapitel 1

Sie hatten schon seit vielen Stunden nicht mehr miteinander geredet – nicht, seitdem sie den Galaktischen Kern verlassen hatten. Anakin Skywalker hatte den Blick nicht von den Instrumenten gelassen, obwohl sie im Hyperraum flogen und das Schiff vom Nav-Computer gelenkt wurde. Sein Meister, Obi-Wan Kenobi, studierte Sternenkarten auf einem Datenschirm. Von Zeit zu Zeit öffnete er eine der Karten im vergrößernden Holomodus und betrachtete sie, um sich die Planeten genauer anzusehen.

Normalerweise bewunderte Anakin das gründliche Vorgehen seines Meisters, doch heute ging es ihm auf die Nerven. Obi-Wan studierte Dinge. Er zog logische Schlussfolgerungen und entwickelte daraufhin Strategien. Doch was wusste er schon von plötzlicher Intuition, von Träumen, Risiken oder Zwängen, oder davon, dass man einen Schritt unternahm, obwohl man ahnte, dass er ins Verderben führen konnte? Was wusste er, dachte Anakin voller Bitterkeit, über Schuldgefühle?

Eine Jedi-Meisterin war tot und Anakin hatte sie sterben sehen. Meisterin Yaddle hatte in einer sternenklaren Nacht über ihm geschwebt. Sie hatte unzählige Leben gerettet, indem sie die Zerstörungskraft einer Bombe mit ihrem Körper absorbiert hatte. Sie war eins mit der Macht geworden. Das grelle Licht hatte Anakin auf die Knie gezwungen. Und er hatte das Gefühl gehabt, niemals wieder aufstehen zu können. Und er hatte gewusst, dass er sich in dem Augenblick, in dem er wieder fühlen und denken konnte, für ihren Tod schuldig fühlen würde.

Vor dieser Mission hatte er immer wieder eine Vision gehabt, bei der allerdings nur eines deutlich gewesen war: Die Meisterin Yaddle war darin vorgekommen. Während der Mission hatte er geglaubt, die Bedeutung der Vision zu erkennen. Und dennoch hatte er nicht innegehalten, sondern hatte seinen Plan weiter vorangetrieben. Er hatte geglaubt, dass er das Schicksal in jedem Moment beeinflussen konnte. Und weil er das gedacht hatte, hatte Yaddle ein großes Opfer gebracht – ein Opfer, das *er* hätte bringen müssen – und sie war gestorben.

Die Jedi hatten im großen Saal des Tempels eine Gedenkfeier abgehalten. Hunderte Jedi hatten sich in dem großen Saal und auf den Balkonen der verschiedenen Ebenen gedrängt. Man hatte plötzlich die Beleuchtung ausgeschaltet. Winzige weiße Lichter waren an die Decke projiziert worden. Und dann war eines dieser tausende von Lichtern erloschen. Jeder einzelne Jedi hatte mit Hilfe der Macht diesen leeren Fleck an der Decke gesucht und im Blick behalten. Die Erinnerung an Yaddle hatte den Saal durchflutet. Anakin hatte die Kraft jedes Gedankens und jedes Herzens gespürt, die sich auf dieses eine Wesen gerichtet hatte. Und Yaddles Abwesenheit war immer stärker geworden, bis sie die ganze Halle erfüllt hatte.

Und ich bin Schuld daran, dass sie nicht mehr ist.

Eine Leere hatte sich in ihm immer breiter gemacht, bis sie so groß gewesen zu sein schien, dass sie gedroht hatte, ihn zu verschlingen. Anakin hatte sich nicht abwenden können. Er hatte den Jedi, die ihn umgaben, seine Gefühle nicht offenbaren können. Es hatte ihn all seine Disziplin, all seine Willenskraft gekostet, seinen Blick nicht von dem leeren Fleck abzuwenden. Der Schmerz hatte sich wie eine große Schlange im Würgegriff um sein Herz gelegt und quetschte ihm seitdem die Luft aus den Lungen.

Er konnte einfach die Fehler nicht vergessen, die er gemacht hatte. Er wusste nicht, wie er zu dem Punkt gelangen konnte, an dem er sich selbst vergeben konnte.

Das Gefühl überwältigte ihn noch immer. Es gelang ihm nicht, so mit Schmerz umzugehen, wie Obi-Wan es konnte. Anakin erinnerte sich an die Tage unmittelbar nach Qui-Gons Tod. Er wusste, dass Qui-Gons Tod Obi-Wan tief betroffen gemacht hatte, doch er war damals auf dem gleichen stetigen Pfad geblieben. Wie war es möglich, dass er so tiefe Gefühle gehabt, sich aber nicht verändert hatte?

Er empfindet die Dinge nicht so wie ich.

Ist das wirklich so?, fragte sich Anakin. Empfand er zu stark für einen Jedi? Er hatte es noch nicht geschafft, sich so von der lebendigen Macht zu lösen, wie andere Jedi es konnten. Wie konnte er lernen, seine Gefühle zu ignorieren und einfach weiter durch das Leben zu gehen?

Obi-Wan deaktivierte die Sternenkarten, die er studiert hatte, und trat hinter Anakin.

„Wir nähern uns dem Uziel-System", sagte Obi-Wan. „Es könnte sein, dass wir nach dem Sprung aus dem Hyperraum auf eine Vanquor-Patrouille stoßen." Er beugte sich leicht nach vorn. Die Instrumententafel warf ein grünliches Licht auf sein skeptisches Gesicht.

„Ihr seht besorgt aus, Meister", sagte Anakin.

Obi-Wan richtete sich auf. „Nicht besorgt. Vorsichtig." Er hielt kurz inne. „Na ja, vielleicht auch ein wenig besorgt. Ich bin der Meinung, dass der Rat mehr als nur ein Jedi-Team auf diese Mission hätte schicken sollen. Es ist ein Zeichen dafür, wie dünn wir besetzt sind."

Anakin nickte. Dieses Thema hatte unter den Jedi in letzter Zeit für viele Diskussionen gesorgt. Die Anfragen nach Friedensmissionen stiegen in letzter Zeit drastisch – für die Jedi waren es nun beinahe zu viele, um ihrer Herr zu werden.

„Unsere größten Chancen bestehen darin, unentdeckt hindurchzugelangen", sagte Obi-Wan. „Wir müssen auf dein Talent für Ausweichmanöver vertrauen."

„Ich gebe mein Bestes", sagte Anakin.

„Das tust du immer", gab Obi-Wan zurück.

Der Tonfall seines Meisters war unbeschwert, doch Anakin wusste, dass Obi-Wan viel mehr meinte, als er gesagt hatte. Es war eine der vielen Arten, mit der ihm sein Meister helfen wollte. Obi-Wan wusste, dass Yaddles Tod Anakin verfolgte. Anakin dachte darüber nach, dass es einmal eine Zeit gegeben hatte, in der Obi-Wans Zuneigung alles leichter gemacht hätte. Auch jetzt wusste Anakin die freundliche Art seines Meisters zu schätzen, doch seine Schuldgefühle wurden dadurch keinen Deut besser. Obi-Wan wollte ihm helfen, doch Anakin wollte diese Hilfe nicht. Und Anakin wusste selbst nicht einmal, weshalb das so war.

Konzentriere dich auf die Mission. Sie wird dir darüber hinweghelfen.

Er war froh gewesen, als Mace Windu sie über das Ziel der Mission informiert hatte. Anakin hatte etwas Schwieriges erhofft, in dem er sich verlieren konnte.

Der Planet Typha-Dor hatte den Senat um Hilfe angefleht. Er war das letzte Bollwerk des Uziel-Systems gegen die aggressiven Invasionen des größten Planeten des Systems, Vanquor.

Ein Armee von Widerstandskämpfern der anderen Planeten des Systems hatte auf Typha-Dor Zuflucht gefunden und hatte eine vereinte Streitmacht gebildet, um den letzten freien Planeten zu halten. Bislang hatte Typha-Dor es geschafft, den Widerstand gegen die Kolonisationsversuche von Vanquor aufrecht zu erhalten. Doch man wusste, dass die Invasion kurz bevorstand.

Eines der erfolgreichen Mittel der Streitmacht von Typha-Dor war ein Spähposten auf einem abgelegenen Mond. Von dort hatte man die geheimen Bewegungen der Vanquor-Flotte beobachten können. Erst kürzlich hatte Typha-Dor erfahren, dass Vanquor den Spähposten für einen Angriff ins Visier genommen hatte. Der Posten war in einem abgelegenen Bereich des Mondes stationiert und wurde von einer dichten Wolkendecke geschützt. Das Land war Monate lang von Eis und Schnee bedeckt, sodass es beinahe unmöglich war, Mannschaften hinein- und wieder herauszubekommen.

Auf Typha-Dor hatte man aus zuverlässiger Quelle erfahren, dass Vanquor kurz davor war, den Spähposten zu entdecken. Es war sehr wichtig, diese Neuigkeiten der Besatzung des Spähpostens zu überbringen, damit sie ihn verlassen und sich retten konnte. Man hatte jedoch schon seit Wochen nichts mehr von der Mannschaft gehört und fürchtete, dass entweder die Comm-Units defekt waren oder dass das Schlimmste schon eingetroffen und der Posten angegriffen worden war. Man hatte Anakin und Obi-Wan geschickt, um herauszufinden, was vor sich ging, und um die Mannschaft – falls sie noch da war – in Sicherheit zu bringen.

Das Schiff verließ den Hyperraum ohne das leiseste Zittern. Die Überwachungseinrichtungen des Schiffes erwachten sofort summend zum Leben.

„Nichts, worüber man sich Sorgen machen müsste", sagte Anakin und tippte den nächsten Kurs ein.

„Noch nicht", murmelte Obi-Wan.

Anakin schwenkte auf einen Kurs ein, der sie ein gutes Stück von den Raumstraßen entfernt entlangführte. Sie schwebten ebenso aufmerksam wie lautlos dahin. Der Typha-Dor-Mond, der so unbedeutend war, dass er nicht einmal einen Namen hatte, hing bedrohlich vor ihnen im Raum. Er war nur seinen Koordinaten nach bekannt: TY44. Anakin sah ihn zunächst auf dem Radar und dann durch die Sichtscheibe. Der Mond selbst war nicht zu sehen, lediglich seine Atmosphäre. Die Wolken erlaubten keinen Blick auf die Oberfläche von TY44.

„Radarwarnung", sagte Obi-Wan plötzlich. „Sieht nach einem großen Kanonenboot aus."

Anakin wendete, ohne die Geschwindigkeit zu verringern, und tauchte nach unten ab. Wenn sie es schaffen würden, außerhalb der Radarreichweite des anderen Schiffes zu bleiben, würde man sie vielleicht nicht entdecken. Der Galan-Raumjäger war klein genug, um auf die Entfernung für ein Stück Raumtrümmer gehalten zu werden.

„Hat uns nicht bemerkt", sagte Obi-Wan. „Ich glaube, wir sind noch mal davongekommen."

Anakin behielt die Geschwindigkeit bei und flog scheinbar ziellos, um die Flugbahn eines umhertreibenden Trümmerstücks nachzuahmen.

Da änderte das Kanonenboot plötzlich seinen Kurs.

„Er hat uns", sagte Obi-Wan in scharfem Tonfall. „Sechs Vierlings-Laserkanonen, drei auf jeder Seite. Zwei Schock-Raketen-Abschussrohre. Vier ..., nein sechs Turbolaser-Kanonen."

„Mit anderen Worten, wir sind leicht unterbewaffnet", sagte Anakin.

„Ich vermute, unsere größte Chance liegt in einer Ausweichtaktik", sagte Obi-Wan trocken.

Um sie herum explodierte Kanonenfeuer im All.

„Rakete backbord!", rief Obi-Wan.

„Ich sehe sie!" Anakin riss die Maschine nach oben und flog eine enge Kurve, um der automatischen Rakete auszuweichen. Sie heftete sich an ihr Heck. Anakin wich im letzten Augenblick aus und so verfehlte die Rakete sie um wenige Meter.

„Das war knapp", sagte Obi-Wan. „Sie holen auf. Wir können sie nicht abhängen, Anakin."

„Gebt mir eine Chance."

„Zu riskant. Bring uns einfach nach unten. Wir landen auf dem Typha-Dor-Mond."

„Aber wir sind zu weit vom Spähposten entfernt", gab Anakin zu bedenken.

„Da unten sind unsere Chancen besser", sagte Obi-Wan, als noch eine Rakete kreischend vorüberzog. Das kleine Schiff wurde vom Echo des Kanonenfeuers durchgerüttelt. „Sie werden uns ein Landeboot hinterherschicken, aber wir haben einen kleinen Vorsprung."

Die Explosion erfolgte dicht bei ihnen. Anakin hielt die Kontrollen umklammert und biss die Zähne zusammen. Er hätte beschlossen weiterzufliegen, doch er musste seinem Meister gehorchen.

Er spürte die Reaktion des Schiffes, als er den Kurs änderte. Es erbebte, so als hätte es Schaden genommen. Er warf einen schnellen Blick auf die Anzeigeleuchten. Nichts Verdächtiges. Es musste sich um einen leichten Schaden an der Tragfläche handeln. Kein Problem für einen erfahrenen Piloten.

Anakin drückte die Nase des Schiffes nach unten und tauchte in die dichte Wolkendecke ab.

Kapitel 2

Obi-Wan betrachtete während des Sinkflugs den Boden des Mondes. Wegen der gleißend hellen Oberfläche musste er die Augen zusammenkneifen. Die dichten Wolken nahmen dem stechenden Licht nichts von seiner Stärke. Der Boden war mit Schnee und Gletschern bedeckt, die das Licht reflektierten und die Sicht erschwerten. Anakin flog über das Gelände hinweg und suchte einen Landeplatz.

„Wir müssen die Sensoren anschalten", sagte Anakin. „Sonst können wir unmöglich feststellen, wie tief der Schnee ist."

Obi-Wan hatte sich bereits zur Sensorenbank des Raumjägers gewandt. „Ich bekomme eine anständige Auswertung. Das Eis ist meterdick. Es wird das Schiff tragen." Obi-Wan las die angezeigten Koordinaten ab. „Am Rand dieser Felsnase dort. So sind wir weit genug weg, um sie nicht zum Spähposten zu locken. Es wird allerdings ein gutes Stück Fußmarsch sein."

Anakin brachte das Schiff sanft zur Landung. Nachdem alles gesichert war, glitt die Luke des Cockpits nach hinten. Zunächst war die Stille geradezu überwältigend. Die Kälte machte sich langsam im Cockpit breit. Obi-Wan spürte sie erst an den Ohren. Dann an den Fingern. Dann am Nacken. Und schon bald fühlte sich jeder Quadratmillimeter seiner Haut wie abgestorben an.

„Kalt", sagte Anakin.

„Das ist leicht untertrieben", gab Obi-Wan zurück und machte einen Sprung über den Sitz hinweg zum Ausrüstungsschrank. Er holte die Überlebensausrüstung heraus und warf Anakin eines der Sets zu. Dann zog er eine weiße Plane hervor. „Wenn wir die über das Schiff ziehen, gewinnen wir vielleicht etwas Zeit", sagte er. „Auf jeden Fall werden sie Schwierigkeiten haben, uns mit bloßem Auge zu finden."

Nachdem sie die Schutzausrüstung und Schneebrillen angezogen hatten, verbrachten sie ein paar Minuten damit, die Plane über das Schiff zu ziehen und festzuzurren.

Anakin sah zum Himmel. „Was glaubt Ihr, wie viel Zeit wir haben?"

„Kommt darauf an, ob sie gute Spürnasen sind", erwiderte Obi-Wan. „Und auf unser Glück. Aber ganz gleich wie viel Zeit wir auch haben, es muss reichen."

Sie machten sich auf den Weg durch die gefrorene Landschaft. Auf dem Boden hatte sich eine dünne Eisschicht gebildet, die Vorsicht gebot. Die Jedi hatten mit ihren dick besohlten Stiefeln eine gute Bodenhaftung, es kostete jedoch viel Konzentration, schnell voranzukommen, ohne dauernd auf dem Eis auszurutschen. Obi-Wan spürte, wie sich seine Beinmuskulatur langsam verkrampfte und er wusste, dass sie beide am Ende dieser Reise erschöpft sein würden. Er konnte nur hoffen, dass sie sich am Ende dieser Tour wenigstens etwas ausruhen konnten. Es war nicht vorauszusehen, was sie bei dem Spähposten erwarten würde.

Nach ein paar Minuten hatte sich Obi-Wan an den Rhythmus ihrer Reise und an das beklemmende Geräusch des Windes gewöhnt, der den Schnee auf der Eisdecke aufwirbelte und dabei leise zu flüstern schien, ein Flüstern, das mal mehr, mal weniger zu hören war. Obi-Wans Gedanken schweiften von der Mission ab. Er dachte, wie so oft in diesen Tagen, über den großen, stillen Jungen an seiner Seite nach.

Als er sechzehn Jahre alt gewesen war, so alt wie Anakin, war der Tod eines Jedi-Meisters etwas Unvorstellbares für ihn gewesen. Er war mit Qui-Gon an gefährlichen Orten gewesen; sein Meister war sogar einmal von einer Wissenschaftlerin namens Jenna Zan Arbor entführt worden, die ihn gefangen gehalten hatte, um die Macht zu erforschen. Doch Obi-Wan hatte sich niemals Gedanken darüber gemacht, dass Qui-Gon umkommen könnte. Er hatte angenommen, dass ein Wesen, in dem die Macht so stark war, dem Tod ein Schnippchen schlagen konnte.

Jetzt wusste er es besser. Er hatte Jedi-Meister fallen sehen. Er erinnerte sich an das Grauen, das er auf Naboo empfunden hatte, als das Leben aus Qui-Gons Augen gewichen war. Und erst kürzlich hatte der Jedi-Orden ein weiteres Mitglied verloren: Yarael Poof.

Die Galaxis war ein rauerer, härterer Ort geworden. Die

Gesetzlosigkeit nahm zu. Obi-Wan wusste, dass die Jedi alles andere als unbezwingbar waren. Und dieses Wissen hatte ihn vorsichtiger und vielleicht etwas weniger risikobereit gemacht. Das konnte gut oder schlecht sein, je nachdem, wie man es betrachtete. Als er sein Leben als Jedi-Meister begonnen hatte, war sich Obi-Wan im Klaren darüber gewesen, dass sein Bedürfnis nach Kontrolle, nach Betrachtung aller Seiten einer Sache, mit den Sehnsüchten seines eigensinnigen Schülers kollidieren würde. Er hatte den Konflikt kommen sehen, hatte aber nicht verhindern können, dass er geradewegs darauf zusteuerte.

Anakin war mächtig. Anakin war jung. Diese beiden Fakten prallten mit der Kraft und Hitze eines Fusionsofens aufeinander.

Obi-Wan hatte immer und immer wieder darüber nachgedacht, was der Meisterin Yaddle zugestoßen war. Er sah einfach keinen Weg, wie er es hätte verhindern können.

Sein Padawan hatte sich auf seine Beherrschung der Macht verlassen und auf seine Überzeugung, dass er den einzigen möglichen Weg ging. Doch die Ereignisse hatten ihn überrollt. Obi-Wan zweifelte nicht daran, dass Yaddle ihren Tod hatte kommen sehen. Sie hatte beschlossen, dass es notwendig war, eins mit der Macht zu werden. Sie hatte es getan, um zahllose Leben zu retten, und sie musste erkannt haben, dass Anakins Weg dazu bestimmt war, in eine andere Richtung zu führen.

Obi-Wan wusste nicht, wie sehr sich Anakin die Schuld gab, er wusste jedoch, dass sein Padawan ständig darüber nachdachte, was schief gegangen war. Es war durchaus angemessen, dass er das tat, es war jedoch nicht angemessen, dass er sich selbst die Schuld gab.

Aber wie kann ich ihn davon abbringen, wo ich ihm doch ebenfalls die Schuld gebe?

Schuldgefühle waren etwas, das ein Jedi nicht empfinden durfte. Obi-Wan wusste, dass er Unrecht hatte. Er versuchte, das Geschehene auf angemessene Weise zu betrachten, doch irgendwie kam er immer wieder darauf zurück, dass er tief in seinem Herzen der Überzeugung war, dass Anakin Yaddles Tod hätte verhindern können.

Er sagte sich, dass die Fehler, die Anakin vielleicht gemacht hatte, von einem Ort kamen, der rein war. Laut Jedi-Kodex war es nicht angemessen, die Entscheidungen eines anderen Jedi zu hinterfragen. Obi-Wan wusste jedoch, dass seine tröstenden Worte eigentlich leer waren und er hatte den Verdacht, dass auch Anakin das wusste.

Der Abstand zwischen ihnen wurde größer. Yaddles Tod hatte sie beide verändert.

Nein, korrigierte Obi-Wan sich. *Der Abstand war schon zuvor größer geworden. Vielleicht war er schon immer da gewesen. Vielleicht habe ich es nur nicht wahrhaben wollen.*

Anakins reine Verbindung mit der Macht bedeutete, dass Obi-Wan ihm in mancher Hinsicht nur wenig beibringen konnte. Und es schien so, als würde Anakin das langsam ebenfalls denken. Doch Obi-Wan wusste, dass er ihm noch viel vermitteln konnte. Ein Jedi zu sein, bedeutete mehr, als nur den Umgang mit der Macht gut zu beherrschen – es bedeutete, die innere Ausgeglichenheit zu besitzen, mit deren Hilfe man die Macht auf die bestmögliche Art einsetzen konnte. Yaddles Tod hatte Obi-Wan zutiefst erschüttert. War es denkbar, dass Anakin zu mächtig war?

Obi-Wan würde Anakin noch nicht aufgeben. Es war seine Pflicht als Meister, seinen Schüler auszubilden, ihm dabei zu helfen, ein Jedi-Meister zu werden. Doch ihm war klar, dass er nie die Zeit gehabt zu haben schien, die problematische Spannung zwischen ihnen anzusprechen. Jeder Tag war voller Aufgaben, die es zu erledigen galt, voller Reisen, Missionen oder Ratsbesprechungen. Die Galaxis wimmelte nur so von Problemen. Der Senat war manchmal ein einziger Sumpf aus lähmenden Verfahrensweisen. Die Probleme eines Schülers und seines Meisters gingen in dem Chaos unter, von dem sie umgeben waren.

Obi-Wan war nur allzu bewusst, dass Schuldgefühle und Scham an die Oberfläche dringen und sich zu Hass entwickeln konnten. Daher achtete er auch aufmerksam auf alle Anzeichen dafür. Bislang schien Anakin lediglich gedankenverloren zu sein. Das, so musste er sich immer wieder klar machen, war für einen jungen Mann von sechzehn Jahren normal.

Das sagst du dir immer wieder. Aber stimmt es auch?

Seine Gedanken waren wieder am Ausgangspunkt angekommen. Obi-Wan stieß einen entmutigten Seufzer aus, von dem er hoffte, dass Anakin ihn nicht gehört hatte. Er konzentrierte sich auf seine Schritte im eisigen Schnee.

Schweigend gingen sie Kilometer um Kilometer. Der Spähposten war in eine Bergkette gebettet, die aus den Gletschern aufragte. Obi-Wan glaubte mit seinem Elektro-Fernglas den Umriss in der Ferne erkennen zu können, doch er war sich nicht sicher. Land und Himmel gingen in einem Meer aus Weiß ineinander über. Die Wolken schienen tiefer zu hängen, je näher die Jedi an den Spähposten kamen und schon begannen sich ein paar wenige Schneeflocken von der dichten Wolkendecke zu lösen und sanft zu Boden zu fallen. Die Flocken wurden bald dichter und der kälter werdende Wind trieb sie in ihre Gesichter.

Obi-Wan warf einen Blick zum Horizont. Ein silberfarbener Klumpen aus Schnee schien schnell vom weißen Himmel zu fallen. Doch Obi-Wan sah keine Schneeflocken. Es war ein Kreuzer.

„Überwachung", sagte er scharf zu Anakin. „Runter!"

Es war das einzig Richtige. Es gab keinerlei Deckung. Sie warfen sich zu Boden und drückten ihre Gesichter in den Schnee. Von oben gesehen, würden sie durch ihre weiße Überlebensausrüstung mit dem Schnee verschmelzen. Sie hörten das Surren des Antriebs über ihnen und rührten sich nicht. Das Schiff bewegte sich langsam und suchte die Gegend in einem weiten Bogen ab. Obi-Wan verlangsamte mit einer Jedi-Technik seine Atmung und all seine Lebensfunktionen. Er wusste, dass Anakin dasselbe tat. Das würde es dem Lebensform-Sensor erschweren, ihre Spuren zu finden. Die Kälte kam ihnen dabei zu Hilfe.

Obi-Wan dachte nicht an die Kälte oder an die unmittelbare Gefahr. Er verlangsamte seine Gedanken ebenso, wie er seine Körperfunktionen verlangsamt hatte. Er machte sich zu einem Nichts, zu einem weißen Fleck auf dem weißen Boden.

Das Surren des Antriebs wurde leiser und leiser. Sie warteten, bis nichts mehr zu hören war. Obi-Wan konzentrierte sich so angestrengt, dass er das Geräusch der fallenden Schneeflocken hören konnte, die um ihn herum auf den Boden fielen.

Anakin rollte sich auf die Seite. In seinen Haaren hatte sich Eis verkrustet. Er blinzelte den Schnee von seinen Wimpern ab. „Ich fühle mich wie eine gefrorene Jujasickle."

„So siehst du auch aus. Aber das ist besser, als beschossen zu werden."

„Wenn Ihr meint", gab Anakin zurück und klopfte sich den Schnee von den Beinen.

„Sie werden zurückkommen. Wir sollten uns beeilen." Obi-Wan zog die Landkarte auf seinem Datapad zu Rate. „Wir sind dicht dran. Jetzt müssen wir vorsichtig sein. Wir wollen die Vanquorer nicht zum Spähposten locken."

„Lasst uns hoffen, dass sie den Posten nicht vor uns fin…"

Plötzlich ertönte eine laute Explosion. Obi-Wan und Anakin drehten sich in die Richtung um, aus der sie gekommen waren. Obi-Wan hob das Elektro-Fernglas an die Augen. Er sah, dass eine dünne Rauchsäule aufstieg.

„Sie haben unser Schiff in die Luft gejagt", sagte er.

Keiner von beiden musste aussprechen, was der andere dachte. Falls das Schiff des Spähpostens flugunfähig wäre, würden sie eine Zeit lang auf diesem Mond festsitzen. Und falls der Spähposten zerstört wäre, hätten sie keine Zuflucht.

Diese Aussicht verlieh ihnen die Kraft, noch schneller voranzukommen. Der Tag neigte sich dem Ende zu und es wurde dunkel, was ihren Marsch nicht gerade erleichterte. Wenigstens wurde ihnen durch das höhere Tempo wärmer. Der Schnee fiel immer noch und wurde mehr und mehr zu einem Schneesturm. Die sinkende Temperatur machte aus den Schneeflocken eisige Stückchen, die in ihre Wangen stachen. Doch Obi-Wan war trotz allem dankbar für den Sturm. Er würde den Vanquorern die Suche erschweren.

„Der kürzeste Weg führt über die Gletscher", rief er über den Lärm des Sturmes hinweg Anakin zu. „Es ist aber auch der schwerste."

„Lasst ihn uns nehmen", rief Anakin zurück. Sie wussten beide, dass sie so schnell wie möglich einen Unterschlupf finden mussten.

Die Gletscher ragten über ihnen auf, riesige Eisblöcke, hunderte von Metern dick, von denen sich manche zu Bergen aus Eis formiert hatten. Sie begannen hochzuklettern, indem sie ihre Seilkatapulte benutzten, um sich an der senkrechten Eisfläche hochzuziehen. Ihre Finger waren trotz der dicken Thermo-Handschuhe wie gefroren. Es war schwierig, das Kabel im Griff zu halten und gleichzeitig Halt im Eis zu finden. Obi-Wan sah die Anstrengung im Gesicht seines Padawans und spürte sie in seinem eigenen Körper. Jetzt war jeder Meter, den sie vorankamen, ein Kampf.

Nach ein paar Stunden härtesten Kletterns näherten sie sich den Koordinaten des Spähpostens. Der Weg war jetzt nicht mehr so steil und so kamen sie schneller voran. Die Dunkelheit brach herein.

Obi-Wan prüfte die Koordinaten. „Der Spähposten müsste genau hier sein."

Er kniff die Lider zusammen und schaute ins Zwielicht. Er sah nichts außer derselben einförmigen weißen Fläche, die er seit ihrer Ankunft gesehen hatte. Konnte er etwa nicht mehr richtig sehen? Er prüfte nochmals die Koordinaten.

„Ich weiß, wo der Posten ist", sagte Anakin plötzlich und ging los.

Obi-Wan folgte ihm. Er verließ sich auf die Koordinaten. Anakin verließ sich auf seine Wahrnehmung. Er konnte den Spähposten nicht sehen, aber er konnte ihn spüren.

Vor ihnen lag etwas, was zunächst wie eine senkrechte Eiswand ausgesehen hatte. Doch es war die Wand des Spähpostens. Obi-Wan erkannte jetzt, dass das Bauwerk von Eis überzogen war. Es war aus einem dicken, weißen Material gebaut, das offensichtlich der Kälte widerstehen konnte, ohne Risse zu bekommen.

Es schien keinen Eingang zu geben – nicht einmal eine Möglichkeit, sich bei der Mannschaft bemerkbar zu machen. Anakin schlug mit der Faust gegen die Wand.

Keine Reaktion.

Jetzt, wo die Jedi nicht mehr in Bewegung waren, stachen der Wind und die Kälte wie eisige Finger durch ihre Kleider.

Obi-Wan fragte sich, ob sie wohl ein Lager aufschlagen und es am Morgen noch einmal versuchen sollten.

Doch genau in diesem Augenblick begann das Eis zu knarzen. Eine Tür glitt langsam zur Seite und das Eis, von dem sie eingehüllt war, fiel herab. Auf halbem Weg blieb die Tür stehen.

Eine schlanke Frau stand im Türrahmen. Sie hielt mit beiden Händen einen Blaster, der genau auf die Jedi gerichtet war.

„Wir sind Jedi und wurden von Typha-Dor geschickt", sagte Obi-Wan. „Ihr müsst Shalini sein."

Er hatte während der Reise vom Tempel die Unterlagen über die Besatzung studiert. Shalini war die Anführerin. Ihr Ehemann Mezdec war der Kommunikationsoffizier.

Der Blaster senkte sich langsam.

Shalini sah sie stechend mit ihren silberfarbenen Augen an. „Also ist unseren Vorgesetzten wieder eingefallen, dass wir noch existieren."

„Sie konnten Euch nicht erreichen. Euer Comm-Unit funktioniert offensichtlich nicht."

„Das weiß ich. Er ist seit über einem Monat defekt. Wie schön, dass sie endlich beschlossen haben, nach uns suchen zu lassen." Sie ging einen Schritt zur Seite. „Kommt herein."

Obi-Wan musste den Kopf einziehen, um durch die Tür zu kommen. Sie standen im Eingang eines kleinen Raumes. Die Beleuchtung war nur auf halber Kraft. An einer Wand stand ein Waffenregal. An der anderen stand eine Konsole mit

Überwachungs- und Datentechnik. Eine weitere Konsole befand sich neben dem Eingang. Obi-Wan fiel auf, dass sie beschädigt war; sie war voller Schrammen, die von Blasterfeuer aus nächster Nähe herrühren mussten. Vier weitere Mitglieder der Mannschaft standen an den Wänden, und alle zielten mit Blastern auf den Eingang.

„Alles in Ordnung", sagte Shalini. „Typha-Dor hat sie geschickt." Sie steckte ihren Blaster zurück an den Gürtel.

Einer der Männer ließ sich gegen die Wand sinken und schloss die Augen. Er sah schwach und blass aus. „Wurde auch Zeit."

Eine große, muskulöse Frau schob ihren Blaster in ein Schulterholster. „Fast zu spät."

Die Begrüßung war nicht so freundlich, wie Obi-Wan sie sich vorgestellt hatte. Doch dann kam ein großer Mann in einem dicken Pullover näher. „Nehmt uns nicht so ernst. Das Ganze dauert jetzt einfach schon zu lange. Wir sind froh, Euch zu sehen."

„Das ist Mezdec", sagte Shalini. „Er ist unser erster Offizier. Ich bin Shalini, die Anführerin der Mannschaft. Die anderen sind Thik" – der schwach aussehende Mann nickte ihnen zu – „Rajana und Olanz." Die muskulöse Frau nickte ebenfalls knapp. Der andere Mann, der kahl und so groß wie Mezdec war, hob eine Hand zum Gruß.

„Aber wo ist der Rest?", fragte Obi-Wan. „Ihr solltet doch zu zehnt sein."

„Nicht mehr", sagte Shalini. „Wir hatten einen Saboteur unter uns. Samdew war der Kommunikationsoffizier. Wir entdeckten, dass er ein Vanquor-Spion war. Er zerstörte das Comm-System, kurz nachdem wir die Invasionspläne von Vanquor aufdecken konnten."

„Er hat auch unser Schiff außer Gefecht gesetzt", sagte Mezdec. „Deshalb sitzen wir hier fest. Wir haben beinahe nichts mehr zu essen, daher freuen wir uns besonders, Euch zu sehen."

„Dann lasst uns mit einer Mahlzeit beginnen", sagte Obi-Wan mit einem Griff nach seinem Survival-Pack. „Wir haben für den Fall der Fälle zusätzliche Rationen mitgebracht."

Er und Anakin teilten die Proteinpackungen aus. Die Gruppe setzte sich und verteilte das Essen. Während sie aßen, betrachtete Obi-Wan die Ausrüstung. Er nahm sich eine Sekunde Zeit, um die beschädigte Comm-Konsole in Augenschein zu nehmen. „Was ist passiert?"

„Es war mitten in der Nacht", erklärte Mezdec. Er schluckte und schob den Rest seines Essens weg. „Ich war wach und hörte Samdew am Comm-Unit. Ich dachte, dass er die Kommunikation abhört. Wir überwachen nämlich rund um die Uhr alle Kanäle und ich ging davon aus, dass er prüfte, ob etwas zu hören war. Ich war sowieso wach, also ging ich zu ihm, um zu sehen, ob irgendetwas nicht in Ordnung war."

„Es gab ein ganz schönes Geplapper auf dem System", sagte Shalini. „Die Vanquorer wussten, dass wir ihre Comm-Kanäle abhören. Daher überfluteten sie uns mit Informationen, um uns zu verwirren. Deshalb war Samdew ein wichtiges Mitglied unserer Mannschaft. Er war unser Informationsanalytiker."

„Ich stand in der Tür", fuhr Mezdec fort, den Blick in Erinnerung verschleiert. „Er hörte mich nicht. Da erkannte ich, dass er gar keine Übertragungen abhörte. Er *sendete* zur Flotte der Vanquorer. Mir wurde klar, dass er ein Spion war und deshalb habe ich die Konsole zerschossen. Ich wusste nicht, was ich sonst hätte tun sollen. Es war der schnellste Weg, ihn aufzuhalten. Ich wollte ihn nicht töten. Doch er drehte sich um und kam auf mich zu. Der nächste Schuss traf ihn in die Brust."

„Es ist in Ordnung, Mezdec", sagte Shalini leise. Sie legte eine Hand auf seinen Arm.

„Ich hörte das Blasterfeuer", sagte Rajana. Sie erzählte weiter, nachdem Mezdec schwieg. „Ich hörte, wie Samdew fiel und lief dazu. Noch auf dem Boden versuchte er, auf Mezdec zu schießen. Hinter mir kam gerade Thik herein, der ins Knie getroffen wurde und zu Boden ging." Rajana warf Mezdec einen Blick zu. „Ich habe den tödlichen Schuss abgefeuert. Nicht du."

„Samdew starb", sagte Shalini. „Wir wussten nicht, dass er vor seinem Tod das Brandschutzsystem im Schlafraum aktiviert hatte. Der Raum wurde hermetisch abgeriegelt und der Sauerstoff abgesaugt."

„Er hatte die Warnsirene ausgeschaltet, das System jedoch nicht", sagte Mezdec mit schwerer Stimme. „Vier Mitglieder unserer Mannschaft waren noch dort drinnen im Schlafraum. Sie erstickten. Als wir herausfanden, was geschehen war, waren sie schon tot."

„Er hatte das für Euch alle geplant", sagte Anakin.

„Ja", sagte Shalini. „Wir nehmen an, dass er seine letzte Übertragung sandte. Seine Tarnung war überflüssig geworden und so war das das Einfachste, was er tun konnte, um uns loszuwerden."

„Weshalb haben die Vanquorer Euch noch nicht angegriffen, wenn sie doch Euren Aufenthaltsort kennen?", fragte Obi-Wan.

Shalini schüttelte den Kopf. „Wir glauben nicht, dass sie unsere Position kennen. Wir gehen davon aus, dass Samdews Tarnung extrem geheim war. Er hatte vor dieser Nacht keine einzige Nachricht an Vanquor geschickt und Mezdec konnte ihn aufhalten, bevor die Übertragung durchging. Alle Übertragungen werden codiert und der Zeitpunkt der Sendung aufgezeichnet, also würden wir es wissen, wenn er Kontakt zu den Vanquorern gehabt hätte. Wir nehmen an, dass diese Mission so lange weitergelaufen wäre, bis wir den Vanquor-Code geknackt und etwas Lebenswichtiges erfahren hätten."

„Und das haben wir", sagte Rajana.

„Ja, lasst uns darüber nochmals reden", sagte Obi-Wan. „Was habt Ihr herausgefunden?"

„Wir kennen die Details der Invasionspläne von Vanquor", sagte Shalini. „Truppenbewegungen, Koordinaten, den Ort der Invasion. Und alles ist hierauf gespeichert." Shalini hielt eine kleine Datendisk hoch. „Es ist äußerst wichtig, dass wir die Informationen nach Typha-Dor schaffen."

„Wir müssen hier verschwinden", sagte Obi-Wan zu ihr. „Wir haben Grund zu der Annahme, dass die Vanquorer unser Schiff zerstört haben. Ich befürchte, es ist nur eine Frage der Zeit, bis sie diesen Spähposten finden."

„Samdew hat unser Schiff sabotiert", erinnerte Mezdec sie. „Ich kann alles reparieren – aber nicht dieses Schiff."

Anakin stand auf. „Lasst mich es versuchen."

Kapitel 3

Anakin verschwand im Hangar, in dem das Schiff stand. Obi-Wan zweifelte nicht daran, dass Anakin das Schiff reparieren konnte, wenn es denn zu reparieren war. Er war ein Genie, wenn es darum ging, das Irreparable zu reparieren.

Shalini schien besorgt zu sein. „Mezdec hat vier Wochen lang versucht, das Schiff zu reparieren. Bei allem Respekt vor Eurem Padawan, aber er wird es niemals in Gang bringen. Seid Ihr sicher, dass von Eurem Schiff nichts mehr zu retten ist? Vielleicht sollten wir einen Fußmarsch dorthin wagen. Wir wissen ja nicht mit Sicherheit, ob Vanquor in einem Hinterhalt lauert. Vielleicht können wir einige Teile noch verwenden. Wenn Ihr mir die Koordinaten gebt, gehe ich hin."

„Nein, Shalini", protestierte Mezdec. „Es ist zu gefährlich."

„Nein, das ist es nicht", sagte Shalini. „Es ist notwendig."

„Du wirst es bei Nacht niemals schaffen", gab Mezdec zu bedenken. „Die Überlebensausrüstung kann dich nicht vor der Kälte schützen. Außerdem kennst du die Regeln. Wir gehen nur zu zweit." Er nahm sie bei der Hand. „So wie wir beide", sagte er sanft.

Sie lächelte, schüttelte aber den Kopf. „Wir sollten jede Möglichkeit nutzen, die sich uns bietet. Ich bin für diese Disk verantwortlich." Sie berührte ihren Gürtel, wo sie die Disk in einer versteckten Tasche trug. „Ich habe noch eine andere Idee. Wir könnten zum Jedi-Schiff gehen und auf einen Angriff aus dem Hinterhalt warten. Ein paar von uns könnten dann so tun, als ob sie sich ergeben würden. Dann könnten die anderen das Vanquor-Schiff angreifen. Wir könnten in ihrem Transporter vom Planeten verschwinden."

„Das ist ein sehr unwahrscheinliches Szenario", sagte Obi-Wan. „Und nur der letzte Ausweg. Wir sollten Anakin eine Chance geben, bevor wir eine Entscheidung treffen."

Niemand schenkte Obi-Wan Beachtung. „Vielleicht sollten wir das Team aufteilen", sagte Olanz. „Ein paar von uns könnten beim ersten Tageslicht mit Shalini gehen. Wir könnten den Raketenwerfer und ein paar Flechette-Werfer mitnehmen."

„Nur gemeinsam sind wir stark", warf Rajana ein. „Wir sollten zusammenbleiben."

„Thik kann nicht marschieren", sagte Mezdec.

„Kann ich wohl", erwiderte Thik. „Nur nicht besonders schnell."

„Und was ist mit denen von uns, die zurückbleiben?", fragte Rajana. „Wir haben beinahe keinen Brennstoff mehr zum Heizen. Wer auch immer zurückbleibt, würde dem sicheren Tod ins Auge schauen."

„Wir haben die ganze Zeit dem Tod ins Auge geschaut", sagte Thik.

„Das bedeutet nicht, dass wir ihn auch noch einladen sollten", gab Mezdec zurück.

Thik deutete ein Lächeln an. „Es ist genau wie auf unserem Heimatplaneten. Wir diskutieren so lange darüber, wie wir etwas tun sollen, dass wir es nie zustande bringen."

„Das bedeutet jedoch nicht, dass wir eine Invasion zulassen müssen", sagte Rajana scharf.

Shalini wandte sich an Obi-Wan. „Wir waren einfach zu lange zusammen eingepfercht", sagte sie und lächelte angespannt. „Wenn wir nicht gerade über einen Weg diskutiert haben, von diesem Mond wegzukommen, haben wir uns darüber gestritten, wie wir es am besten anstellen könnten. Thik hat nicht Unrecht."

„Typha-Dor hat Glück", sagte Thik. „Wir haben sehr viele natürliche Ressourcen. Wir haben ausreichend Sonnenschein und Wasser. Unsere Welt ist groß und sie besitzt die unterschiedlichsten Landschaften. Wir haben viele Arbeitskräfte. Und doch haben wir nie gelernt, diese Ressourcen zu nutzen und durch sie den Wohlstand herbeizuführen, den wir brauchen."

„Ja, ja", sagte Rajana ungeduldig. „Und Vanquor ist ein kleiner, staubiger Planet. Aber sie haben es geschafft, daraus fast alles zu gewinnen, was sie brauchen. Ihre Industrie blüht. Sie sind reicher als wir, obwohl der Planet viel kleiner ist. Aber deshalb dürfen sie noch lange nicht unser Sternensystem erobern!"

„Ich verteidige die Aggression von Vanquor nicht", sagte Thik. „Das weißt du, Rajana. Warum bin ich wohl hier, wenn nicht, um mein Leben für meine Heimatwelt zu opfern? Ich wollte nur sagen, dass wir von Vanquor auch etwas lernen können."

„Die Vanquorer sind habgierig und skrupellos", sagte Mezdec düster. „Wenn sie uns etwas beibringen könnten, habe ich kein Bedürfnis, es zu lernen."

„Genau diese Einstellung hat den Konflikt überhaupt erst heraufbeschworen", sagte Thik. „Wenn wir schon vor Jahren gewillt gewesen wären, mit Vanquor zu verhandeln, würden wir jetzt nicht von einer Invasion bedroht sein."

Mezdec stand auf. „Ich frage mich langsam, wer hier der Verräter ist!", bellte er.

Shalini legte eine Hand auf den Arm ihres Mannes. „Setz dich", sagte sie sanft.

Mezdec setzte sich, nachdem er einen Augenblick nachgedacht hatte.

„Möchte irgendjemand noch einen Proteinriegel haben?", fragte Obi-Wan. Wieder wurde er ignoriert.

Die Spannung im Raum war deutlich zu spüren. Kein Wunder, dachte Obi-Wan. Seit mehr als einem Jahr hockten sie hier zusammen. Sie wurden von den Vanquorern gejagt. Sie hatten einen Saboteur in ihrer Mitte gehabt. Sie hatten Angst, niemals von diesem Planeten fortzukommen.

Er hatte Verständnis für ihre Gereiztheit, fand es aber nicht sonderlich angenehm, sie mitzuerleben.

„Ich glaube, ich sehe mal nach Anakin", sagte er.

Der Hangar lag im hinteren Bereich des Spähpostens, hinter den Lagerräumen. Es gab nur ein Schiff und ein paar

Swoops, die auf der Suche nach Ersatzteilen zerlegt worden waren. Obi-Wan sah von Anakin nur die Beine, die unter dem Transportschiff hervorragten. Obi-Wan beugte sich hinunter.

„Und? Wie sieht es aus?"

Anakins Stimme kam gedämpft unter dem Schiffsrumpf hervor. „Vielleicht klappt es. Aber was gäbe ich jetzt für einen Boxen-Droiden."

„Dann betrachte mich als einen", sagte Obi-Wan. „Was soll ich tun?"

Anakin rutschte hervor. „Ihr bräuchtet zwei Servo-Schraubenzieher als Hände und eine Ölpumpe anstatt der Nase." Er klang recht missmutig.

„Lass mich einfach etwas tun", gab Obi-Wan zurück. „Hast du das Problem gefunden?"

„Natürlich", sagte Anakin. „Das war nicht schwer. Es ist der Energiegenerator. Die Übertragungskabel zum Unterlichtantrieb sind zusammengeschmolzen, daher ist das gesamte Fusionssystem durchgebrannt."

„Kannst du die Kabel ersetzen?"

„Natürlich. Aber dann würde die Hilfsenergieversorgung eine Reaktion auslösen."

„Und diese Reaktion wäre ..."

„Das Schiff würde explodieren."

„Nicht gerade optimal", sagte Obi-Wan.

„Ich kann sehen, wo Mezdec zu improvisieren versucht hat. Aber er stand immer vor genau diesem Problem." Anakin trommelte mit dem Finger auf der Schiffshülle. „Da ist etwas, was sich nicht zusammenreimt", sagte er. „Weshalb hätte Samdew das Schiff völlig zerstören wollen? Wie hätte er den Planeten verlassen können, nachdem er die gesamte Mannschaft des Spähpostens umgebracht hatte?"

„Vielleicht brauchte er das Schiff nicht", sagte Obi-Wan. „Die Vanquorer hätten ihn abgeholt."

„Okay", sagte Anakin. „Aber wenn ich ein Spion wäre, der auf einem abgelegenen Mond festsitzt, würde ich mir für alle Fälle eine Hintertür offen halten. Ich würde nicht davon ausgehen, dass alles wie geplant läuft."

„Das tun die Dinge selten." Obi-Wan nickte nachdenklich. „Das bedeutet, dass es eine Möglichkeit geben muss, das Schiff zu reparieren."

„Ich weiß nur noch nicht, wie diese Möglichkeit aussieht." Anakin kroch wieder unter das Schiff. „Aber ich werde sie noch finden. Würdet Ihr mir den Fusionsschneider geben?"

Obi-Wan gab ihm das Werkzeug. Während der nächsten Stunde half er Anakin geduldig, eine Reparaturmethode nach der anderen auszuprobieren. Er bewunderte Anakins Konzentrationsfähigkeit. Es war, als wäre der Antrieb ein kränkelnder Organismus, den er langsam wieder ins Leben zurückführte.

Mezdec kam vorbei, um seine Hilfe anzubieten und Anakin beratschlagte sich mit ihm. Obi-Wan verlor irgendwann den Faden der Unterhaltung, die über Schalter, Überbrückungen und Energiequellen ging. Er wusste ein paar Dinge über Antriebe, aber nicht annähernd so viel wie Anakin.

Irgendwann setzte Anakin die Deckplatte des Antriebs

wieder auf, stieg in das Schiff und setzte sich in den Pilotensitz. Er zögerte einen Augenblick und zündete dann die Maschinen.

„Ihr solltet vielleicht ein wenig Abstand halten", sagte er zu Obi-Wan, der ebenfalls hereingekommen war.

„Wie viel?"

„Bis zum nächsten Sternensystem." Anakin grinste. „Kleiner Scherz." Er aktivierte den Antrieb, der brüllend zum Leben erwachte.

„Der Junge beherrscht sein Fach", schrie Mezdec von draußen.

„In der Tat", sagte Obi-Wan zustimmend, als er sich entfernte.

Anakin fuhr den Antrieb herunter und sprang aus dem Schiff. „Ich kann den Energiegenerator in Betrieb nehmen, aber nicht die volle Leistung rausholen. Das heißt: kein Deflektor-Schild. Wir mussten die Energieversorgung der Waffen überbrücken, um den Generator etwas anzukurbeln, deshalb haben wir auch keine Turbolaser mehr. Mit anderen Worten: Es wird ein langsamer Flug und wenn uns die Vanquorer auf dem Radar entdecken, sitzen wir ungeschützt da. Und dann wäre da noch das Treibstoffproblem."

„Das sich wie äußert?"

„Wir haben nicht genügend. Ich habe unsere Optionen vom Computer berechnen lassen. Der einzige Weg, um nach Typha-Dor zu kommen, ist, die kürzeste Raumroute zu nehmen. Aber die führt mitten durch den Luftraum von Vanquor."

Obi-Wan verzog das Gesicht. „Das wird ja immer schöner." Er drehte sich zum Bunker um, wo die vier Mannschaftsmitglieder warteten. „Wir müssen es riskieren. Unsere einzige Chance besteht darin, dass wir unbemerkt durch ihre Überwachung gelangen. Der Weltraum ist groß."

„Der Weltraum ist groß?" Ein Anflug von Lächeln huschte über Anakins Gesicht. „Ist das Eure Strategie? Dann kann ich ja aufhören, mir Sorgen zu machen."

Der Übermut in Anakins Augen erwärmte Obi-Wans Herz. Plötzlich sah er das Bild des kleinen Jungen wieder, den er einst gekannt hatte – ein Junge, der gern Sachen reparierte und der den Umgang mit den großartigen Talenten, die ihm geschenkt worden waren, noch lernen musste. Ein Junge, der sich über diese Talente noch keine Gedanken gemacht hatte und der daran glaubte, dass sich die Galaxis ihm öffnen und seine Träume wahr machen würde.

Ich darf ihm diesen Glauben nicht nehmen. Ich darf ihm nicht den Jungen nehmen, der er einst war.

Er grinste zurück. „Danke", sagte er. „Ist mir gerade eingefallen."

Und als sie sich anlächelten, veränderte sich etwas. Etwas hellte sich auf und die Spannung zwischen ihnen löste sich ein klein wenig.

Doch der Augenblick war auch schnell wieder vorüber und Obi-Wan sah Traurigkeit in Anakins Blick. Und er sah sie nicht nur, er spürte sie auch. Es war ihnen nicht mehr möglich, die Situation mit einem Scherz, einem unbeschwerten Augenblick zu entkrampfen. Dafür saß alles zu tief.

„Ich hole die anderen", sagte Obi-Wan.

Shalini stand mit den Händen in die Hüften gestützt da und sah sich im Raum um.

„Ich hoffe, Anakin kann dieses Ding wirklich zum Fliegen bringen", sagte sie.

Es war nichts mehr vom Spähposten übrig. Er war jetzt nur noch eine leere Hülle. Die Mannschaft hatte laut Anweisung alles zerstört, was für Vanquor von Bedeutung sein könnte. Shalini und die anderen hatten Schneidbrenner und andere Werkzeuge benutzt, um die Kommunikations- und Überwachungseinrichtungen zu zerschneiden und zu vernichten. Alle Dateien und sonstige Dinge, die sie nicht mit an Bord des Schiffes nehmen konnten, mussten sie ebenfalls vernichten.

Anakin setzte sich hinter die Kontrollen des Schiffes. Mezdec nahm neben ihm Platz. „Der Start könnte etwas holprig werden", sagte er zu den anderen. „Wir haben nicht genügend Energie für einen sauberen Flug. Wenn wir allerdings erst einmal die obere Atmosphäre verlassen haben, müsste es besser gehen."

Anakin startete den Antrieb. Das ausfahrbare Dach des Hangars öffnete sich. Die Instrumente immer im Blick, erhöhte Anakin die Energiezufuhr des Antriebs. Das Schiff stieg, allerdings viel zu langsam für Obi-Wans Begriffe. Außerdem wurde es durchgeschüttelt.

Anakins Gesicht war vollkommen ruhig, doch Obi-Wan bemerkte eine glänzende dünne Schweißschicht auf der Stirn seines Padawans. Die Kontrollen bebten in seinen Händen. Langsam erhob sich das rüttelnde Schiff über die eisige Einöde. Es driftete kurz seitlich ab und kam dem Berg gefährlich nahe. Obi-Wan sah, wie Thik die Augen schloss. Shalini berührte ihren Gürtel, in dem die Disk verwahrt war.

Anakin gab noch mehr Gas und das Schiff schoss in die obere Atmosphäre. „Das war der schwierige Teil", sagte er zu den anderen. „Nächste Haltestelle: Typha-Dor."

Wenn wir Glück haben, dachte Obi-Wan. *Wenn wir viel, viel Glück haben.*

Kapitel 4

Anakin warf einen Blick auf das Radar. In ihrer Umgebung gab es keinerlei Raumverkehr. Die meisten Schiffe hielten sich aufgrund der unsicheren Lage vom Uziel-System fern. Jetzt, wo Vanquor den größten Teil des Luftraums kontrollierte, war niemand sonderlich erpicht darauf, sich dort aufzuhalten.

Da sie im Moment sicher waren, überließ Anakin Rajana die Kontrollen des Schiffes. Er musste sich die Instrumente genauer ansehen.

Mezdec schaute vom Navigationsschirm auf. „Alles in Ordnung?"

„Ich wollte nur einen Blick auf die Stabilisator-Kontrolle werfen", sagte Anakin. „Da uns nicht die volle Energie zur Verfügung steht, werden wir Schwierigkeiten bekommen, falls etwas ausfällt. Ich musste die Kabel vom linken Stabilisator umleiten, um den Schub zum Abheben zu bekommen. Ich wollte sichergehen, dass wir beim Start nicht zu viel Energie verbrauchen. Ich werde einen kompletten Status-Check durchführen."

Er startete den Check und beobachtete, wie der Computer

die verschiedenen Indikatoren durchlief. Anakin beschloss, noch einen zweiten, manuellen Check durchzuführen. In einem Schiff, das nicht mit voller Leistung flog, konnte er nicht vorsichtig genug sein. Er prüfte einen Sensor nach dem anderen.

„Das ist aber seltsam", sagte er zu Mezdec. „Ich bekomme hier hinten Anzeigen für drei zusätzliche Versorgungsleitungen der Rettungskapsel. Und ich sehe *zwei* Antriebsgeneratoren. Das ist einer mehr als üblich."

„Die Kapsel hat tatsächlich zwei Antriebsgeneratoren", sagte Mezdec. „Man hat sie für den Fall aufgerüstet, dass sie als Haupttransportmittel für den Rückweg nach Typha-Dor benutzt werden müsste. Samdew hat jedoch auch die Kapsel manipuliert."

„Das habe ich gesehen", sagte Anakin. „Aber es gibt vorne an der Konsole keine Anzeige für einen zusätzlichen Generator und die drei Versorgungsleitungen."

„Die Anzeigen für die Leitungen befinden sich nur in der Kapsel selbst", erklärte Mezdec.

„Verstehe. Dann werde ich sie dort prüfen." Anakin ging nach hinten in die Rettungskapsel und führte einen Status-Check durch. Dann ging er in den kleinen Bereich hinten im Schiff, wo Obi-Wan sich niedergelassen hatte.

Anakin setzte sich neben ihn. Er beugte sich zu ihm und sagte in einem beiläufigen Tonfall: „Die Rettungskapsel ist mit einem doppelten Antrieb ausgestattet. Höchst ungewöhnlich für dieses Modell. Und die Sensoren des zweiten Generators haben keine Anzeigeninstrumente in der Hauptkabine. Mit anderen Worten: Ich habe Samdews Hintertür entdeckt. Wenn ich die Kapsel gleich geprüft hätte, hätte ich das Antriebsproblem lösen können. Ich hätte nur eine Umverkabelung vornehmen müssen, um den zweiten Generator in der Kapsel anzuzapfen und in das Schiff umzuleiten. Dann hätten wir mit voller Kraft abheben können."

„Kannst du das jetzt noch machen?"

Anakin schüttelte den Kopf. „Nicht während des Fluges. Aber darum geht es gar nicht. Ich habe eine Frage."

„Weshalb kam Mezdec nicht dahinter?" Obi-Wan nahm seine Frage voraus. „Könnte er es übersehen haben?"

Anakin zuckte mit den Schultern. „Schon möglich. Falls er nicht sonderlich schlau wäre. Aber das scheint ja nicht der Fall zu sein. Und er hatte für seine Reparaturversuche einen Monat Zeit."

Obi-Wan runzelte die Stirn. „Irgendetwas kam mir die ganze Zeit seltsam vor. Auf der Comm-Konsole waren Einschussspuren. Mezdec sagte, er wäre aus dem Schlafraum gekommen und hätte Samdew am Comm-Unit gesehen. Er sah, wie Samdew eine Nachricht an die Vanquorer schickte."

Anakin nickte. „Also schoss er auf die Comm-Konsole, um ihn aufzuhalten."

„Ein Schuss aus der Entfernung hätte nicht derartige Spuren auf dem Bedienfeld hinterlassen dürfen", sagte Obi-Wan.

„Aber einer, der aus nächster Nähe abgefeuert wurde", sagte Anakin. „Vielleicht wusste er nicht mehr genau, wo er stand."

„Glaubst du nicht, dass er auch in der Lage gewesen wäre, Samdew aufzuhalten, ohne auf ihn zu schießen, wenn er so dicht vor der Konsole stand, um solche Blasterspuren zu hinterlassen?", gab Obi-Wan zu bedenken. „Weshalb hatte er überhaupt einen Blaster dabei? Er sagte, er hätte geschlafen und es wäre mitten in der Nacht gewesen. Wie auch immer, offensichtlich lügt er."

„Aber die anderen kamen ebenfalls hinzu und sahen, was passiert war", sagte Anakin. „Und Samdew schoss auf Thik."

„Denk noch einmal nach, Padawan", sagte Obi-Wan. „Du erzählst mir den Eindruck, den du hast, nicht aber die Worte, die tatsächlich gefallen sind."

Anakin dachte nach und war wütend auf sich selbst. Er hatte voreilig gesprochen, ohne das Gespräch nochmals Revue passieren zu lassen. So hatte er das in seiner Ausbildung nicht gelernt.

Er konzentrierte sich, wie es sich für einen Jedi gehörte. Und jetzt erinnerte er auch wieder alle Einzelheiten des Gesprächs, die genauen Worte und die Reihenfolge, in der die anderen sie gesagt hatten. Ein präzises Erinnerungsvermögen war eines der Werkzeuge des Jedi-Verstands.

„Samdew starb, als er versuchte, Mezdec niederzuschießen", sagte Anakin. „Das haben Rajana und Thik gesehen. Thik kam einfach nur dazwischen. Also hätte Samdew auf Mezdec schießen können, weil *Mezdec* der Spion war. Aber weshalb hat Samdew das Brandschutzsystem aktiviert?"

„Auch darüber haben wir nur Mezdecs Aussage", sagte

Obi-Wan. „Wir haben sowieso einzig und allein Mezdecs Aussage über alles, was passiert ist, einschließlich des defekten Transportschiffs."

„Glaubt Ihr, dass er der Spion ist?", fragte Anakin.

„Ich weiß es nicht", gab Obi-Wan zurück.

Shalini hatte die Unterhaltung beobachtet und setzte sich nun neben Obi-Wan. „Alles klar?"

Anakin warf seinem Meister einen Blick zu. Mezdec war Shalinis Mann. Als Anführerin der Gruppe hatte sie das Recht zu erfahren, was sie dachten. Aber wem gegenüber würde sie loyal sein?

„Also gut", sagte Obi-Wan. „Sagt uns, ob Ihr noch andere Beweise dafür habt, dass Samdew der Saboteur war?"

„Was für Beweise brauchen wir denn noch?", fragte Shalini. „Er hat vier von uns getötet."

„Was war Eurer Meinung nach sein Plan, den er nicht zu Ende führen konnte?", wollte Obi-Wan wissen.

„Wir wussten, dass er gerade eine Nachricht an die Vanquor-Flotte absetzen wollte", sagte Shalini. „Mezdec kam glücklicherweise hinzu, bevor sie unsere Position ermitteln konnten. Ich nehme an, dass er über unsere Kenntnis der Invasionspläne berichten wollte. Dann hätte er uns getötet und wäre verschwunden."

„In dem manipulierten Schiff?"

„Ich nehme an, dass die Vanquorer einen Transporter geschickt hätten", sagte Shalini. „Was denkt Ihr?"

„Das scheint für einen Spion kein besonders bedachtes Verhalten zu sein", sagte Obi-Wan. „Viel nahe liegender wäre es gewesen, die Vanquorer darüber zu informieren, dass ihr Invasionsplan aufgeflogen ist, und dann vor Ort zu bleiben und zu hoffen, noch mehr Gelegenheiten zu bekommen, Typha-Dor zu verraten."

„Vielleicht war er ja kein besonders bedachter Spion", sagte Shalini. „Vielleicht war seine Mission erfüllt. Vielleicht hatte er genug von der Kälte." Sie musterte Obi-Wan fragend. „Weshalb sagt Ihr nicht, was Ihr wirklich denkt?"

„Es könnte noch einen Spion geben", sagte Obi-Wan. „Oder Samdew könnte unschuldig gewesen sein. Er hatte keine Möglichkeit, sich zu verteidigen."

„Er hat auf Thik geschossen!", sagte Shalini.

„Er hatte auf Mezdec gezielt", warf Obi-Wan ein. „Auf die einzige Person, die ihn als Spion identifizieren konnte."

„Was wollt Ihr damit sagen?" Jetzt schwang Feindseligkeit in Shalinis Stimme mit.

Da sie nun auch lauter gesprochen hatte, sahen Thik und Olanz herüber. Rajana und Mezdec hatten nichts gehört.

„Wir haben nur noch einmal besprochen, was geschehen ist", sagte Obi-Wan. „Wir wollten sichergehen, dass auch wirklich das geschehen ist, was Ihr denkt."

„Ich *weiß*, was geschehen ist", sagte Shalini beharrlich.

„Ihr wisst nur, was Mezdec Euch erzählt hat", sagte Obi-Wan. „Das ist etwas anderes. Und das könnte wichtig sein. Seid Ihr wirklich bereit, die Freiheit Eures Planeten gegen Euer Vertrauen in ihn in die Waagschale zu werfen?"

„Ja", sagte Shalini voller Überzeugung.

„Ich nicht", sagte Olanz, der mit Thik näher gekommen

war. „Die Jedi könnten Recht haben, Shalini. Wir verlassen uns darauf, dass Mezdec die Wahrheit sagt."

Shalini sah die beiden Männer fassungslos an. „Mezdec ist doch kein Verräter! Er ist Typha-Dor gegenüber so loyal wie ich und er setzt ebenso wie ich alles daran, die Pläne zurückzubringen."

Anakin bemerkte, dass sie an ihren Gürtel griff, während sie sprach.

„Dürfen wir die Disk einmal sehen?", fragte er.

Shalini sah ihn wütend an, griff jedoch in die verborgene Gürteltasche und gab Obi-Wan die Disk.

Obi-Wan schaute mit Hilfe seines Datapads den Inhalt an. Doch auf der Disk befand sich keinerlei Information.

Shalini starrte schockiert auf das Display. „Ich weiß nicht wie …"

„Habt Ihr die Disk jemals aus den Augen gelassen?", fragte Obi-Wan eindringlich.

Sie biss sich auf die Lippe. „Nein, niemals. Aber Mezdec prüfte meinen Blaster und die Notfallausrüstung an meinem Gürtel, bevor wir aufbrachen. Er sagte, er wollte sichergehen, dass alles in Ordnung ist …" Ihre Stimme verstummte. „Ich habe noch eine zweite Disk. Das habe ich Mezdec nicht gesagt. Die Invasionspläne sind in Sicherheit."

„Ich erkenne Radaraktivität", sagte Rajana mit erhobener Stimme. „Ich glaube, es ist ein Zerstörer."

„Wo ist Mezdec?", rief Shalini. Mezdec war verschwunden.

Anakin und Obi-Wan sprangen auf. „Die Rettungskapsel", sagte Obi-Wan.

Sie rannten in den hinteren Bereich des Schiffes, wo Mezdec gerade die Tür zur Kapsel öffnete und hineinlief.

Da wurde das Schiff plötzlich von Laserfeuer erschüttert. „Wir werden angegriffen!", rief Rajana aus dem Cockpit. „Ich brauche Hilfe!"

Die beiden Jedi sprangen auf die sich schließende Tür der Fluchtkapsel zu. Doch sie schloss sich, bevor sie sie erreichen konnten.

Obi-Wan führte sein Lichtschwert an der Tür entlang, bis sich das Metall wegschälte. Doch es war zu spät. Mezdec katapultierte sich mit der Rettungskapsel ins All.

Kapitel 5

„Darauf hätten wir vorbereitet sein müssen", sagte Obi-Wan.

„Er wird nicht besonders weit kommen", sagte Anakin. „Ich habe die Hälfte der Energieversorgung ausgeschaltet. Und den Comm-Unit. Ich setze mich in den Pilotensitz."

Anakin wirbelte herum und lief zum Cockpit zurück. Obi-Wan folgte ihm. Ihre größte Chance, dem Bombardement der Vanquorer zu entkommen, lag darin, dass sein Padawan an den Kontrollen saß.

Ihre Chancen standen allerdings nicht gerade gut. Da dem Schiff nur die halbe Energie zur Verfügung stand, konnten sie dem Vanquor-Zerstörer kaum entkommen. Außerdem würden sie nur schwer manövrieren können.

Obi-Wan betrat das Cockpit und sah, wie die anderen nervös herumstanden, während Anakin den Pilotensitz übernahm. Das Vanquor-Schiff war hinter ihnen, ein Monster von einem Kampfkreuzer in Schwarz und Silber. Ein Blitz zuckte von der Seite des Zerstörers auf sie zu.

„Torpedo", sagte Obi-Wan.

Anakin drehte hart nach rechts ab. Das Schiff erschauderte, während es die Wende flog. Der Torpedo verfehlte sie knapp.

Jetzt war das Donnern von Laserkanonen durch die Schiffszelle zu hören. Anakin brachte das Fahrzeug in den Sturzflug, doch Obi-Wan spürte, wie es deutlich zu beben begann. Er tauschte einen Blick mit seinem Schüler aus. Anakins Lippen wurden schmal. Obi-Wan wusste, dass er entschlossen war, sie unbeschadet durch diesen Angriff zu bringen. Aber auch Anakin konnte keine Wunder vollbringen. Obi-Wan begann die Sternenkarten zu studieren und suchte einen Ort, an dem sie das Schiff landen konnten.

Unglücklicherweise war der nächste Planet Vanquor.

„Festhalten!", rief Anakin.

Das Schiff erbebte unter einem direkten Treffer. Blaue Blitze zuckten über die Steuerkonsole hinweg.

„Ionen-Treffer", sagte Anakin. „Wir haben den größten Teil unserer Computersysteme verloren." Er wendete das Schiff erneut und versuchte so, ein bewegliches Ziel zu bleiben. Er warf Obi-Wan einen Blick zu. „Wir müssen das Schiff landen."

Obi-Wan sah zu den anderen hinüber. „Unsere einzige Hoffnung ist Vanquor."

Die Mannschaft des Spähpostens sah sich angespannt an. Sie hatten so viel durchgemacht und so viel erreicht. Auf Vanquor zu landen und in Gefangenschaft zu geraten, konnte für sie alle das Ende bedeuten. Doch als sie sich Obi-Wan zuwandten, sah keiner von ihnen verängstigt aus.

„Wenn das unsere einzige Chance ist, dann lasst sie uns ergreifen", sagte Thik.

Anakin tauchte das Schiff in die Atmosphäre des Planeten ein. „Könnt Ihr mir Koordinaten geben?", fragte er Obi-Wan. „Ich habe nicht viel Zeit zum Manövrieren, aber ich tue, was ich kann."

Obi-Wan hatte keine Zeit, die Bordspeicher nochmals durchzusuchen. Er rief sich die Holokarten in Erinnerung, die er zuvor gesehen hatte. „Die besten Aussichten, einer Gefangenschaft zu entkommen, haben wir, wenn wir am Rand des Tomo-Kratergebiets landen", sagte er. „Das Terrain ist sehr unwegsam. Wenn du uns sicher absetzen kannst, können wir sie dort vielleicht abschütteln." Obi-Wan setzte sich schnell an den Computer und rief die Koordinaten auf.

Anakin nickte knapp. Er war zu sehr darauf konzentriert, das Schiff auf Kurs zu halten, um sich unnötige Bewegungen erlauben zu können. Das Schiff bebte und zitterte unter seinen Händen. Plötzlich machte es einen Satz zur Seite.

„Der linke Stabilisator fällt aus", murmelte er. „Alle anschnallen. Wir müssen notlanden."

Unter ihnen nahm Vanquor das gesamte Blickfeld ein, ein riesiger, bunter Planet. Obi-Wan wusste aus seinen Nachforschungen, dass er zum größten Teil von Wüsten und trockenen Hochebenen bedeckt war. Die mittelgroßen Städte erstreckten sich in den wenigen fruchtbaren Tälern. Das Tomo-Kratergebiet war eine abgelegene Region, auf der vor tausenden von Jahren einmal ein Meteoritenregen niedergegangen war. Das trockene Land war übersät mit Kratern und Spalten.

Plötzlich ertönte ein Alarm an Bord des Schiffes. Im Cockpit leuchteten rote Lampen auf. Dann noch mehr Alarmleuchten. Anakin sagte kein Wort. Es war auch nicht nötig. Alle wussten, was das bedeutete. Das Schiff gab den Geist auf.

Doch anstatt abzubremsen, gab Anakin noch mehr Gas. Obi-Wan bewunderte seinen Padawan, der einen kühlen Kopf bewahrte. Er wusste, worauf Anakin baute. Je schneller sie auf den Boden kamen, desto besser. Er war sich nur nicht sicher, was geschehen würde, wenn sie sich dem Boden näherten. Anakin würde versuchen, so dicht wie möglich an der Oberfläche entlangzufliegen, um sich so bis zur Landung vor dem Kampfschiff zu verstecken. Normalerweise würde Anakin diese Herausforderung mit Freuden annehmen und sie makellos meistern. Doch mit einem angeschlagenen Schiff war es ein riskantes Unterfangen.

Obi-Wan machte sich auf alles gefasst. Sie flogen über ein grünes Tal hinweg und Anakin brachte das Schiff noch dichter an die Oberfläche. Der gesamte Metallrahmen vibrierte jetzt. Sirenen heulten und rote Lichter flammten auf. Die Oberfläche kam bedrohlich näher. Die Turbulenzen des Anflugs wirbelten roten Staub auf. Es hatte den Anschein, als würden sie jeden Augenblick in einen der Felsklötze rasen, die so groß wie Gebäude waren. Das Schiff rollte auf die Seite und flog beinahe gegen eine massive Felsformation. Anakin korrigierte die Flugbahn. Auf seiner Oberlippe bildeten sich Schweißperlen.

Obi-Wan sah vor ihnen ein Felsplateau. Dort würde Anakin eine Landung versuchen. Er drosselte das Tempo, wobei das Schiff sich unkontrolliert zu drehen begann und von einer Seite zur anderen schaukelte. Wären sie nicht alle angeschnallt gewesen, hätte sie die Wucht der Bewegungen gegen die Schiffswände geschleudert.

„Der linke Stabilisator ist vollständig ausgefallen!", rief Anakin. „Festhalten!"

Das Schiff schlug auf dem harten Boden auf. Obi-Wan spürte, wie sein Körper nach oben gerissen wurde, als würde er nichts wiegen. Mit knarzenden Zähnen und Knochen kam er wieder in seinem Sitz auf. Er schmeckte Blut im Mund. Das Schiff raste auf dem Plateau entlang, riss Pflanzen aus und stieß gegen kleine Felsblöcke. Der Lärm war unerträglich. Das Schiff war plötzlich zu einem zerbrechlichen kleinen Ding geworden, das so hart durchgeschüttelt wurde, dass Obi-Wan sich fragte, weshalb es nicht in Stücke zerfiel.

Das Ende des Plateaus war keine fünfzig Meter mehr entfernt. Wenn das Schiff nicht zum Halten käme, würden sie hinabstürzen, geradewegs auf den hunderte von Metern tiefer liegenden Boden der Schlucht zu. Anakin bearbeitete wie wild die Kontrollen. Obi-Wan sah, wie der Abgrund näher kam. Dann drehte sich das Schiff langsam zur Seite. Ein furchtbares metallenes Stöhnen erfüllte die Luft, schlimmer als der Knall des ersten Aufpralls. Es donnerte in ihren Ohren. Dann kippte das Schiff plötzlich fast vollständig auf die Seite und schleuderte Obi-Wan gegen die Konsole.

Das Schiff schlug gegen einen großen Felsblock und blieb stehen.

Obi-Wan sah sich um. Thik sah blass aus. Shalini blutete an

der Stirn. Olanz und Rajana schienen verstört, aber ansonsten unverletzt.

„Wir müssen schnell aussteigen", sagte Obi-Wan.

Er schnallte sich ab. Anakin tat es ihm nach. Sie halfen den anderen schnell aus den Sitzen. Die Landerampe ließ sich nicht ausfahren und die Tür war durch die Bruchlandung verklemmt. Obi-Wan und Anakin machten sich mit ihren Lichtschwertern an die Arbeit und schnitten ein Loch in die Außenwand.

Plötzlich hielt Anakin inne. Er beugte sich nach vorn und sah durch das Sichtfenster. „Sie müssen die Sicherheitskräfte von Vanquor alarmiert haben", sagte er. „Wachschiffe nähern sich. Sie haben uns entdeckt."

„Habt Ihr Rauchgranaten und Atemmasken an Bord?", fragte Obi-Wan Shalini.

„Ich hole sie", antwortete Rajana. Sie ging nach hinten, wobei sie sich an den Sitzlehnen festhalten musste, um aufrecht stehen zu bleiben.

Obi-Wan sprach weiter, während sie die Schiffshülle mit ihren Lichtschwertern öffneten. „Die größten Chancen haben wir, wenn wir mit den Seilkatapulten in die Schlucht hinuntersteigen. Anakin, du nimmst Shalini und Olanz zu dir. Ich nehme Thik und Rajana. Wir benutzen die Rauchgranaten als Deckung. Schalte deinen Peilsender ein, für den Fall, dass wir uns verlieren."

Das Loch war jetzt groß genug. Obi-Wan warf zwei Rauchgranaten hinaus. Schnell quoll der dichte Rauch auf. Da der Wind kaum wehte, blieb der Rauch in der Luft hängen und bildete so eine perfekte Deckung. Mit den Atemmasken als Schutz stiegen sie einer nach dem anderen durch das Loch nach draußen.

Sie waren immer noch außerhalb der Reichweite der näher kommenden Wachschiffe. Doch es blieben ihnen nur wenige Minuten und so rannten sie schnell auf den Abgrund zu.

Von der Landung mitgenommen, konnten sich nicht alle schnell fortbewegen. Thik mit seinem verwundeten Knie war besonders langsam. Obi-Wan und Anakin halfen ihnen, doch Obi-Wan wurde schnell klar, dass sie es nicht schaffen konnten. Die Schiffe könnten jeden Moment das Feuer in den dichten Rauch eröffnen. Die Vanquorer könnten vielleicht nicht ihren genauen Aufenthaltsort ausmachen, sie würden aber sicher erraten, wohin sie unterwegs waren. Es war ihr einziger Fluchtweg.

Obi-Wan war verzweifelt. Die Frage war nur: Würde die Besatzung der Schiffe versuchen, sie umzubringen oder wollten sie sie gefangen nehmen?

Sie konnten die Schiffe nicht sehen, doch das erste Feuer riss schon den Boden vor ihnen auf. Sie machten einen Satz zurück. Das Feuer kam konstant und machte es ihnen unmöglich, die Kante der Hochebene zu erreichen.

„Zurück zum Schiff!", rief Obi-Wan. Das Wrack würde ihnen zumindest ein wenig Deckung bieten.

Sie rannten mit dem Laserfeuer im Nacken. Shalini stolperte, doch Anakin fing sie auf und sprang mit ihr unter den Rumpf des Schiffes. Thik war immer noch zu langsam. Er konnte mit den anderen nicht Schritt halten und würde ein leichtes Ziel werden, wenn sich der Rauch gelichtet hätte. Obi-Wan packte ihn. Er lief los und stieß Thik in Deckung – verbogenes Metall hatte eine Art Schlupfloch gebildet.

Er bemerkte zu spät, dass dort nur Platz für eine Person war. Obi-Wan schob Thik in das Loch und lief weiter. Der Rauch lichtete sich bereits. Obi-Wan machte einen Hechtsprung hinter einen Felsblock und suchte dort Schutz. Jetzt saß er eingepfercht zwischen den Felsen und einem noch größeren hinter sich. Es war kaum genügend Platz, doch er bezweifelte, dass man ihn von oben sehen konnte.

Die Schiffe landeten. Die Gruppe drängte sich unter ihr Schiff. Obi-Wan sah, wie Shalini auf Anakin zukroch. Sie gab ihm etwas und sprach hastig in sein Ohr.

Die Disk. Sie hatte ihm die Disk gegeben.

Obi-Wan wurde klar, dass sich die Vanquorer für eine Gefangennahme entschieden hatten. Sie hätten das Schiff mittlerweile mit Leichtigkeit in die Luft jagen können, wenn sie gewollt hätten.

Dutzende von Soldaten verließen das erste Schiff. Eine Schwadron machte sich auf den Weg zu dem abgestürzten Schiff, während die andere die Umgebung absuchte.

Obi-Wan sah sein Versteck genauer an. Wenn er sich etwas weiter hinter den Felsen zwängen könnte, hätte er Zugang zu einem kleinen, höhlenartigen Eingang, der kaum zu finden wäre, wenn man nicht direkt davor stand. Es schien das perfekte Versteck zu sein.

Es würde die Situation nicht erleichtern, wenn er ebenfalls gefangen genommen wurde. Es zerriss ihn beinahe, seinen

Padawan allein lassen zu müssen, doch dies war seine einzige Hoffnung.

Er zwängte sich tiefer zwischen die Felsen und bückte sich, damit er in das Loch passte. Von dort konnte er zwischen den Felsen das Schiff beobachten.

Die Gruppe wurde von Soldaten zusammengetrieben und zu den Schiffen gebracht. Obi-Wan brach es beinahe das Herz. Es war unmöglich, dass Anakin und er allein Dutzende von Soldaten und gut gepanzerte Schiffe in die Flucht schlagen konnten.

Die Raumschiffe hoben ab und schossen davon. Obi-Wan richtete sich langsam auf. Er stöhnte erschöpft und wütend zugleich.

Dann richtete er seine Gedanken auf einen Rettungsplan.

Kapitel 6

Die Soldaten hatten ihre Hände hinter dem Rücken gefesselt und sie an Bord eines der Schiffe gebracht. Anakin hatte das Gefühl, dass die Disk auf seiner Haut brannte. Bislang war er noch nicht durchsucht worden, doch er würde die Macht nutzen, um die Soldaten abzulenken, falls es so weit kommen sollte. Shalini hatte ihm die Disk anvertraut und er würde sie nicht enttäuschen.

Sie hatte ihm eilig ins Ohr gesprochen. „Nimm das hier. Bei den Jedi ist sie am sichersten. Bitte bring die Disk nach Typha-Dor, um der Sicherheit meines Volkes Willen."

„Ich werde mein Leben für ihren Schutz einsetzen", hatte Anakin daraufhin gesagt.

Die Schiffe flogen über die tiefen Spalten der Tomo-Krater hinweg. Auf einem Hochplateau mitten in einem riesigen Krater stand eine kleine Ansammlung von Bauwerken. Durch die Sichtscheibe konnte Anakin graue Gebäude ausmachen, Energiezäune, Sicherheitstürme und ein kleines Landefeld.

„Willkommen im Paradies", spöttelte einer der Soldaten. „Im Tomo-Lager."

Anakin, der wie die anderen einen Überlebensmantel trug

und sein Lichtschwert sicher versteckt hatte, wurde nicht als Jedi identifiziert. Shalini und die anderen weigerten sich, ihre Namen preiszugeben. Das schien den Wachmann am Eingang des Lagers allerdings wenig zu stören. Sie wurden durchsucht, doch Anakin konnte den Wachmann mit Hilfe der Macht ablenken und so blieben ihm sein Seilkatapult, sein Lichtschwert und die Disk. Die Überlebenskleidung wurde ihnen abgenommen, stattdessen erhielten sie grobe braune Tuniken. Dann wurden sie in einen kleinen Hof geführt, der mit Energiebarrieren eingezäunt war. Kalter Wind zerrte an ihren Kleidern. Sie waren umgeben von anderen Gefangenen aus dem Uziel-System, die offensichtlich ebenfalls von den Vanquorern interniert worden waren.

Anakin sah sich um. Die Kraterwände ragten fast senkrecht nach oben und waren sicher hundert Meter hoch. Der einzige Ausweg aus dem Lager führte zweifelsohne durch die Luft.

Wie würde Obi-Wan ihn retten können? Das Schiff war bei der Notlandung zerstört worden.

Die Antwort war, dass Obi-Wan ihn höchstwahrscheinlich nicht retten konnte. Anakin war auf sich allein gestellt. Doch das war ihm egal. Es machte ihm nichts aus, sich auf seine eigenen Fähigkeiten verlassen zu müssen.

Aber er hatte nicht viel Zeit. Shalini hatte ihm gesagt, dass die Invasion in drei Tagen stattfinden würde. Er musste schnell einen Fluchtweg finden. Der Schlüssel zum Überleben des Planeten Typha-Dor war in der Tasche seiner Tunika verborgen. Er hatte es geschafft, die Disk vor den Wachen zu verstecken, doch er wusste genau, dass er den strengen Sicherheitsmaßnahmen mit der Macht allein nicht aus dem Weg gehen konnte.

Er hatte schon einmal den Fehler gemacht, sich für mächtiger zu halten, als er war. Das würde ihm nicht noch einmal passieren. Er würde nichts unternehmen, bevor er sich nicht ganz sicher war.

Ein Uziel-Gefangener in ausgebleichter Uniform näherte sich ihnen. „Was gibt es Neues? Haben die Vanquorer Typha-Dor eingenommen?"

Shalinis Augen blitzen auf. „Nein. Und wenn sie es tun, werden wir sie zurückdrängen."

Der Gefangene sah müde aus. „Das haben wir auf Zilior auch gesagt."

„Hat es hier schon Ausbruchsversuche gegeben?", fragte Shalini.

„Einen. Und der Mann ist tot. Ich rate Euch: Fügt Euch Eurem Schicksal." Der Gefangene machte sich davon.

„Ich bin für mein Schicksal verantwortlichen", sagte Shalini zu ihren Begleitern. Sie sah Anakin an. „Hast du irgendwelche Ideen?"

„Noch nicht", gab Anakin unbeschwert zurück und setzte sich auf den kühlen Boden.

„Was machst du da?", fragt Shalini. „Willst du denn nichts unternehmen?"

„Das tue ich gerade", sagte Anakin. Er blendete die anderen aus und begann in aller Ruhe, die Gefangenen zu beobachten.

Es gab nur eine Lösung. Anakin musste zum Abstellbereich für die Transporter gelangen. Die Frage war nur, wann. Es gab vier Wachmannschaften, die jeweils eine achtstündige Schicht hatten; die Überlappung der Schichten garantierte, dass immer eine der Mannschaften relativ frisch war. Zusätzlich flogen ständig Wach-Droiden über das Gelände. Es war nicht unmöglich. Aber es erforderte das richtige Timing.

Anakin hatte noch immer sein Lichtschwert und seinen Seilkatapult. Er könnte sich über den Energiezaun schwingen, doch dann hätte er noch immer dreißig Meter bis zum Abstellplatz. Die Schiffe waren schwer bewacht, bis auf die, die repariert werden mussten. Wenn er es bis zum Werkstattschuppen schaffen würde, könnte er sich hineinschleichen. Er konnte nur hoffen, dass er dann ein Fahrzeug reparieren und damit abheben konnte, bevor man ihn bemerkte.

Die anderen konnte er nicht mitnehmen. Er würde allein fliehen müssen und hoffen, dass er zu ihnen zurückkehren konnte.

Es hatte keinen Sinn, länger zu warten. Er würde noch am selben Abend fliehen.

Das Tor schob sich auf. Ein Offizier trat ein, umgeben von Wachen und Droiden. Als er zwischen den Gefangenen hindurch ging, zogen die sich zurück.

„Was geht hier vor?", flüsterte Shalini.

„Eine Razzia", murmelte ein Gefangener neben ihr. „Sie kommen alle paar Wochen und nehmen einige von uns mit."

„Keiner kommt zurück", murmelte jemand anderes. „Sie

bringen sie in ein unscheinbares Gebäude. Gerüchte über medizinische Experimente machen die Runde."

Der Offizier zeigte auf einen Gefangenen und dann auf noch einen. Die Wachen umstellten sie und trieben sie zusammen.

Dann wirbelte der Offizier herum und zeigte auf Anakin. „Er."

„Nein", flüsterte Shalini.

Anakin überlegte, ob er Widerstand leisten sollte. Mit einem Blick zu den anderen, die von den Wachen zusammengetrieben worden waren, entschied er sich dagegen. Er wusste, dass ein eventuell ausbrechender Kampf andere in den Tod reißen würde.

Außerdem sprachen auch Gründe dafür mitzugehen. Die Sicherheitseinrichtungen könnten dort, wo er hingebracht wurde, etwas lockerer sein. Also folgte Anakin der Gruppe.

Sie wurden zu einem grauen Gebäude geführt, an dem kein Schild hing. Als sie hineingebracht wurden, juckte Anakin die Nase. Es roch nach Chemikalien. Die Gerüchte konnten also stimmen. Die Gefangenen tauschten beunruhigte Blicke aus.

Sie wurden den Korridor entlanggeschoben und in einen kahlen, weißen Raum geschickt. Ein Holoschirm nahm eine der Wände ein. Das Bild eines Mannes in einem Medizinermantel erschien. Der Mann lächelte sanft.

„Habt keine Angst, Euch wird nichts geschehen. Im Gegenteil, Ihr dürft bald an etwas teilhaben, wofür wir Euch auserwählt haben. Willkommen in der Zone der Selbstbeherrschung. Ein Arzt wird in Kürze zu Euch kommen und Euch untersuchen. Bis dahin entspannt Euch."

„Entspannen", schnaubte einer der Gefangenen. „Guter Ratschlag, Med-Kopf."

Das Holobild verschwand.

„Was hat er gesagt?", fragte ein anderer der eingesperrten Soldaten. „Die Zone der Selbstbeherrschung? Was werden sie uns antun?" Er presste die Finger auf die Stirn. „Ich fühle mich eigenartig."

Auch Anakin spürte Leichtigkeit im Kopf. Plötzlich wurde ihm klar, warum ihnen die Informationen von einem Holobild anstatt einer echten Person überbracht worden waren.

„Der Raum ist mit irgendeinem Gas gefüllt", sagte er, als sich seine Sicht zu vernebeln begann. „Sie wollen uns betäuben." Er spürte, wie seine Knie weich wurden. Einer der Gefangenen fiel schlaff zu Boden.

Anakin merkte, wie er selbst den Halt verlor. Er kämpfte gegen das Gefühl an, das das Gas in ihm hervorrief. Die anderen wurden der Reihe nach ohnmächtig. Er versuchte, bei Bewusstsein zu bleiben. Er versuchte, seine Beine zu bewegen, musste aber feststellen, dass sie zu schwer waren.

Als maskierte Medizintechniker den Raum betraten, war er als Einziger noch bei Bewusstsein. Er sah es, konnte aber keinen Finger rühren. Die Medizintechniker luden die anderen Gefangenen auf Repulsorlift-Bahren.

„Seht euch mal den hier an, er ist noch wach", sagte einer der Medizintechniker und ging zu Anakin. „Das habe ich noch nie gesehen."

„Er ist nicht besonders glücklich darüber, hier zu sein", sagte ein anderer.

Einer der Medizintechniker beugte sich zu Anakin herunter. „Kämpfe nicht dagegen an, mein Freund. Wir wollen am Anfang nur etwas Kooperation. Ich garantiere dir, dass es dir gefallen wird, hier zu sein."

Mit dem letzten Rest Willen und Kraft packte Anakin den Mann am Kragen und zog sein Gesicht dichter heran. „Darauf ... würde ich ... nicht wetten."

Der Medizintechniker stieß einen erstickten Schrei aus und versuchte, sich zu befreien. „Hilfe! Um der Galaxis Willen!"

Die anderen beiden rannten herbei. Anakin konnte nicht mit allen Dreien fertig werden. Er wurde auf eine Bahre geworfen und festgebunden. Als die Bahre einen Korridor entlanggeschoben wurde, wurde Anakin immer wieder für kurze Zeit bewusstlos. Eine Tür ging auf. Das Licht tat ihm in den Augen weh.

Sie begannen, ihn auszuziehen. *Mein Lichtschwert*, dachte Anakin. *Die Disk.* Er hatte seinen Gürtel behalten und die Disk in einer verborgenen Tasche versteckt. Sein Lichtschwert hatte er getarnt, indem er es unter der Tunika dicht an seinen Körper gedrückt und mit dem Gürtel festgeschnallt hatte.

Er konnte die Macht nicht stark genug fließen lassen, um die Männer davon abzuhalten, das Lichtschwert zu finden. Er war hilflos. Nur Glück konnte ihn jetzt noch vor der Entdeckung bewahren. Sein Gürtel wurde abgeschnallt und fiel mit einem dumpfen Geräusch auf den Boden. Dann folgte seine

Tunika. Ein Medizintechniker hob das Bündel auf und warf es in eine Tonne zu den Sachen der anderen Gefangenen.

Anakin schloss seine Augen vor dem grellen Licht. Er spürte, wie er angehoben und in Wasser getaucht wurde. Er versuchte, sich zu wehren, aus Angst, er würde ertrinken.

„Entspann dich, Kumpel", sagte der Medizintechniker. „Es ist nur ein Bad."

Das Wasser war warm. Er glitt am Rand der Wanne entlang. Sein Kopf wurde festgebunden, damit er nicht abrutschen konnte. Anakins Gedanken drifteten ab, so als schwebte er in einem tiefen, dunklen See.

Er musste geschlafen haben. Als er aufwachte, war er trocken und trug eine frische, dunkelblaue Tunika aus einem weichen Material. Er lag auf einer Liege. Der Schlaf war erholsam gewesen. Er fühlte sich entspannt und war voller Energie. Er streckte sich und wunderte sich, wie beweglich seine Glieder waren. Die lähmende Wirkung des Gases war abgeklungen und er fühlte sich eigenartigerweise beweglicher als zuvor.

Er erkannte den Medizintechniker, der ihm ein Kissen brachte. „Fühlst du dich besser? Ich habe es dir doch gesagt. Es ist fast Zeit für das Abendessen."

Anakin schüttelte den Kopf.

„Zunächst widersetzen sie sich alle", sagte der Medizintechniker. „Keine Angst, das Essen ist nicht vergiftet. Wir essen alle zusammen: Arbeiter und Patienten."

Anakin zuckte mit den Schultern. Vielleicht sagte der Mann die Wahrheit. Vielleicht auch nicht. Eigenartigerweise war es

Anakin egal. Es war, als würde kühles Wasser durch seine Adern fließen, das alle seine Impulse, alle seine Begierden kühlte.

Er ging zum Speisesaal. An den Tischen saßen Patienten und Arbeiter und aßen gemeinsam. Auf einem langen Tisch standen Teller mit Obst, Gemüse, Gebäck und Fleisch. Anakin sah, dass alle von denselben Tellern aßen, also nahm er ebenfalls etwas und aß.

Während er kaute, fragte er sich, was wohl als Nächstes geschehen würde. Er ging fest davon aus, dass bald etwas passieren würde. Wenn es so weit wäre, würde er reagieren.

Das Bedürfnis, Typha-Dor zu helfen, erschien ihm jetzt weit entfernt. Irgendjemand anderes würde dem Planeten helfen. Wenn man wartete, kam immer irgendjemand anderes, der etwas unternahm. Er würde einfach die Zeit hier abwarten und sehen, was die Vanquorer unternehmen würden. Auch das könnte für Typha-Dor wertvoll sein. Über die Invasion musste er sich im Augenblick keine Sorgen machen.

Er aß zu Ende und folgte ein paar anderen Gefangenen hinaus auf den Hof. Dort waren Heizlampen angebracht, daher war die Luft angenehm warm. Blumen und große Bäume mit vielen Blättern wuchsen hier. Anakin fand eine Bank und setzte sich. Er fühlte etwas, was er schon seit langer, langer Zeit nicht mehr empfunden hatte. Nicht, seitdem er als kleiner Junge in den Armen seiner Mutter gelegen hatte. Er empfand Frieden.

Ich werde bald dagegen kämpfen. Wenn ich fliehen muss, tue ich es. Aber jetzt ... wäre es falsch, wenn ich es jetzt einfach genießen würde?

Kapitel 7

Obi-Wan wartete, bis alle Raumschiffe außer Sichtweite waren. Er konnte nicht riskieren, lange mit dem Tempel zu kommunizieren. Aber einen Notruf würde er wagen müssen. Die Anrufe wurden codiert und zerlegt und so konnte er nur hoffen, dass er den Tempel erreichte.

Sie konnten seine Position anpeilen und Hilfe schicken. Er musste es riskieren, auch wenn es fast zwei Tage dauern würde, bis die Hilfe kommen würde.

Der Peilsender in Anakins Tunika gab ein beständiges Signal ab. Obi-Wan ging zum Schiffswrack zurück. Er stieg durch das Loch hinein und ging zur hinteren Ladebucht, wo er sich mit dem Lichtschwert einen Weg durch die verbogene Tür schneiden musste. Ihm war wieder eingefallen, dass sie einen Swoop eingeladen hatten. Der Rest war zurückgeblieben, denn Anakin hatte das Gewicht des Schiffes so niedrig wie möglich halten müssen.

Der Swoop war völlig verbeult, weil er zwischen den Wänden der Ladebucht hin und her geschleudert worden war, aber er funktionierte noch. Anakin hatte sich vor dem Abflug vom Spähposten davon überzeugt.

Jetzt hatte Obi-Wan also ein Transportmittel. Er konnte nur hoffen, dass Anakin nicht zu weit entfernt war, um ihn mit dem Swoop zu erreichen. Die Maschine war klein, für kurze Entfernungen gebaut und hatte keinen großen Treibstoffvorrat.

Er stieg auf und flog los. Der Peilsender führte ihn über die Hochplateaus und Wüstengebiete des Tomo-Kratergebiets hinweg. Er warf im Flug einen Blick nach unten auf das raue Terrain und war froh, dass er nicht zu Fuß unterwegs war. Die Plateaus waren hoch und voller Wege, die entweder in Serpentinen verliefen oder in Sackgassen mündeten. Es hätte Tage gedauert, diese Strecke zu Fuß zurückzulegen. Obi-Wan hielt sich so dicht wie möglich über dem Boden und versuchte auf diese Weise, außerhalb der Reichweite der Sensoren von Scannern und anderen Überwachungseinrichtungen zu bleiben. Er folgte dem Peilsender und schon bald ging die Sonne unter.

Irgendwann stand die Treibstoffanzeige auf LEER und der Antrieb begann zu stottern. Obi-Wan schätzte, dass er noch zwanzig Kilometer von Anakin entfernt war. Er hatte jedoch keine Wahl. Er musste landen.

Er zog den Swoop in eine Höhle und tippte die Koordinaten in sein Datapad ein, um zu dem Swoop zurückzufinden. Falls er Treibstoff auftreiben konnte, könnte er die Maschine später vielleicht noch brauchen. Dann machte er sich zu Fuß auf den Weg.

Es war ein harter Marsch. Obi-Wan stieg steile Hänge mit dünnen Steinschichten hinauf und wieder hinunter, deren

Geröll von Zeit zu Zeit gefährliche Lawinen zu Tal schickte. Irgendwann hatte er den Peilsender geortet, stieg auf eine Anhöhe und legte eine Ruhepause ein.

Obi-Wan beobachtete das Lager durch sein Elektro-Fernglas. Anscheinend verließ man sich auf die Unzugänglichkeit des Lagers und so waren die Sicherheitseinrichtungen nicht besonders dicht.

Er hatte das Zentrum des Tomo-Kratergebiets erreicht. Eine sorgfältige Untersuchung der Umgebung bestätigte Obi-Wan, dass die Sicherheitskräfte sich in der Tat keine Sorgen darüber machen mussten, dass die Gefangenen ausbrechen würden. Falls Obi-Wan es schaffen würde, die steilen Felswände zu erklimmen und durch Schluchten zu marschieren, ohne auf ein Gundark-Nest zu stoßen oder von anderen Furcht erregenden Kreaturen angegriffen zu werden, könnte er *vielleicht* bis an den Rand des Lagers gelangen. Dann würde er zunächst den äußeren Kraterwall von über zweihundert Metern hinaufklettern müssen, wobei er auf der gesamten Strecke ungeschützt sein würde. Es wäre besser, den Luftweg zu nehmen.

Er hatte natürlich kein Transportfahrzeug. Das könnte ein Problem sein.

Er setzte sich auf einen großen Stein unter einem Felsvorsprung und beobachtete für den Rest des Abends das Geschehen im Lager. Transportschiffe, die höchstwahrscheinlich Versorgungsgüter und Truppen transportierten, flogen regelmäßig hin und her. Obi-Wan vermutete, dass das Lager auch eine Art Basisstation war.

Er würde ein paar Tage warten können, um festzustellen, ob seine Nachricht den Tempel erreicht hatte. Aber was wäre, wenn seine Nachricht nicht angekommen war?

Als Erstes würde er die Gefangenen im Lager der Vanquorer retten müssen. Er musste die Disk nach Typha-Dor bringen.

Und was würdest du tun, wenn Anakin die Disk nicht hätte? Wenn Shalini sie dir gegeben hätte, würdest du sie nach Typha-Dor bringen und Anakin zurücklassen?

Die Antwort hätte ihm leicht fallen müssen. Als Jedi hatte er sich dem Wohl der Galaxis verschrieben. Er würde ohne Anakin nach Typha-Dor gehen müssen. Würde er dennoch einen Rettungsversuch unternehmen, wo er doch wusste, dass Anakin auf ihn wartete? Er war froh, dass er diese Entscheidung nicht treffen musste.

Das An- und Abflugmuster der Schiffe war immer gleich. Sie kamen so tief wie möglich herein und landeten am Rand des Plateaus. Dort war ein kurzes Landefeld von einem Energiezaun umgeben.

Obi-Wan beobachtete die Umgebung aufmerksam. Er dachte an den Beginn der Mission, als er darüber gegrübelt hatte, wie vorsichtig er geworden war, wie sehr er Risiken abwog und Dinge überdachte.

Jetzt hatte er alles nochmals überdacht und er war zu dem Schluss gekommen, dass sein Plan verrückt war. Er könnte von Felsen erschlagen werden. Er könnte in einen hunderte von Metern tiefen Krater fallen. Er könnte entdeckt und abgeschossen werden.

All diese Szenarien waren höchst wahrscheinlich. Es war ein riskanter Plan. Er grenzte an Dummheit.

Was bedeutete, dass er vielleicht doch nicht so vorsichtig war, wie er angenommen hatte.

Kapitel 8

Anakin und Obi-Wan hatten sich einmal ein paar Wochen Zeit genommen, um über die Grasebenen des Planeten Belazura zu wandern – einfach so, zur Erholung. Obi-Wan fand, dass dieser Planet zu den schönsten der Galaxis gehörte und er hatte ihn Anakin zeigen wollen. Anakin erinnerte sich daran, dass Obi-Wan ihm gesagt hatte, im Leben eines Jedi müsste es auch Zeit geben, um in einer schönen Umgebung nachzudenken. Die einzige Anweisung an Anakin während dieser Reise hatte darin bestanden, sich zu entspannen. Und das hatte er auch getan.

Er hatte Felder gesehen, deren Gras in hellem Sonnengelb bis zu Dunkelgrün geleuchtet hatte. Er hatte goldene Felder gesehen, die mit dunkelroten Blumen gepunktet waren. Ein blauer Himmel hatte sie wie ein Reifen aus Licht umgeben. Anakin erinnerte sich daran, dass ihm niemals heiß war und dass er niemals gefroren hatte. Dass sich die Brise an seiner Haut so sanft wie die Berührung seiner Mutter angefühlt hatte.

Es war eine sehr friedvolle Zeit gewesen, an die er in seinen Tagträumen immer wieder denken musste. Und jetzt erlebte er sie noch einmal.

Zu seiner Überraschung wurde er keinerlei Behandlungen unterzogen. Er wurde nicht noch einmal betäubt. Er wurde nicht wie ein Gefangener behandelt. Er hatte ein einfaches Zimmer, es standen nur eine Liege und ein Tisch darin, doch er konnte in den sonnigen Innenbereich und den Hof draußen gehen. Anakin stellte fest, dass er nichts weiter wollte, als dort sitzen, das Gesicht dem wärmenden Licht zugewandt, und dem Schattenspiel der Blätter an der Wand zusehen. Es fiel ihm leicht, stundenlang über die verschiedenen Grüntöne der Blätter nachzudenken. Dabei war das nicht einmal die gedankenfreie Art der Meditation, die man ihm beigebracht hatte. Er verließ seinen Körper nicht. Er vergaß seine Sorgen nicht. Er konnte sie noch sehen, aber sie schienen in weiter Ferne zu liegen. Sie hatten nichts mit ihm zu tun. Er wusste, dass alles so kommen würde, wie es kommen sollte.

Er war sich nicht sicher, wie viel Zeit vergangen war. Vielleicht nicht mehr als ein oder zwei Tage. Von Zeit zu Zeit dachte Anakin auch an Flucht. Der Gedanke zog jedes Mal wie eine warme Brise durch seinen Verstand und verschwand dann wieder.

Eines nachmittags kamen zwei Medizintechniker in den Garten und stellten sich vor ihn. „Jemand möchte dich sprechen, Häftling 42 601."

Anakin stand auf und folgte den beiden. Er spürte eine leichte Neugierde. Sie gingen rechts und links neben ihm her, führten oder berührten ihn aber nicht. Das war auch nicht nötig.

Anakin wurde in ein Büro gebracht. Die Medizintechniker

gingen und schlossen leise die Tür hinter sich. Anders als der Rest des Gebäudes, das gemütlich, aber einfach war, war dieses Büro farbenfroh und luxuriös. Der Boden war mit einem dicken, gemusterten Teppich bedeckt und an den Fenstern hingen dunkelblaue Seidenvorhänge. Anakin glaubte, ein angenehmes Parfüm zu riechen. Er setzte sich auf einen weich gepolsterten Stuhl und lehnte sich gegen ein rosenfarbenes Kissen.

Eine Frau kam in das Zimmer. Ihr blondes Haar war von silbernen Strähnen durchzogen und im Nacken zu einem Knoten gebunden. Er vermutete, dass sie älter war, obwohl es an ihrem glatten, faltenlosen Gesicht nicht abzulesen war. Sie hatte einen stechenden, aber zugleich warmen Blick.

Sie setzte sich nicht hinter den Schreibtisch, sondern lehnte sich leicht an. „Danke, dass du gekommen bist."

Anakin nickte. Er hörte einen Geist in seinem Hinterkopf, ein Murmeln der Person, die er einst gewesen war. Diese Person hätte gesagt: *Blieb mir eine andere Wahl?* Doch jetzt hatte er nicht das Gefühl, diese Person herausfordern zu müssen, diese Frau mit den schönen Haaren und dem warmen Lächeln.

„Ich wollte dich sehen", sagte sie. „Ich bin die Ärztin, die die Zone der Selbstbeherrschung erfunden hat. Du hast gemerkt, dass wir dich nicht angelogen haben. Du erlebst hier Zufriedenheit und spürst keinen Schmerz. Ich vertrete die Theorie, dass sich der Verstand in einer angenehmen, sorgenfreien Umgebung auf diese Ebene erheben wird. Bist du glücklich hier?"

Anakin dachte über die Frage nach. Glücklich? Er war plötzlich verwirrt. Was bedeutet dieser Begriff? War er jemals glücklich gewesen? Er erinnerte sich an einzelne Bilder eines kleinen Jungen, der durch enge Straßen nach Hause lief. Er erinnerte sich daran, wie er mit seinem Freund Tru Veld gelacht hatte, einem Padawan, den er seit einem Jahr nicht mehr gesehen hatte. Er konnte sich die Erinnerung ins Gedächtnis rufen, nicht aber das Gefühl.

Aus irgendeinem Grund brachte seine Verwirrung die Frau zum Lächeln. „Falsche Frage. Lass sie mich anders formulieren. Bist du zufrieden?"

Das konnte er beantworten. „Ja."

„Gut. Das ist unser Ziel. Nun denn. Ich habe nach dir schicken lassen, weil mir die Medizintechniker erzählt haben, du hättest dich gegen das Betäubungsgas gewehrt, das wir bei deiner Ankunft eingesetzt haben. Du sollst wissen, dass wir das Gas nur benutzen, um eventuelle Ängste auszuschalten, die du hättest haben können. Als Kriegsgefangene erwartet ihr natürlich, dass etwas Furchtbares mit euch geschieht. Das Mittel ist nur dazu da, diese Erfahrung für euch angenehmer zu machen. Du wurdest gebadet und eingekleidet und dank der Wirkung des Betäubungsgases konnten unsere Medizintechniker das tun, ohne verletzt zu werden. Wie du siehst, haben alle von dieser Vorgehensweise profitiert."

Das erschien ihm nachvollziehbar, doch Anakin schwieg. Obwohl er sich in der Unterhaltung mit dieser Ärztin absolut wohl fühlte und obwohl er den wundervollen Frieden genoss, den er verspürte, hatte sein Aufenthalt hier nicht die Erinnerung an sein Jedi-Dasein ausgelöscht. Er vertraute nicht unbedingt allem, was die Ärztin sagte.

„Es ist unmöglich, sich gegen das Betäubungsgas zu wehren und doch hast du einen der Medizintechniker angegriffen."

„Ich habe ihn am Kragen gepackt", korrigierte Anakin die Ärztin freundlich.

„Und du hast mit ihm gesprochen."

„Unter den Umständen erschien es mir angemessen."

Sie nickte zufrieden. „Wie ich sehe, befindest du dich in der Zone, bist aber noch immer geistreich."

„Das möchte ich auch bleiben", sagte Anakin.

Jetzt beobachtete sie ihn aufmerksam. Anakin spürte, wie das Sonnenlicht sein Gesicht berührte. Seine Haut erwärmte sich und er wollte die Augen schließen, um das Gefühl zu genießen, doch er tat es nicht.

„Ich spüre etwas in dir", sagte sie. „Du beherrscht deinen Körper und deinen Verstand. Ich habe so etwas schon einmal gespürt. Hast du jemals etwas von der Macht gehört?"

Anakin zeigte nicht einmal mit dem kleinsten Zucken eines Muskels, dass ihn die Frage überraschte. Seine Jedi-Ausbildung reichte tiefer als alles andere. Er spürte, wie sie ihn erfüllte und stärkte. „Nein."

Sie nickte wieder leicht. „Das mag stimmen – oder auch nicht. Falls du es nicht schon weißt, du könntest Macht-sensitiv sein. Das bedeutet, dass du besondere Fähigkeiten haben könntest."

Anakin zuckte mit den Schultern. Er war jetzt vorsichtig.

Er wollte mit dieser Frau nicht über die Macht reden. Er wollte in den Garten zurückkehren. Und er wusste, dass er am schnellsten dorthin gelangen würde, wenn er so tun würde, als ob er ihre Fragen langweilig fand.

„Hast du jemals etwas geschehen sehen, bevor es geschah?", fragte sie.

Er sah sie bewusst teilnahmslos an. „Ich glaube nicht."

„Reagierst du außergewöhnlich schnell? Kannst du dich besonders gut konzentrieren?"

Anakin reagierte lange nicht, bis sich die Ärztin erwartungsvoll vorbeugte.

„Äh, wie lautete die Frage doch gleich?"

Sie machte eine ungeduldige Handbewegung. „*Hast* du einmal ungewöhnlich schnell reagiert? Bevor du hierher kamst?"

„Ich war immer der Erste, der zum Essen am Tisch saß."

Sie lehnte sich enttäuscht zurück. Ihr Blick wurde teilnahmslos. Es war, als würde er sie nun langweilen, als existierte er nicht mehr.

„Du kannst jetzt wieder in den Garten gehen."

Anakin stand auf und verließ den Raum. Er ging zurück in den Hof. Die Ärztin arbeitete für Vanquor. Sie war keine Eingeborene des Planeten. Vanquorer waren menschlich, trugen aber graue Tuniken und schmückten ihre Kleidung nicht. Sie war eine Außenweltlerin, daran bestand kein Zweifel.

Es hatte Zeiten gegeben, da hätte er unter Strom gestanden und herausfinden wollen, wer sie war und weshalb sie hier war. Doch heute schien die Sonne und es war warm im Garten. Und es war fast Zeit für das Mittagessen.

Kapitel 9

Selbst mit Hilfe des Seilkatapults brauchte Obi-Wan Stunden, um den äußeren Kraterwall zu ersteigen. Die Sonne ging unter, als er oben ankam und sich zum Ausruhen unter einen Felsvorsprung setzte, der eine Höhle gebildet hatte. Er würde für die vor ihm liegende Aufgabe all seine Kräfte benötigen.

Über den breiten Abgrund hinweg konnte er das Lager sehen. Er war nahe genug, um ohne Elektro-Fernglas Lebewesen erkennen zu können, die sich dort bewegten. Er beobachtete, wie ein kleines Transportschiff auf ihn zu flog. Er wusste, dass er nicht zu sehen war, und daher konnte er die Fluglinie des Schiffes beobachten. Es summte über ihm vorbei, scheinbar nahe genug, um es berühren zu können, und ging dann in den Sinkflug, um schließlich auf der Landeplattform des Lagers zu landen.

Obi-Wan griff nach seinem Seilkatapult. Wenn er alles richtig abstimmen würde, müsste er sich an der Unterseite eines tief fliegenden Schiffes einhaken können. Die Besatzung würde auf dieser kurzen Distanz die zusätzliche Last nicht bemerken. Er würde sich von dem Schiff mitschleppen lassen und dann vor der Landung abspringen. Wenn alles gut gehen würde.

Falls etwas schief ginge, würde er wie ein Insekt gegen die Kraterwand knallen und zerquetscht werden.

Er rollte sich in seinem Thermo-Umhang ein und zwang sich zu etwas Schlaf. Sich um Anakin Sorgen zu machen, würde nur die Ruhe stören, die er brauchte. Dennoch war der Himmel dunkel geworden und zahlreiche Sterne leuchteten, als er sich endlich vom Schlaf übermannt fühlte.

Er roch den Sonnenaufgang im Schlaf, noch bevor er aufgewacht war. Die frische Luft drang in seine Träume und als er schließlich die Augen öffnete, war er voller Hoffnung.

Er reckte sich in der Kälte und versuchte so, seine Muskeln aufzuwärmen. Er aß einen Proteinwürfel und traf seine Vorbereitungen, wobei er das Seil des Katapults mehrmals prüfte. Sein Leben hing von dessen Stärke ab.

Vertraue deinem Material, aber prüfe es zweimal.

Ja, Qui-Gon.

Der erste Transporter kam zu hoch herein. Der zweite war zu schnell. Obi-Wan kauerte im Schatten der Felsen. Jetzt war Geduld angesagt. Er durfte keinen Fehler machen.

Das nächste Schiff kam flach herein und wurde immer langsamer. Es war ein Kreuzer mittlerer Größe, aber groß genug, dass er den Zug des Seilkatapults und das Gewicht des Körpers nicht spürte – hoffte Obi-Wan. Er glaubte nicht, dass er eine bessere Chance bekommen würde.

Als der Schatten des Kreuzers den Gipfel streifte, zielte

Obi-Wan und feuerte das Seil ab. Es hakte sich am Bauch des Schiffes ein. Obi-Wan wurde mit einer solchen Wucht hochgerissen, dass er beinahe das Bewusstsein verlor. Er hatte einen Ruck erwartet, aber keinen solch starken. Der Wind pfiff ihm um die Ohren und zerrte an seinem Körper, als er das Seil griff. Er musste sich irgendwie stabilisieren, wenn das Ganze klappen sollte.

Die Arme wurden ihm beinahe aus den Gelenken gerissen. Er zog die Knie an und drückte das Kinn nach unten. Einen Finger ließ er immer auf der Kontrolle der Seilwinde liegen. So ließ er sich näher an den Bauch des Schiffes ziehen, wobei er wusste, dass er nicht zu nahe kommen durfte, da ihn sonst die Abgase der Triebwerke bei der Landung verbrennen würden.

Vor ihm tauchte drohend ein Felsblock auf. Obi-Wan drückte wieder auf den Seilwindenknopf und ließ sich noch höher ziehen. Er schoss nach oben, als der Fels nur ein paar Meter unter ihm vorbeizog. Dann ließ er sich wieder außer Reichweite der Triebwerksabgase sinken. Er durfte bei der Landung nicht zu nahe sein, sonst würde er zu Asche verbrennen.

Da tauchte aus dem Nichts eine große Felsformation auf. Obi-Wan zog schnell die Beine an, doch das Schiff stürzte in ein Luftloch und er schlug sich die Schulter an dem Felsen an. Der Schmerz durchzuckte ihn, doch er hielt sich weiter fest. Das Schiff flog eine Kurve und Obi-Wan wurde beinahe gegen eine Felswand geschleudert.

Vielleicht war das Ganze doch keine so gute Idee.

Die Muskeln in seinen Armen und Beinen begannen zu zittern und seine Finger verkrampften sich bei der Anstrengung, das Seil im Griff zu behalten.

Obi-Wan rief die Macht zur Hilfe. Er war ein Teil des Schiffes, ein Teil der Luft, ein Teil des Seiles selbst. Er würde sich bewegen, wenn er sich bewegen musste, er würde dem Schiff gestatten, ihn sanft abzusetzen ...

Der Pilot des Transporters gab offensichtlich gern an. Er kippte das Schiff zur Seite und wackelte mit den Flügeln. Obi-Wan wurde hin und her geschüttelt.

Sicher absetzen? Ich kann von Glück reden, wenn ich nicht zerquetscht werde.

Jetzt tauchte die Landeplattform auf. Er würde schnell abspringen müssen, dicht an der Außenmauer. Wenn ihm das nicht gelänge, würde man ihn vielleicht sehen.

Das Schiff wurde langsamer und senkte die Nase. Obi-Wan zählte die Sekunden. Dann, im letztmöglichen Augenblick, klinkte er das Seil aus. Er spannte sich an, fiel durch die Luft und landete hart. Der Schock des Aufpralls fuhr ihm bis unter den Scheitel. Er rollte sich ab und duckte sich hinter ein geparktes Schiff.

Er wartete, bis er wieder zu Atem kam. Das Schiff, an das er sich gehängt hatte, landete. Droiden begannen, Fracht auszuladen. Obi-Wan sah einen kleinen Lagerschuppen in der Nähe und ging schnell darauf zu.

In dem Schuppen fand er Werkzeug und andere Ausrüstungsgegenstände. Glücklicherweise fand er, was er suchte: eine Tonne mit schmutzigen Overalls. Einen zog er an. Dann lief er schnell aus dem Schuppen. Seine Beobachtungen mit dem Elektro-Fernglas hatten ihm einen Überblick über das Lager verschafft. Er wusste, dass die Gefangenen um diese Zeit auf einen Hof gebracht wurden. Wenn sie die Gebäude verließen, gab es immer ein gewisses Durcheinander. Er hätte zu keinem besseren Zeitpunkt kommen können.

Obi-Wan lief entschlossen über das Landefeld, so als gehörte er hierher. Dann bog er zu dem umzäunten Hof ab. Er hatte einen Servo-Schraubenzieher in die Tasche gesteckt und tat jetzt so, als würde er den Energiezaun prüfen. Und während er das tat, hielt er in der Menge Ausschau nach Anakin.

Er fand ihn nicht, aber dafür Shalini. Sie saß abseits der anderen in der Nähe des Zaunes, hatte den Kopf gesenkt und die Hände vor sich gefaltet. Obi-Wan bewegte sich am Zaun entlang zu ihr hin.

Als er näher kam, hob sie den Kopf. Zunächst sah sie ihn nicht. Ihr Blick wanderte an ihm vorbei, da sie ihn für einen ihrer Aufseher hielt. Sie schaute zum Himmel und wieder zu ihm zurück. Obi-Wan bewunderte ihre Beherrschung. Sie ließ sich nicht anmerken, dass sie ihn erkannt hatte. Stattdessen rutschte sie rückwärts, damit sie näher an den Zaun herankam. Scheinbar gedankenverloren zeichnete sie mit einem Finger Linien in den Sand.

„Geht es allen gut?", fragte Obi-Wan, der sich mit dem Servo-Schraubenzieher hinunterbeugte.

„Ja. Aber Anakin wurde mitgenommen. Niemand weiß, weshalb."

„Wohin?"

„Auf der anderen Seite des Geländes gibt es ein graues Gebäude. Ohne Beschriftung. Dorthin hat man ihn gebracht. Ihr müsst wissen, dass sie noch nicht herausgefunden haben, wer wir sind. Und sie wissen nicht, dass er ein Jedi ist. Das macht mich nachdenklich."

Obi-Wan verspürte den Drang, sich sofort auf die Suche nach Anakin machen zu müssen, doch er beugte sich noch etwas weiter vor, um Shalini besser hören zu können. „Wenn Mezdec sich direkt auf den Weg nach Vanquor gemacht hat, müsste er jetzt schon da sein. Er müsste ihnen erzählt haben, dass wir uns im Luftraum von Vanquor befinden und sie hätten sich denken können, wer wir sind. Also ist Mezdec nicht nach Vanquor geflogen."

„Wohin ist er Eurer Meinung nach geflogen?"

„Ich glaube, er ist nach Typha-Dor geflogen. Er wird vermuten, dass wir entweder gefangen genommen wurden oder dass wir noch immer versuchen, nach Typha-Dor zu gelangen."

„Aber weshalb würde er nach Typha-Dor fliegen?"

„Um die Invasionspläne abzuliefern. Allerdings nicht die echten."

Obi-Wan atmete hörbar aus. „Natürlich. Sie würden alles, was er bringt, für echt halten."

„Er wird uns vernichten", sagte Shalini mit heiserer Stimme. „Alles ist verloren."

„Nein", sagte Obi-Wan. „Wenn wir es rechtzeitig schaffen …"

„Anakin hat die Disk. Ihr müsst sie holen ..."

„Du da!", brüllte eine wütende Stimme und unterbrach Shalini. „Anwesenheitsprüfung!"

„Geht und sucht ihn. Macht Euch keine Sorgen um uns. Rettet Typha-Dor."

Shalini stand auf und ging fort. Sie wollte Obi-Wans Deckung nicht gefährden.

Obi-Wan schob den Servo-Schraubenzieher zurück in die Tasche seines Overalls und machte sich auf die Suche nach dem Gebäude, das Shalini beschrieben hatte. Er wusste aus Erfahrung, dass ihn der schmutzige Overall und eine entschlossene Gangart geradezu unsichtbar machten.

Er fand das Gebäude und beschloss, dass es am besten wäre, geradewegs hineinzugehen. Er schmiedete im Gehen einen Plan und verließ sich darauf, dass die Macht ihn leitete. Als er das Gebäude durch die einfache Durastahl-Tür betreten hatte, fand er sich in einer kleinen Vorhalle wieder. Der Weg führte hier nur durch einen Energieschild, der von einem Sicherheitsposten bewacht wurde.

„Ich prüfe die Ventile der Luftumwälzung", sagte Obi-Wan.

Der Offizier warf einen Blick auf seinen Datenschirm. „Ich habe keine Warnanzeige bekommen."

Obi-Wan zuckte mit den Schultern. „Dann komme ich ein andermal wieder. Wahrscheinlich werden sie nicht hoch gehen."

Der Offizier nickte, runzelte dann aber die Stirn. „Augenblick mal. Was heißt hier wahrscheinlich?"

Obi-Wan hob wieder die Schultern.

Der Offizier seufzte. „Das lasse ich mir nicht anlasten. Los, komm schon rein." Er drückte einen Knopf und deaktivierte den Sicherheitsschild. Obi-Wan schlenderte hindurch, so als hätte er alle Zeit der Welt.

Kaum war er außer Sichtweite des Wachmanns, lief er eilig die Korridore entlang, warf einen Blick durch alle offenen Türen und sah zu den Fenstern hinaus. Viele der Räume waren leer. Er ging um eine Ecke und sah eine Doppeltür. Durch ein Fenster darin konnte er einen von Sonnenlicht durchfluteten Innenhof sehen.

Er ging näher an das Fenster heran. Anakin saß auf einer Bank, die Hände lagen in seinem Schoß. Er schien nicht misshandelt worden zu sein. Er hatte offensichtlich auch keine Schmerzen. Nichts an ihm war anders und doch ... sah er irgendwie verändert aus.

Etwas stimmte hier nicht. Etwas war nicht normal. Und Obi-Wan hatte keine Zeit, es herauszufinden. Er musste Anakin hier herausschaffen.

Kapitel 10

Anakin dachte über das Loslassen nach. Es war das Ziel der Jedi-Ausbildung. Eine Disziplin, die zu erlernen Jahre dauerte. Ziel war dabei nicht die Kontrolle von Gefühlen, sondern die Gefühle durch sich hindurchfließen zu lassen, sie loszulassen.

Er fühlte sich auf jeden Fall vollkommen losgelöst. Irgendwie erkannte er, dass ihm etwas eingeflößt worden war, dass seine Neurochemie verändert worden war, auch wenn er nicht wusste, wie die Mediziner es angestellt hatten. Er fragte sich, ob es sich so anfühlte, wenn man wirklich eins mit der Macht war. Es war ein friedliches Gefühl, ganz ohne die Kämpfe, die er in seinem Herzen und seinen Gedanken normalerweise austrug. War es denn so schlimm, wenn man dieses Gefühl mit Hilfe einer simplen Prozedur erreichte anstatt nach Jahren des Lernens? Anakin hatte immer Obi-Wans Ausgeglichenheit bewundert, ihn darum beneidet. Und jetzt besaß er sie selbst. Weshalb hatte er nur das Gefühl, dass Obi-Wan sie nicht zu schätzen wissen würde?

Der Anflug von Unzufriedenheit, den er bei dem Gedanken an seinen Meister verspürte, war einen Moment später wieder verflogen, beinahe noch bevor er ihn richtig spürte. Anakin lächelte. Das war sicher etwas, was er nicht von selbst zustande brachte. An seinen Meister zu denken, ohne etwas dabei zu empfinden, war eine interessante Erfahrung.

Das Sonnenlicht blitzte auf der Doppeltür auf. Irgendjemand betrat den Garten. Zunächst blendete die Sonne Anakin, doch dann erkannte er, dass es sein Meister in einem Overall war, der da auftauchte. Er kam zweifellos, um ihn zu retten. Anakin bemerkte, dass er sich eigentlich freuen müsste. Doch das tat er nicht. War er enttäuscht? Eigentlich fühlte er im Moment gar nichts.

„Anakin? Geht es dir gut?" Obi-Wans Stimme war leise.

„Es geht mir gut", sagte Anakin.

„Wir müssen hier verschwinden. Ich weiß einen Ausweg."

„Das ist gut." Es war gut, dass Obi-Wan einen Ausweg wusste. Anakin stand auf. Er bewegte sich mit derselben Umsichtigkeit wie immer, doch irgendetwas war anders. Es war, als würde er sich selbst beobachten.

Und doch war es ein gutes Gefühl, neben Obi-Wan zu gehen. Gut, weil es ein friedvolles Gefühl war. Wie gut es tat, Obi-Wans Begleiter zu sein und sich keine Gedanken über die Gefühle machen zu müssen, die damit verbunden waren.

Obi-Wan sah ihn an. „Was haben sie mit dir gemacht?"

Anakin beschloss, dass er seinem Meister vorerst nicht erzählen durfte, was man mit ihm gemacht hatte. Es gab keinen Grund dafür. Die Wirkung würde sicherlich bald abklingen und bis dahin wollte er noch den Frieden genießen, den er gefunden hatte – ohne Obi-Wans Urteil darüber, *wie* er ihn gefunden hatte.

„Nichts." Eigentlich stimmte das. Er hatte, soweit er wusste, keine Mittel bekommen. „Ich nehme an, sie hatten etwas mit uns vor."

Obi-Wan warf ihm einen schnellen Blick zu, so als würde er ihm nicht glauben. Doch sie hatten keine Zeit anzuhalten.

Obi-Wan brachte ihn in eine kleine Kleiderkammer. Dort gab er Anakin den hellblauen Kittel eines Mediziners. „Hast du die Disk noch?"

Die Disk. Wie seltsam, dass er daran nicht gedacht hatte. Obi-Wan hatte sie natürlich nicht vergessen. War sein Meister deshalb gekommen? Wegen der Disk. Nicht seinetwegen. Es hatte einmal eine Zeit gegeben, da wäre ihm das nachgegangen, da hätte es ihm weh getan.

Anakin zwang seine Gedanken wieder zurück zu Obi-Wans Frage. Es kostete ihn mehr Anstrengung, als sich wieder in Erinnerung zu rufen, was mit der Disk geschehen war.

„Ich weiß, wo sie ist. Sie ist bei meinem Lichtschwert."

Obi-Wan sah ihn verwundert an. „Und wo ist das?"

„Wo wir baden. Da steht eine Tonne, in der Sachen aufbewahrt werden."

„Zeig es mir."

Obi-Wan folgte Anakin mit etwas Abstand, damit es nicht so aussah, als würden sie zusammengehören. Anakin brachte ihn in den Raum mit den großen Wannen. Er war leer. Er ging zu der Tonne, in der die Tuniken und Gürtel lagen.

„Da drin."

Mit einem angestrengten Seufzer steckte Obi-Wan die Hände in die Tonne und wühlte sich durch die Tuniken und

Gürtel. Anakin beugte sich nach vorn und half mit. Er fand seinen Gürtel und holte die Disk heraus. Obi-Wan gab Anakin dessen Lichtschwert. Dann nahm er ihm die Disk ab und steckte sie in seine Tunika.

„Wenn wir draußen sind, gehen wir geradewegs zum Landeplatz", sagte Obi-Wan entschieden. „Wir werden einen Transporter stehlen müssen. Schaffst du das?"

Weshalb redete Obi-Wan mit ihm, als wäre er ein Schüler im vierten Jahr? „Natürlich."

„Dann mir nach."

Obi-Wan ging voraus. Als sie zu dem Sicherheitsposten kamen, begann Obi-Wan laut zu reden.

„Wenn ich sage, dass das Abschlussventil defekt ist, dann ist es defekt. Es gibt keinen Grund, mit meinem Vorgesetzten zu reden." Obi-Wan verdrehte vor dem Sicherheitsoffizier die Augen. „Er wird Euch dasselbe sagen, was ich Euch gesagt habe. Ich habe gesagt, dass es defekt ist und dass Ihr das System abschalten müsst. Wenn Ihr etwas über ein Bacta-Bad wissen wollt, dann geht zu einem Mediziner. Wenn Ihr etwas über Ventile wissen wollt, dann kommt Ihr zu mir. Verstanden?" Obi-Wan redete weiter, als der Wachmann den Sicherheitsschild öffnete. Obi-Wan öffnete die Außentür und wartete, bis Anakin hinausgegangen war. „Er wird Euch das Gleiche sagen. Ihr müsst das System abschalten ..."

Die Durastahl-Tür schloss sich zischend hinter ihnen. Obi-Wan ging voraus. Anakin folgte ihm. Er war zufrieden, dass er dem Plan seines Meister folgen konnte.

Niemand hielt sie auf, als sie über das Gelände zum Landefeld gingen.

„Der sieht schnell aus", sagte Obi-Wan und bestieg einen kleinen Raumjäger. „Wir brauchen etwas, das uns nach Typha-Dor bringt." Er öffnete das Cockpit und sprang hinein. „Lass uns gehen, Anakin."

Anakin sprang in das Schiff und setzte sich neben seinem Meister ins Cockpit. Er sah die Kontrolleinrichtungen an. „Ich werde es kurzschließen müssen", sagte er.

„Also gut", gab Obi-Wan zurück.

Anakin stand auf und öffnete den Deckel der Hauptschalteinheit. Obwohl er sich immer noch in dieser eigenartigen Blase voller Ruhe befand, wusste er genau, was er tun musste. Er verband ein paar Kabel miteinander und versorgte so die Zündung mit Energie. Dann schloss er den Deckel und setzte sich wieder in den Pilotensitz. Der Antrieb lief beim ersten Versuch an.

„Großartig", sagte Obi-Wan erleichtert. „Und jetzt lass uns hier verschwinden." Ein Sicherheitsoffizier kam heran und winkte ihnen wie wild zu. „Jetzt gleich", fügte Obi-Wan hinzu. Sie hatten zweifelsohne irgendeinen Abflugs-Check ausgelassen.

Anakin gab etwas Gas. Das anmutige Schiff erhob sich und schoss davon, weg von dem Gefangenenlager.

Obi-Wan seufzte hörbar. „Warum kann es nicht immer so einfach gehen?"

Anakin sah die Anzeigeinstrumente des Cockpits an. „Tut es auch dieses Mal nicht. Offensichtlich haben wir durch das

Kurzschließen einen wichtigen Teil der Startprozedur übersprungen."

Auf der Steuerkonsole blinkte ein rotes Licht. Obi-Wan beugte sich nach vorn. „Was ist das?"

„Wir hätten auf dem Boden einen Code eingeben müssen. Ich nehme mal an, dass das ein System ist, mit dem man Fluchtversuche vereiteln will."

„Und was ist jetzt los?", wollte Obi-Wan wissen.

„Das Schiff ist auf Selbstzerstörung programmiert", gab Anakin zurück.

Kapitel 11

„Ich vermute, dass wir ungefähr vier Sekunden haben", sagte Anakin, als er das Schiff mit Höchstgeschwindigkeit zur Oberfläche des Planeten zurück lenkte.

„Du *vermutest?*"

Anakin bremste so hart ab, dass Obi-Wan beinahe zu Boden fiel. Dann brachte er das Schiff in die Waagerechte. „Wir sollten lieber abspringen."

Anakins stoische Ruhe bewirkte bei Obi-Wan mehr und mehr das Gegenteil. „Ausgezeichneter Vorschlag." *Wenn man bedenkt, dass das Schiff gleich explodieren wird.*

Anakin öffnete das Cockpit. Die beiden Jedi sprangen auf die Sitzlehnen. Obi-Wan wusste, dass er ungefähr zwei Sekunden hatte, um einen Landeplatz zu finden. Anakin hatte einen klugen Kurs gewählt. Sie befanden sich nicht über Felsen, sondern über einem leicht abfallenden Hang. Dennoch würde die Landung alles andere als einfach werden.

„Springt!", rief Anakin, als ein Sirenenton erklang.

Sie sprangen. Die Macht pulsierte um sie. Obi-Wan sah zum harten Boden hinab. In seinen Gedanken verlor der Grund an Festigkeit und wurde zu einer losen Verbindung aus Partikeln und Steinchen. Er würde unter seinem Gewicht nachgeben. Obi-Wan würde leicht wie ein Blatt fallen.

Er landete alles andere als sanft – zum zweiten Mal an diesem Tag. Obi-Wan stöhnte. Ja, die Macht war mit ihm, doch der Boden war trotzdem hart. Er landete eher wie ein Baumstamm und nicht wie ein Blatt, und zwar auf der Schulter. Obi-Wan spürte, wie seine Tunika aufgerissen wurde und ein Stein seine Wange zerkratzte.

Anakin landete anmutiger, anscheinend ohne jegliche Anstrengung. Er rollte sich ab, um den Schock des Aufpralls abzufangen.

Über ihnen explodierte das Schiff.

Jetzt bestand die Gefahr, von herunterfallenden, brennenden Metallteilen getroffen zu werden. Obi-Wan und Anakin rollten schneller den Abhang hinunter. Obi-Wan sah mehrere Felsblöcke und rollte geradewegs darauf zu. Anakin tat dasselbe. Sie bremsten ab, duckten sich im Schatten des größten Felsens und sahen, wie die letzten Reste brennenden Metalls zu Boden fielen und erloschen.

Obi-Wan lehnte sich an den Felsen. „Das hat Spaß gemacht."

„Entschuldigt, Meister. Das hatte ich übersehen."

„Nicht deine Schuld. Du konntest es nicht wissen." Obi-Wan seufzte. „Ohne einen Transporter haben wir ein Problem", sagte er. „Wir befinden uns in der tiefsten, von Gundarks verseuchten Wildnis."

„Wir haben noch ein anderes Problem", sagte Anakin. Er zeigte zum Himmel. Eine Flotte von STAPs und zwei Security-Transporter mit Doppel-Laserkanonen kamen auf sie zu.

„Die Selbstzerstörungsautomatik sendet anscheinend ein Signal zurück zum Lager, dass gerade ein Ausbruchsversuch stattfindet", sagte Anakin.

„Zweifelsohne", sagte Obi-Wan trocken. Er suchte die Umgebung nach einer Deckung ab. Das Einzige, was in Frage kam, war einer der tiefen Krater. „Eine Frage: Würdest du dich lieber mit den Laserkanonen einer STAP-Flotte oder mit einem Nest voller Gundarks anlegen?"

Das erste Laserfeuer brach los. Obi-Wan und Anakin tauschten einen Blick aus und liefen los. Sie würden ihr Glück in den Kratern suchen und hoffen, dass sie den Gundarks aus dem Weg gehen konnten.

Das Kanonenfeuer schlug hinter ihnen im Boden ein, als sie zu laufen begannen. Der Luftdruck der Einschläge holte sie ein und traf sie. Sie hatten Schwierigkeiten, auf den Beinen zu bleiben, als sie zu den tiefen Kratern liefen.

„Nicht dieser!", rief Obi-Wan. Das Blasterfeuer zuckte um seine Ohren. Am Kraterrand erkannte er die Abdrucke von Klauen der Gundarks.

Anakin änderte sofort die Laufrichtung. Er lief schnell und gewandt, doch Obi-Wan spürte keine Einheit mit ihm, keine Verbindung mit der Macht. Es war, als würde er mit einem Fremden durch diese Landschaft laufen.

Anakin hatte ihn angelogen. Das wusste er. Irgendetwas war in dem Medizintrakt mit ihm geschehen. Hielt irgendetwas – was auch immer – Anakin davon ab, mit Obi-Wan darüber zu reden? Oder war es Anakins eigene Entscheidung gewesen, etwas vor ihm zu verheimlichen?

Die Antwort darauf kenne ich nicht. Und das bedeutet, dass ich ihm nicht vertraue. Nicht vollkommen. Nicht mehr.

Eines der Schiffe kam im Sturzflug auf ihn zu. Die doppelten Laserkanonen feuerten. Obi-Wan machte einen Satz, doch die Wucht der Explosion wirbelte ihn noch weiter in die Luft. Das Nächste, woran er sich erinnerte, war, dass er kopfüber in ein tiefes schwarzes Kraterloch fiel – in ein Gundark-Nest.

Kapitel 12

Obi-Wan knallte im Flug mit seiner verletzten Schulter gegen die Kraterwand und fiel dann immer tiefer. Er ließ die Macht fließen. Er stellte sich vor, wie sein Sturz in einem Gundark-Nest enden würde. Er spürte, wie sich der Fluss der Zeit verlangsamte. Auf diese Weise konnte er sich dort unten einen Ort aussuchen, an dem er landen würde.

Er landete auf einer ebenen Steinfläche und schlug mit dem Kopf gegen einen Felsen. Schmerz durchzuckte ihn ebenso wie Erleichterung. Wenigstens war er in einigermaßen sicherem Gebiet gelandet. Er hatte keine Möglichkeit festzustellen, wie groß der Krater war. Er befand sich über hundert Meter tief in einer Grube, die vor tausenden von Jahren von einem Asteroiden hinterlassen worden war. In der Dunkelheit konnte er kaum etwas sehen. Was er jedoch riechen und hören konnte, waren die Gundarks. Für sie waren die Krater ideal, um ein Nest zu bauen. Hier waren sie vor anderen Raubtieren sicher und von hier konnten sie ihre Raubzüge starten.

Man sagte, dass der Schrei eines Gundark das Blut eines jeden Wesens gefrieren lassen konnte. Obi-Wan wusste nicht, ob das stimmte, aber schon das, was er jetzt hörte, verursachte ihm ein gewisses Unbehagen.

Gundarks hatten ein gutes Sehvermögen und ein hervorragendes Gehör. Auch ihr Geruchssinn war sehr gut. Bis jetzt hatten sie den Eindringling in ihrem Nest noch nicht wahrgenommen, doch das war nur eine Frage der Zeit. Er würde seinen Seilkatapult einsetzen müssen, was allerdings ein enormes Risiko war. Das Seil reichte nicht hoch genug, um ihn gänzlich außer Gefahr zu bringen. Die Kraterwände waren über hundert Meter hoch. Es würde eine Ewigkeit dauern, hinaufzuklettern und es würde ihn in die Nähe der Kreaturen bringen.

Er sah sich vorsichtig um. Im Zwielicht konnte er jetzt erkennen, dass sich in der Kraterwand tiefe Höhlen befanden. Und von dort kamen auch die Geräusche der Gundarks. Dort hatten sie ihre Nester.

Er schaute nach oben und fragte sich, was Anakin wohl mit den Sicherheits-Droiden anstellte. Hatte er einen Unterschlupf gefunden?

Plötzlich hallte das Gebrüll der Gundarks in dem Krater wider. Obi-Wan schob sich leise von der Quelle des Geräusches weg. Er wusste, dass er nicht allein gegen die Gundarks kämpfen konnte, auch nicht mit Hilfe seines Lichtschwerts und der Macht, falls er entdeckt werden würde. Hier gab es auf jeden Fall zu viele Gundarks. Er würde Anakin brauchen.

Er durfte es nicht riskieren, einen Leuchtstab einzusetzen. Er tastete sich vorsichtig vorwärts. Wenn er in der Kraterwand genügend Unebenheiten fände, könnte er klettern. Das wäre zwar langsamer, würde aber weniger Aufmerksamkeit erregen. Er würde diese Reise wohl wagen müssen.

Ein Brüllen und das Geräusch eines Gundarks, der sich umdrehte, ließen ihn innehalten. Er konnte die Kreatur riechen. Und sie ihn mit Sicherheit auch. Obi-Wan rührte sich nicht. Er versuchte, nicht zu schwitzen. Der Gundark schnaubte und drehte sich wieder um. Obi-Wan wurde klar, dass die Bestie schlief.

Er bewegte sich vorsichtig fort. Der Boden war hier weniger eben; er bestand aus einer Art Schiefer, der von einer dünnen Staubschicht bedeckt war. Er war rutschig und die einzelnen Steine wackelten unter seinem Gewicht. Als ein Stein rutschte und brach, hielt Obi-Wan die Luft an.

Nichts. Die Gundarks brüllten wieder, doch das Gebrüll übertönte auch die Geräusche von Obi-Wans Bewegungen. Und der Gundark in der Höhle links von ihm schlief noch.

Irgendwann spürte Obi-Wan endlich die Kraterwand. Er ließ die Hand darüber wandern. Die Wand war voller kleiner Löcher. Gut. So müsste er eigentlich ohne den Katapult nach oben kommen.

Er setzte einen Fuß in eines der Löcher und prüfte die Standfestigkeit. Dann zog er sich vorsichtig nach oben. So weit, so gut. Er kletterte ein paar Meter weiter.

Als er sich für den nächsten Schritt ausbalanciert hatte, spürte er einen leichten Atemzug an seinem Ohr. Jetzt wusste er, was es bedeutete, wenn einem das Blut in den Adern gefror. Er hatte das Gefühl, als wären seine Venen schlagartig mit Eis gefüllt.

Ein junger Gundark hatte sich in eine kleine Höhle in der Wand verkrochen. Er schlief nur wenige Zentimeter von Obi-Wan entfernt.

Du ... darfst ... ihn ... nicht ... aufwecken.

Er konnte sich nichts Schlimmeres vorstellen. Es wäre fatal, in ein Nest voller heimtückischer Bestien zu fallen. Aber es wäre auch eine Katastrophe, einem Jungtier in die Arme zu laufen.

Obi-Wan hielt den Atem an und zog sich weiter nach oben.

RRRROOOAAAARRRRRG!

Das Gebrüll durchschnitt die Luft. Der Krater bebte von den Schritten eines laufenden Gundarks. Der junge Gundark wachte auf. *Rrrroooaaah!*

Obi-Wan sprang zurück auf den Boden und begann zu laufen. Der Gundark stieß einen Schrei aus und machte einen Satz nach oben zu seinem Jungen, um sich zu überzeugen, dass alles in Ordnung war. Dann sprang er wieder hinunter, um sich um Obi-Wan zu kümmern.

Die Kreatur war nicht groß, hatte aber vier enorm starke Arme. Eine Taktik der Gundarks war, dass sie ihr Opfer mit den Klauen der beiden großen äußeren Vorderfüße packten. Dann quetschten sie es mit den beiden kleineren Armen, die aus ihrer Brust hervorragten, zu Tode. Die langen, scharfen Klauen konnten jedes Opfer in Stücke reißen. Natürlich war ein Gundark auch in der Lage, den Kopf seines Opfers mit den großen Zähnen, die aus seinem Unterkiefer ragten, abzureißen. Wenn der Jagdinstinkt eines Gundark erst einmal geweckt war, dann war es sehr selten, dass er von seiner Beute abließ, bevor sie nur noch ein Haufen aus Fleisch und Knochen war.

Obi-Wan war vollkommen ungeschützt und wusste, dass es überall um ihn herum Höhlen mit Gundarks geben konnte. Er konnte sich nirgends verstecken. Er zog noch im Rückzug sein Lichtschwert, hielt es jedoch gesenkt an seiner Seite, um der Kreatur zu zeigen, dass er nichts Böses wollte.

Doch Gundarks waren nicht gerade für ihren Verstand bekannt.

Der Angriff war furchtbar. Der Gundark machte einen gewaltigen Satz auf Obi-Wan zu und versuchte, Obi-Wan mit allen vier ausgestreckten Armen zu packen. Riesige Zähne schnappten nach ihm und der Speichel begann zu fließen. Obi-Wan roch Hitze und Wut. Als der Gundark gnadenlos auf ihn eindrang, war er gezwungen, mit dem Lichtschwert nach ihm zu schlagen. Das Geheul der Bestie erfüllte den Krater.

Er hörte das Donnern von Schritten. Noch mehr Gundarks. Obi-Wan tastete nach seinem Seilkatapult. Er musste es wagen. Er schoss das Seil nach oben. Es traf etwas. Er prüfte, ob es saß. Er aktivierte die Seilwinde, doch der Gundark packte ihn mit einer Klaue und schleuderte ihn zurück auf den Boden. Obi-Wan spürte den Schock in allen Knochen. Er rollte sich weg, als die Kreatur zu einem Schwinger ansetzte, der ihn erledigen sollte. Der Gundark verfehlte ihn und verpasste dem Steinboden tiefe Kratzer.

Vier weitere Gundarks donnerten schnaubend herbei, bereit, ihn zu töten. Obi-Wan spürte, wie sein Hinterkopf gegen die Kraterwand schlug. Er warf einen verzweifelten Blick nach oben, griff nach der Macht und stieß einen Schrei aus, von dem er wusste, dass er wohl kaum Gehör finden würde.

„Anakin! Anakin, ich brauche dich!"

Kapitel 13

Wenn Anakin zuvor noch das Gefühl gehabt hatte, dass ein Schleier ihn von seiner Umgebung trennte, so begann er jetzt Risse in diesem Schleier zu spüren. Es kamen mehr und mehr klare Augenblicke, kurze Momente, in denen er die Realität wahrnahm. In diesen Augenblicken spürte er etwas tief in seinem Innern – etwas wie einen Haken, der in seinem Herz verankert war. Und so war er froh, wenn er wieder hinter den Schleier glitt.

Es war seltsam, dass er seinen Verstand auf den Kampf hatte konzentrieren können. Er hatte die Bewegungen so stark verinnerlicht, dass er sprang und lief, ohne die Anstrengung zu spüren, so als wäre die Macht mit ihm. Er hatte mindestens fünf Sicherheits-Droiden aus den STAPs ausgeschaltet und sich so bewegt, dass zwei andere sich gegenseitig abgeschossen hatten. Es waren noch drei STAPs da, um die er sich kümmern musste, und ein paar Vanquor-Wachen auf Swoops. Er kämpfte so gut, wie er immer gekämpft hatte.

Als Obi-Wan von der Druckwelle in den Krater gestoßen worden war, hatte Anakin nicht mehr als eine Sekunde gehabt, um zu reagieren. Er war davon ausgegangen, dass sein

Meister mit dem, was ihn dort unten erwartete, selbst fertig werden würde. Obi-Wan würde selbst wieder herausfinden.

Doch irgendwo tief in seinem Innern wusste Anakin, dass es eine seltsame Entscheidung war, die er da getroffen hatte. Eine Entscheidung, die er normalerweise nicht getroffen hätte. Doch sie erschien ihm auch logisch. Obi-Wan war ein Jedi und als solcher gewohnt, sich aus brenzligen Situationen zu retten.

Abgesehen davon hatte Obi-Wan Anakin ohnehin immer wieder gesagt, er sollte nichts übereilen und sich Zeit lassen. Warum sollte er es jetzt also anders machen? Oberste Priorität war es, die Droiden auszuschalten und die Disk nach Typha-Dor zu bringen.

Anakin spürte, wie der Schleier sich wieder hob. Das geschah jetzt immer öfter. Sofort sehnte er sich nach Ruhe. Er wollte wieder im Garten sitzen. Er wollte keine Angst empfinden, keine Sorgen oder Schmerzen. Er wollte sich ausgeglichen fühlen, so als würde ihn nichts erschüttern können. Er wollte es unbedingt.

Plötzlich hörte er, dass in dem Krater Gundarks brüllten. Anakin lenkte das Feuer der Blastergewehre ab und ging näher an den Krater heran. Er glaubte zu hören, dass Obi-Wan ihn rief. Der Schrei kam aus seinem Innern, so als hätte er ihn in seinem Herzen gehört.

Etwas zerrte an ihm. Der Haken saß so tief, dass er ihn kaum spürte. Er wollte nicht danach greifen. Er wollte ihn im Verborgenen lassen.

Obi-Wan brauchte ihn.

Aber ich habe ihn auch gebraucht. Und als er kam, fragte er nach der Disk. Er kam nicht meinetwegen.

Der Schmerz, den dieser Gedanke in ihm auslöste, ließ ihn nach den Resten des Schleiers greifen. Er wollte sich darin einhüllen und nichts empfinden.

Ich will nichts mehr fühlen!

Anakin sprang auf und schnitt einen Droiden in zwei Hälften, der – Pech für ihn – sein STAP zu tief heranflog. Ein Haufen aus rauchendem Metall fiel scheppernd zu Boden.

Da erkannte Anakin, was mit ihm nicht stimmte, worin sein innerer Konflikt bestand. Ein Jedi zu sein bedeutete, seinen Gefühlen zu folgen. Doch was sollte er tun, wenn ihn seine Gefühle quälten?

Kummer.

Schuldgefühle.

Ablehnung.

Scham.

Er hatte all diese Dinge empfunden. Weil er seine Mutter verlassen hatte, wegen Yaddle, wegen Obi-Wan.

Ich will nichts fühlen!

Er schlug wild auf ein STAP ein, das niedrig hereinkam und dessen Pilot mit den doppelten Laserkanonen auf Anakin schoss. Er hackte dem Droiden den Kopf ab.

„Anakin!" Jetzt hörte er Obi-Wans Stimme deutlich. Sie klang angespannt und verzweifelt.

Ich will nichts fühlen!

Der Haken in seinem Herz schien ihn zu verbrennen. Und jetzt wusste er auch, was es war. Es war Liebe.

Die Liebe, die er seinem Meister gegenüber empfand, war fest in seinem Innern verankert. Es war eine Verbindung, die vom ersten Augenblick an gewachsen war, als Obi-Wan ihm gesagt hatte, dass er ihn annehmen und ausbilden würde.

Etwas hatte er über Liebe gelernt: Man konnte sie nicht erklären. Sie machte auch nichts einfacher oder besser. Meistens machte sie die Dinge nur komplizierter.

Warum wollte er dann wieder etwas fühlen, wo Gefühle doch so schmerzten?

Warum wollte er sich an Shmi voller Schuldgefühle, aber auch voller Freude erinnern?

Warum wollte er immer wieder an seinen Schmerz wegen Yaddles Tod denken?

Warum wollte er sich auferlegen, darüber nachzudenken, was Obi-Wan für ihn empfand?

Weil es richtig ist.

Anakin stöhnte laut auf. Die Gewissheit, der er nicht entkommen konnte, die Sicherheit in seinem Innern, die tiefe Wahrheit, die er während seiner gesamten Ausbildung im Tempel gelernt hatte – genau die erkannte er jetzt. Er wusste, was richtig war.

Er zerriss den Schleier und spürte, wie er mit aller Kraft von der Macht überflutet wurde. Er erkannte, dass die Zone der Selbstbeherrschung ihm den Zugriff auf die Macht nur sehr begrenzt gestattet hatte und dass er das nicht einmal bemerkt hatte. Doch jetzt spürte er, wie die Macht wieder wuchs.

Mit der Macht kamen auch seine Gefühle zurück. Sie überkamen ihn schlagartig, so als wären sie bislang zurückgehalten worden und als könnten sie ihn jetzt überfluten. Sie bombardierten ihn so gnadenlos wie das Kanonenfeuer von oben. Er wollte angesichts dieser Flutwelle auf die Knie sinken. Es waren all die Gefühle, die er unterdrückt und von denen er sich gewünscht hatte, dass er sie niemals wieder empfinden musste.

„Anakin!"

Der Schrei seines Meisters erfüllte ihn.

Er stand auf und zog das Feuer der Droiden und Wachen an. Er begann zu laufen. Explosionen sprengten die Felsen hinter ihm in Stücke. Zwei Droiden auf STAPs stürzten sich mit feuernden Blastern auf ihn und versuchten, ihn in die Zange zu nehmen.

Anakin griff nach der Macht und rollte sich zwischen den beiden Transportern hindurch. Er ließ sich von der Druckwelle des Blasterfeuers in die Richtung katapultieren, aus der die Schreie seines Meisters kamen, geradewegs hinab in die dunkle Grube des Gundark-Nestes.

Kapitel 14

Ein Gundark hatte sich in Obi-Wans Rücken festgekrallt. Ein anderer hatte ihn gegen die Wand geworfen. Sein linkes Bein begann, taub zu werden. Er hatte einen Gundark getötet und einen anderen tödlich verwundet …, aber würden noch mehr kommen? Er wurde schwächer. Er verlor den Kampf. Er war in der Dunkelheit mit den brüllenden, gefräßigen Bestien gefangen und bezweifelte nicht, dass er Glied um Glied auseinander gerissen werden würde. Sie wussten, dass sie ihn verwundet hatten und umkreisten ihn für den finalen Schlag.

Wenn es also hier sein sollte, dass er eins mit der Macht werden würde, dann sollte es eben so sein. Er würde aber bis zum letzten Atemzug dagegen kämpfen. Obi-Wan hätte allerdings ein weniger grauenvolles Ende diesem vorgezogen.

Obi-Wan versenkte sein Lichtschwert im verwundbaren Hals eines Gundark. Die Bestie schrie voller Schmerz auf und zog sich zurück. Obi-Wan wirbelte herum und zog sich ebenfalls zurück, als der nächste Gundark einen Satz nach vorn machte. Seine roten Augen blitzten voller Erwartung des Todesstoßes, den er Obi-Wan versetzen würde.

Da spürte Obi-Wan plötzlich, wie die Macht den Krater erfüllte. Über sich sah er einen Lichtblitz und ein zischendes Geräusch war zu hören. Es war Anakin, der mit kampfbereit erhobenem Lichtschwert mitten in den Kreis der Gundarks sprang.

Obi-Wan hatte sich zwar gefragt, ob Anakin ihn wohl seinem Schicksal überlassen hatte, er hatte ihm jedoch keine Vorwürfe gemacht. Er wusste, dass es für ihre Mission wichtig war, dass Anakin nach Typha-Dor gelangte. Dennoch hatte es ihn geschmerzt, dass Anakin ihn vielleicht zurücklassen würde.

Wie hatte er nur einen solchen Gedanken haben können? Anakin hätte ihn niemals zurückgelassen. Anakin würde ihn niemals verraten.

Anakin landete auf dem Rücken eines Gundark. Er schlug sein Lichtschwert in das weiche Gewebe am Hals der Bestie. Als der Gundark umfiel, sprang Anakin ab und schlug nach dem nächsten Tier, während er einer herabsausenden Klaue auswich. Er hackte dem Gundark die beiden langen Arme ab.

Anakin verschaffte Obi-Wan damit Zeit, wieder zu Atem zu kommen. Obwohl sein Bein und seine Schulter ihm zu schaffen machten, konnte er Anakin zur Seite stehen und die Gundarks in die tiefe Höhle zurückdrängen, die sich unter der Kratermauer gebildet hatte. Anakin führte den Kampf an. Er kämpfte absolut brillant, das Lichtschwert gleichzeitig zum Angriff und zur Abwehr in Bewegung, wobei er die Gundarks konstant zurücktrieb und gleichzeitig Obi-Wan vor Angriffen schützte.

Drei weitere Gundarks kamen aus einer anderen Höhle und versuchten, die Jedi zu umzingeln. Anakin spürte sie früher als Obi-Wan. Der Padawan sprang mit einem Salto zwischen sie und überraschte sie damit. Während Obi-Wan ein paar Sprünge machte, um die Aufmerksamkeit der ersten Gruppe auf sich zu lenken, beobachtete er, wie Anakin in der neuen Gruppe umhersprang. Ein Gundark verlor ein Bein, ein anderer sein Augenlicht. Der dritte wich zurück, als Anakin ihn an der Brust traf.

Die Gundarks zogen sich verwundet, heulend und brüllend in die Höhle zurück.

„Danke, dass du gekommen bist!", rief Obi-Wan über den Lärm hinweg.

„Keine Ursache!"

In Anakins Blick war ein Aufblitzen, das Obi-Wan gut kannte. Seine Augen leuchteten.

Irgendetwas hat sich verändert, dachte Obi-Wan. *Anakin ist wieder da.*

„Sie haben nicht aufgegeben", sagte Obi-Wan. „Sie warten nur." Er zeigte auf sein Bein. „Ich kann nicht sonderlich gut klettern."

Anakin aktivierte seinen Seilkatapult. „Dann lasst uns den einfachen Weg nehmen."

„In der Kraterwand nisten auch Gundarks."

„Ich habe einen davon auf dem Weg nach unten gesehen." Anakin ließ sich von diesem Wissen offensichtlich nicht aus der Ruhe bringen. Er packte Obi-Wan, als würde der nichts wiegen, und aktivierte die Seilwinde.

Sie landeten auf einem Felssims, auf dem sich kein Nest befand. Anakin aktivierte das Seil erneut.

„Du hast auf dem Weg nach unten schon den Rückweg geplant", stellte Obi-Wan fest.

Sie landeten wieder und Anakin aktivierte das Seil für die nächste Etappe. „Ja."

Obi-Wan staunte. Das war es, was Anakin zu einem großen Jedi machte. Sein Kampfgeist war grenzenlos und umfasste alles. Er erkannte jede Möglichkeit und plante jeden Zug. Er hatte sogar seine Flucht geplant.

Sie erreichten die Oberfläche und kletterten über den Kraterrand. Obi-Wan holte tief Luft. Er war erleichtert, das furchtbare Nest hinter sich zu lassen.

Er war darauf gefasst, nach dem Ausstieg sofort in Deckung zu gehen, doch der Himmel war leer. Er sah überall verbogenes Metall und zerlegte Droiden.

„Hast du sie alle erwischt?"

„Nein, es waren noch drei STAPs und zwei Wachen auf Swoops übrig", sagte Anakin und steckte seinen Seilkatapult zurück an den Gürtel. „Ich dachte, es wäre an der Zeit, zu Euch zu kommen. Ich habe es so aussehen lassen, als hätte mich eine Druckwelle in den Krater gestoßen. Ich nehme mal an, sie dachten, dass ich erledigt bin, als sie sahen, wie ich in das Gundark-Nest fiel."

„Höchstwahrscheinlich. Niemand kommt lebend aus einem Gundark-Nest heraus." Obi-Wan sah sich um. „Und jetzt? Der einzige Ort, an dem wir einen Transporter stehlen können, ist das Lager. Und ich glaube nicht, dass ein Einbruch so leicht wie beim letzten Mal wird." Er sah zu den Resten der explodierten STAPs hinüber. „Kannst du daraus etwas bauen, das fliegt?"

Anakin durchsuchte die Metallreste auf dem Boden. „Macht Ihr Scherze? Daraus kann ich nicht einmal einen Helm basteln."

„Und wie sieht es mit Treibstoff aus?"

„Möglich, aber wie Ihr wisst, haben STAPs keinen großen Vorrat."

„Ich habe den Swoop vielleicht fünfundzwanzig Kilometer von hier entfernt geparkt. Wir könnten ihn auftanken."

„Wir würden nicht weit kommen", sagte Anakin. „Ich glaube, wir sollten zum Lager zurückkehren. Vielleicht kann ich den Abflugcode herausfinden, damit wir nicht in die Luft gesprengt werden. Wie seid Ihr das letzte Mal eigentlich in das Lager gekommen?"

„Willst du das wirklich wissen?" Obi-Wan stöhnte. Er war keineswegs darauf erpicht, sich noch einmal an ein Fluggerät zu hängen.

Da piepte Obi-Wans Comlink. Überrascht nahm er den Ruf an.

Der Klang einer vertrauten weiblichen Stimme drang an sein Ohr. „Na also, ich bin gekommen, um dich mal wieder zu retten. Ich weiß ehrlich nicht, was du ohne mich machen würdest."

Obi-Wan grinste. „Ich glaube, wir haben eine Mitfluggelegenheit gefunden", sagte er zu Anakin.

Kapitel 15

Sie mussten nur wenige Minuten warten, bis zwei rot-weiße Kreuzer ein paar Meter entfernt landeten. Als Erste tauchte Siri auf. Sie kam entschlossenen Schrittes die Landerampe herab. Ihre kurzen blonden Haare strahlten in der Sonne.
„Sollen wir euch mitnehmen?"
„Wenn du darauf bestehst", gab Obi-Wan zurück.
Obi-Wans und Siris Freundschaft war über Umwege zustande gekommen. Und noch heute hackten sie ständig aufeinander herum und neckten sich. Doch hinter ihren Worten verbarg sich tiefer Respekt für einander. Anakin hatte eine Weile gebraucht, um das zu erkennen.

Anakin war froh, Siri zu sehen. Doch leider bedeutete das auch, dass er ihren Padawan Ferus Olin sehen musste. Er hätte sich gewünscht, dass jemand anderes – *irgendjemand* anderes – erschienen wäre, um sie zu retten. Ferus und er waren noch nie miteinander zurechtgekommen und seit ihrer Mission auf Andara war alles noch schlimmer geworden. Ferus war dort entführt worden und Anakin hatte vor Obi-Wan geheim gehalten, dass er das gewusst hatte. Anakin war damals der Meinung gewesen, gute Gründe zu haben, doch weder Obi-Wan noch Ferus hatten diese Gründe anerkannt.

Ferus stieg aus dem Raumschiff. Groß und aufrecht wie er war, grüßte er Obi-Wan und Anakin mit dem angemessenen Nicken. „Meister Kenobi. Anakin."

„Wir befinden uns eigentlich auf einer Mission ins Xanlanner-System", sagte Siri. „Auf dem Weg dorthin erreichte uns euer Notruf. Ein paar eurer alten Freunde fliegen mich. Ferus, Ry-Gaul und Tru Veld."

Anakins Miene hellte sich auf. „Tru ist hier?" Tru Veld war sein bester Freund. Das würde sein unfreiwilliges Wiedersehen mit Ferus Olin leichter machen.

Er fragte sich, ob er auch so viel Freude empfunden hätte, wenn er noch in der Zone der Selbstbeherrschung gewesen wäre. Ihm wurde klar, dass die Zone auch intensive Glücksgefühle blockierte. Er hatte für seine Ausgeglichenheit einen Preis bezahlt.

Obi-Wan ging plötzlich zu dem Schiff, aus dem Siri ausgestiegen war. „Ich hätte es wissen müssen!", rief er. „Diese wacklige Landung!"

Anakin lächelte. Die Landung war absolut makellos gewesen. Doch Obi-Wan durfte seinen ältesten Freund Garen Muln natürlich aufziehen. Sie waren gemeinsam im Tempel ausgebildet worden, genau wie Anakin und Tru.

„Ausgerechnet du sagst wacklig", meinte Garen, dem Obi-Wans leichtes Humpeln aufgefallen war. In seinen Worten klang ein wenig Besorgnis mit. „Du siehst aus, als könntest du einen Mediziner brauchen."

„Vielleicht eine kleine Bacta-Behandlung", gab Obi-Wan zu. „Ich habe mich mit einem oder zwei Gundarks angelegt."

„Autsch", gab Garen zurück. Er legte Obi-Wan eine Hand auf die Schulter. „Lass uns mal sehen, ob wir irgendwo den Verbandskasten finden."

Von der Rampe des anderen Schiffes kam Tru Veld heruntergelaufen. Sein Meister Ry-Gaul folgte etwas langsamer und suchte mit seinen wachen, grauen Augen die Landschaft ab. Tru lief mit leuchtenden silbernen Augen auf Anakin zu. Er war ein Teevaner und hatte lange Arme und Beine mit mehreren Gelenken, mit deren Hilfe er sich wie eine wogende Welle bewegen konnte.

„Unsere Wege kreuzen sich und das macht mich froh", sagte er zu Anakin.

„Wir freuen uns auf jeden Fall, euch zu sehen", sagte Anakin. „Wir müssen sofort nach Typha-Dor fliegen."

Tru nickte. „Deshalb sind wir hier."

„Wer ist das?", fragte Anakin. Er zeigte auf eine Jedi mit hell orangefarbenem Haar. Sie war kompakt gebaut, schien durchtrainiert zu sein und redete mit Obi-Wan, Ry-Gaul und Siri, während Garen Bacta auf Obi-Wans Wunden aufbrachte.

„Das ist Clee Rhara. Sie ist eine erstaunliche Pilotin. Sie ..."

„... hat einmal das Pilotenprogramm für die Padawane geleitet", sagte Anakin. „Sie ist legendär."

Clee Rhara kam herüber. „Anakin Skywalker. Endlich lernen wir uns einmal kennen." Sie blickte ihn mit ihren klugen

Augen eindringlich an. „Ich war eine gute Freundin von Qui-Gon. Wir waren zusammen in der Ausbildung."

„Ich bin geehrt, Euch kennen zu lernen, Meisterin Rhara", sagte Anakin.

„Keine Zeit für Höflichkeiten. Geh lieber schnell an Bord. Wie ich höre, müssen wir nach Typha-Dor fliegen." Clee Rhara grinste. „Dazu werden ein bisschen wild fliegen müssen. Die Vanquor-Schiffe sind überall. Irgendetwas scheint im Gang zu sein."

„Es ist definitiv etwas im Gang", sagte Anakin. „Und zwar eine Invasion."

„Also haben wir keine Zeit zu verlieren, stimmt's?"

Clee Rhara drehte sich um und schritt zu ihrem Kreuzer. Die anderen Jedi gingen ebenfalls schnell an Bord. Obi-Wan bedeutete Anakin, mit ihm zusammen in Garen Mulns Schiff einzusteigen. Anakin war enttäuscht, sich schon wieder von Tru Veld verabschieden zu müssen. Ganz zu schweigen davon, dass er jetzt mit Ferus fliegen musste.

Garen setzte sich in den Pilotensitz. Mit einem fragenden Blick Richtung Obi-Wan zeigte er kurz mit dem Kopf auf Anakin. Obi-Wan nickte. Anakin nahm erfreut im Copilotensitz Platz. Er fühlte sich geehrt. Garen war höchstwahrscheinlich der beste männliche Pilot im Jedi-Orden – genauso gut wie Clee Rhara.

Garen schaltete den Comm-Unit an und sprach mit Clee. „Haben wir überhaupt eine Strategie? Die Vanquorer freuen sich nicht gerade über Schiffe, die in ihren Luftraum eindringen."

„Klar", gab Clee Rhara zurück. „Fliegt richtig, richtig schnell."

Die beiden Kreuzer hoben ab und schossen mit Höchstgeschwindigkeit aus der äußeren Atmosphäre hinaus.

„Kurs auf Typha-Dor", sagte Garen.

Siri saß an der Navigationskonsole. Sie gab die Zielkoordinaten ein. Anakin behielt das Radar im Blick.

„Schiffe im Anflug", sagte sie und gab die Koordinaten durch. „Sie sehen wie Patrouillenschiffe aus."

Vier schnelle Raumjäger schossen durchs All.

„Das ist ein Klacks", sagte Garen.

Garen hielt die Kontrollen nur ganz leicht im Griff. Er riss die Nase des Schiffes abrupt hoch und ließ die Maschine senkrecht hochsteigen. Clee Rhara folgte seinem Beispiel.

Garen flog auf die beiden kleinen roten Monde zu, die Vanquor umkreisten. Sie befanden sich auf einer Tandem-Umlaufbahn und Garen flog direkt zwischen sie. Er und Clee Rhara spielten Verstecken mit den Raumjägern, die nicht in der Lage waren, ihre Position auszumachen.

„Sie werden Verstärkung rufen", sagte Clee Rhara. „Es ist an der Zeit, sie abzuhängen."

Die beiden Jedi-Kreuzer kamen auf einmal aus dem Schutz der Monde hervor und schossen in die Atmosphäre von Vanquor hinein. Die Raumjäger hefteten sich sofort an ihre Fersen. Kanonenfeuer donnerte hinter den Jedi durch das All, doch sie waren schneller. Garen und Clee Rhara flogen in einem Zickzackkurs und wichen so auch mehreren Protonen-Torpedos aus.

„Vor uns fliegt irgendein militärisches Schiff", sagte Siri. „Mit zehn Raumjägern als Begleitung."

„Das ist ein Klacks", sagte Garen.

„Drei Minuten, bis wir den Sprung in den Hyperraum machen können", sagte Siri.

Clee Rhara tauchte mit ihrem Kreuzer vor ihnen ab, als die gewaltigen Waffen des feindlichen Schiffes zu feuern begannen. Garen wich nach links aus. In den nächsten drei Minuten beobachtete Anakin völlig überwältigt, wie Garen seinen Kreuzer durch das Kanonenfeuer hindurch lenkte, ohne dass die leuchtend rote Lackierung auch nur einen Kratzer abbekam, geschweige denn, dass er seine eigenen Waffen abfeuerte.

Garen bemerkte Anakins Interesse. „Ich ziehe Ausweichmanöver einer Konfrontation immer vor", sagte er mit einem Grinsen.

Das Schiff machte in einem Regen aus Sternen den Sprung in den Hyperraum. Alle lehnten sich zurück.

„Noch zwei Stunden bis Typha-Dor", sagte Siri.

„Das ist ein Klacks", sagte Garen zufrieden.

Sie kamen außerhalb der Atmosphäre von Typha-Dor aus dem Hyperraum. Anakin prüfte sofort das Radar.

„Keine Verfolgung durch Schiffe."

„Ich glaube nicht, das Vanquor es wagen würde, den Luftraum von Typha-Dor zu verletzen", sagte Obi-Wan. „Zumindest nicht vor der Invasion."

„Wir werden in ein paar Minuten landen", sagte Garen.

Er landete das Schiff gekonnt auf einem freien Platz auf der großen Landeplattform, die zwischen den beiden Hauptstädten Sarus-Dor und Ith-Dor lag. Die Jedi wurden von einem Sicherheitsoffizier in Empfang genommen.

„Darf ich fragen, was Euer Anliegen ..."

„Wir müssen sofort mit der Regierung von Typha-Dor sprechen", sagte Obi-Wan. „Wir haben wichtige Informationen."

„Die Regenten von Typha-Dor kann man nicht einfach so sprechen ..."

„Wir sind Jedi-Bevollmächtigte auf einer diplomatischen Mission des Galaktischen Senats", unterbrach Obi-Wan den Mann. „Wir haben Informationen über eine Invasion."

„Aber ... die Invasion hat bereits begonnen", sagte der Sicherheitsoffizier.

Erst wollte der Offizier nicht nachgeben, doch die Beharrlichkeit von acht Jedi war zu viel für ihn und seine Mannschaft. Die Jedi wurden zum strategischen Planungstreffen des Hohen Rates im Raumfahrtzentrum gebracht.

Die Generäle sowie die beiden Regenten von Typha-Dor und ihre Assistenten standen um eine kreisrunde Holokarte herum. Farbige, blinkende Lichter zeigten mögliche Schiffsbewegungen und Angriffspunkte an. Obi-Wan kannte die beiden Regenten. Talus, einen jungen Mann, und Binalu, eine ältere Frau, die Typha-Dor seit vielen Jahren regiert. Sie waren es auch gewesen, die die Jedi gerufen hatten und sie behandelten sie dementsprechend zuvorkommend.

„Bitte entschuldigt, dass Ihr aufgehalten wurdet", sagte Binalu höflich.

Binalu machte einen Schritt zur Seite und jetzt konnte Obi-Wan Mezdec sehen, der mitten in der Gruppe stand. Als er Obi-Wan und Anakin sah, wurde er blass.

„Dies ist eine Besprechung der höchsten Sicherheitsstufe", sagte er. „Ihr habt keine Genehmigung, daran teilzunehmen."

„Mezdec, dies sind Jedi", sagte Binalu. „Wir haben den Senat um Hilfe gebeten."

Obi-Wan musterte Mezdec kühl, ignorierte ihn dann aber. Er betrachtete die Karte und erkannte, dass Typha-Dor all seine Bewaffnung und die gesamte Flotte auf der südlichen Halbkugel des Planeten konzentriert hatte.

Er und Anakin hatten während des Fluges die Invasionspläne studiert. Shalini hatte Recht gehabt. Mezdec hatte den Generälen falsche Pläne ausgehändigt. Sie hatten Truppen und Schiffe für eine Invasion versammelt, die nicht kommen würde. Und Vanquor würde die Hauptstädte mit einem Schlag einnehmen, wenn niemand damit rechnete.

„Ich habe Mezdec schon einmal getroffen", sagte Obi-Wan. „Wir waren das Team, das geschickt wurde, um die Leute auf Eurem Spähposten zu retten. Habt Ihr Eure Schiffe auf Angriffsposition gebracht?" Damit meinte er die Generäle.

„Wir bewegen sie im Augenblick dorthin", sagte einer der Generäle missmutig, so als würde er keinen Grund erkennen, den Jedi etwas darüber zu erzählen. „Die Vanquorer werden unsere Fabriken im Süden angreifen."

„Ist es zu spät, sie zurückzuziehen?"

„Warum sollten wir das tun?", fragte der General. „Bei allem Respekt vor den Jedi, wir haben zwar um Eure Hilfe gebeten und wir sind dankbar, dass Ihr diesem Ruf nachgekommen seid, aber wir haben dieses Problem unter Kontrolle. Wir werden die Vanquorer überraschen, wenn sie in unseren Luftraum eindringen."

„Ihr, die Generäle, werdet diejenigen sein, die überrascht werden", entgegnete Obi-Wan.

„Das ist nicht der echte Invasionsplan", erklärte Anakin. Er lud den Plan von Shalinis Disk in den Holoprojektor. Der Plan entfaltete sich in einer Reihe von Lichtblitzen und zeigte Detail um Detail der tatsächlichen Vanquor-Invasion auf. „Dies ist der richtige Invasionsplan. Wenn Ihr Eure Streitmacht dort platziert, werden die Vanquorer einfach hereinfliegen und Euren Planeten kampflos einnehmen."

„Aber die Vanquorer haben ihre Schiffe bereits geschickt", sagte Binalu und zeigte auf die Karte.

„Ich erkenne Hinweise auf zwei Zerstörer im Süden", sagte Obi-Wan.

„Mezdec erwartet noch mehr", sagte eine Generalin. „Die Besatzung des Spähpostens hat die Invasionspläne von Vanquor abgefangen." Die Frau war eine große, eindrucksvolle Erscheinung und trug bunte Medaillen auf den Schultern. „Er kam zu mir. Ich bin Bycha, die Oberste Generalin von Typha-Dor."

„Das stimmt", sagte Mezdec. „Wir haben die Pläne. Ich war der Einzige, der lebend entkommen ist."

„Nicht ganz richtig", sagte Obi-Wan. „Die anderen haben es ebenfalls geschafft. Es wird Euch Leid tun, das zu hören, Mezdec."

„Mezdec ist ein Spion, Generalin Bycha", sagte Anakin. „Ich schlage vor, dass Ihr ihn sofort verhaften lasst."

Die Generäle sahen sich verblüfft an. Talus und Binalu musterten die Jedi.

„Das ist eine schwer wiegende Anklage", sagte Talus.

„Sie lügen!", rief Mezdec.

„Ihr müsst uns vertrauen", sagte Obi-Wan. „Das Schicksal Eurer Welt liegt in Euren Händen. Die Vanquorer werden Eure Fabriken nicht angreifen. Sie haben es auf die beiden Hauptstädte abgesehen. Könnt Ihr die Flotte auf diese Positionen bringen?" Er nahm einen Holopointer von einem der Generäle und zeigte auf die Karte. „Hier. Die Vanquorer werden durch diesen Korridor kommen. Ich habe die Pläne genau studiert. Eure Monde werden in einer Konstellation stehen, die der Flotte des Feindes Deckung gibt, aber sie werden Euch auch ein Angriffsfenster schaffen. Ihr könntet den Großteil der Flotte zwischen den beiden Monden einkesseln. So könntet Ihr sie sogar mit einer kleineren Streitmacht besiegen. Genau hier werden sie am empfindlichsten sein."

Die Generäle sahen die Karte an. Dann warfen sie sich fragende Blicke zu.

„Hört nicht auf sie!", rief Mezdec. „Sie lügen!"

Generalin Bycha drehte sich langsam zu ihm um. „Und welchen Grund hätten die Jedi zu lügen?" Sie wich seinem

Blick nicht aus. „Ich ordne hiermit Mezdecs sofortige Verhaftung an."

Dann drehte sich Generalin Bycha zu den Jedi um. „Uns bleibt nicht mehr viel Zeit", sagte sie.

Kapitel 16

Mezdec wurde abgeführt. Schlagartig brach in dem Raum Aktivität aus. Obi-Wan war beeindruckt, wie schnell die Generäle die Situation erfasst hatten und reagierten. Die Flotte flog so schnell wie möglich auf die andere Seite von Typha-Dor und bezog hinter den Monden Posten. Dort war sie absolut effektiv getarnt und konnte den Angriff abwarten.

Generalin Bycha wandte sich an die Jedi. „Wir waren nicht auf einen Krieg vorbereitet. Unser Planet hat keinen Verteidigungsschild und nur einen einzigen stationären Turbolaser. Jetzt hängt alles von unserer Flotte ab."

„Ihr seid strategisch im Vorteil", sagte Siri.

„Und das bedeutet, dass es noch eine andere Option gibt", sagte Obi-Wan. „Innerhalb weniger Sekunden nachdem die Vanquor-Flotte in Euren Luftraum eingedrungen ist, könnt Ihr sie überraschen und umzingeln. Sie wissen, dass so ihre gesamte Flotte mit Leichtigkeit vernichtet werden kann. Das wäre eine perfekte Gelegenheit für Euch, eine Kapitulation ohne Verluste zu erzwingen."

Generalin Bycha schien interessiert. „Viele Generäle wagen lieber einen Kampf. Auch ich würde es tun, falls es notwendig werden würde. Doch auf Typha-Dor versuchen wir immer, Konflikte wenn irgend möglich zu vermeiden."

„Ein Waffenstillstand würde sowohl für Vanquor als auch für Typha-Dor von Vorteil sein", gab Obi-Wan zu bedenken. „Typha-Dor hat sehr viele Ressourcen. Vanquor verfügt über Fabriken und technische Innovationen. Und die anderen Planeten Eures Systems haben jeweils auch etwas Eigenes beizutragen. Wenn es zwischen Euch eine starke Allianz gäbe, wäret Ihr alle voneinander abhängig. Ihr würdet lernen, voneinander zu profitieren."

„Ihr könntet eines der stärksten Systeme der Galaxis werden und Euren Teil zur Republik beitragen", sagte Siri.

Binalu schüttelte den Kopf. „Aber wir vertrauen den Vanquorern nicht. Wie könnten wir auch, nach allem, was sie uns angetan haben?"

„Allianzen bauen selten auf Vertrauen auf", sagte Clee Rhara. „Meistens beruhen sie auf gegenseitigem Vorteil."

„Eine Bedingung müsste die vollständige Abrüstung sein", sagte Garen. „Vanquor könnte das einer Auslöschung seiner Flotte vorziehen."

„Es hängt jetzt alles von Euch ab", sagte Obi-Wan. „Ihr habt das Überraschungsmoment auf Eurer Seite. Wenn Ihr nicht auf die Vanquorer schießt, schießen sie vielleicht auch nicht auf Euch. Ihr müsst mit dem Regenten von Vanquor sprechen und ihm mitteilen, dass Ihr seine Flotte eingekesselt habt. Die Captains der Vanquor-Flotte werden einlenken. Ihr habt die Chance, einen Krieg ohne Kampf zu gewinnen."

Binalu und Talus betrachteten die blinkenden Lichter der

Holokarte, von denen jedes ein Schiff mit hunderten von Leben an Bord repräsentierte. Sie führten eine kurze wortlose Kommunikation miteinander und nickten dann.

„Weist die Flotte an, in Position zu gehen und auf keinen Fall zu schießen, bevor sie Anweisung bekommt", sagte Talus.

„Wir werden mit Van-Ith sprechen, dem Regenten von Vanquor", sagte Binalu.

Es waren angespannte Minuten im Strategieraum. Die Generäle, die Jedi und die Regenten behielten die blinkenden Lichter der Karte im Blick. Sie sahen, wie sich die Vanquor-Flotte näherte. Im letztmöglichen Augenblick gab Generalin Bycha den vereinten Streitmächten von Typha-Dor den Befehl, die Vanquor-Flotte einzukesseln. Das Manöver wurde perfekt durchgeführt.

„Bereitet eine Comm-Übertragung zum Befehlshaber der Flotte vor", ordnete Generalin Bycha an.

Während sie mit dem Admiral der Vanquor-Flotte sprach, redeten Binalu und Talus mit dem Regenten von Vanquor. Die Jedi schauten zu und warteten ab. Nach langen Verhandlungen erklärten die Vanquorer die Kapitulation und ihre Bereitschaft, an Friedensgesprächen teilzunehmen.

Die Vanquor-Flotte folgte langsam der Eskorte zur Oberfläche von Typha-Dor, wo sie bis zum Abschluss der Verhandlungen bleiben sollte.

„Es wird einige Zeit dauern, das zu Ende zu bringen", sagte Talus zu den Jedi. „Vielen Dank für Eure Hilfe. Wir stehen tief in Eurer Schuld."

„Shalini und ihre Mannschaft haben ermöglicht, dass Ihr die Invasionspläne bekamt", sagte Obi-Wan. „Sie haben ihr Leben riskiert. Sie haben uns die Disk anvertraut, während sie in ein Gefangenenlager gesperrt wurden, wo sie sich noch immer befinden."

„Sind sie in Gefahr?", fragte Generalin Bycha.

„Anakin war ebenfalls ein Gefangener", sagte Obi-Wan. „Im Tomo-Kratergebiet auf Vanquor gibt es ein Lager."

Generalin Bycha, plötzlich hellhörig geworden, blickte auf Anakin. „Wir haben von diesem Lager gehört. Uns sind Gerüchte über medizinische Experimente an Gefangenen zu Ohren gekommen. Das ist gegen die Gesetze der Republik. Wenn wir dessen ganz sicher sein können, würde uns das bei den Verhandlungen mit Vanquor helfen. Hast du so etwas gesehen?"

Obi-Wan bemerkte, dass Anakin zögerte. Weshalb? Was war nur mit ihm geschehen? Weshalb hatte er Obi-Wan nichts erzählt? Er hatte an Bord von Garens Schiff ausreichend Gelegenheit dazu gehabt.

„Ich wurde dieser Prozedur unterzogen", sagte Anakin. „Man nennt das Ganze die Zone der Selbstbeherrschung."

Die Jedi drehten sich um und sahen ihn an. Ferus schien besonders aufmerksam zu sein. Er sah, dass Obi-Wan offensichtlich nichts davon gewusst hatte.

„Was geschieht dort?", fragte Generalin Bycha.

„Man wird ... zufrieden", gab Anakin zurück. „Man darf sich vollkommen frei bewegen und der Verstand funktioniert genauso scharf wie immer. Man hat auch nicht das Gefühl, unter Drogen zu stehen. Aber die Dinge, die einen normalerweise quälen, fallen vollkommen von einem ab."

„Kontrolle der Massen", sagte Generalin Bycha. „Es ist eine Methode, mit der man die Bevölkerung unterdrücken kann. Ich mag nicht daran denken, dass wir eine Allianz mit einem Volk eingehen müssen, das solche Mittel anwendet."

„Die Allianz wird sicherstellen, dass sie damit aufhören", sagte Clee Rhara.

„Wie wird diese Substanz verabreicht?", fragte Obi-Wan.

„Das weiß ich nicht", gab Anakin zurück. „Das war sehr eigenartig. Man hat uns keine Injektionen gegeben. Und wir haben zusammen mit dem medizinischen Personal und den Arbeitern aus einem Topf gegessen. Auch das Wasser kam aus derselben Quelle."

„Vielleicht wurden sie alle unter Drogen gesetzt", sagte Generalin Bycha.

„Das glaube ich nicht", sagte Anakin. „Ich hatte das Gefühl, dass sie auf die Gefangenen ... neidisch waren."

„Wann hast du die Wirkung zum ersten Mal gespürt?", fragte Obi-Wan.

Anakin versuchte, sich zu erinnern. „Man hat uns mit einem Gas betäubt, doch das bewirkte nichts bei mir. Es war nach einem Bad."

„Es wird durch Wasser verabreicht", sagte Obi-Wan.

„Es ist sehr schwer, auf diesem Weg ein Mittel zu verabreichen", sagte Generalin Bycha. „Übertragung durch Flüssigkeit ist nicht weit entwickelt." Sie runzelte die Stirn. „Es sind dunkle Zeiten. Es gibt zu viele skrupellose Wissenschaftler, die bereit sind, Körper und Seelen zu vergiften."

Obi-Wan ging näher an Anakin heran. „Hast du den verantwortlichen Arzt jemals gesehen?"

„Ja", sagte Anakin. „Es war eine Frau. Ich wurde zu ihr gebracht, weil ich mich am Anfang irgendwie, mit Hilfe der Macht, gegen das Betäubungsgas wehren konnte."

„Weißt du, wie sie heißt?"

Anakin versuchte, sich zu erinnern. „Sie hat mir ihren Namen nicht genannt." Seltsam. Das war ihm damals gar nicht aufgefallen.

„Erinnerst du dich noch daran, wie sie ausgesehen hat?"

„Eine nicht mehr ganz junge Frau", sagte Anakin. „Helle Haare. Auffallend grüne Augen. Sie hatte ein einprägsames Gesicht." Er erinnerte sich. „Das Seltsame ist, dass sie zu erraten schien, dass ich Macht-sensitiv bin. Sie schien viel über die Macht zu wissen."

Obi-Wan schloss die Augen. „Jenna Zan Arbor", sagte er.

Clee Rhara, Ry-Gaul und Garen sahen ihn überrascht an.

„Sie befindet sich auf einem Gefängnisplaneten", sagte Clee Rhara.

„Das dachten wir", erwiderte Obi-Wan.

„Wer ist sie, Meister?", fragte Anakin.

„Jemand, der den Jedi und der Republik in der Vergangenheit großen Schaden zugefügt hat", sagte Obi-Wan. „Sie hatte einmal Qui-Gon gefangen genommen, um die Macht zu studieren. Sie war eine brillante Wissenschaftlerin. Ihre Karriere begann, als sie Heilmittel für einige Epidemien entdeckte und ganze Planeten rettete. Doch dann wurde sie korrupt. Sie verbreitete selbst Epidemien und Viren, damit sie engagiert wurde, um die betroffene Bevölkerung zu heilen. Sie hatte sich auf die Verseuchung von Wasser- und Luftversorgungssystemen spezialisiert und verdiente damit ein Vermögen. Doch die Jedi fassten sie schließlich." Obi-Wan wandte sich an Generalin Bycha. „Darf ich Eure Datenbank einsehen?"

Generalin Bycha zeigte ihm die entsprechende Konsole. Obi-Wan rief die Daten des Gefängnisses auf, in das Jenna Zan Arbor seines Wissens nach gebracht worden war.

Er wirbelte in seinem Sessel herum. „Geflohen. Sie wird gesucht." Er stand auf. „Wir müssen sofort zum Lager in den Tomo-Kratern aufbrechen!"

„Ihr werdet auf Widerstand stoßen", sagte Generalin Bycha. „Es haben noch nicht alle kapituliert."

Obi-Wan warf Clee Rhara, Garen, Siri und Ry-Gaul mit fragenden Augen einen Blick zu.

Ry-Gaul nickte. „Wir stehen zur Verfügung, Obi-Wan."

Kapitel 17

Nachdem sie vom Senat die Genehmigung für ihr Vorhaben erhalten hatten, flogen sie nach Vanquor. Eine Gegenwehr der Vanquor-Flotte erwartete sie nicht. Der Jedi-Kreuzer flog über die raue Landschaft des Tomo-Kratergebiets hinweg, bis das Lager am Horizont erschien. Im gleichen Augenblick brach Widerstand aus und Laserkanonen wurden abgefeuert. Offensichtlich hatte Generalin Bycha den Widerstand nicht unterschätzt, der ihnen vom Boden entgegenschlagen würde.

Garen flog das Schiff in wilden Bahnen zwischen den Laserschüssen hindurch, ohne das Ziel ein einziges Mal aus den Augen zu verlieren.

Sie landeten mitten im Sperrfeuer und sprangen mit erhobenen Lichtschwertern ab. Die Sicherheits-Droiden wurden mit schnellen Hieben und ein paar Rückhandschwingern außer Gefecht gesetzt. Die Vanquor-Wachen waren mit Blastergewehren, Handgelenksraketen und Betäubungsknüppeln ausgestattet. Die Jedi bewegten sich zunächst in fester Linie nach vorn und formierten sich dann neu. Sie sprangen in die Luft, wirbelten mit ihren Lichtschwertern herum und von Zeit zu Zeit stießen sie mit Hilfe der Macht einen Vanquor-Wachmann weg, der gedacht hatte, dies wäre der Tag seines Triumphes. Jeder einzelne davon endete mit einem pochenden Schädel, den er sich beim Aufprall an einer Mauer holte.

In Augenblicken wie diesen fühlte sich Anakin beinahe so, wie er sich in der Zone der Selbstbeherrschung gefühlt hatte. Es war nicht so, dass er Spaß am Kämpfen hatte – der Kampf war nur ein unvermeidbares Mittel zum Zweck. Es war nur so, dass der Kampf seinen Verstand so sehr erfüllte, wie nichts anderes es vermochte. Die Konzentration war in solchen Augenblicken vollkommen. Er hatte das Gefühl, eins mit der Macht zu sein. Und mit den Jedi, die ihn umgaben, war die Macht besonders stark. Sie erleichterte jede Entscheidung, machte jede Bewegung flüssiger.

Sogar mit Ferus fühlte er sich verbunden. Er wollte nicht Ferus' Freund sein, aber er war froh, ihn in einem solchen Kampf an seiner Seite zu haben. Ferus war für seine Stärke und Beweglichkeit bekannt. Seine Bewegungen waren absolut makellos. Und dabei kämpfte er nicht nur für sich selbst, sondern warf seinen Kampfgeist wie ein Netz aus, bereit zu helfen, wenn die anderen ihn brauchten. Als sich vier Wach-Droiden auf Anakin stürzten, war Ferus mit einem Satz da und rammte zwei von ihnen mit einem Hieb in Grund und Boden.

Die Droiden waren bald nur noch ein Haufen Schrott und die Vanquor-Wachen beschlossen, dass die Konfrontation mit einer Jedi-Schwadron nicht in ihrer Arbeitsbeschreibung gestanden hatte. Sie warfen ihre Waffen weg und ergaben sich.

„Zan Arbor", sagte Obi-Wan knapp zu Anakin.

„Wir befreien die Gefangenen", sagte Siri. „Ihr dürftet dort auf mehr Widerstand stoßen. Ferus, geh mit ihnen."

Die drei Jedi liefen zu dem Medizintrakt, in dem Anakin festgehalten worden war. Seit ihrer Ankunft waren keine Schiffe mehr gestartet. Jenna Zan Arbor hatte den Kampf zweifelsohne gehört. Sie könnte sich verstecken. Oder beschließen, sich bis zuletzt zu verteidigen. Anakin war auf alles vorbereitet.

Die Korridore des Gebäudes waren leer. Die Jedi öffneten alle Türen und sahen hastig verlassene Betten und Essensreste auf den Tellern. Die wärmenden Leuchten im Innenhof waren abgestellt und die Blätter der Bäume sahen vertrocknet und gelb aus. Es schien, als wäre die gesamte Unternehmung schlagartig abgebrochen worden.

Anakin führte sie zu Jenna Zan Arbors Büro. Sie mussten nicht einbrechen, denn die Tür stand weit offen. Leere Schubladen hingen aus diversen Fächern. Ihr Schreibtisch war leer. Auch die seidenen Vorhänge waren nicht mehr da.

Anakin spürte einen Anflug von Erleichterung. Aber weshalb? Er war sich nicht sicher. Er wusste nur, dass er Zan Arbor nicht mehr gegenübertreten wollte. Vor allem nicht in Anwesenheit seines Meisters. Es war, als wüsste sie ein Geheimnis über ihn, das er nicht gelüftet sehen wollte.

Als er sich umdrehte, sah er, dass Ferus seine Erleichterung gespürt hatte. Anakin verbarg seine Wut. Wohin auch immer er sich wandte, Ferus war da und sah, was er verbergen wollte. Ferus' Fähigkeit, sich auf seine Jedi-Kameraden einzustellen, mochte vielleicht im Kampf hilfreich sein, bei anderen Gelegenheiten fand Anakin sie jedoch enorm störend.

„Zu spät", sagte Anakin zu Obi-Wan. „Sie muss von der vereitelten Invasion gehört haben."

„Sie wird niemals alle Beweise versteckt haben können", sagte Obi-Wan. „Wir müssen herausfinden, was hier geschehen ist. Es wird die Liste ihrer Verbrechen verlängern."

Obi-Wan durchsuchte das hastig verlassene Büro. „Eines ist mir klar, Padawan. Dies wird unsere nächste Mission. Wir müssen Jenna Zan Arbor finden."

Kapitel 18

Die Jedi standen auf der Landeplattform der Hauptstadt Sarus-Dor. Die Regierung von Typha-Dor hatte Anakin und Obi-Wan ein glänzendes Schiff vom Typ Gen-6 zur Verfügung gestellt. Die beiden Jedi wollten sich an die Fersen von Jenna Zan Arbor heften. Garen und Clee Rhara hatten ihre beiden Kreuzer bereit gemacht, um die abgebrochene Mission wieder aufzunehmen.

Anakin lehnte mit Tru an der Wand. Er war müde bis auf die Knochen, konnte es jedoch kaum erwarten aufzubrechen. Er wollte diese Mission so schnell wie möglich hinter sich lassen, damit sie nur noch eine Erinnerung war.

Wenn sie sich nur nicht aufmachen würden, um Jenna Zan Arbor zu finden. Anakin hatte keine Angst vor der Wissenschaftlerin, doch er wollte nicht noch einmal mit jemandem zusammentreffen, der ihn in die Zone der Selbstbeherrschung hatte bringen können.

„Was auch immer die Mediziner sagen, es muss einfach Nebenwirkungen haben", meinte Tru. „Daher kommt das."

Anakin deutet ein Lächeln an. „Daher kommt was?" Tru

hatte die Angewohnheit, laut zu denken. Nur waren leider nicht alle Gedanken hörbar.

„Dass du so müde aussiehst. Der Mediziner hat gesagt, dass er keine Nebenwirkungen feststellen konnte, also würde ich mir auch keine Sorgen machen." Tru sah ihn mitfühlend an.

„Ich mache mir keine Sorgen", sagte Anakin. Er hielt inne. „Hast du dir jemals Gedanken über das Loslassen gemacht, Tru?"

Einer der Gründe, weshalb Tru sein Freund war, war der, dass er ihm nichts erklären musste. „Natürlich. Es ist die schwierigste Jedi-Lektion", sagte Tru. „Ich mache mir immer Gedanken darüber. Wie kann man seinen Gefühlen folgen, aber dennoch loslassen? Meister Ry-Gaul sagt, dass Empfindungen unbedingt notwendig für alle lebenden Wesen sind. Entscheidend ist nur, wie wir mit diesen Gefühlen umgehen. Wenn wir unsere Handlungen von ihnen beherrschen lassen, könnten wir vom Weg abkommen."

„Ich glaube, dass ich noch immer nicht weiß, wie ich mich davon befreien kann", sagte Anakin.

„Ich auch nicht", gab Tru zurück. „Und ich glaube, deshalb sind wir Padawane und sie Meister. Wichtig ist, dass wir uns keine Sorgen machen."

„Ja", sagte Anakin. „Das ist wichtig." Er bemerkte, dass Ferus zu ihnen herüber sah. Ferus wandte schnell den Blick ab.

„Was ist denn mit Ferus los?", fragte Anakin.

Tru schien bedrückt zu sein. „Nichts."

„Sag es mir. Er hat kaum ein Wort mit mir gesprochen. Nicht, dass es mir etwas ausmachen würde ..."

Tru trat von einem Bein aufs andere. „Er sagte ... na ja. Er wundert sich, warum du deinem Meister nicht gesagt hast, dass du der Behandlung unterzogen wurdest. Es war doch klar, dass es so war. Wir alle haben uns gewundert. Ist schon ziemlich seltsam."

Anakin sah zu Ferus hinüber, der sich zu Siri gestellt hatte. Die verabschiedete sich gerade von Obi-Wan. „Er mischt sich immer in meine Angelegenheiten."

„Er hat nur ausgesprochen, was wir alle dachten", sagte Tru mit seiner typischen Offenheit. „Ich wette, dass Obi-Wan dasselbe denkt."

„Ich bin mir nicht sicher, weshalb ich es ihm nicht gesagt habe", sagte Anakin. „Ich wollte es ihm sagen. Ist dir noch nie etwas passiert, worüber du erst nachdenken wolltest, bevor du es jemandem erzählst?"

„Nein", sagte Tru. „Ich schätze, ich rede einfach gern."

Anakin lachte. Tru war immer aufrichtig. Anakin durchschaute ihn wie ein Glas Wasser. So klar war er. Und er sah nichts als Güte in Tru.

Ferus kam heran. „Zeit, an Bord zu gehen", sagte er zu Tru.

„Ich höre, dass du dich wunderst, weshalb ich Obi-Wan nichts von den Vorkommnissen in dem Lager erzählt habe", sagte Anakin in einem herausfordernden Tonfall.

Ferus sah ihn an. „Ja, das hat mich gewundert", sagte er. „Aber dann habe ich es herausgefunden."

„Ach ja? Weshalb lässt du uns nicht an deinen Gedanken teilhaben?"

„Du hattest Angst, es Obi-Wan zu erzählen, weil es dir *gefallen* hat", sagte Ferus. „Es hat dir gefallen, nichts zu empfinden. Es hat sogar deine Loyalität überdeckt."

„Nichts überdeckt Anakins Loyalität seinem Meister gegenüber, Ferus", sagte Tru scharf. „Und das Ganze geht dich sowieso nichts an. Du warst nicht dabei. Du weißt nicht, was vorgefallen ist. Du hast kein Recht zu urteilen."

Ferus schien einen Augenblick über Trus Worte nachzudenken. Dann senkte er den Kopf. „Du hast Recht, Tru. Wie immer. Ich entschuldige mich, Anakin. Ich hätte das nicht sagen dürfen."

Das stimmt, Ferus. Du bist einen Schritt zu weit gegangen. Doch vielleicht war Anakin ihm nach der Mission auf Andara auch etwas schuldig.

„In Ordnung", sagte Anakin. Ihm fiel auf, dass Ferus nicht gesagt hatte, dass er sich geirrt hatte. Nur, dass er es nicht hätte sagen dürfen.

„Auf Wiedersehen", sagte Ferus. „Möge die Macht mit dir sein."

Anakin nickte nur kühl zum Abschied.

„Du weißt doch, dass Ferus der perfekte Padawan ist", sagte Tru, als Ferus einstieg. Er wollte Anakin aufmuntern. „Er glaubt, er müsste uns alle zurechtweisen."

„Danke, dass du mich verteidigt hast", sagte Anakin. „Du wirst mir fehlen, mein Freund."

„Pass auf dich auf, Anakin", sagte Tru. „Pass auf dich auf."

Tru ging davon. Anakin spürte bei Trus Worten einen leichten Stich. Sie waren nicht als Abschied unter Freunden gemeint. Sie waren eine Warnung.

Obi-Wan wartete, bis Garen und Siri die Rampe hochgestiegen waren. Dann tat er ein paar Schritte zurück und beobachtete, wie die Schiffe abhoben. Er ging langsam zu Anakin und gemeinsam blickten sie den Schiffen hinterher, bis sie nur noch als kleine, rote Punkte am Himmel aufblitzten. Schließlich erreichten sie ihre Höchstgeschwindigkeit und verschwanden.

„Du sprachst von Qualen", sagte Obi-Wan, den Blick noch immer zum Himmel gerichtet.

„Wie bitte?" Anakin spielte den Verwirrten, doch er wusste genau, was Obi-Wan meinte.

„Du sagtest ,*Die Dinge, die einen normalerweise quälen, fallen vollkommen von einem ab.*' Nicht die Dinge, die einen beschäftigen, sondern, *die einen quälen.*" Obi-Wan drehte sich zu ihm um. „Das ist ein großes Wort. Was quält dich, Anakin?"

Anakin sah zu Boden. „Vielleicht habe ich es ernster ausgedrückt, als ich es meinte."

„Das ist keine Antwort."

„Manchmal möchte ich nicht der Auserwählte sein", sagte Anakin nach einer Pause. Die Worte fielen ihm schwer. Er schien fast an ihnen zu ersticken.

„Das überrascht mich nicht", sagte Obi-Wan. „Viele Gaben können auch zur Last werden."

„Die Macht ist so stark. Ich kann sie so gut spüren. Ich *spü-*

re so viel. Ich möchte nicht so viel spüren!" Anakin erkannte seine eigene Stimme kaum wieder. Sie klang erstickt und voller Schmerz. Obi-Wan sah ihn erstaunt an. Eine solche Vehemenz hatte er nicht erwartet.

„Warum bin ich auserwählt?", fuhr Anakin fort. „Warum ich? Kann ich mich dagegen wehren? Könntet Ihr nicht zulassen, dass ich mich dagegen wehre? *Könnt Ihr mich nicht davon befreien?"*

„Anakin …"

„Befreit mich davon, Meister! Bitte!" Anakin wollte auf die Knie fallen. Eine enorme Welle der Gefühle, der Furcht, hatte ihn erfasst und drohte ihn zu ertränken. Er spürte, wie Tränen aufstiegen. Selbst sein Freund Tru war besorgt um ihn. Genau wie Ferus. Und genau wie sein Meister, die Person, die ihn am besten kannte.

Warum seht Ihr denn nicht, dass ich es nicht kann?

Die plötzliche Panik erschreckte Anakin. Sie war so abrupt aufgestiegen. Er hatte nicht sagen wollen, was er gesagt hatte. Er hatte nicht einmal gewusst, dass er diese Gefühle hatte. Und jetzt fühlte es sich an, als wäre es die größte Wahrheit gewesen, die er jemals von sich gegeben hatte. Die Furcht war immer da gewesen. Er hatte mit ihr gelebt, sie aber niemals begriffen. Er wollte, dass sie verschwand.

In Obi-Wans Blick war der tiefe Schock abzulesen, der ihn erfasst hatte. Und das Mitgefühl. Er legte seinem Padawan sanft die Hände auf die Schultern. „Mein Padawan. Ich würde alles für dich tun. Ich würde deine Last tragen, wenn ich könnte. Aber ich kann es nicht."

Anakin senkte den Kopf. Panik und Angst durchfluteten ihn und er schämte sich.

Obi-Wan neigte sich zu ihm herab und sprach leise mit ihm. Er ließ Anakins Schultern nicht los. „Aber ich werde dir helfen. Ich werde dir immer helfen. Ich werde dich nicht verlassen."

Die Worte klangen nach, wie das Läuten einer Glocke. Obi-Wans Berührung half Anakin, wieder zu sich selbst zu finden. Er hob den Kopf.

„Zwischen dir und mir liefen die Dinge in letzter Zeit nicht so glatt", sagte Obi-Wan. „Aber du darfst niemals an meiner Hingabe dir gegenüber zweifeln."

„Und Ihr nicht an meiner Euch gegenüber", sagte Anakin.

Der Wind wurde stärker und zerrte an ihren Roben. Es roch frisch und rein. Es war früh am Morgen und sie hatten Dinge zu erledigen, eine Mission zu erfüllen.

Sie drehten sich um und gingen gemeinsam zum Schiff. Als Anakin auf die nächste Mission vorausblickte, kehrte die Angst zurück. Obi-Wan würde ihn zur Erfinderin des Verfahrens bringen, das ihm so viel Zweifel und Panik beschert hatte. Seine Angst brandete plötzlich erneut auf. Sie verschärfte sich sogar noch. Jetzt war er sicher, dass ihn seine nächste Mission zu nahe an eine Wahrheit bringen würde, der er sich nicht stellen wollte.

JEDI QUEST

WACHABLÖSUNG

Band 9

Jude Watson

Kapitel 1

Der Senatsbedienstete Tyro Caladian zuckte zusammen, als er die entnervte Miene seines Freundes Obi-Wan Kenobi sah. „Es tut mir Leid", sagte er zum dritten Mal. „Ich kann absolut nichts daran ändern."

Obi-Wan hätte am liebsten gestöhnt. Er hätte am liebsten ein Loch in die kostbare Laroonholz-Vertäfelung im Sitzungszimmer A3000291 des Senats getreten. Er hätte sich am liebsten aufgeführt wie einer der privilegierten, arroganten Senatoren, die ihm im Weg standen. Er hätte am liebsten zugeschlagen.

Aber er war ein Jedi. Jedi taten solche Dinge nicht. Sie nahmen sogar die größte Frustration mit absoluter Ruhe und unerschütterlicher Konzentration hin. Er musste eine Schwachstelle in der Logik, einen Schlüssel für das verschlossene Tor finden. Seine Gefühle würden ihn nur ablenken. Obi-Wan holte tief Luft und suchte nach dem ruhigen Zentrum in seinem Innern.

Er sah zu seinem Padawan Anakin Skywalker hinüber. Und wenn Obi-Wan sich schon so *fühlte*, als müsste er gleich ein Loch in die Wand treten, dann schien es, als würde Anakin es jede Sekunde *tun*. Sein Blick zeigte, dass er kochte. Doch noch während Obi-Wan hinsah, schien sich eine Maske über Anakins wütende Miene zu legen. Er sah plötzlich ruhig und beherrscht aus.

Eine beeindruckende Leistung. Obi-Wan hatte Anakins Entwicklung während der vergangenen sechs Monate beobachtet, seitdem sie die bösartige Wissenschaftlerin Jenna Zan Arbor von ihrem letzten bekannten Aufenthaltsort, dem Vanquor-System, verfolgt hatten. Anakin war jetzt siebzehn. Er wurde zum Mann – und zum Jedi.

Gemeinsam hatten sie sich auf Jenna Zan Arbors Spur gemacht; sie waren Gerüchten und Hinweisen nachgegangen. Sie wussten, dass die Wissenschaftlerin keinen Zugriff auf ihr riesiges Vermögen mehr hatte, da der Senat es konfisziert und unter all den Planeten verteilt hatte, denen sie Unrecht zugefügt hatte. Sie wussten, dass das, was die Vanquorer ihr bezahlt hatten, bald aufgebraucht sein würde. Doch sie wussten auch, dass sie einen Hang zum Außergewöhnlichen hatte. Sie lebte gern gut. Vielleicht würde die deshalb eine Spur hinterlassen.

Obi-Wan und Anakin hatten im Verlauf der Suche andere Missionen gefunden. Es hatte Orte gegeben, die ihrer Aufmerksamkeit bedurft hatten. Doch sie hatten nie aufgegeben, die Galaxis nach Hinweisen auf Zan Arbors Aufenthaltsort zu durchforsten. Sie wurden zwar hin und wieder von ihrem Ziel abgelenkt, hatten es aber nie aus den Augen verloren.

Der große Durchbruch war erfolgt, als Anakin entdeckt

hatte, dass Zan Arbor einen Kreuzer aus einer limitierten Serie namens *Luxe Flightwing* gekauft hatte. Das Schiff war so selten und so schön, dass sich einfach jeder daran erinnern konnte: Tankwarte und Mechaniker auf zweifelhaften Raumhäfen, Zollbeamte und vor allem andere Piloten. Der Kauf war unklug gewesen, und typisch für ihre Habgier und ihre Arroganz. Wenn sie sich für etwas interessierte, dann kaufte sie es einfach. Doch das war ein großer Fehler gewesen. Die Informationen hatten sich Stück für Stück zu einem Bild zusammengefügt, und schließlich hatten die Jedi die Spur von Zan Arbor zu einem kleinen Planeten namens Romin im Mid Rim verfolgen können.

Vor dem Abflug dorthin, um sie zu verhaften, hatte Obi-Wan seine gute Freundin, die Jedi-Ritterin Siri Tachi, um Hilfe gebeten. Siri und ihr Padawan Ferus Olin waren von Zeit zu Zeit in die Suche eingebunden gewesen, doch zuletzt hatte sie der Rat der Jedi auf eine andere Mission geschickt. Siri hatte Obi-Wan dennoch ihre Hilfe zugesagt: Wann immer er sie für die Verhaftung von Jenna Zan Arbor brauchte, sie würde da sein.

Siri war jetzt ebenfalls im Besprechungsraum A3000291. Sie zeigte ihren Ärger nicht, doch Obi-Wan sah ihn in den angespannten Muskeln ihres Körpers. Obi-Wan wusste allzu gut, wie sehr Siri es hasste, sich mit der Senatsbürokratie herumschlagen zu müssen. Sie war immer lieber für einen handfesten Einsatz zu haben. Sie ähnelte Anakin in vielerlei Hinsicht.

„Hört zu", sagte sie zu Tyro. „Wir sind keine Narren. Wir

wissen, dass es schwierig werden wird. Romin wird von König Teda regiert, der in jeder Hinsicht ein übler Diktator ist. Es ist nicht sehr wahrscheinlich, dass er die Jedi einladen wird. Der Senat aber ist auf die Verhaftung von Zan Arbor erpicht. Weshalb geben sie uns keine Erlaubnis hinzugehen?"

„Es ist komplizierter, als Ihr es darstellt", sagte Tyro. Der Svivreni, der sich unter dem Blick von Siris stechend blauen Augen sichtlich unwohl fühlte, hantierte nervös mit der dicken Metallspange, die sein langes schwarzes Haar zu einem Zopf zusammenhielt. Dann strich er das glänzende Fell in seinem kleinen, spitzen Gesicht glatt. „Die Senatsprozeduren sind immer kompliziert. Teda hat gegen mehrere galaktische Gesetze verstoßen. Er inhaftiert ohne Gerichtsverhandlung. Wir sind uns sicher, dass er Folter einsetzt, um sich Informationen zu beschaffen. Er hat die Informationsämter aufgelöst und kontrolliert das einzige Kommunikationssystem des Planeten. Er plünderte sogar das Vermögen des Planeten, um sich zu bereichern."

„Genau", sagte Siri ungeduldig. „Er ist ein Verbrecher. Weshalb also hören wir auf ihn?"

„Weil er ein rechtmäßig gewählter Regent ist", sagte Tyro.

„Aber die Wahlen waren manipuliert!", stieß Anakin hervor.

„Das spielt keine Rolle", gab Tyro zurück. „Wir müssen die Gesetze von Romin dennoch befolgen. Und es gibt ein Gesetz, das Kopfgeldjägern den Zutritt zum Planeten verweigert."

„Wir sind keine Kopfgeldjäger", sagte Ferus. In seiner Stimme klang ein gewisser Stolz mit. „Wir sind Jedi."

Tyro schluckte. „Ja", sagte er. „Aber das Gesetz besagt, dass *niemand* einen galaktischen Verbrecher auf Romin verhaften oder von Romin wegschaffen darf. Und genau das habt Ihr vor. Teda wurde reich, weil er seinen Planeten den meistgesuchten Verbrechern als Zufluchtsort anbietet. Sie zahlen ihm gern enorme Bestechungsgelder, um sich auf seinem Planeten niederlassen zu können. Im Gegenzug sorgt er dafür, dass alle Kopfgeldjäger gewaltsam ausgewiesen werden. Wenn seine Sicherheitspolizei sie findet, wird dafür gesorgt, dass sie ‚verschwinden'."

„Dann werden wir ohne Zustimmung des Senats nach Romin gehen", sagte Anakin.

Ferus runzelte die Stirn. Obi-Wan bemerkte, dass Anakin sich rührte, als er es sah. Das überraschte Obi-Wan nicht, denn die beiden waren noch nie gut miteinander zurechtgekommen. Ferus befolgte immer die Regeln, während Anakin keine Probleme hatte, sie zu umgehen, um einen Job zu erledigen.

„Ähm", sagte Tyro vorsichtig. „Ich befürchte, dass Ihr die Zustimmung braucht. Wenn Ihr ohne Legitimation auftretet, könnte man Euch dazu zwingen, den Planeten zu verlassen. Und wenn Ihr ihn nicht verlasst, werdet Ihr höchstwahrscheinlich inhaftiert – wenn Ihr Glück habt. Teda ist dafür bekannt, dass er ohne Gerichtsverhandlung die Todesstrafe vollstreckt."

„Aber der Senat kann doch eine Kriminelle wie Jenna Zan Arbor nicht schützen!" Obi-Wan stand auf und begann, entnervt auf und ab zu gehen. Jetzt war ihm klar er, weshalb Zan

Arbor es gewagt hatte, ein solches Angeberschiff zu kaufen. Es war ihr gleichgültig, weil sie wusste, dass sie beschützt wurde. Das machte Obi-Wan maßlos wütend. Niemand durfte sich über das galaktische Gesetz stellen. „Es muss doch einen Weg geben."

Tyro schüttelte den Kopf. „Keinen, der mir einfiele. Der Senat sieht weg, wenn das Thema Romin auf den Tisch kommt. Der Senator von Romin hat großen Einfluss. Er ist ein Freund von Sano Sauro, von dem wir alle wissen, dass er der Anführer einer großen Wählerschaft ist."

Obi-Wan stöhnte. „Nicht er schon wieder." Er hatte sich schon zuvor mit Sano Sauro anlegen müssen.

„Wenn Ihr ohne Zustimmung auf Romin landet, brecht Ihr Gesetze des Senats", sagte Tyro. „Und ich versichere Euch, dass der Senator von Romin auch nicht davor zurückschrecken wird, einen Jedi anzuklagen." Tyro sprach leise. „Ich fürchte, dass ist heutzutage für den Senat typisch. Es tut mir so Leid, mein guter Freund Obi-Wan, dass ich Euch nicht helfen kann."

„Ich bin Euch für alles dankbar, was Ihr getan habt", sagte Obi-Wan hölzern. Er weigerte sich, zu akzeptieren, dass Zan Arbor unantastbar sein sollte. Sein Meister Qui-Gon hatte oft gesagt: *Es gibt immer einen anderen Weg.*

Tyro seufzte. „Ich komme von einer friedlichen Welt. Die zunehmende Gesetzlosigkeit in der Galaxis macht mir große Sorgen. Die Gefängniswelten werden nicht mehr vernünftig überwacht. Erst kürzlich gab es wieder einen Ausbruch aus einem Hochsicherheitsgefängnis, dem Greylands Security Complex auf Tentator. Es war eine berüchtigte Bande, die ausbrach. Die Mitglieder konnten jedoch glücklicherweise vor ein paar Stunden aufgespürt und wieder verhaftet werden. Doch solche Erfolge sind äußerst selten, wie ich leider zugeben muss."

Obi-Wan blieb stehen und sah Tyro eindringlich an. „Wer sind sie?"

„Sie nennen sich ‚Die Slams'", sagte Tyro.

„Spezies?"

„Humanoide. Von Mamendin, aus dem Galaktischen Kern. Sie haben dort mit Betrügereien, ID-Karten-Diebstählen und Ähnlichem begonnen. Dann reisten sie durch die Galaxis, meistens im Kern, und zogen ihre Masche durch. Sie waren es auch, die das gesamte Vermögen von Vuma raubten. Die Anführer sind recht jung – ein Mann namens Slam und eine Frau namens Valadon. Slam ist ein Betrüger und Valadon eine Expertin in Sachen ID-Karten-Diebstahl. Sie haben nur zwei weitere Mitglieder – sie halten ihre Gruppe klein, um die Loyalität zu sichern. Die Slams wurden verhaftet, als sie versuchten, in die Schatzkammer der Handelsföderation einzubrechen. Man legt sich nicht ungestraft mit der Handelsföderation an."

„Ich erinnere mich an die Vuma-Affäre", sagte Siri. „Wir haben im Tempel davon gehört. Sie hat den Planeten beinahe in den Bankrott geführt. Das kristalline Vertex, das sie gestohlen haben, ist noch immer verschwunden." Sie warf Obi-Wan einen fragenden Blick zu. „Was ist? Du hast wieder diesen seltsamen Gesichtsausdruck."

„Welchen Gesichtsausdruck?"

„Den Ausdruck, der sagt: *Du wirst diese Idee hassen, Siri, aber ich werde es dennoch tun*", gab Siri trocken zurück.

Obi-Wan grinste. „Entspann dich. Du wirst diese Idee lieben."

Kapitel 2

Anakin sah zu seinem Meister hinüber. Sie waren sich in den letzten Monaten wirklich näher gekommen. Anakin war nach der Mission auf Vanquor zusammengebrochen und hatte Obi-Wan seine Ängste gestanden. Es hatte ihn große Überwindung gekostet, Obi-Wan zu eröffnen, dass es Zeiten gab, in denen er nicht mehr der Auserwählte sein wollte. Ihm war klar geworden, dass eine namenlose Angst sein Herz quälte. Er wusste nicht, wovor er sich fürchtete, doch er wusste, dass er jeden wachen Augenblick mit dieser Angst lebte. Es hatte seinen Meister erschrocken, dass Anakin dies ausgesprochen hatte, doch Anakin hatte es auf eine Art befreit, die er bis heute nicht verstand.

Vielleicht waren es seine Erfahrungen im Kriegsgefangenenlager auf Vanquor gewesen, die ihn dazu gebracht hatten, Obi-Wan sein Herz auszuschütten. Was auch immer der Grund gewesen war, es hatte sich etwas zwischen ihnen verändert. Sie waren sich näher gekommen. Sie waren jetzt wirklich Meister und Padawan.

Er wusste, dass das, was geschehen war, ein typischer Schritt in einer Meister-Padawan-Beziehung war. *Der Schüler lädt den Meister ein und es beginnt.* Als Schüler hatten sie sich alle gefragt, was dieser Satz bedeutete. Der Meister war doch derjenige, der einen Jedi-Schüler einlud, sein Padawan zu werden. So begann alles. Was also bedeutete *Der Schüler lädt den Meister ein?*

Jetzt verstand Anakin es. Er war jahrelang Obi-Wans Padawan gewesen, bevor er ihm vollkommen, mit Leib und Seele, vertraut hatte. Als er Obi-Wan dazu eingeladen hatte, seine tiefsten Ängste, seine schlimmsten Albträume mit ihm zu teilen, hatte sich ihre Beziehung verändert und vertieft. Es schien so, als würden sie von Neuem beginnen. *Es beginnt.* Obi-Wan hatte ihm erzählt, dass dasselbe einst zwischen ihm und Qui-Gon geschehen war. „Mitten auf unserer gemeinsamen Reise begannen wir noch einmal von vorn", hatte er zu Anakin gesagt.

Es war rätselhaft und wunderbar. Sie wussten immer, was der andere tat, noch bevor es geschah. Sie kannten die Gedanken des anderen. Wenn sich Anakin früher ständig Sorgen gemacht hatte, was Obi-Wan wohl denken würde, so akzeptierte er jetzt, dass er manche Dinge wusste und andere nicht – und dass vieles, woran Obi-Wan dachte, nichts mit ihm zu tun hatten.

Und gerade in diesem Moment konnte er Obi-Wans Gedanken nicht lesen. Er hatte keine Ahnung, was sein Meister plante. Er tappte ebenso im Dunkeln wie Siri. Doch während Siri rätselte, war er nur erwartungsvoll.

Siri hob eine Augenbraue. „Ich höre."

„Wir haben eine Möglichkeit, auf Romin zu landen und

Jenna Zan Arbor vom Planeten zu schaffen, ohne irgendein Senatsreglement oder die Gesetze von Romin zu brechen", sagte Obi-Wan. „Technisch gesehen."

„Technisch gesehen?", fragte Tyro.

„Wir betreten den Planeten legal", sagte Obi-Wan. „Als Kriminelle."

Siri setzte sich hin und schlug die Beine übereinander. „Na, jetzt bin ich aber erleichtert. Ich dachte tatsächlich einen Moment, du hättest einen sinnvollen Plan."

„Wir nehmen die Identität der Slam-Bande an", sagte Obi-Wan. „Ich bin Slam und du bist Valadon. Anakin und Ferus können die anderen beiden sein."

„Waldo und Ukiah", gab Tyro zurück. „Aber technisch ..."

„Wir landen als Kriminelle auf Romin und suchen Jenna Zan Arbor", sagte Siri. „Und dann?"

„Na ja, ich habe die Sache noch nicht bis zum Ende geplant", sagte Obi-Wan. „Wir müssen einen Weg finden, sie vom Planeten wegzulocken. Aber das dürfte nicht allzu schwierig sein."

„Natürlich", sagte Siri. „Eines der schärfsten Wissenschaftlerhirne der Galaxis geht mit uns auf eine Vergnügungsfahrt. Ein Klacks, wie Garen sagen würde."

„Wir lassen uns irgendetwas einfallen, um sie wegzulocken", sagte Obi-Wan. „Zunächst müssen wir auf Romin landen und Kontakt mit ihr aufnehmen. Und das können wir nur als Kriminelle schaffen."

„Kann ich noch mal auf ‚technisch gesehen' zurückkommen?", fragte Tyro. „Technisch gesehen, fallen mir mühelos mehrere Gesetze ein, deren Übertretung man Euch anklagen könnte. Wenn Ihr gefangen werdet."

„Wir werden nicht gefangen", sagte Obi-Wan. „Und genau hier kommt Ihr ins Spiel."

Tyro blickte plötzlich sehr unbehaglich drein. „Oh."

„Wir brauchen ID-Karten, Personenbeschreibungen und Hintergrundinformationen", erklärte Obi-Wan. „Und Ihr sagtet, dass die Bande auf verschiedenen Planeten im Kern aktiv war. Das bedeutet, dass sie höchstwahrscheinlich ein raumtaugliches Schiff haben. Glaubt Ihr, Ihr könntet vielleicht ein paar Beziehungen spielen lassen, sodass wir Zugriff darauf bekommen?"

„Das weiß ich nicht", gab Tyro voller Zweifel zurück. „Das würde bedeuten, dass ich jemandem einen Gefallen schulden würde."

„Eure Spezialität", stellte Obi-Wan fest.

„Es müsste alles streng geheim bleiben. Ich müsste zuerst zum Sicherheitsausschuss des Senats gehen", sagte Tyro langsam. „Sie müssten mir eine Vollmacht ausstellen, damit ich den Aufseher der Gefängnisplaneten ansprechen könnte, der dann einen Erlass für die Konfiszierungsbehörde der betreffenden Gefängniswelt ausstellen würde ..."

„Ich muss keine Details wissen, Tyro", sagte Obi-Wan. „Ich brauche nur Ergebnisse. Und wir brauchen Zeit. Ihr müsst die zuständigen Stellen dazu bringen, die erneute Gefangennahme der Slams bis zum Ende der Mission geheim zu halten. Falls sich irgendjemand erkundigt, müssen sie noch immer als flüchtig gelten."

Tyro runzelte die Stirn. „Das dürfte schwer werden. Sie genießen es, sich damit zu brüsten, wenn sie jemanden verhaften. Ich würde eine Verfügung für einen Kommunikationsstopp bis auf Weiteres vom Zentralen Mitteilungs-Service …" Tyros Blick kreuzte sich mit dem von Obi-Wan. Er schloss schnell sein Datapad und erhob sich. „Ich mache mich besser an die Arbeit."

Tyro verließ eilig den Raum.

„Wir müssen diese Sache von Mace Windu genehmigen lassen", sagte Siri. „Und ich wette, dass es dazu einiger Überredungskünste bedarf."

„Er wird seine Zustimmung geben", sagte Obi-Wan zuversichtlich. „Er weiß, wie wichtig die Gefangennahme von Zan Arbor für die Sicherheit der Galaxis ist."

Anakin verspürte einen Anflug von Aufregung, als Obi-Wan und Siri mögliche Vorgehensweisen und den Zeitpunkt ihres Aufbruchs besprachen. Die Frustration darüber, Jenna Zan Arbor zwar gefunden zu haben, sie aber nicht verhaften zu können, war vergangen. Jetzt hatten sie ein Ziel. Sie hatten einen Weg, ihrer habhaft zu werden.

Er wischte den Gedanken an ein Wiedersehen mit ihr weg. Anakin hatte sich die ganze Zeit darauf konzentriert, sie zu fangen. Doch er hatte sich nie überlegt, was wohl geschehen würde, wenn sie sie gefunden hatten. Er war Jenna Zan Arbor im Kriegsgefangenenlager auf Vanquor begegnet. Sie war höflich und freundlich gewesen. Und doch lief es Anakin beim Gedanken an die Ereignisse, die dort passiert waren, kalt den Rücken herab. Sie hatte ein Mittel erfunden, das in

Wesen etwas hervorrief, was sie ‚Zone der Selbstbeherrschung' genannt hatte. Anakin hatte sich unter dem Einfluss der Droge glücklich und zufrieden gefühlt. Nichts mehr hatte ihn bedrückt. Zum ersten Mal in seinem Leben hatte er vollkommenen Frieden empfunden. Es war das Gefühl, das er als Jedi zu erlangen gehofft hatte. Jetzt machte ihm eines Angst: dass er dieses Gefühl nie wieder verspüren würde. Er hatte in der Zone wahren Frieden errungen, doch es war ein trügerischer Sieg gewesen, denn danach war er mit Schuldgefühlen und Ängsten zurückgeblieben – genau jenen Emotionen, vor denen er geflohen war.

Konzentriere dich auf den ersten Schritt. Die anderen werden folgen.

Aus seinen Erfahrungen auf Vanquor waren viele andere Dinge erwachsen. Er war nach der Zeit in der Zone der Selbstbeherrschung zusammengebrochen, doch das hatte ihm später geholfen. Er hatte sich verletzlich und ängstlich gefühlt, und er hatte Halt bei seinem Meister gefunden. Er hatte erkannt, dass er Obi-Wan sehr viel bedeutete. Sein Meister würde immer für ihn da sein. Diese Erkenntnis war das große Geschenk, das er aus einer Zeit der Unsicherheit hatte mitnehmen können.

Anakin riss sich von seinen Gedanken los und bemerkte, dass Ferus so aussah, als würde er überlegen, ob er etwas sagen sollte. Anakin hoffte, dass er sich dagegen entschied. Er mochte fast nie, was Ferus zu sagen hatte.

Siri bemerkte das Zögern ihres Padawans ebenfalls. „Was bedrückt dich, Ferus?", fragte sie.

„Ich frage mich nur, ob dieser Plan für die Jedi angemessen ist", sagte Ferus. „Es steht mir nicht zu, die Entscheidungen der Jedi-Meister in Frage zu stellen ..."

„Dinge zu hinterfragen, ist Teil der Rolle eines Jedi-Padawans", sagte Obi-Wan freundlich. „Bitte sprich."

„Dies ist etwas, das die Jedi nicht unternehmen sollten", sagte Ferus steif. Er fühlte sich offensichtlich unwohl, weil er seiner Meisterin widersprach. „Sich als Kriminelle ausgeben? Wir sind keine Trickbetrüger. Wir sind Botschafter des Friedens und der Gerechtigkeit."

Anakin hätte am liebsten die Augen verdreht. Ferus war ein solcher Angeber. Er musste dauernd Jedi-Regeln zitieren, so als wäre er der Einzige, der sie kannte. Kam er denn niemals auf die Idee, dass es wichtiger sein könnte, einen Job einfach zu erledigen? Anakin sah zu Siri hinüber. Sie nickte nachdenklich, so als würde sie tatsächlich über Ferus' Einwand nachdenken. Er fragte sich, ob sie nur versuchte, die gute Meisterin zu sein, obwohl sie ihn in Wirklichkeit für einen aufgeblasenen Langweiler hielt.

„Natürlich hast du Recht", sagte Siri schließlich. „Doch die Galaxie ist ein komplexes System. Die Jedi müssen anders vorgehen und andere Risiken eingehen. Es gibt Planeten, die unsere Gegenwart nicht schätzen, und doch verlangen die Umstände, dass wir das Gute in der Galaxis unterstützen." Sie seufzte. „Ich habe schon einmal eine andere Identität angenommen, Ferus. Der Rat beschloss damals, dass es die einzige Möglichkeit war, eine riesige Raumpiraten-Operation zu unterlaufen. Ich musste so tun, als würde ich den Orden verlassen. Es war schwer. Alle Jedi dachten, ich hätte mich der Dunklen Seite der Macht angeschlossen. Sogar Obi-Wan."

„Es war sehr tapfer von Siri", sagte Obi-Wan.

„Jede Sekunde dieser Täuschung ging gegen mein Innerstes", fuhr Siri fort. „Ich mag Lügen nicht. Für jede Lüge bezahlt man einen Preis. Bin ich froh, dass ich es tat? Ja. Die Jedi konnten einen üblen Piraten ausschalten und hunderte von Sklaven befreien."

„Jenna Zan Arbor und ich sind schon einmal aufeinander getroffen, als ich in deinem Alter war", sagte Obi-Wan zu Ferus. „Sie ist ein großer Feind der Jedi. Sie hatte Qui-Gon gefangen genommen und ihm das Leben ausgesaugt, um die Macht zu erforschen. Sie hatte ihn dabei beinahe umgebracht. Und andere *hat* sie ermordet. Sie ist zu allem fähig. Mit der Zone der Selbstbeherrschung hat sie ein ganzes Volk unterdrücken können. Wir müssen alle Mittel einsetzen, um sie aufzuhalten."

„Alle Mittel?", fragte Ferus.

Einen Moment herrschte Schweigen. Anakin sah, wie Obi-Wan einen Blick mit Siri austauschte. Jeder im Raum dachte dasselbe. *Die rechten Mittel zum rechten Ziel.* Das war einer der zentralen Glaubenssätze der Jedi. Um Gutes zu tun, muss jeder Schritt, den man tut, rechtens sein. Wenn die Mittel, die man einsetzte, übel waren, dann war auch das Ergebnis Übles.

„Ich habe meine Worte nicht weise gewählt", sagte Obi-Wan. „Ich meine es so: Wenn wir eine kleine Täuschung anwenden müssen, um sie zu fangen, werden wir es tun. Wir können also nur hoffen, Zan Arbor mit ihren eigenen Waffen zu schlagen. Sie könnte ihre Machtstellung auf Romin ausbauen. Sie könnte den Planeten als Basis für zukünftige Unternehmungen nutzen wollen, in dem Glauben, dort unantastbar zu sein. Sie könnte großen Schaden anrichten. Es stehen Leben auf dem Spiel. Vielleicht Millionen von Leben." Obi-Wan sah Ferus eindringlich an. „Glaubst du nicht, dass es wert ist, deinen Stolz ein paar Tage zu überwinden und die Identität eines anderen anzunehmen?"

Ferus' Wangen erröteten. Anakin erkannte, dass Obi-Wan genau Ferus' empfindlichsten Punkt getroffen hatte. Seinen Stolz. Obi-Wan hatte es auf eine nette Art und Weise angestellt, und doch hatte Ferus den Stich gespürt.

Ferus nickte. „Ich werde natürlich tun, was Ihr sagt."

„Aber du musst auch daran glauben", sagte Siri.

Nach einer kurzen Pause sagte Ferus: „Das tue ich. Ich vertraue darauf, dass die Weiseren unter uns den rechten Weg kennen."

Ferus schien es ernst zu meinen. Er konnte nicht lügen. Dennoch war es klar, dass Siri und Obi-Wan ihm nicht all sein Unbehagen hatten nehmen können.

Obi-Wan wandte sich wieder an Siri und Anakin. „Wenn alles glatt läuft, können wir Meister Windu noch heute Abend aufklären und dann aufbrechen", sagte er.

Anakin nickte. Er beugte sich etwas näher an Siri und Obi-Wan, als diese den nächsten Schritt diskutierten. Ferus schwieg während der gesamten Diskussion. Jetzt war *er* der Außenseiter. Dieses Mal war es nicht Anakin.

Kapitel 3

Tyro erzählte Obi-Wan nicht alle Details über die Gefälligkeiten, die er eingefordert hatte und über die Versprechen, die er hatte geben müssen. Er teilte ihm nur die Ergebnisse mit, und es waren die, die Obi-Wan gewollt hatte. Es war nicht das erste Mal, dass sich Tyro als wertvoller Freund herausstellte.

„Ich stehe noch immer in Verhandlungen mit dem Zentralen Mitteilungs-Service, was die Kommunikationssperre betrifft", sagte Tyro, als Obi-Wan und Anakin ihn in einem der kleineren Besprechungsräume des Tempels trafen. „Die gute Nachricht ist, dass die Anweisung durchging. Die schlechte ist, dass ich nicht weiß, wie lange ich die Bekanntgabe der Verhaftung unterbinden kann. Ihr könnt Euch aber schon an die Konfiszierungsbehörde im Gefängnis wenden. Ihr habt einen Herausgabebescheid für Slams Raumfahrzeug. Es ist eine ubrikkianische Sternenyacht."

Anakin stieß einen leisen Pfiff aus. „Nett."

„Alle Datenaufzeichnungen, ID-Karten und die Kleidung sind an Bord", sagte Tyro. Ein leichtes Lächeln erhellte sein fellbedecktes Gesicht. „Man sagt, Slam sei ein kleiner Dandy."

Obi-Wan sorgte sich um andere Dinge. „Verschafft uns so viel Zeit wie möglich. Es wird einen Standardtag dauern, vom Gefängnis nach Romin zu reisen."

„Ihr wisst, dass ich mein Bestes für Euch tun werde, mein guter Freund", sagte Tyro. „Ihr begebt Euch in Gefahr, und ich wünsche Euch Glück und Erfolg. Die Svivreni verabschieden sich nicht. Wir glauben, dass das Unglück bringt. Wir sagen: ‚Die Reise beginnt, also geht'."

Tyro erhob die Hand mit gespreizten Fingern, was die svivrenische Abschiedsgeste war. Obi-Wan erwiderte den Gruß. Dann drückte Tyro seine Hand gegen die von Obi-Wan. Die Geste tauschten die Svivreni nur mit ihren engsten Freunden aus.

„Also geht", sagte Tyro leise und verließ den Raum.

Der Abschied von Mace war nicht so herzlich wie der von Tyro. Er räumte die Notwendigkeit des Planes ein, war aber keineswegs mit der Übertretung von Gesetzen einverstanden.

„Versucht wenigstens, den Senat nicht in Misskredit zu bringen", sagte er. „Mit anderen Worten: Ihr müsst Erfolg haben." Er raffte seine Robe zusammen und gab den Jedi damit zu verstehen, dass das Treffen zu Ende war. „Möge die Macht mit Euch sein, und möge ich nicht von dieser Sache hören, bevor sie sicher überstanden ist."

Die vier Jedi packten ihre Ausrüstung und nur wenige Stunden später flogen sie durch die Galaxis.

Mit den Papieren, die Tyro ihnen besorgt hatte, gab es im Greylands Security Complex keinerlei Probleme. Man gewährte den Jedi Zugang zu Slams Schiff.

Die ubrikkianische Sternenyacht war ein leichter Kreuzer, gebaut für eine schnelle Flucht. Er war mit einem Hyperantrieb ausgestattet, besaß dafür aber keine Waffen außer zwei versteckten Protonen-Torpedo-Schächten. Außerdem war er mit mehr geheimen Kammern ausgestattet, als Anakin je zuvor gesehen hatte. Jedes Mal, wenn er dachte, alle gefunden zu haben, entdeckte er noch eine weitere in den vielen Schichten der Schiffshülle. Der Kreuzer war außerdem von den Behörden in der Hoffnung gescannt worden, das kristalline Vertex zu finden, das die Bande auf Vuma gestohlen hatte. Doch das Diebesgut blieb verschwunden. Die restlichen Besitztümer der Bande waren durchsucht und intakt an Bord gelassen worden.

Ferus ging die Computerdateien durch. Die Bande besaß akribisch genaue Aufzeichnungen und mehrere falsche Identitäten. Siri fand ein Gerät, mit dem man Retina-Scans umgehen konnte. Und in einem winzigen Fach unter der Steuerkonsole steckte eine detaillierte Analyse der Abrechnungspraktiken des Katastrophenfonds des Senats.

Ferus stieß einen leisen Pfiff aus. „Ich könnte mich täuschen, aber ich glaube, sie hatten vor, die Schatzkammer des Senats auszurauben."

„Das ist ein großer Job, selbst für die Slams", sagte Obi-Wan. „Gut, dass die im Gefängnis gelandet sind."

Anakin sah die Aufzeichnungen weiter durch. „Das ist nur Spekulation. Sie hatten keinen konkreten Plan."

„Wir werden uns die Dateien später genauer ansehen", sagte Siri, die Hände in Slams Garderobenfach vergraben. „Wir müssen uns zuerst über die neuesten Betrugsmaschen informieren. Es gibt ein Netzwerk unter den Kriminellen, in dem sie Gerüchte austauschen. Unser Ruf wird uns vorauseilen. Wir müssen wirklich die Slams sein. Und wenn wir gerade davon reden ..."

Siri zog einen lilafarbenen Mantel aus Veda-Stoff hervor. Er war am Kragen mit einer dicken hellgrünen Borte bestickt. „Für dich, Slam", sagte sie und gab ihn Obi-Wan.

Obi-Wan beäugte das Kleidungsstück. „Sehr fragwürdiger Geschmack, um es milde auszudrücken."

Siri zwinkerte Anakin zu, doch als sie Obi-Wan wieder ansah, war ihr Ausdruck ernst. „Tyro sagte, dass Slam als Dandy bekannt ist. Du musst es tragen."

Obi-Wans Gesicht zeigte seinen Abscheu, als er die verzierte Robe anlegte. Siri rückte den aufwändig verarbeiteten Kragen so zurecht, dass er Obi-Wans Gesicht einrahmte. Anakin biss sich auf die Lippen. Er konnte sich das Lachen kaum verkneifen.

Siri nickte nachdenklich. „Jetzt brauchst du noch ein paar passende Stiefel." Sie beugte sich hinunter und zog ein Paar rote, polierte Lederstiefel hervor. „Hier."

Obi-Wan machte einen Schritt rückwärts. „Nein ..."

„Um der Galaxis Willen, jetzt stell dich nicht so an!" Siri warf ihm die Stiefel zu. „Du sollst dich als Krimineller ausgeben, also musst du dich wie einer anziehen. Willst du denn Jenna Zan Arbor nicht gefangen nehmen?"

Siri drehte leicht den Kopf und zwinkerte Anakin noch einmal zu. Der wandte sich ab, um sein Grinsen zu verbergen.

Selbst Ferus sah so aus, als würde er ein Lachen unterdrücken.

Obi-Wan zog seine Reisestiefel aus und die weichen Lederstiefel an. Er drehte sich zu dem großen Spiegel an der Seite der Schrankwand. „Ich hasse das", stöhnte er. „Ich sehe aus wie ein Vollidiot."

„Ich finde, du siehst ... unglaublich aus", sagte Siri. Doch ihre Mundwinkel zuckten und sie konnte nicht länger an sich halten. Sie brach in schallendes Gelächter aus.

Für Anakin und Ferus war es unmöglich, nicht mit einzustimmen.

Obi-Wan hob eine Augenbraue. „Es freut mich, dass ihr euch über mich amüsiert."

Dann griff er in ein anderes Wandfach. Sie hörten das leise Rascheln von Seide und Obi-Wan warf Siri ein Gewand zu. Es bestand aus einem hellblauen, haftbaren Material – und es war nicht besonders flächendeckend. „Bitte schön, *Valadon.*"

Siri betrachtete das Kleidungsstück. „Und wo ist der Rest?"

Obi-Wan grinste. „Ich fürchte, das ist alles."

„Das ziehe ich nicht an." Siri nahm das winzige Teil zwischen Daumen und Zeigefinger und warf es voller Abscheu Obi-Wan wieder zu.

„Nun stell dich nicht so an", sagte er ausdruckslos, als er das Gewand fing. „Willst du Jenna Zan Arbor denn nicht fangen?"

Siri zog die Robe grimmig über ihre Tunika und ihre Lederhose. Obi-Wan brach angesichts des wallenden, äußerst weiblichen Kleids, das über Siris grobe Kleidung geschlungen war, in lautes Lachen aus. „Ich glaube nicht, dass man das so trägt."

Siri biss die Zähne zusammen. „Wir sind noch nicht auf Romin."

Noch immer kichernd, griff Obi-Wan in das Fach und zerrte etwas normalere Kleidungsstücke für Anakin und Ferus hervor – dunkle Tuniken und Hosen.

„Anakin, du bist Waldo, und Ferus ist Ukiah", sagte Obi-Wan. „Die Beschreibung passt ungefähr auf euch. Waldo ist der Sicherheitsexperte und Ukiah ist für Waffen und Verteidigung zuständig. Anakin, du brauchst noch eine Kopfbedeckung, da du Jenna Zan Arbor gerade erst begegnet bist. Ich denke, das sollte genügen."

Obi-Wan holte eine Halbmaske aus seinem Beutel. „Die habe ich vom Med Center des Tempels. Man benutzt sie, um Synth-Haut nach einer Verletzung anwachsen zu lassen. Falls jemand fragt, können wir sagen, dass du bei einem Angriff verwundet wurdest. Probier sie an."

Anakin zog die Maske über. Sie passte über seine Stirn und bedeckte die obere Hälfte seines Gesichts, ließ aber Mund und Kinn offen. Für die Augen waren Löcher mit getönten Linsen hineingeschnitten. Die Maske bestand aus einem rutschigen Gewebe und fühlte sich kühl an.

Er war froh, dass er sich verstecken konnte. Er musste an Zan Arbors bohrenden Blick denken, an das Gefühl, dass sie seine Gedanken erforschen und sein Innerstes herausfinden wollte. Er wollte nicht, dass Jenna Zan Arbor wusste, wer er war. Er wollte nicht in die Nähe der Person kommen, die die

Zone der Selbstbeherrschung erschaffen hatte. Er war sich auch noch immer nicht sicher, wie die Zone übertragen wurde. Er hatte angenommen, dass es über das Wasser geschah. Das war ein Übertragungsweg, den Jenna Zan Arbor perfektioniert hatte. Anakin wollte nie wieder unter dem Einfluss dieser Drogen stehen.

Täuschte er sich, wenn er dachte, dass es zwischen ihm und Zan Arbor eine Verbindung gegeben hatte? Davon hatte er Obi-Wan nichts gesagt. Sie hatte gespürt, dass etwas bei ihm anders war. Er hatte sie fasziniert. Und obwohl er sich in der Zone befunden hatte, hatte er gespürt, dass diese Frau auch auf ihn Eindruck gemacht hatte; einen Eindruck, den er nicht mehr vergessen würde. Was wäre, wenn sie ihn wiedererkannte?

Obi-Wan sprach gerade, und Anakin zwang seine Aufmerksamkeit wieder zu seinem Meister zurück. „Ich traf vor achtzehn Jahren kurz auf Jenna Zan Arbor. Sie wird mich nicht wiedererkennen."

Siri legte ihren Gürtel um die weiche, blaue Robe. „Eine Frage. Was machen wir, wenn wir auf Romin jemanden treffen, der die Slams kennt?"

„Sehr unwahrscheinlich", sagte Obi-Wan. „Die Slams waren in einer anderen Ecke der Galaxis beschäftigt. Ihr Ruf reicht weit, doch sie reisten nie viel. Das ist ein Risiko, das wir eingehen müssen."

Obi-Wans Comlink piepte. Es war Tyro, und Obi-Wan stellte ihn auf Holomode, damit die anderen die Kommunikation verfolgen konnten.

Tyro stand als flimmernde Miniatur vor ihnen. „Ich bekam soeben eine Antwort von den Behörden", sagte er. „Ich habe mein Bestes getan, Obi-Wan, doch ich konnte sie nur überreden, die Verhaftung der Slams drei Tage geheim zu halten. Danach wird die Geschichte in den HoloNet-Nachrichten veröffentlicht. Es tut mir Leid. Ihr werdet Eure Mission wohl in dieser Zeit abschließen müssen." Tyro sah besorgt aus. „Reichen drei Tage?"

„Höchstwahrscheinlich nicht", sagte Obi-Wan. „Aber dann müssen sie eben reichen."

Kapitel 4

Tedas Landeplattform auf Romin ragte hoch in die Wolken über der Hauptstadt Eliior empor. Obwohl dies die einzige Ankunftsstation in der Gegend war, war kaum etwas los. Anakin setzte das Schiff auf der nächsten leeren Plattform ab.

„Nicht viele geschäftliche oder touristische Aktivitäten hier", bemerkte Obi-Wan. „Die Wirtschaft des Planeten lebt nur von Bestechungsgeldern, die an Teda bezahlt werden."

„Das bedeutet, dass der Einzige, der hier reich wird, Teda ist", sagte Siri.

Anakin fuhr die Ausstiegsrampe aus. Siri ging vor Obi-Wan hinaus. Obi-Wan amüsierte sich köstlich über den Kontrast von Siris entschlossenem, athletischen Gang und der lilafarbenen Seidenrobe, die sie jetzt trug. Sie war mit einer rosafarbenen Schärpe festgebunden, die mit einem feinen Goldfaden bestickt war, doch Siri hatte darauf bestanden, dass sie darüber den Gürtel ihrer Jedi-Robe trug. Sie hatte Obi-Wan versprochen, ihr Bestes zu geben, er bezweifelte jedoch, dass sie Valadons berüchtigte Flirtkünste aufbringen konnte. Es war vielleicht ganz gut, dass diese Mission einen engen Zeitrahmen hatte.

„Sieh mal, das muss Jenna Zan Arbors Schiff sein", murmelte Anakin Obi-Wan zu. Anakin und Ferus trugen ihre eher leichten Verkleidungen, während Obi-Wan in seinem Pomp beinahe nicht zu erkennen war. Alle außer Siri hatten es geschafft, ihre Lichtschwerter irgendwo zu verstecken – Siris Kleidung war einfach zu freizügig, um noch etwas bedecken zu können. Daher trug Obi-Wan ihr Lichtschwert.

Ein stromlinienförmiges weißes Schiff war in einer Landebucht ganz in der Nähe geparkt. Obi-Wan erkannte die *Luxe Flightwing*. Die Nase des Kreuzers war leicht nach unten gebogen, die Tragflächen waren wie die Schwingen eines Vogels nach hinten gestreckt. Die Außenhülle des Schiffes bestand aus einem seltenen, glänzend weißen Edelmetall.

Ein Offizier der Flugsicherheit nahm sie am Fuß der Rampe in Empfang. Er trug eine mit Ornamenten verzierte Uniform mit silbernen Kordeln über den Schultern. Die Rominer waren eine Spezies mit goldfarbener Haut und goldenen Augen. Sie hatten flache Nasen, die kaum aus ihrem Gesicht hervorragten, und ihre Münder waren breit und sehr ausdrucksstark.

„Willkommen auf Romin. Bitte Eure Papiere."

Obi-Wan gab ihm die ID-Karten. Der Mann sah sie sich genau an.

„Zu welchen Zweck kommt Ihr nach Romin?"

„Wir würden uns gern hier niederlassen", sagte Obi-Wan.

Der Offizier sah auf. „Dafür gibt es Verfahren und Formulare. Wir gestatten nicht jedem, ein Bürger von Romin zu werden."

„Wir werden diesen Verfahren mit Vergnügen Folge leisten", sagte Obi-Wan. „Doch bis dahin würden wir gern Eure wunderschöne Stadt besuchen." Er gab dem Mann ein Bündel Credits.

Der Offizier schob sie mit einer routinierten Bewegung in seine Tasche. „Einen Augenblick."

Der Offizier ging mit ihren vier ID-Karten davon. Er stellte sich vor eine Konsole und tippte die Informationen ein.

„Er hat unsere Namen eingegeben und herausgefunden, dass wir entflohene Kriminelle sind", murmelte Siri, als sich der Gesichtsausdruck des Offiziers änderte. Der Mann sah auf und warf ihnen einen schnellen Blick zu. Dann sprach er in seinen Comlink.

Sie warteten. Der Offizier sprach, wartete und sprach wieder. Dann legte er den Comlink hin, kam aber noch immer nicht zu den Besuchern zurück. Die Jedi warteten. Sie wussten, wie man sich in Geduld übte. Ein paar Sekunden später piepte der Comlink des Offiziers und er sprach wieder hinein.

„Wir können nur hoffen, dass König Tedas Kontakte weit genug reichen", murmelte Obi-Wan. „Er wird wissen, dass es da draußen ein Vermögen an kristallinem Vertex gibt und dass wir wissen, wo es ist."

Als der Offizier zu ihnen zurückkam, stellte er ein breites Lächeln zur Schau. „Vergebt mir, dass ich Euch nicht schon vorhin angemessen willkommen hieß. Ihr müsst wissen, dass wir hier sehr beschäftigt sind."

„Natürlich", sagte Obi-Wan und winkte extravagant mit

der Hand – wobei er den vollkommen leeren Raumhafen geflissentlich ignorierte.

„Aufgrund Eures Status' als bedeutende Gäste würde Euch der Große Regent Teda gern persönlich begrüßen", sagte der Offizier. „Mein Name ist Becka. Ich werde Euch mit Eurer freundlichen Erlaubnis zu seinem großen Palast eskortieren."

Becka führte sie zu einem riesigen Turbolift, der sie schnell zur Oberfläche des Planeten hinunterbrachte. Ein sechssitziger Luftgleiter war in der Nähe geparkt. Becka bedeutete ihnen einzusteigen und setzte sich in den Pilotensitz. Sie schwebten in gemäßigter Geschwindigkeit auf eine breite Straße hinaus.

„In Eliior gibt es keine Verbrechen, wie Ihr sehen werdet", sagte Becka. „Wir haben hier Frieden und Wohlstand. Die Bürger haben genügend Arbeit und Freizeit. Unsere Gärten sind bekannt und unsere Waren sind die feinsten der Galaxis. Ich werde Euch auf dem Weg zum Palast in unsere beste Einkaufsstraße führen, damit Ihr es selbst sehen könnt."

„Ihr könnt Euch glücklich schätzen, auf einem solchen Planeten zu leben", sagte Siri.

„Wir schätzen uns glücklich, einen Regenten wie König Teda zu haben", gab Becka zurück. „Er erschuf die Perfektion, die uns umgibt." Als er seinen Satz beendet hatte, fuhren sie an einer zernarbten, hunderte von Metern hohen Sicherheitsmauer vorbei. Über ihnen flogen summende Sicherheits-Droiden umher.

„Was ist das?", fragte Obi-Wan. Er kannte die Antwort, war jedoch an der offiziellen Erklärung interessiert. In einer Diktatur deckte sich die nur selten mit der Realität.

Er war von Tyro umfassend informiert worden. Die Stadt Eliior wurde von den Reichen bewohnt. Die Arbeiter lebten außerhalb der Stadtmauern in konzentrischen Ringen aus armseligen Hütten, deren Zustand mit zunehmendem Abstand von der Stadt schlimmer wurde. Die Mauern wurden von Wach-Droiden und Überwachungseinrichtungen geschützt. Die Arbeiter mussten Pässe haben, um die Stadt betreten zu können, und sie mussten einen Arbeitsnachweis erbringen. Die Bewohner der Stadt wagten sich nur selten nach draußen. Und wenn eine Reise notwendig war, fand sie nur unter strengster Bewachung statt.

Becka bog schnell in eine andere breite Straße ab, die von hohen Laubbäumen gesäumt war. „Ihr meint die Wolkenblumen-Mauer. Einige unserer Bewohner ziehen es vor, außerhalb der Stadtgrenzen zu leben. Dort gibt es schöne ländliche Gegenden. Die Mauer vermittelt ihnen die Illusion, in der unberührten Wildnis zu leben. Sie ist auf der anderen Seite mit Wolkenblumen-Ranken bewachsen. Ein weiterer großer Fortschritt, den wir unserem Großen Regenten Teda zu verdanken haben! Er ist wirklich bemerkenswert."

Genau in diesem Augenblick passierten sie ein riesiges Laser-Schild. Das Profil eines nobel aussehenden Rominers in pulsierendem Licht war darauf zu sehen. Worte in Basic erschienen:

WACHEN SORGEN SCHÜTZEN
GROSSER FORTSCHRITT
DER GROSSE REGENT TEDA LIEBT SEIN VOLK

Becka strahlte. „Jetzt werdet Ihr Beispiele unserer exzellenten Wirtschaft und unserer wundervollen Waren sehen."

Sie fuhren eine Straße voller exklusiver Läden entlang, wie Becka es versprochen hatte. Sie konnten Blicke auf Luxusgüter werfen, die in hellen Schaufenstern lagen. Becka fuhr langsamer und zeigte stolz auf die Geschäfte. Doch die Straße war beinahe leer. Es waren kaum Kunden in den Läden.

„Es ist niemand in den Läden", sagte Siri.

„Heute ist kein traditioneller Einkaufstag", gab Becka zurück. „Ah, und hier sind unsere großen Residenzen."

Hinter den Geschäften begannen die Paläste. Sie bestanden aus Stein und Durastahl und lugten hinter verstärkten Mauern hervor. Alle Bauwerke waren von opulenten Gärten mit rauschenden Springbrunnen umgeben.

„Viele unserer wichtigsten Bürger leben hier", erklärte Becka. „In luxuriösen und geräumigen Villen. Der Boulevard endet beim großen Palastkomplex unseres Großen Regenten Teda."

Es dauerte nicht lange, da sahen sie ein von Ornamenten verziertes Doppeltor. Becka brachte den Gleiter am Checkpoint zum Stehen und wurde gleich durchgelassen. Vor ihnen lag ein riesiger Palast, der aus einer üppigen Landschaft voller Blumen, Bäume und Buschwerk ragte. Die Bäume und die hohe Mauer, die das Gelände umgaben, waren von blühenden Ranken umwachsen. Der Duft der Pflanzen lag schwer in der warmen, feuchten Luft.

Becka parkte den Gleiter vor dem Haupttor. „Es war mir

ein Vergnügen, Euch dienen zu dürfen", sagte er. Dann fuhr er mit einem freundschaftlichen Winken davon.

Die Durastahl-Torflügel schwenkten auf. Ein kleiner Rominer in wehender bunter Robe stand in der Durchfahrt. Obi-Wan erkannte ihn sofort. Er war überrascht. Der Große Regent Teda war persönlich gekommen, um sie in Empfang zu nehmen.

„Willkommen auf meiner Welt", sagte Teda mit weit ausgebreiteten Armen. „Und? Wie findet Ihr Romin bis jetzt?"

Obi-Wan fragte sich, was der großspurige Slam jetzt wohl sagen würde. „Erstaunlich!", rief er. Er breitete seine Arme weiter aus als Teda. „Unglaublich! Wir sind überwältigt!"

„Ich sehe an Euren Gesichtern, dass das stimmt!", gab Teda strahlend zurück. „Wir Rominer sind so stolz auf unsere Welt, dass es uns keineswegs überrascht, wenn Fremde beschließen, sich hier niederzulassen. Ich heiße Euch im Namen aller Rominer willkommen!"

Obi-Wan warf seinen lilafarbenen Mantel zurück und deutete eine Verbeugung an. „Ich bin Slam. Und das sind meine Begleiter Valadon, Waldo und Ukiah."

„Und ich bin der Große Regent Teda." Teda ignorierte Anakin und Ferus und ging geradewegs auf Siri zu. Er hakte sich bei ihr ein. „Ich habe schon von Eurer Schönheit gehört, doch Worte verblassen neben Eurer echten Echtheit. Eure Gegenwart trägt noch zur Schönheit unseres Planeten bei. Ihr seid schöner als eine Wolkenblume." Er streichelte ihren Arm mit einem Finger.

Das Lächeln auf Siris Gesicht sah aus, als wäre es mit einem starken Kleber fixiert worden. Obi-Wan wusste, dass sie sich anstrengen musste, sich nicht von Tedas Griff loszureißen. „Ihr seid sehr freundlich", schnurrte sie voll gespielter Bewunderung.

Tedas Kopf war immer dicht bei ihrem. Er streckte einen seiner kurzen Finger hoch. „Ich sage immer nur die wahrste Wahrheit. Denkt immer daran."

Siri hob eine Augenbraue. „Immer die Wahrheit? Dann stimmen die Berichte also. Ihr seid wirklich ein außergewöhnlicher Mann."

Teda zögerte und grübelte, was Siri wohl meinen könnte. Dann lachte er. „Jetzt verstehe ich, und Ihr seid klug! Ihr werdet wiederkommen und ein langes, ausgedehntes Essen mit mir in meinem privaten Speisesaal einnehmen."

„Ihr sprecht wie ein wahrer Regent", sagte Siri durch ihre zu einem Lächeln zusammengebissenen Zähne. „Wie ich sehe, seid Ihr es gewohnt, dass man Euch gehorcht. Ihr sprecht Einladungen wie Befehle aus."

Teda lachte wieder. Er schien sich an allem zu erfreuen, was Siri sagte. „Auch das liebe ich. Aber als Regent habe ich unglücklicherweise jeden Tag Sitzungen, viel zu viele, die ganze Zeit, Ihr glaubt es kaum. Aber ich habe sie und muss an ihnen teilnehmen." Er ließ Siris Arm zögernd los. „Aber zunächst gestattet mir, Euch die ersten Tage auf Romin zu erleichtern. Hier in der Nähe gibt es eine Villa. Sie ist klein, aber perfekt. Ihr werdet dort bleiben. Sie steht zum Verkauf, daher ist sie im Augenblick frei und leer. Wenn Ihr die Villa zu kaufen wünscht, dann kauft Ihr sie. Wenn nicht, werdet Ihr etwas finden, was ebenso perfekt ist. Doch dort könnt Ihr vorerst ohne Bezahlung bleiben. Mein Geschenk an Euch." Sein Blick war immer noch auf Siri gerichtet. „Schönheiten verdienen eine schöne Umgebung."

„Das ist sehr großzügig", sagte Obi-Wan in einem begeisterten Tonfall. „Wir danken Euch." Teda wollte sie zweifellos in der Nähe haben. Das war kein Problem. Es war sogar besser, dass Teda dachte, er hätte sie unter Kontrolle.

„Ab sofort wird sich mein Stellvertreter Hansel um Euch kümmern. Er wird Euch zu Eurem Vergnügen ein paar Dinge über die vergnüglichen Vergnügungen auf Romin erzählen." Teda warf Siri einen bedeutungsvollen Blick zu. „Ich werde Euch schon bald wiedersehen. Vielleicht noch früher."

Der Regent drehte sich unvermittelt um und verschwand im Palast. Sofort erschien ein anderer Rominer. Er hatte offensichtlich schon irgendwo außer Sichtweite gewartet.

„Mein Name ist Hansel. Willkommen auf Romin. Ihr habt ja schon etwas von Eliior gesehen. Wir erfreuen uns zwar einer blühenden Wirtschaft, es gibt jedoch ein paar Wohltätigkeitseinrichtungen, die dem Regenten sehr am Herzen liegen und die leider nicht die Mittel haben, um sich voll entfalten zu können. Da wäre zum Beispiel das Teda-Institut für Kinder. Oder die Teda-Galerie der Gartenbauschätze von Romin. Es gibt auf Romin eine Menge heimischer Pflanzen, die leider besonderer Aufmerksamkeit bedürfen. Ich erzähle Euch das nur, damit Ihr seht, dass Romin nicht in allen Bereichen vollkommen ist. Es ist nur angemessen, dass wir das tun. Der Große Regent Teda glaubt immer jederzeit an die Wahrheit."

„Das sagte er bereits", gab Siri zurück. „Und das stimmt natürlich, denn er sagt ja auch, dass er nicht lügt."

Hansel warf Siri einen stechenden Blick zu. Dann nickte er höflich. „Genau."

Obi-Wan bedeutete Siri mit einem kleinen Stoß in die Seite, still zu sein. Beleidigungen würden sie nirgendwo hinführen. Es war offensichtlich, dass Hansel geschickt worden war, um die Bestechungsgelder einzusammeln. Obi-Wan holte aus den Falten seiner Robe diskret einen kleinen Beutel voller Credits hervor. „Bitte gestattet uns, diesen kleinen Beitrag für die Kinder von Romin zu leisten", sagte er mit offiziell klingender Stimme.

„Eure Großzügigkeit ist erstaunlich. Ich werde den Großen Regenten Teda davon unterrichten. Und ich hoffe, dass Ihr uns während der kommenden Tage und Wochen gestattet, uns an Euch zu wenden, sollte ein besonders dringender Fall von Bedürftigkeit auftreten."

Noch mehr Bestechungsgelder. Obi-Wan neigte den Kopf. „Natürlich."

„Und jetzt lasst mich bitte ein Transportmittel für Euch arrangieren", sagte Hansel. „Wie mir gesagt wurde, bewohnt Ihr eine Villa im abgeschlossenen Bereich."

„Vielen Dank für Euer freundliches Angebot, aber könnten wir zu Fuß gehen?", fragte Obi-Wan, der seine Stimme leicht verstellte. „Wenn Ihr uns den Weg erklärt, spazieren wir zu unserer Bleibe. Wir hatten eine lange Reise und davor hatten wir nicht viel Gelegenheit ... frische Luft zu schnappen."

„Natürlich", sagte Hansel, der nicht im Geringsten überrascht war. „Ich werde arrangieren, dass Euer Gepäck gebracht wird. Geht einfach aus dem Haupttor hinaus und dann nach links. Nach fünf Häusern seht Ihr die Villa. Sie ist goldfarben und hat einen Brunnen im Vorgarten. Das Tor ist schwarz."

Die Jedi gingen davon, um ein paar Kilogramm Credits erleichtert.

„Das glaube ich einfach nicht", sagte Ferus. „Die Kinder von Romin werden diese Credits niemals zu Gesicht bekommen."

„Ganz zu schweigen von den Pflanzen", fügte Anakin hinzu.

„Das ist nicht komisch", sagte Ferus. „Wir haben gerade ein Vermögen an einen Gauner bezahlt."

„Wir wussten, dass dies die einzige Möglichkeit ist, um auf Romin zu bleiben", sagte Anakin. „Es bringt nichts, die Entscheidung jetzt in Frage zu stellen."

„Ich stelle sie nicht in Frage", verteidigte Ferus sich. „Aber ich muss sie auch nicht mögen."

Obi-Wan hörte sich das Gezänk an, beschloss aber, sich nicht einzumischen. Anakin und Ferus mussten ihre gegenseitige Ablehnung selbst in den Griff bekommen. Abgesehen davon war er eher auf Anakins Seite. Ferus' Selbstgerechtigkeit konnte einem schon auf die Nerven gehen. Die Bezahlung des Bestechungsgelds war notwendig gewesen. Es war sinnlos, das jetzt zu bereuen.

„Teda scheint mir nicht sonderlich klug zu sein", sagte

Obi-Wan und wechselte damit das Thema. „Ich hatte etwas anderes erwartet."

„Er muss nicht klug sein", erwiderte Siri. „Es reicht, dass er ein Gangster ist."

„Es hat uns einen ganzen Tag gekostet, hierher zu kommen und uns bleiben nur noch zwei Tage", sagte Obi-Wan. „Wir sollten Jenna Zan Arbors Haus auskundschaften. Wenn die Koordinaten stimmen, die wir haben, müsste es ganz in der Nähe sein. Wir verschaffen uns einen schnellen Überblick über ihre Sicherheitsvorkehrungen. Dann lassen wir uns in der Villa nieder. Der Große Regent wird zweifelsohne ein Auge auf uns haben."

Ein Sicherheitsoffizier öffnete das Tor für sie. Sie gingen auf die breite Straße hinaus und an den großen Mauern vorbei, hinter denen Paläste gegen Eindringlinge geschützt waren.

„Ich habe noch nie zuvor in einer Stadt so viele Mauern und Tore gesehen", sagte Anakin. „Ich schätze, die Kriminellen hier haben eine Menge Feinde."

„Deshalb bezahlen sie so viel an Teda", sagte Obi-Wan. „Um sicher zu sein." Die vier folgten mehreren langen Straßen, wobei sie sich so unauffällig wie möglich verhielten. „Hier ist Zan Arbors Villa. Lasst uns etwas langsamer gehen. Beobachtet, ohne hinzusehen."

Beobachten, ohne hinzusehen war eine Technik der Jedi. Obwohl es so schien, als würden sie einfach nur vorübergehen, registrierte jeder von ihnen jede einzelne Sicherheitseinrichtung, die die Villa besaß.

„Das Übliche und noch etwas mehr", sagte Siri, als sie

vorbei waren. „Sicherheitstürme, gepanzerte Fenster und Türen."

„Infrarot-Nachtsichtsensoren", fügte Anakin hinzu.

„Überwachungs-Droiden auf dem Dach", sagte Ferus. „Plus zufällig auf dem Grundstück verteilte unsichtbare Energiezäune. Es wird schwer, dort einzubrechen."

„Wir werden den einfachen Weg nehmen", sagte Obi-Wan.

„Es gibt einen einfachen Weg?", fragte Ferus.

„Es gibt immer einen", gab Obi-Wan zurück. „Wir gehen einfach durch den Vordereingang."

Kapitel 5

Die Jedi kamen bei ihrer Villa an. Gemessen an der Gegend war sie eher bescheiden, aber noch immer vier oder fünf Stufen über den Unterkünften, in denen Anakin und Obi-Wan normalerweise während einer Mission wohnten. Die Schlafliegen waren breit und voller luxuriöser Kissen und Decken. Die Empfangsräume waren groß und hell. In einem Garten vor der Küche wuchsen bunte Blumen, Gemüse und Kräuter.

„Seid Ihr sicher, dass wir in zwei Tagen wieder gehen müssen?", fragte Anakin.

Siri interessierte sich überhaupt nicht für die Umgebung. „Sie haben ein Paradies in der Stadt geschaffen, aber es ist ein leeres. Es gibt hier keine erwähnenswerte Wirtschaft. Habt ihr die Geschäfte gesehen? Teure Dinge zu kaufen, aber niemand außer Teda und seinen Verbündeten, der sich das leisten kann." Sie schüttelte den Kopf. „Wie kann jemand all das wider besseres Wissen genießen?"

„Das überrascht mich nicht", sagte Obi-Wan. „Sie sind alle froh, dass sie innerhalb der Stadtgrenzen leben und nicht außerhalb. Aber jetzt sollten wir uns an die Arbeit machen." Er wandte sich an Anakin und Ferus. „Siri und ich werden

Zan Arbor den ersten Besuch abstatten, um Informationen zu sammeln. Ihr beide werdet in der Zwischenzeit ein paar grundlegende Beobachtungen anstellen. Geht durch die Straßen. Unterhaltet euch mit Leuten. Achtet auf Sicherheitseinrichtungen, Verkehrsmuster und Fluchtwege."

„Habt Ihr irgendetwas Spezielles im Sinn?", fragte Ferus.

„Nein", gab Obi-Wan zurück. „Aber man weiß nie, was sich später als nützlich erweisen könnte."

„Ich habe die Pläne der Stadt durchgesehen", sagte Ferus. „Ich bin mir sicher, dass ich mögliche Fluchtwege oder ..."

Obi-Wan unterbrach ihn einfach. „Karten sind hilfreich, aber ich habe von Qui-Gon noch etwas anderes gelernt: Eine Karte ist nicht die Wirklichkeit. Also los."

Die beiden Padawane gingen davon. Siri schob ihren Gürtel zurecht. „Ich gehe mal davon aus, dass du einen Plan hast."

„Fast", sagte Obi-Wan. „Folge mir einfach. Es sei denn ..."

„Es sei denn?"

„Es sei denn, du möchtest lieber zu Tedas Palast gehen und an diesem Essen teilnehmen", sagte er neckisch. Er duckte sich, als ein Kissen von der Macht angehoben und in Richtung seines Kopfes geschleudert wurde.

Es war ein Leichtes, bei Jenna Zan Arbor eine Audienz zu bekommen. Obi-Wan ließ am Haupttor lediglich verlauten, dass Slam und Valadon sie zu sehen wünschten. Offensichtlich mussten egomanische Wissenschaftler und Meisterdiebe einander nicht vorgestellt werden, denn sie wurden sofort hereingebeten.

Sie wurden von einem großen, bulligen Phlog, der offenbar ein Leibwächter war, durch den Palast geführt. Seine riesigen Hände schoben schließlich eine doppelte Flügeltür auf. Als er hindurchging, schlug er sich beinahe den Kopf an. Die Jedi wurden in einen Raum geführt, von dem man einen großartigen Blick auf die Gärten hatte.

Jenna Zan Arbor saß in einem Stuhl, der so vorteilhaft platziert war, dass die Sonne ihre hellen Haare von hinten beleuchtete und ihre Gesichtszüge weicher erscheinen ließ. Sie trug ein einfaches silberfarbenes Gewand mit einem azurblauen Gürtel.

Obi-Wan hatte sie seit achtzehn Jahren nicht mehr gesehen. Doch in dieser Zeit hatte er sich stark verändert. Er war jetzt viel größer. Älter. Die Galaxis erstaunte ihn nicht mehr so sehr und er machte sich weniger Illusionen. Vielleicht war er trauriger geworden. Bei seinen gelegentlichen Blicken in den Spiegel sah er die Jahre in seinem Gesicht. Das störte ihn nicht; die Tatsache, dass die Jahre ihre Spuren hinterließen, war unvermeidlich und auch in Ordnung. Jenna Zan Arbor jedoch sah beinahe unverändert aus, so wie vor achtzehn Jahren. Sie hatte zweifelsohne das beste medizinische Wissen der Galaxis zu Rate gezogen, um sich ihr gutes Aussehen zu erhalten.

Obi-Wan verbeugte sich. "Vielen Dank, dass Ihr uns empfangen habt."

Jenna Zan Arbor lächelte zwar zur Begrüßung, doch ihre grünen Augen taxierten Obi-Wan und Siri genau. "Wir Neuankömmlinge auf Romin sollten zusammenhalten", sagte sie.

„Der Große Regent Teda hat mir von Euren Errungenschaften berichtet. Ich war begierig, Eure Bekanntschaft zu machen. Euer Ruf eilt Euch voraus."

„Und der Eure Euch", gab Obi-Wan zurück.

Jenna Zan Arbor deutete auf zwei mit Ornamenten verzierte Stühle vor sich. Als sich Obi-Wan und Siri setzten, schenkte sie aus einer silbernen Kanne Tee ein. Die Tassen bestanden aus einem durchsichtigen Porzellan, von dem Obi-Wan wusste, dass es zum Feinsten gehörte, was die Galaxis zu bieten hatte. In einem Bord aus glänzendem Holz und Applikationen aus einem seltenen Gestein standen aufwändig verzierte Vasen und Schüsseln. Obi-Wan sah sich in dem exquisit gestalteten Raum um. Wie war es Jenna Zan Arbor gelungen, sich so schnell eine solch luxuriöse Umgebung zu schaffen?

„Und? Wie findet Ihr Romin bis jetzt?", fragte sie und reichte Siri eine Tasse, während sie jedes Detail ihres Kleides bis hinunter zu den bloßen Beinen und den weichen goldenen Stiefeln zu betrachten schien. Zan Arbor presste die Lippen in einem Ausdruck der Geringschätzung zusammen.

„Wir sind gerade erst angekommen", sagte Siri. „Aber wir sind erfreut, dass der Planet so angenehm und luxuriös ist. Ganz zu schweigen von sicher."

„Ja, Ihr braucht Euch hier keine Sorgen zu machen", sagte Zan Arbor und gab Obi-Wan eine Tasse. „Der Große Regent Teda beschützt seine Freunde. Romin ist wie geschaffen dafür, sich zur Ruhe zu setzen." Sie nahm einen Schluck Tee und senkte die Augenlider.

„Oder auch nicht", sagte Obi-Wan.

Zan Arbor sah auf.

„Romin ist auch wie geschaffen", sagte er, „um Geschäfte zu machen."

Zan Arbor senkte den Kopf leicht. „Das auch. Zumindest höre ich das hin und wieder."

„Und wir sind noch viel zu jung, um uns zur Ruhe zu setzen", sagte Siri und folgte damit Obi-Wans Strategie.

„Wie Ihr sicherlich auch", fügte er hinzu.

Zan Arbor setzte ihre Tasse vorsichtig auf einem polierten Steintisch ab. „Vielleicht solltet Ihr mir sagen, was Euch zu mir führt."

„Wir sind gekommen, um die Bekanntschaft der besten Wissenschaftlerin der Galaxis zu machen", sagte Obi-Wan, als er die Beine kreuzte und ein paar der Federn glatt strich, die seinen Mantel verzierten. „Und wir sind gekommen, um Euch ein verlockendes Angebot zu unterbreiten."

„Ich versichere Euch, ich habe mich zurückgezogen." Zan Arbor strich ein widerspenstiges Haar zurück in ihre ansonsten perfekt sitzende Frisur. „Aber ich höre."

„Wir haben einen Plan, den ich allerdings leider nicht in seinem vollen Umfang mit Euch besprechen kann", fuhr Obi-Wan fort. „Er hat mit sehr großem Reichtum zu tun. Es geht um die Schatzkammer eines Planeten. Ihr habt vielleicht gehört, dass wir in diesem Bereich schon etwas Erfolg hatten. Wir sind eine bescheidene Truppe, aber sehr zuversichtlich, dass wir auf diesem Erfolg aufbauen können." Obi-Wan lächelte. Würde Slam in einem solchen Augenblick lächeln? Ein

Betrüger würde sein eigenes Loblied singen, doch er würde es mit einem Augenzwinkern tun. Er würde seinen Zuhörer einwickeln.

Zan Arbor schien auf sein Lächeln anzuspringen. Sie bedeutete ihm mit einer Handbewegung, fortzufahren.

„Wir haben technische Pläne und eine detailliert ausgearbeitete Methode, um an unser Ziel zu gelangen", sagte Obi-Wan. „Wir brauchen nur Hilfe mit den Wachen. Wenn wir ein System hätten, das die Wachen über die Luft etwa zwanzig Minuten hemmen oder außer Gefecht setzen würde, könnten wir den gesamten Schatz rauben."

Zan Arbor zeigte ein sanftes Lächeln. „Und deswegen kamt Ihr zu mir."

„Wir hörten von Euren Experimenten auf Vanquor", sagte Siri. „Eine aufregende Entwicklung. Ihr besitzt den Schlüssel zur Kontrolle des Verstandes. Und wenn Ihr den Verstand kontrollieren könnt, dann könnt Ihr auch Vermögen kontrollieren." Sie zuckte mit den Schultern. „So einfach ist das."

„Oder so kompliziert."

„Wir würden die Sache so arrangieren, dass Eure Beteiligung unentdeckt bliebe", fuhr Siri fort. „Wir würden das gesamte Risiko übernehmen."

„Ihr wäret aber ein gleichberechtigter Partner", sagte Obi-Wan.

„Wir haben die ID-Karten vorbereitet", fügte Siri hinzu. „Wir könnten morgen aufbrechen. Oder noch heute Abend, falls Ihr es wünscht. Ihr könntet an Bord unseres Schiffes kommen und wir würden Euch in zwei Tagen schon wieder hierher zurückbringen. Niemand würde auch nur bemerken, dass Ihr weg wart."

Obi-Wan bewunderte die Art, wie Siri seinen Plan aufgenommen hatte und weiterspann. Wenn sie erst einmal im Weltraum wären, könnten sie Zan Arbor zum Gefängnisplaneten zurückbringen. Sie würden sie in Gewahrsam bringen, ohne dass irgendjemand verletzt werden würde. Obi-Wan hoffte, dass ihre Gier auch ihr Untergang war.

„Wenig Aufwand für eine große Entlohnung", sagte Obi-Wan. Er warf ihr wieder ein Lächeln zu, doch dieses Mal reagierte sie nicht mehr darauf. Er spürte, wie seine Zuversicht schwand.

„Weshalb sollte ich das tun?" Jenna Zan Arbor winkte ab. „Wie Ihr seht, habe ich hier alles, was ich brauche. Hier gibt es jeden erdenklichen Luxus. Ich lebe in einem Palast. Mir steht das schnellste Schiff der Galaxis zur Verfügung. Was will ich noch mehr?"

„Ich habe für mich herausgefunden", sagte Obi-Wan leise, „dass es Dinge gibt, die man *braucht* und solche, die man haben *will*. Die Frage ist also weniger, was Ihr braucht, als vielmehr, was Ihr haben *wollt*."

Sie hob eine Augenbraue, offensichtlich gegen ihren Willen beeindruckt. „Sehr clever. Aber ich kann meine Bedürfnisse selbst befriedigen." Sie schob ihren Tee weg. „Euer kleiner Plan klingt verlockend. Ich wünsche Euch viel Glück damit."

„Ich versichere Euch, dass die Belohnung größer ist, als Ihr es Euch vorstellen könnt."

Diese Bemerkung schien Zan Arbor sehr zu amüsieren.

„Das bezweifle ich." Sie lachte kurz, eher zu sich selbst. „Es gibt etwas, das ich mir vorstellen kann, und das liegt auch tatsächlich vor mir. Es tut mir Leid, sagen zu müssen, dass Ihr mehr bieten müsst, um mich zu locken. Aber nehmt es nicht persönlich. Wir können keine Geschäftspartner sein, aber wir werden Nachbarn sein. Also lasst uns auch Freunde sein."

Obi-Wan setzte ein Lächeln auf und dachte einen Augenblick nach. Er wollte nicht glauben, dass sich Jenna Zan Arbor tatsächlich zur Ruhe gesetzt hatte. Weshalb würde sie sich eine Chance entgehen lassen, das Vermögen eines ganzen Planeten bei sehr geringem Risiko zu rauben? Natürlich war sie vorsichtig, am Plan einer Bande teilzunehmen, die sie nicht kannte. Dennoch hatte sie die Tür zu weiteren Verhandlungen über eine Zusammenarbeit sehr schnell geschlossen.

Zan Arbor stand auf. „Es war reizend. Ich bin sicher, dass wir uns wiedersehen. Hue wird Euch hinausbegleiten."

Der große Phlog tauchte wieder auf. Zan Arbor verschwand durch eine Tür und ließ eine Wolke aus Parfümduft zurück.

„Wickle ihn ein", flüsterte Obi-Wan schnell zu Siri und tat dabei so, als würde er ein paar Süßigkeiten vom Tablett auf dem Tisch nehmen.

Sie sah Obi-Wan ungläubig an. „Ist das dein Ernst? Er ist ein wandelndes Muskelpaket. Das wäre, als würde man versuchen, eine Bantha-Hälfte zu becircen."

„Valadon hätte es geschafft", sagte Obi-Wan.

Er hörte, wie sie durch die Zähne zischte.

Obi-Wan blieb in der Nähe des Teetisches und tat so, als würde er seine Tasse leer trinken. Siri schlenderte quer durch den Raum zu Hue hinüber. Obi-Wan beobachtete sie über den Rand seiner Tasse hinweg.

Er verschluckte sich beinahe. Von der Siri, die er kannte, war nichts mehr zu spüren. Diese neue Siri ging nicht auf die andere Seite des Raumes. Sie ... schwebte. Etwas war mit ihren Hüften, ihren Beinen und ihren Haaren geschehen. Er war sich nur nicht sicher, was. Er wusste nur, dass sich alles an ihr anders bewegte. Er wusste, dass, was immer es auch war, es sehr weiblich war.

Siri sah den Phlog eindringlich an. „Du bist aber ein Prachtexemplar, sogar für einen Phlog", sagte sie mit einer seidenen Stimme, die für Obi-Wan ebenso neu war. „Weißt du, ich hatte schon immer was für Phlogs übrig. Ich fühle mich so ... sicher, wenn ich in ihrer Nähe bin."

Hue blinzelte nicht einmal. Er sah Siri nur mit seinen matten, schwarzen Augen an. „So lange wir auf deiner Seite sind", sagte er mit Nachdruck.

Sie lächelte. „Soll das eine Drohung sein? Ooooh. Dann sollte ich wohl vorsichtig sein."

Ooooh? Hatte Obi-Wan gerade richtig gehört? Er konnte es nicht glauben.

„Du scheinst in Ordnung zu sein", sagte der Phlog.

„Ich wollte schon immer meinen eigenen Leibwächter", schnurrte Siri. „Wenn du irgendwann einmal keine Lust mehr hast, hier zu arbeiten ..."

„Ich habe täglich keine Lust, hier zu arbeiten", sagte Hue.

„Aber ich arbeite da, wo ich bezahlt werde, wenn du verstehst, was ich meine."

„Sehr weise", gurrte Siri. „Ich bewundere praktisch veranlagte Männer."

Der Fleischberg von einem Phlog sah plötzlich so aus, als bestünden seine Knochen aus Getriebeöl. Sein hungriger Blick folgte jeder von Siris Bewegungen, als sie ihn weiter aus dem Raum und den Korridor entlang lockte.

„Könntest du dir nicht einen winzigen Augenblick Zeit nehmen und mich einen Blick in die Galerie werfen lassen?", fragte sie ihn. „Ich würde so gern etwas mehr von der Villa sehen."

Der Phlog folgte Siri in ihrem wehenden Seidenkleidchen, als wäre er mit einer Schnur an ihr befestigt. Obi-Wan setzte seine Teetasse ab. Der Phlog schien völlig hingerissen zu sein, doch Obi-Wan bezweifelte, dass ihm mehr als eine Minute blieb.

Während seines Geplauders mit Jenna Zan Arbor war er schon tätig gewesen. Er hatte beobachtet, ohne zu schauen. Er wusste, dass der aufwändig gestaltete und schöne Schrank etwas verbarg. Die Art der Tischlerarbeit an den Scharnieren und Öffnungen sagte ihm das.

Er ließ seine Finger über das Möbelstück gleiten und ließ dabei die Macht fließen, damit sie seinem Instinkt, seinen Sinnen und den Zellen seiner Fingerspitzen half. Er wünschte, Anakin wäre hier. Anakins Verbindung zur Macht erstaunte ihn immer wieder aufs Neue, selbst wenn es um leblose Gegenstände ging. Anakin hatte ihm einst erzählt, dass die große Jedi-Kämpferin Soara Antana ihm beigebracht hatte, die Wände erzählen zu lassen. Seitdem schien Anakin tatsächlich in der Lage zu sein, den Abstand zwischen den Molekülen zu bestimmen, aus denen ein Gegenstand bestand.

Obi-Wan wusste, dass sich irgendwo in dem Haus der Beweis dafür befand, dass Zan Arbor etwas plante. Es war nur ein Instinkt, der darauf basierte, dass er sie kannte. Sie wurde von Habgier angetrieben, aber auch von ihrem Ego. Sie war nicht der Typ von Frau, die sich zur Ruhe setzte.

Und was hatte sie damit gemeint, als sie gesagt hatte *Es gibt etwas, das ich mir vorstellen kann, und das liegt auch tatsächlich vor mir?* Zuerst hatte er angenommen, sie meinte, dass er den Erlös aus seinem Plan überschätzte. Doch jetzt dachte er anders darüber. Sie hatte ihre eigenen Pläne gemeint. Pläne, die seinen lachhaft erscheinen lassen würden. Das war auch der Grund, warum sie sie verabschiedet hatte.

Ah ... da. Obi-Wan fand eine unsichtbare Naht. Und eine halbe Sekunde später fand er das Schloss dazu. Die Vitrine öffnete sich leise und gab ein verstecktes Büro frei: ein Datapad, Holospeicher und Comlinks.

Er drückte schnell ein paar Tasten auf dem Datapad. Zu seiner Erleichterung waren nicht alle Dateien verschlüsselt. Sie hatten doch so wenig Zeit. Er würde mit der letzten Datei beginnen, die Jenna Zan Arbor codiert hatte. Er tippte die notwendigen Befehle in die Tastatur. Genau wie Anakin brachte er sich regelmäßig beim Technik-Experten des Tempels, Toma Hi'llani, auf den neuesten Stand der Technologie.

Vor ihm wurde eine Holodatei sichtbar. Kommunikationen

mit jemandem oder mit einer Organisation, die durch nichts als eine Reihe von Zahlen gekennzeichnet war, die sich von Kommunikation zu Kommunikation änderten. Eine normale Vorgehensweise zur Tarnung.

Obi-Wan sah die Datei schnell durch. Er hörte jetzt Siris Stimme, die zum Empfangsraum zurückkam. Sie sprach ein wenig zu laut, um ihn zu warnen. Er las schnell.

Sichere Unterkünfte organisiert ...
Zu bestechende Offizielle kontaktiert ...
Ein Startdatum muss mit Bedacht gewählt werden ...
Alles ist abhängig von ...

Obi-Wan riss sein Datapad aus der Tasche und schob eine der kleinen Disks von Zan Arbor hinein. Es würde nur Sekunden dauern, um die Datei zu kopieren.

„Oh, darf ich einen Blick in die Küche werfen? Du kannst dir nicht vorstellen, wie gerne ich koche ... nein?" Er konnte das Verspielte an Siris Stimme hören, konnte beinahe ihre geschürzten Lippen sehen.

Noch zehn Sekunden ...

„Wo ist denn Slam geblieben? Ich dachte, er wäre hinter uns. Wahrscheinlich isst er noch immer diese Süßigkeiten ..."

Fünf Sekunden ...

„Ups, ich habe meine Schärpe fallen lassen ..." Fertig.

Obi-Wan schloss die Holodatei, schob das Bürobrett in den Schrank zurück, schloss die verdeckte Tür, rückte eine Vase zurecht, warf sich in einen Stuhl und wischte alle Süßigkeiten vom Tablett. Er stopfte die meisten davon in seine Tunika und zwei in den Mund, als die beiden ins Zimmer kamen.

„Mpppffhhmm", sagte er zu Siri.

Sie seufzte. „Ich wusste es! Du hast sie alle gegessen! Wie unhöflich, ich muss mich für dich entschuldigen. Wir gehen dann besser."

Siri warf Hue ein letztes Flirtlächeln zu und gab Obi-Wan das Zeichen mitzukommen. Gefolgt von dem massigen Phlog gingen sie zum Ausgang und hinaus in die Sonne.

„Ich hoffe, das war es wert", sagte Siri.

„Das war es", gab Obi-Wan zurück. „Zan Arbor plant etwas. Ich habe eine Kopie einer ihrer Disks angefertigt. Einige der Dateien sind verschlüsselt. In der Villa kann ich versuchen, sie zu knacken."

Siri schauderte. „Ich glaube, der Phlog hat Fingerabdrücke auf meinem Arm hinterlassen."

„Ohhh", spottete Obi-Wan.

Siri sah ihn im Gehen mit einer hochgezogenen Augenbraue an. „Wenn du am Leben bleiben möchtest", sagte sie warnend, „gib nie wieder diesen Laut von dir."

Kapitel 6

Den wohlhabenden Teil der Stadt hatten sie gesehen, also suchten Anakin und Ferus die heruntergekommeneren Straßen ab, an denen auch Handel getrieben wurde. Hier gab es kleine Läden und Warenhäuser – der Motor, der die Stadt am Leben hielt. Es dauerte nicht lange, da wussten sie, wie groß die Armut der Arbeiter im Schatten der großen Paläste in Tedas Teil der Stadt war. Und dabei befanden sie sich noch nicht einmal außerhalb der Stadtmauern.

Anakin schlug das Herz voller Abscheu. Er musste sich anstrengen, gleichmäßig zu atmen. Er war mit Ungerechtigkeiten aufgewachsen. Er hatte sie geschmeckt wie den Sand, der überall in der Luft von Tatooine hing. Der Hass, den er dabei verspürt hatte, saß ihm in Mark und Bein.

„Ich hoffe, dass Teda eines Tages für seine Verbrechen bezahlen wird", sagte Ferus leise. „Er beraubt seine eigenen Bürger."

„Er bringt sie um", sagte Anakin voller Wut. „Du weißt nicht, wie es ist, so wie sie zu leben. Ich schon."

Er hatte wütend und herablassend gesprochen. Doch Ferus nahm das nicht persönlich. Er nickte nur.

„Ja, das weißt du", sagte er. „Das ist deine große Stärke, Anakin."

Seine Stärke? Anakin hatte das bislang eher als Schwäche angesehen.

Sie waren jetzt ganz in der Nähe der Mauer. Sie wollten nicht zu nahe herangehen, da sie befürchteten, die Überwachungs-Droiden könnten ihre Gegenwart melden. Dennoch wollten sie die Kontrollpunkte prüfen. Wenn der Zugang zu ihrem Schiff plötzlich abgeschnitten sein sollte, würden sie sich aus der Stadt schleichen und verschwinden können?

Anakin hatte plötzlich das Gefühl, als würde sich trotz der brennenden Sonne ein Schatten über sie legen. Er spürte eine warnende Erschütterung der Macht. „Irgendjemand verfolgt uns", sagte er zu Ferus.

Ferus drehte sich nicht um. „Ich habe niemanden gesehen."

„Ich kann es fühlen."

Einen Augenblick später sagte Ferus: „Jetzt spüre ich es auch."

„Wer immer es auch ist, lass uns zunächst weitergehen und dann umkehren, um nachzusehen", schlug Anakin vor.

Sie gingen etwas schneller, gingen in Gassen und wieder hinaus und bewegten sich im Schatten der Gebäude. So nahe an der Sicherheitsmauer war alles recht heruntergekommen. Wasser lief den Rinnstein entlang und sammelte sich in Pfützen auf dem rissigen Asphalt. Alte Lagerhäuser sahen so aus, als wären sie dringend reparaturbedürftig. Hin und wieder hörten sie das Rascheln von Nagetieren.

Sie bogen um eine Ecke, und vor ihnen lag ein kurzer Häuserblock. Weiter vorn waren drei Gassen zu sehen, die in der Dunkelheit verschwanden. Perfekt.

Sie mussten sich nicht absprechen. Sie begannen zu laufen und rannten in die mittlere Gasse. Mit Hilfe ihrer Seilkatapulte kletterten sie auf das Dach eines Lagerhauses, von wo sie genau sehen konnten, wer sie verfolgte.

Und dort unten sahen sie einen Rominer, der sich vorsichtig bewegte und sich bei jedem Schritt umsah. Er kam ihnen bekannt vor.

„Das ist Hansel", sagte Anakin. „Los."

Er sprang auf einen breiten Fenstersims hinunter und dann auf die Straße, direkt vor Hansels Nase. Ferus folgte ihm einen Sekundenbruchteil später.

Hansel stieß einen spitzen Schrei aus und machte vor Schreck einen Satz rückwärts.

„Sucht Ihr uns?", fragte Anakin.

Hansel versuchte, sein unfreiwilliges Zusammenzucken zu überspielen. Er hustete und strich seine Robe glatt. „Äh, eigentlich ja." Er sah sie mit seinen goldenen Augen fragend an. „Ich hatte nicht erwartet, Euch hierher folgen zu müssen."

„Wir machen nur eine kleine Besichtigungstour", sagte Ferus.

„Lasst mich Euch beiden versichern", sagte Hansel, „dass es hier bessere Dinge zu sehen gibt. Eine recht eigenwillige Wahl, die Ihr da getroffen habt."

„Wir haben uns verlaufen", sagte Anakin. „Was können wir für Euch tun?"

„Ich soll eine Einladung überbringen", sagte Hansel. „An

Slam und Valadon. Und natürlich an Euch beide. Der Große Regent Teda gibt morgen Abend einen Empfang und wünscht, dass Ihr alle anwesend seid. Alle werden da sein. Ihr werdet viele Euresgleichen treffen."

„Wir nehmen die Einladung mit Vergnügen an", sagte Ferus.

„Aber bitte versichert Euch, dass Ihr die Einladung an Valadon weitergebt", sagte Hansel. „Teda wünscht ganz besonders, dass sie anwesend ist."

„Sie würde einen solchen Anlass niemals versäumen", sagte Anakin.

„Ich werde den Großen Regenten Teda davon in Kenntnis setzen", sagte Hansel. „Und Ihr werdet jetzt zweifelsohne Eure ... Besichtigungstour fortsetzen."

Er verneigte sich und ging eilig davon.

„Eine Einladung hätte man auch zu unserer Villa schicken können", sagte Ferus. „Er hat uns im Verdacht."

„Er weiß nur nicht, weshalb er uns verdächtigen soll", sagte Anakin. „Und bevor er es herausfindet, sind wir verschwunden. Na ja, ich glaube, wir sollten zurückgehen."

„Ich glaube auch", sagte Ferus. „Schwer einzuschätzen, wann wir genug wissen, findest du nicht? Wir hatten kein klares Ziel. Ich mag klare Ziele. Sonst habe ich das Gefühl, alles falsch zu verstehen."

Anakin sah ihn überrascht an, als sie sich wieder auf den Weg machten. „Ich hätte nicht gedacht, dass du jemals glaubst, etwas falsch zu machen."

„Ich weiß, dass viele Padawane das von mir denken. Du

doch auch, oder? Das kommt daher, weil ich mir nichts anmerken lasse."

Anakin schloss den Mund. Jedes Mal, wenn er dachte, eine normale Unterhaltung mit Ferus zu führen, lief er wieder in eine Falle, die Ferus ihm gestellt hatte. Er wollte ihn dazu bringen, eine Schwäche zuzugeben, damit er etwas gegen Anakin in der Hand hatte.

„Diese ganze Mission ist undeutlich definiert", fuhr Ferus fort. Es war ihm nicht aufgefallen, dass Anakin neben ihm angespannt war. „Ich bin froh, wenn ..."

Die Macht erbebte wieder. Doch dieses Mal war es zu spät. In ihre Unterhaltung vertieft und erleichtert ob der Erkenntnis, dass es nur Hansel gewesen war, der sie aufgespürt hatte, waren sie nachlässig geworden.

Ihre Angreifer kamen von hinten mit Luftgleitern. Sie benutzten Seile, um Anakin und Ferus von den Beinen zu reißen. Schwarze Kapuzen wurden über ihre Köpfe gezogen und zugeschnürt.

Anakin rollte sich von den Angreifern weg und kam auf die Beine. Es geschah alles in einer einzigen fließenden Bewegung. Er war jetzt zum Kampf bereit, allerdings ohne sein Lichtschwert zu entblößen. Die Kapuze war auf eine Weise festgemacht, die er nicht erkennen konnte. Doch das war kein Problem. Er hatte gelernt, in der Dunkelheit zu kämpfen. Das war Teil seiner Jedi-Ausbildung. Doch auf Romin unterstanden sie der strikten Anweisung, ihre Lichtschwerter nicht zu benutzen, wenn es nicht unbedingt notwendig war. Sie mussten ihre Tarnung als Slam-Bande aufrecht erhalten.

Und das bedeutete, dass sie mehr herausfinden würden, wenn sie sich entführen ließen. Widerstand würde er später noch leisten können. Anakin hoffte, dass Ferus zur selben Erkenntnis gekommen war.

Anakin spürte, wie er in ein Fahrzeug gestoßen wurde. Ferus fiel auf den Sitz neben ihm.

„Irgendwelche Ideen?", fragte Ferus im Flüsterton.

„Wir könnten herausfinden, wer uns entführt hat und weshalb", flüsterte Anakin zurück. „Ich glaube, du hast gerade dein klares Missionsziel bekommen, Ferus."

Unter Ferus' Kapuze drang ein Schnauben hervor. „Ich hätte einen anderen Weg vorgezogen, aber vielen Dank."

Kapitel 7

Plötzlich wurde Anakin die Kapuze vom Kopf gerissen. Er holte tief Luft.

Nur war diese Luft leider nicht frisch. Sie war abgestanden und roch muffig, nicht viel besser als die heiße, stickige Luft unter der Kapuze.

„So ist es gut", sagte eine männliche Stimme voller Sarkasmus. „Nimm einen tiefen Zug der gesunden Landluft der Teda-Ländereien."

Anakin konnte nicht sehen, wer da gesprochen hatte. Ein grelles Licht war auf seine Augen gerichtet, und der Rest des Raumes war ein einziger dunkler Schatten. Ferus saß neben ihm und hatte das Kinn gehoben. Er versuchte blinzelnd, etwas durch das Licht zu erkennen. Anakin spannte sich an, so als würde er einen Schlag erwarten. Er war jeden Augenblick zum Kampf bereit.

„Ganz ruhig. Wir tun euch nichts. Wir wollen euch anheuern. Um Stangs Willen, B, mach dieses Licht aus."

Das Licht erlosch. Jetzt kam das einzige Licht durch die kleinen Fenster des Holzschuppens, in dem sie sich befanden. Auf dem Erdboden stand das Wasser in Pfützen. Anakin konnte das stetige *Blubb Blubb* der kaputten Rohrleitungen hören.

Ein Rominer trat aus dem Schatten. Er war groß und schlank. In seine Muskeln schien pure Energie gepackt zu sein, die sich in seinen Gesten und seinen blass goldgelben Augen spiegelte. Der Rest der Gruppe hielt sich weiter in der Dunkelheit.

„Tut uns Leid, dass wir solche Methoden anwenden mussten", sagte der große Rominer. Er zeigte auf Anakins Maske. „Du scheinst ja wenigstens an Masken gewöhnt zu sein."

„Nicht wirklich", sagte Anakin.

„Wir können keine solch netten persönlichen Einladungen aussprechen wie der Große Regent. Wir mussten mit euch reden, aber ohne fremde Augen und Ohren dabei zu haben. Wir möchten euch einen Vorschlag machen."

„Wer seid ihr?", fragte Ferus.

„Mein Name ist Joylin", gab der Rominer zurück. Er nahm sich einen Stuhl, indem er einen Fuß hinter ein Stuhlbein hakte und das Möbelstück heranzog. Er setzte sich rittlings darauf und sah die beiden Jedi an. „Ich bin der Anführer der Widerstandsbewegung auf diesem Planeten. Teda kennt mein Gesicht und meinen Namen sehr gut. Es hat also keinen Sinn, dass ich mich verstecke. Meine Mitstreiter allerdings sind weniger bekannt und werden euch weiterhin verborgen bleiben. Das Einzige, was ihr wissen müsst, ist, dass wir viele sind und dass wir nicht alle auf der anderen Seite der Mauer leben."

Was bedeutete, wie Anakin annahm, dass es Spione der Widerstandsbewegung innerhalb der Stadtmauer gab.

„Was wollt ihr von uns?", fragte Anakin. „Wir sind gerade erst auf Romin angekommen."

„Genau", sagte Joylin. „Ihr habt hier keine Bindungen. Ihr habt keine Freunde, keine Verpflichtungen. Also müsst ihr auch niemanden verraten, um uns zu helfen. Wir können einfach einen Handel abschließen. Wir werden euch bezahlen und ihr werdet uns helfen. Wir brauchen eure besonderen Fähigkeiten."

„Weshalb sollten wir euch helfen?", fragte Ferus.

„Weil ihr Diebe seid und weil wir euch bezahlen", gab Joylin ungeduldig zurück. „Und wenn ihr auf Romin bleiben wollt, dann ist es klüger, sich auf die Seite der Gewinner zu schlagen."

„Die Gewinner? Ihr stellt euch gegen Teda und glaubt, gewinnen zu können?" Ferus sah sich in der heruntergekommenen Bleibe um. Er spielte das Spiel gut, wie Anakin fand. Ein Mitglied der Slams wäre natürlich ungläubig und überheblich.

Er beschloss, Ferus das Ruder zu überlassen, und im Gegensatz zu ihm den Interessierten zu spielen. Sie mussten so viel wie möglich über diese Gruppe herausfinden.

„Wir werden gewinnen, weil wir gewinnen *müssen*." Joylin sprach ohne Wut und ohne Verbissenheit. „Es erstaunt mich immer wieder, wie Wesen die Macht der Verzweiflung unterschätzen."

Ferus schwieg. Anakin wartete ab.

Joylin breitete die Arme aus. „So leben wir auf der anderen Seite der Mauer. Dies ist eine typische Behausung. Der einzige Unterschied ist, dass in eine solche Hütte normalerweise drei Familien gezwängt sind. Überall grassieren Krankheiten. Viele unserer Kinder sterben vor ihrem zweiten Geburtstag. Und die, die überleben, haben keine Aussichten auf mehr als eine schlechte Arbeit, für die sie einmal täglich in die Stadt fahren müssen. Dort mähen sie dann einen Rasen, sie reinigen die Kanalisation oder reparieren einen Dataport."

„Eure Probleme gehen uns nichts an", sagte Ferus.

„Natürlich nicht. Aber ihr zieht Vorteile daraus. Ihr nehmt das Angebot eines Tyrannen an, euch bei ihm zu verstecken."

Anakin ging dazwischen. „Willst du uns beleidigen oder einen Job anbieten?"

Ein angestrengtes Lächeln erschien auf Joylins Gesicht. „Also gut, hier ist das Angebot. Wir zahlen das Doppelte eures normalen Honorars dafür, dass ihr für uns eine bestimmte Information aus Tedas Villa stehlt. Wir warten schon seit einiger Zeit darauf, dass gewisse Ereignisse zusammentreffen und jetzt ist es endlich soweit. Teda gibt einen großen Empfang und Diebe mit besonderen Fähigkeiten sind auf Romin angekommen."

„Ihr wollt, dass wir *Teda* bestehlen?", fragte Ferus aufgebracht. „Vergesst es!"

„Was sollen wir stehlen?", fragte Anakin schnell.

„Ein kleines Objekt aus seinem privaten Büro", sagte Joylin. „Es enthält Informationen, die unseren Erfolg garantieren. Wir werden in kürzester Zeit in der Lage sein, die Regierung zu übernehmen. Und das bedeutet, dass ihr die einzige kriminelle Gruppe seid, die auf Romin bleiben darf. Jedem eurer Bandenmitglieder wird das lebenslange Wohnrecht verliehen. Solange ihr Romins Gesetze nicht brecht, seid ihr hier willkommen."

„Sprich weiter", sagte Anakin. „Wir brauchen mehr Informationen, damit wir mit unserem Boss reden können."

„Wir wissen zufällig, dass sich in Tedas Unterlagen eine Liste von Codes befindet, mit denen man die Sicherheitstore aller Regierungsämter und -residenzen kontrollieren kann, wie auch aller Domizile der hier Schutz suchenden Kriminellen."

„Augenblick mal." Anakin gab vor, nicht zu verstehen. „Du willst uns erzählen, dass Teda Zugriff auf die persönlichen Sicherheitseinrichtungen aller Bewohner von Romin hat?"

Joylin nickte. „Das ist kein Geheimnis. Die meisten von ihnen akzeptieren es als Preis für ihren Aufenthalt auf Romin. Er sagt, er müsse in der Lage sein, die Gegend um den Palast im Falle von Unruhen hermetisch abriegeln zu können."

„Woher wisst ihr, dass er die Codes in seiner Residenz hat?", fragte Ferus.

„Ihr müsst uns schon vertrauen, dass unsere Informationen korrekt sind", sagte Joylin. „Wir haben sie von einem Insider."

„Kann uns jemand dabei helfen, in den Palast zu kommen?", fragte Anakin.

„Nein", gab Joylin zurück. „Wir können unsere Informanten nicht kompromittieren. Abgesehen davon braucht ihr keine Hilfe. Ihr habt doch eine Einladung für den Empfang, oder etwa nicht? An diesem Abend sollt ihr die Codes stehlen."

„Woher wisst ihr, dass wir eingeladen sind?", fragte Ferus.

„Wir wissen es einfach", gab Joylin zurück. „Ich sagte doch, dass wir viele sind. Genug, um erfolgreich zu sein, wenn wir schnell und entschlossen zuschlagen."

Anakin sah zu Ferus hinüber. Es war eigenartig. Er mochte Ferus nicht einmal, aber jetzt, da sie gemeinsam in dieser Lage waren, verstand er ihn, ohne mit ihm sprechen zu müssen. Sie waren perfekt aufeinander eingestimmt. Nun brauchten sie mehr Informationen. Dafür mussten sie Joylin aus der Reserve locken. Und das würden sie gemeinsam tun.

Ferus schüttelte den Kopf. „Tut mir Leid, aber wir müssen ablehnen."

Joylins Züge spannten sich an. „Und kannst du uns den Grund dafür verraten?"

„Gern", sagte Ferus. „Ihr verlangt von uns, dass wir unsere Zukunft riskieren. Normalerweise ist das kein Problem. Wir setzen unsere Zukunft die ganze Zeit aufs Spiel. Aber der Grund für unseren Erfolg ist unsere Vorsicht. Ihr verlangt von uns, dass wir uns einen mächtigen Mann zum Feind machen, wo er uns gerade erst sichere Zuflucht gewährt hat."

„Das hier ist keine sichere Zuflucht", wandte Joylin ein. „Ich verspreche euch, dass euer Schutz bald dahin sein wird. Es sei denn, ihr sagt eure Unterstützung den letzendlichen Gewinnern zu."

„Aber wenn wir die Codes nicht stehlen, habt ihr keine Chance", warf Ferus ein.

„Es wird dennoch eine Revolution geben", sagte Joylin.

„Sie wird allerdings nicht ohne Blutvergießen ablaufen. Ihr werdet dann in größerer Gefahr sein, weil ich euch nicht beschütze."

Ferus wollte etwas sagen, doch Anakin kam ihm zuvor. Es war an der Zeit, Joylin komplett aus der Reserve zu locken. Manchmal war sich Anakin nicht sicher, ob es die Macht oder sein Instinkt war, doch es gelang ihm immer besser, das Innere von Wesen zu erkennen, ihre Ängste und ihre Motivation. Joylin mochte vielleicht locker dasitzen, doch Anakin spürte seine Ungeduld, seine Angst. Die Slams konnten seine letzte Chance sein.

„Wir brauchen noch mehr Informationen", sagte Anakin vorsichtig. „Du verstehst doch sicher, dass uns dein Wort nicht genügt."

„Ich werde kaum die Sicherheit der Leute in der Widerstandsbewegung gefährden, nur um euch zu überzeugen", sagte Joylin.

„Wir wollen keineswegs die Identität von Personen oder Geheimnisse wissen", sagte Anakin. „Aber was macht dich glauben, dass du Teda so einfach überwältigen kannst? Und wann willst du es tun? Was wird passieren, wenn du es tust? Du verlangst von uns, dass wir dir vertrauen. Doch du musst auch uns vertrauen. Wir gehen ein Risiko für dich ein. Du musst dasselbe tun."

Joylin zögerte. Er sah die beiden an, ohne einen Blick auf die in der Dunkelheit wartende Gruppe zu werfen.

Er trifft hier die Entscheidungen, dachte Anakin. *Er ist der Boss.*

„Die Revolte wird in der Nacht des Empfangs stattfinden", sagte Joylin.

Jemand hinter ihm stöhnte auf. Jemand anderes sagte: „Nein!"

Joylin drehte sich halb um. „Wir müssen es ihnen sagen! Wenn sie es wissen, werden sie uns helfen." Er wandte sich wieder Anakin und Ferus zu. „Wir werden damit beginnen, die Kommunikationssysteme auszuschalten – zuerst nur mit einfachen Störsignalen. Wir konnten uns bereits in Tedas Sicherheitsmanagement einschleichen. Wir haben jetzt eine Chance, die ZIP-Kontrolle für die Droiden-Armee auszuschalten, die Teda für die Bewachung der Stadt und der Mauer einsetzt. Wenn wir diesen Schlag gleichzeitig mit der Gefangennahme von Teda und allen Regierungsmitgliedern durchführen, können wir ohne Blutvergießen gewinnen. Wir würden einfach die Regierungsmannschaft und ihre persönlichen Bewacher in ihren Häusern einsperren. Ohne diese Leute und ohne die Droiden-Armee können wir die Macht übernehmen."

Ferus und Anakin schwiegen einen Augenblick.

„Kannst du uns zusichern, dass die Droiden-Armee unter eurer Kontrolle sein wird?", wollte Ferus wissen.

„Ja."

„Und ihr bezahlt das doppelte Honorar?", fragte Anakin. Er nannte einen Betrag.

„Das haben wir", sagte Joylin. „Es hat Jahre gedauert, es zusammenzubekommen. Jede Familie, jeder Bürger entbehrte einen Teil, um unser Vermögen zu mehren."

„Es interessiert uns nicht, wie ihr daran gekommen seid",

sagte Ferus und machte eine abwinkende Handbewegung. „Aber wir müssen sichergehen, *dass* ihr es habt. Die Hälfte im Voraus, die andere Hälfte nach der Revolte."

„Einverstanden", sagte Joylin.

„Wir brauchen detaillierte Informationen darüber, wo wir die Codes finden", sagte Anakin. Er verhielt sich jetzt vollkommen geschäftsmäßig.

„Ihr müsst nichts weiter tun, als an den Wachen vorbeizukommen. Wie ich höre, seid ihr Experten in dieser Disziplin."

Anakin und Ferus nickten. „Wir müssen es dennoch erst mit Slam und Valadon besprechen", sagte Anakin. „Wir brauchen eine Möglichkeit, euch zu kontaktieren."

„Wir werden morgen früh Kontakt mit euch aufnehmen", sagte Joylin. „Sucht uns nicht. Wir werden da sein. Und jetzt werde ich euch bis zur Mauer eskortieren. Man hat euch sicherlich erzählt, dass sie mit Wolkenblumen bepflanzt ist. Es wird euch nicht überraschen, dass das nicht der Fall ist. So wie der Frieden und die Gerechtigkeit auf Romin ist auch der Name dieser Mauer eine Illusion."

Anakin und Ferus standen auf. „Eines noch", sagte Anakin.

Joylin sah ihm in die Augen. Jetzt, da der Abschluss des Handels so dicht bevorstand, hatte sich seine Unruhe verstärkt. Anakin spürte sie wie ein Summen in der Luft.

„Wir sind an einer Bewohnerin der Stadt interessiert", fuhr Anakin in ungezwungenem Tonfall fort. „Eine Wissenschaftlerin namens Jenna Zan Arbor. Ihr müsst uns sicheres Geleit für sie zusagen, wenn wir sie vom Planeten wegbringen. Wir werden den Transport selbst arrangieren."

Ferus Augen blitzen erstaunt bei Anakins Bitte auf. *Was ist, wenn Joylin ablehnt?* Doch Anakin wusste, dass er das nicht tun würde. Joylin gelang es gut, seine Gefühle zu verbergen. Wahrscheinlich hatte er das sein Leben lang gemusst. Anakin konnte seine Ungeduld dennoch spüren.

Wenn die Revolution wie geplant gelänge, würde Jenna Zan Arbor schnell verschwinden wollen. Und die Slams würden ihr eine Fluchtmöglichkeit anbieten. Mit dem Sturz von Teda würde die Sicherheit zusammenbrechen. Sie würde Hilfe brauchen.

„Das ist kein Problem", sagte Joylin. „So lange ihr bei der Sache mitmacht."

Kapitel 8

„Er sagt, dass es nicht riskant ist, aber das ist es natürlich doch", erklärte Ferus später am Abend. Obi-Wan, Siri, Anakin und Ferus hatten eine Mahlzeit an einem gekachelten Tisch in einem kleinen, netten Raum zu sich genommen, von dem man einen wundervollen Blick auf den Garten hatte. Sie hatten darauf geachtet, dass sie während des Essens nichts Wichtiges besprachen, da sie davon ausgehen mussten, dass die Villa mit Abhöreinrichtungen gespickt war. Doch danach waren sie in den Garten gegangen, wo sie die Diskussion fortgesetzt hatten, die sie nach Anakins und Ferus' Rückkehr begonnen hatten.

„Das Risiko ist es wert", sagte Anakin. Obi-Wan war froh, nicht die übliche Ungeduld in der Stimme seines Padawans zu hören. Anakin war anderer Meinung als Ferus. Das war normal. Aber jetzt war offensichtlich keinerlei Groll damit verbunden. Das war gut.

Ihr gemeinsames Abenteuer hatte Anakin und Ferus einander näher gebracht. Obi-Wan gab sich nicht der Illusion hin, dass die beiden Freunde waren; doch er glaubte, dass sich etwas verändert hatte.

Er wandte der Diskussion nur seine halbe Aufmerksamkeit zu; die Worte der anderen berieselten ihn nur. Mit der anderen Hälfte seines Verstandes blätterte er in der Holodatei, die er bei Zan Arbor kopiert hatte. Er hatte jedes Wort der unverschlüsselten Daten gelesen, was gereicht hatte, um herauszufinden, dass sie eine neue Unternehmung plante. Und dieses Mal hatte sie Partner. *Alles hängt von Geheimhaltung und Schnelligkeit ab.*

Der Rest der Datei war verschlüsselt, und er hatte bereits alle möglichen Verfahren ausprobiert, um den Code zu knacken. Er hatte im Tempel Hilfe angefordert und dort mit einem der Entschlüsselungsexperten zusammengearbeitet – ohne Erfolg.

Siri blieb etwas hinter den beiden Padawanen zurück und ließ sie ihre Diskussion allein führen. Es war richtig, dass sie das taten, und sie machten es gut.

„Wenn wir ihnen helfen, werden wir einen planetaren Umsturz unterstützen", sagte Ferus. „Wir haben dafür keine Autorisierung vom Senat."

„Wir sind nicht diejenigen, die Teda stürzen", gab Anakin zu bedenken. „Und die Bürger von Romin leiden. Warum sollten wir es nicht tun, wenn wir ihnen helfen und unsere Mission dabei zu einem erfolgreichen Ende führen können?"

„Weil alles außer Kontrolle geraten kann", sagte Ferus. „Joylin kann uns in den Rücken fallen. Wir wissen nichts über seine Widerstandsbewegung. Wir wissen nicht, wer sie sind und was sie wollen, abgesehen von Tedas Sturz."

„Sie sind eine gut formierte Widerstandstruppe", warf Siri

ein. „Ich habe Kontakt mit Jocasta Nu aufgenommen, um mich über sie zu erkundigen. Die Bewegung wurde immer wieder brutal niedergeschlagen, doch dadurch wuchs sie immer mehr an, sozusagen als Gegenreaktion auf Tedas Angriffe. Jocasta Nu geht sogar davon aus, dass sie auch innerhalb von Tedas Regierung Unterstützung haben. Auch die Regierungsmitglieder sind es Leid, in Angst leben zu müssen. Tedas Gefängnisse sind berüchtigt und überbelegt. Und wenn man sein Missfallen erregt, wird man hart bestraft. Sie sagte, sie wäre nicht überrascht, wenn viele in der Armee einfach desertieren würden. Viele von ihnen haben Familien außerhalb der Mauer. Sie kennen die Armut dort aus erster Hand."

„Siehst du?", sagte Anakin. „Joylin und seine Gruppe kämpfen für die Gerechtigkeit. So wie wir. Wir können ihnen helfen und Zan Arbor zum Gefängnisplaneten zurückbringen. Ferus, du machst diese Sache komplizierter als sie ist."

Ich mache die Sache zu kompliziert, dachte Obi-Wan. *Doch das ist sie nicht.*

Er dachte einen Augenblick nach und erinnerte sich an Zan Arbors ursprüngliches Ziel. Er tippte es als Passwort in den Holospeicher ein: Die Macht.

Die Dateien öffneten sich wie die bewegungsgesteuerten Türen im *Warm Welcome Inn* auf Coruscant. Eine Datei nach der anderen zeigte *Passwort akzeptiert* an. Obi-Wan las die erste Datei durch. Die Stimmen der anderen traten in den Hintergrund, als er die Informationen durchsah.

Und trotz der warmen Nacht lief es ihm eiskalt den Rücken

hinab. Die Buchstaben schienen vor seinen Augen zu pulsieren. Ein Name, den er nicht zu lesen erwartet hatte. Aber hätte er nicht darauf vorbereitet sein müssen? War es nicht einfach normal, dass sich Zan Arbor dem mächtigsten Verbrecher der Galaxis zuwandte? Einem Mann, der den Wohlstand und die Organisation besaß, um ihr bei welch üblem Plan auch immer zu helfen? Oder hatte er etwa mit *ihr* Kontakt aufgenommen, mit der einzigen Wissenschaftlerin, die skrupellos genug war, um sich ihm anzuschließen? Teilten sie nicht dieselbe Besessenheit herauszufinden, wie die Macht funktionierte?

Granta Omega.

Die Kopie einer Nachricht, eine Danksagung für Omegas Gastfreundschaft während ihres ersten Treffens.

Eine kurze Mitteilung, dass sie das Vanquor-System verlassen musste und sich bald wieder melden würde.

Eine Bestätigung ihres nächsten Treffens, in dem sie ihr gemeinsames Interesse an der Macht besprechen wollten.

Noch eine Nachricht, in der sie versprach, sämtliche abgespeicherte Korrespondenz zu vernichten – ein Versprechen, das sie natürlich nicht gehalten hatte, vielleicht um sich abzusichern.

Obi-Wan sah die nächste Datei durch. Omega und Zan Arbor verhielten sich beide sehr vorsichtig. Sie sprachen niemals genau aus, was sie überhaupt planten. Es war allerdings herauszulesen, dass die Operation auf einem Planeten im Kern stattfinden würde. Sie würde ihnen nicht nur Reichtum, sondern auch Einfluss bescheren.

Siris Stimme riss Obi-Wan aus seinen Gedanken.

„Ich habe euch beiden genau zugehört, so wie Obi-Wan auch", sagte sie und warf ihm einen bösen Blick zu, denn es war offensichtlich, dass er nicht im Geringsten aufgepasst hatte. „Ihr habt beide auf eure Art Recht. Dennoch müssen wir eine Entscheidung treffen. Ich glaube, wir sollten weitermachen und Joylins Gruppe helfen. Obi-Wan?"

„Wir müssen noch einen anderen Faktor in Betracht ziehen", sagte Obi-Wan. „Diese Dateien weisen darauf hin, dass Zan Arbor mit Granta Omega zusammensteckt."

„Omega!", stieß Anakin überrascht hervor.

Siri und Ferus sahen plötzlich düster drein. Sie alle wussten, dass diese beiden Verbrecherhirne gemeinsam mehr als doppelt so viel Schaden anzurichten imstande waren, wenn sie Partner wurden.

Die Blicke von Obi-Wan und Siri trafen sich. Siri nickte.

„Wir werden der Widerstandsbewegung helfen", sagte Obi-Wan. „Wir müssen das Risiko eingehen. Wir müssen Jenna Zan Arbor vom Planeten schaffen. Wir haben nur bis morgen Zeit, dann fliegt unsere Deckung auf. Unsere beste Chance besteht darin, ihr klarzumachen, dass ihre Sicherheit hier gefährdet ist. Wir werden ihr die Flucht anbieten und sie wird darauf eingehen. Aber da ist noch etwas."

Siri hob die Augenbraue. Er bemerkte, dass sie wieder wie sie selbst aussah, in Robe und Hosen gekleidet. Es war, als wäre ihr Anblick in einem wehendem Seidengewand ein Trugbild gewesen.

„Wir sollten sie vielleicht nicht zum Gefängnisplaneten

bringen", fuhr er fort. "Wenn wir es richtig anstellen, könnte sie uns direkt zu Omega führen."

"Wir müssten mit Mace Kontakt aufnehmen", sagte Siri.

Obi-Wan nickte. "Ich glaube, er wäre einverstanden. Ich werde heute Nacht Kontakt mit ihm aufnehmen. Es wird uns helfen, wenn er sich daran macht, mit dem Senat eine Zustimmung für die Unterstützung der Revolte auszuhandeln. Aber die wird nicht rechtzeitig kommen."

Ihre Mission hatte plötzlich enorm an Bedeutung gewonnen. Granta Omega schien für sie wieder in Reichweite zu sein. Dieses Mal würde Obi-Wan ihn nicht entwischen lassen.

"Wir können später entscheiden, wohin wir Zan Arbor bringen", sagte er. "Doch wir sollten uns einig sein, ob wir Granta Omega mit ihr als Köder suchen wollen."

"Ich bin einverstanden", sagte Siri leise.

"Ich auch", sagte Anakin.

Ferus nickte.

"Dann lasst uns jetzt schlafen gehen", schlug Obi-Wan vor.

Er wusste allerdings, dass er selbst nicht würde schlafen können.

Romin besaß nur einen Mond, doch der war ein großer, heller Satellit. In dieser Nacht erschien Obi-Wan dessen Licht gleißend. Es hielt den Schlaf von ihm fern.

Irgendwann gab er auf. Er stand von seiner Liege auf, öffnete die Doppeltür zur Steinterrasse und ging in den duftenden Garten hinaus. Die Luft fühlte sich schwer an. Die Hitze das Tages war der Nacht gewichen. Obi-Wan ging zwischen den blühenden Pflanzen umher. Er fand es beruhigender, das Spiel des Mondlichts auf den glänzenden Blättern zu beobachten, als in seinem Bett zu liegen und darauf zu warten, dass er einschlafen würde. Er würde sich von den Bildern und Klängen des Gartens in eine Art Entspannung lullen lassen, die – wie er hoffte – so erholsam wie Schlaf sein würde.

Er folgte einem von Büschen gesäumten Weg, der sich plötzlich in eine kleine, graswachsene Lichtung öffnete. Ferus saß im Schneidersitz und mit geschlossenen Augen mitten in der Lichtung. Obi-Wan blieb stehen. Er wollte den Padawan nicht stören.

Er drehte sich gerade wieder zum Haus um, als Ferus ihn ansprach.

„Ihr konntet auch nicht schlafen, Meister Kenobi?"

Obi-Wan ging zu ihm. Er setzte sich neben Ferus ins Gras. Es war etwas feucht und roch süßlich.

„Mir gehen viele Fragen durch den Kopf", sagte Obi-Wan. „Der Schlaf will nicht kommen."

„Wir stehen einer großen Feindin gegenüber", sagte Ferus. „Und jetzt müssen wir feststellen, dass sie sich mit einem noch größeren getroffen hat."

„Genau."

„Und deshalb habt Ihr und meine Meisterin heute Abend diese Entscheidung getroffen."

„Du bist nicht einverstanden." Obi-Wan sprach vorsichtig.

„So ist es nicht", sagte Ferus. „Ich muss nur feststellen,

dass ich nicht die Reife besitze, um anzufechten, was Ihr sagt."

Obi-Wan unterdrückte ein Seufzen. Er konnte verstehen, dass es Anakin manchmal schwer mit Ferus hatte. Siris Padawan konnte immer genau das Richtige sagen. Obi-Wan zog die Spontaneität seines Padawans vor.

„Ich spüre Eure Ungeduld", fuhr Ferus fort. „Ihr denkt, dass ich nur das Richtige sage, um Euch und meine Meisterin zu beeindrucken."

„Das denke ich nicht", erwiderte Obi-Wan. „Na ja, nicht genau das."

„Kann ich etwas dafür, dass die Jedi-Weisheit, die ich auswendig gelernt habe, zu meinem Herzen spricht?", fragte Ferus. „Ich sage diese Dinge nicht, weil ich Euch gefallen möchte. Ich sage sie, weil ich sie für richtig halte. Es war schon immer so, seit meinen ersten Tagen im Tempel. Wenn man mir etwas beibrachte, hatte ich immer das Gefühl, ich würde es schon wissen. Jede Jedi-Lektion schien in meinem Kopf auf eine Schiene zu passen, die bereits befahren war. Deshalb fiel mir das Lernen so leicht."

„Du hast eine großartige Verbindung zur Macht", sagte Obi-Wan. „Das ist zweifellos der Grund dafür."

„Anakin hat diese Verbindung auch", wandte Ferus ein. „Und sie ist viel stärker als meine. Ich kann das spüren. Aber er hatte im Tempel nie die Probleme, die ich hatte. Er schloss dort tiefe Freundschaften."

Obi-Wan war überrascht. „Aber du warst beliebt in deiner Klasse. Jeder hat zu dir aufgesehen."

„Ja, ich war derjenige, den alle mochten, aber mit dem niemand reden wollte. Ich war an jedem Tisch im Speisesaal erwünscht, aber an keinen ausdrücklich eingeladen. Alle waren meine Freunde, aber niemand war mein echter Freund."
Ferus riss ein paar Grashalme heraus und ließ sie lustlos durch seine Finger rieseln. „Ich habe gehört, wie sie mich hinter meinem Rücken nannten. Eine Tunika, die mit Federn und der Macht ausgestopft ist. Der Regent vom Planeten Langeweile."

Obi-Wan runzelte die Stirn. Er hatte diese Dinge nicht gewusst.

Ferus winkte ab. „Das ist schon in Ordnung. Es stimmt doch auch, oder nicht? Ich konnte noch nie mit den anderen zusammen scherzen. Ich weiß, dass ich arrogant und zu korrekt sein kann. Ich habe nie gelernt, wie man mit anderen Schülern Streiche ausheckt. Sie kamen zu mir, wenn sie Hilfe bei ihren Aufgaben brauchten, aber niemand wollte mein Freund sein. Nicht mein echter Freund, so wie Anakin Tru Veld und Darra hat."

War es das Mondlicht, oder sah Ferus plötzlich wirklich jünger aus als er war? Normalerweise erschien er viel älter. Sein aristokratisch wirkendes Gesicht und die goldene Strähne in seinen dunklen Haaren hatten ihm schon immer ein reifes Aussehen verliehen.

Doch jetzt sah er unsicher und fragend aus. Jung.

„Du wirst später in deinem Leben Freundschaften schließen", sagte Obi-Wan nach einer kurzen Pause. „Es ist für die Jedi schwer, Freundschaften aufrecht zu erhalten. Deshalb sind sie uns auch so wertvoll. Lass deine Sehnsüchte gehen, dann wird kommen, was du dir wünschst."

„Oder vielleicht bin ich dafür bestimmt, so weiterzuleben", sagte Ferus. „Ich wünschte, ich hätte, was Anakin hat. Seine Verbindung zur Macht ist stark, aber er hat auch eine starke Bindung zu anderen Wesen."

„Ja", stimmte Obi-Wan zu. „Das habe ich gesehen. Das ist etwas, was auch Qui-Gon Jinn hatte."

„Ich weiß, dass Anakin niemals mein Freund sein wird. Er weiß, dass ich um ihn fürchte. Ich warne ihn, obwohl ich weiß, dass ich es nicht tun sollte, wenn ich weiß, dass es mich nichts angeht. Deshalb lehnt er mich ab. Am Anfang dachte ich …, weil ich ein wenig älter bin …, dass ich ihm Dinge sagen konnte, die die anderen Schüler nicht sagen konnten. Es ist einfach so, dass ich Dinge erkenne, die Mitschülern oft verborgen bleiben."

Das war es. Darauf hatte Ferus hingearbeitet. Er wollte Obi-Wan etwas sagen. Obi-Wan war ungeduldig, doch er dämpfte seinen Reflex. Und er wollte Anakin schützen. Ferus verstand ihn nicht. Er war immer ein korrekter Schüler gewesen, der immer alles richtig machte. Er konnte nichts von den Ängsten und der Trauer wissen, die Anakin plagten.

„Und was siehst du, Ferus?"

„Ich habe Angst um ihn", sagte Ferus leise. „Aber ihn zu bewundern und gleichzeitig Angst um ihn zu haben, schien mir keinen Sinn zu ergeben. Es dauerte lange, bis ich herausfand, warum ich Angst um ihn habe. Ich wollte sicher sein, dass kein Neid damit verbunden war."

„Beneidest du ihn?", fragte Obi-Wan.

„Ich glaube, alle Schüler tun das irgendwie", antwortete Ferus. „Er ist der Auserwählte. Aber was mir wirklich Sorgen macht, ist sein starker Wille." Ferus zögerte. „Sein Wille ist so stark, dass er denkt, sein Urteilsvermögen ist es ebenfalls. Ihr habt seine Argumente heute Abend gehört. Wenn er denkt, dass etwas richtig ist, dann denkt er auch, dass man es tun muss. Er argumentiert gegen einen, ohne zuzuhören. Er glaubt, dass er Situationen und Wesen verändern kann. Vielleicht kann er das allein nicht – noch nicht. Aber eines Tages wird er es können. Sollten wir wirklich auf jemanden vertrauen, der davon überzeugt ist, immer mit der Stimme der absoluten Wahrheit zu sprechen?"

Das ist es, dachte Obi-Wan. *Das ist es, was ich sehe.* Was ihn überraschte, war die Tatsache, dass er es aus dem Mund eines Kameraden von Anakin hören musste, von einem Jungen, der gerade einmal ein oder zwei Jahre älter als Anakin war. Von jemandem, der erst auf ein paar Missionen zusammen mit Anakin gewesen war.

Ferus beobachtet mich immer, hatte Anakin sich bei Obi-Wan beklagt.

Und genau das tat Ferus. Doch Ferus' reifes Urteil überraschte Obi-Wan. Es überraschte und irritierte ihn, wie er sich eingestehen musste. Denn Ferus glaubte nicht an das Gute in Anakins Herz. Er sah nicht, wie sehr Anakin sich bemühte. Er wusste nicht, dass sich Anakin die ganze Zeit anstrengte.

„Du bist sehr aufmerksam, Ferus, doch du musst akzeptieren, dass ich ihn besser kenne als du", sagte Obi-Wan vorsichtig. „Anakin kann arrogant sein. Das weiß ich. Aber er lernt auch und er wird erwachsen. Er hat Respekt vor seinen großen Kräften. Und er missbraucht sie nicht. Er ist jünger als du, aber er hat schon viel Ungerechtigkeit gesehen, viele furchtbare Dinge. Ich halte es nicht für so falsch, dass er etwas verändern möchte. Du musst verstehen, dass es nicht sein Ehrgeiz ist, der ihn antreibt. Es ist sein Mitgefühl."

Ferus nickte langsam. „Ich werde über das, was Ihr gesagt habt, nachdenken." Er stand auf. „Ihr müsst wissen, dass ich diese Dinge nur sage, weil er der Auserwählte ist und weil so viel auf dem Spiel steht. Gute Nacht, Meister Kenobi."

„Gute Nacht."

Er hätte mehr sagen können, es war jedoch nicht angemessen, mit einem anderen Padawan über Anakins Charakter zu sprechen. Er würde allerdings über Ferus' Worte nachdenken und sie abwägen. Er würde sein natürliches Bedürfnis, Anakin in Schutz zu nehmen, beiseite schieben und nach Wahrheit in Ferus' Worten suchen. Ferus hatte Obi-Wans eigene Ängste geweckt, und darüber musste er nachdenken.

Er atmete die Nachtluft tief ein. *Nicht heute Nacht*, beschloss er. Ihm bedeutete sein neues Vertrauen in Anakin viel und er musste es schützen. Er musste das, was er befürchtet hatte, nur noch etwas länger vergessen. Er wollte wertschätzen, was er hatte.

Kapitel 9

Sie hörten den Lärm und sahen die Lichter, noch bevor sie durch die Sicherheitskontrolle gegangen waren. Tedas Villa war von Laserlicht hell erleuchtet. Im Garten waren Zierflächen mit den schönsten Landschaften der verschiedenen Planeten arrangiert. Jedes dieser Arrangements war eine Miniatur der bekanntesten Wahrzeichen des jeweiligen Planeten.

„Dremulae, Off-Canau, Xagobah, Belazura", sagte Ferus im Vorbeigehen. Es waren die Namen der Planeten, die da zur Schau gestellt wurden. Einheimische Blumen von den verschiedenen Welten verströmten ihren Duft in der Luft. Bedienstete mit Repulsor-Tabletts gingen umher und boten eine Auswahl typischer Speisen an.

Die größte Fläche war Romin vorbehalten. Darauf stand ein verkleinerter Nachbau von Eliior, zusammengesetzt aus Unmengen von Blumen. Es gab Modelle des Teda-Parks, des Teda-Instituts für Höhere Bildung und des König-Teda-Brunnens des Farbigen Lichts. Das Modell der Wolkenblumen-Mauer bestand hier tatsächlich aus Wolkenblumen. Und um diese Romin-Ausstellung zu erreichen, musste man durch einen riesigen Torbogen gehen, auf dem mit Laserlicht geschrieben stand: WILLKOMMEN AUF DER SCHÖNSTEN ALLER WELTEN.

Die Party war von Rominern und anderen Wesen besucht, die im Palastviertel lebten. Alle trugen ihre feinsten Kleider. Auch die Jedi hatten die kostbarsten Roben der Slams angezogen, um in der Menge nicht aufzufallen. Siri hatte eine ärmellose Tunika aus Seide gewählt, deren Farben sich von Blau bis hin zu Grün und Silber änderten, wenn sie sich bewegte, so wie sich die Farben des Meeres und des Tages von Sonnenaufgang bis Sonnenuntergang veränderten. Sie hatte sich allerdings geweigert, die passenden grünen Sandaletten anzuziehen und trug stattdessen ihre Reisestiefel.

„Nur für den Fall, dass ich vor Teda davonlaufen muss", hatte sie gesagt.

Obi-Wan fühlte sich unwohl in der schweren Seidentunika in einem der Lilatöne, die Slam so liebte. Sie war schwer und steif, mit goldenen Fäden bestickt und mit winzigen Juwelen besetzt. Anakin und Ferus hatten sich weniger aufwändig gekleidet – sie trugen einfache Tuniken in Blau und Gold.

„Das Sicherheitsnetz ist sehr dicht", sagte Obi-Wan, während er unauffällig die vielen Sicherheitsleute in der Menge taxierte, von denen manche uniformiert waren, andere wiederum getarnt.

„Genau wie wir es erwartet hatten", sagte Siri. „Joylin sagte uns, dass die Tür zu Tedas Büro nicht gepanzert ist."

„Lasst uns hoffen, dass er Recht hatte. Aber zuerst sollten wir unseren Gastgeber begrüßen."

„Muss das sein?", stöhnte Siri.

Es war nicht einfach, Teda in der Menge zu finden. Sie liefen Becka über den Weg, der sie am Raumhafen in Empfang genommen hatte. Er begrüßte sie überglücklich, mit gerötetem Gesicht und ausgebreiteten Armen.

„Meine Neuankömmlinge! Wie freue ich mich, Euch hier zu sehen! Habt Ihr schon unsere Delikatessen von den verschiedenen Welten probiert? Kann ich Euch einen Teller anbieten?"

„Wir suchen den Großen Regenten Teda", sagte Obi-Wan. „Wir möchten uns bei ihm für seine Gastfreundschaft bedanken."

„Ich habe ihn im Palast gesehen", gab Becka zurück. „Er überwacht jedes Detail selbst. Wie glücklich wir uns preisen können, einen solchen Regenten zu haben. Ich werde Euch zu ihm bringen."

Becka führte sie schnell durch die Menge. Der große Palast war ebenso aufwändig dekoriert wie der Garten. In den Fluren standen überall Blumenarrangements. In jeder Ecke fanden sich Tische mit Punsch und Essen. In verschiedenen Räumen spielten Kapellen, deren Musik sich in den Korridoren zu einem Lärm vermischte, aus dem man keine einzige Melodie heraushören konnte. Es war, als wäre eine Party noch nicht genug für Teda. Er musste zehn Partys gleichzeitig geben, um besonders extravagant zu sein. Es gab so viel zu essen und zu trinken und so viele Blumen, dass die Gäste wie benebelt umhergingen, so als wären sie Droiden mit überlasteten Sensoren.

Irgendwann sahen sie Tedas breiten Rücken. Obi-Wan hörte seine Stimme über den Lärm der Menge hinweg. Der Regent beschimpfte einen Diener in einer weißen Tunika.

„Man hat dich angewiesen, die Damenapfelkuchen *nicht* nach den Runis-Spießen zu servieren!", sagte er. Er schrie nicht, doch er zischte die Worte mit einer solchen Wut, dass sie turbogeladen zu sein schienen.

Die Gesichtsfarbe des Dieners entsprach jetzt der seiner Tunika. „Man sagte mir in der Küche ..."

Mit einer Lockerheit, die Obi-Wan zutiefst entsetzte, hob Teda einen kleinen Elektro-Jabber und versetzte dem Diener einen harten Stoß gegen die Knie. Der Mann sank mit weit aufgerissenen Augen zusammen. Er traute sich allerdings nicht, vor Schmerz aufzuschreien.

Becka wurde ebenfalls blass.

„Unser Regent, so kraftvoll, so stark", murmelte er. „Was für ein Glück, dass wir ihn haben." Becka drehte sich um und verschwand in der Menge.

Obi-Wan konnte es ihm nicht verübeln. In einer Welt, die von einem unberechenbaren Tyrannen regiert wurde, mussten die Bürger einen Instinkt für den richtigen Zeitpunkt zur Flucht besitzen, um wohlauf zu bleiben.

Teda drehte sich um. Obi-Wan war wieder überrascht. Im Gesicht des Regenten war keine Spur von Wut zu sehen, nur eine leichte Anspannung um die Mundwinkel. Es war, als hätte seine Wut niemals existiert.

Er streckte den Jedi die Arme entgegen. „Willkommen, Slams! Jetzt kann die Party beginnen! Habt Ihr schon gegessen? Habt Ihr neue Freunde kennen gelernt?" Er kam zu ihnen und hakte sich bei Siri und Obi-Wan unter. Es kostete Obi-Wan regelrechte Überwindung, sich nicht dagegen zu wehren. Er wusste, dass Siri dasselbe dachte.

Mittlerweile waren andere Diener herbeigeeilt, um ihrem gestürzten Kameraden zu helfen. Sie trugen ihn und schleppten ihn halb zur Küche.

„Das Thema der Party ist ‚Paradies'", fuhr Teda fort. „Ich ließ die besten Dinge der Galaxis für die Bürger von Romin zusammentragen. Obwohl das Beste vom Besten bereits hier ist! Ha, ha, ha!"

Nicht für alle Bürger, dachte Obi-Wan. *Nur für die, die in deiner Gunst stehen.* Er lächelte höflich und sagte: „Vielen Dank für die Einladung."

Teda zog seine Arme zurück. „Aber jetzt bleibt nicht hier hängen, indem Ihr mit einem alten Mann wie mir redet", sagte er. „Geht Euch amüsieren!" Er lächelte Siri bedeutungsvoll zu. „Um Euch werde ich mich später kümmern."

Dann ging er zu ein paar anderen Gästen, um sie zu begrüßen.

„Ich kann nicht glauben, was ich gerade gesehen habe", sagte Ferus. „Er hat diesem Diener mit dem Elektro-Jabber einen Hieb versetzt, und zwar mit genauso wenig Emotionen, als würde er eine Squeeter-Fliege totschlagen."

„Und du zweifelst noch daran, dass wir das Richtige tun, wenn wir die Revolte unterstützen?", fragte Anakin.

Siri ging nicht darauf ein und wechselte das Thema. „Ferus und ich werden die Sicherheitsvorkehrungen prüfen."

„Ich werde mir die Grenzen des Palastgeländes ansehen", sagte Anakin. „Wir sollten für den Fall der Fälle einen Fluchtplan haben. Lasst uns nicht vergessen, dass wir nicht viel Zeit haben."

Damit blieb für Obi-Wan nicht mehr viel zu tun. Joylin hatte ihm gesagt, dass sie auf keinen Fall vor Mitternacht versuchen sollten, die Codes zu stehlen. Also hatte er noch viel Zeit.

Er mischte sich in der Hoffnung unter die Menge, Jenna Zan Arbor irgendwo zu sehen. Er wusste nicht, ob er sie dann ansprechen würde, doch er wollte sie einfach im Auge behalten. Er fragte sich, in welchem Verhältnis sie zu Teda stand. Aus den Dateien, die er gelesen hatte, hatte er entnommen, dass Teda sie nach Romin eingeladen hatte, nachdem sie gezwungen gewesen war, von Vanquor zu fliehen. War da eine Verbindung mit Omega? Hatte Omega Teda dazu gedrängt, Zan Arbor einzuladen?

Obi-Wan schlenderte auf einen Tisch mit verschiedenen Getränken zu. Er nahm ein Glas mit Saft, der aus der auf Romin heimischen Quintberry-Frucht gepresst war. Er nahm einen Schluck und verzog das Gesicht. Der Saft war extrem süß.

Joylin hatte ihm genaue Anweisungen gegeben, wo die Codes zu finden waren und wo sich die Sensoren für den Sicherheitsalarm befanden. Joylin baute auf Slams Erfahrung in Sachen Täuschung, was das Vorbeikommen an den Wachen betraf. Obi-Wan hätte natürlich einfach die Macht benutzen können. Wenn er Glück hätte, würde er nach dem Diebstahl sehr schnell wieder unter den Partygästen sein können. Doch wenn die Revolte wirklich noch in derselben Nacht stattfand, würde er wieder keinen Schlaf finden.

Plötzlich wurden alle seine Sinne hellhörig. Ein junger, gut aussehender Mann mit einem müden Gesicht kam auf den Tisch mit den Getränken zu.

Obi-Wan kannte dieses Gesicht aus den Unterlagen, die er vor der Mission studiert hatte. Er brauchte nicht die Macht, um gewarnt zu sein.

Er sah sich um. Er konnte sich nirgendwohin zurückziehen.

„He, noch ein durstiger Reisender", sagte der Mann und schenkte sich ein Glas Saft ein. „Nette Party, nicht? Ich bin Slam."

Kapitel 10

Obi-Wan dachte rasend schnell nach. Slam sah ihn so offen und ohne jedes Misstrauen an, dass nicht davon auszugehen war, dass er das Verkleidungsspiel bemerkt hatte.

„Ich bin gerade erst angekommen", sagte Slam in einem kumpelhaften Tonfall, lehnte sich an die Bar und nippte an seinem Saft. Er verzog das Gesicht. „Boah, ist der süß. Genau wie mein Landeplatz."

„Ihr mögt Romin also schon jetzt?", fragte Obi-Wan.

Slam zeigte ein kleines Lächeln. „Lasst es mich so sagen: Romin mag mich. Der Rest der Galaxis heißt mich nicht gerade willkommen. He, nette Tunika."

Wenn Slam bemerkt hatte, dass sich Obi-Wan nicht vorgestellt hatte, dann machte es ihm offensichtlich nichts aus. Obi-Wan nahm an, dass in Slams Geschäft viele Wesen ihre Namen nicht sagten und nicht erzählten, womit sie ihr Geld verdienten.

„Ich bin selbst erst gestern hier angekommen", sagte Obi-Wan.

Slam winkte mit seinem Glas in Richtung der Gäste. „Interessante Party."

„Paradies, wie man mir sagte", erwiderte Obi-Wan. „Zumindest ist das das Thema."

Slam lachte. „Na ja, also für mich sieht es wie das Paradies aus. Es war eine anstrengende Reise für meine Freunde und mich."

Also ist seine ganze Bande hier. Sie müssen wieder ausgebrochen sein. Tyro sagte, dass Ausbrüche an der Tagesordnung sind. Ich muss die anderen warnen.

„Ich soll heute Abend Teda treffen und die üblichen Bestechungsgelder zahlen. An der Landeplattform herrschte ein ziemliches Chaos. Sie hatten Schwierigkeiten mit ihren Kommunikationssystemen."

Joylin, schoss es Obi-Wan durch den Kopf. Sie hatten bereits damit begonnen, die Kommunikation zu sabotieren.

„Wir bekamen überhaupt keine offiziellen Einreisedokumente", fuhr Slam fort. „Und? Wie ist der Große Regent so?"

Obi-Wan redete in einem ungezwungenen Tonfall. „Oh, er ist ein ganz normaler Durchschnittsdiktator."

„Das habe ich auch gehört. Aber für Leute wie mich kommen diese Durchschnittsdiktatoren oft wie gerufen."

„Trotzdem ein kleiner Tipp", sagte Obi-Wan locker. „Ich würde an Eurer Stelle nicht versuchen, mich heute Abend mit ihm zu treffen. Er ist schlecht gelaunt. Ich habe gerade gesehen, wie er mit einem Elektro-Jabber auf einen Diener losging."

Slam zuckte zusammen. „Au! Danke für den Hinweis. Na ja, ich glaube, ich werde mich stattdessen dem Buffet widmen."

Der echte Slam ging davon.

Obi-Wan warf einen Blick auf seinen Chrono. Er hatte noch knapp zehn Minuten, bevor er die Codes stehlen musste. Er musste die anderen finden. Diese Party war für die Jedi vorbei.

Ferus sprach leise und voller Unglauben zu Anakin. „Siehst du, was ich sehe?"

Anakin schluckte. „Ich glaube schon."

„Sie ... *flirtet.*"

„Sieht so aus."

„Sie ... *schmeichelt sich bei den Leuten ein.*"

„Ja."

„Und sie *lächelt.*"

„Und sie lächelt nicht nur", fügte Anakin hinzu, um seine Beobachtungen genau zu beschreiben, „sie ist geradezu *überschwänglich.*"

Siri stand inmitten einer Runde von Bewunderern. Irgendjemand hatte ihr eine leuchtend rote Blume hinters Ohr gesteckt und, wie Ferus Anakin mit Nachdruck zugeflüstert hatte, sie hatte sie dort *stecken lassen!* Anakin beobachtete, wie Siri einem Sicherheitsmann die Hand auf den Arm legte und sich vornüber beugte, um ihm etwas ins Ohr zu flüstern. Der Mann bog sich nach hinten und brüllte vor Lachen.

Wer hätte jemals geahnt, dachte Anakin voller Erstaunen, *dass Siri Tachi charmant sein kann?*

Es war eine Nacht der Wunder. Sein Meister trug einen Mantel voller Juwelen und Stickereien und gab vor, Partys zu lieben.

Er musste unwillkürlich lachen, als er Ferus' Gesicht sah. Doch einen Moment später brach Ferus zusammen und lachte ebenfalls. „Ich habe gedacht, Siri gibt nur vor, das alles zu hassen", sagte er. „Dabei scheint es ihr Spaß zu machen."

„Ich glaube, du hast Recht", sagte Anakin. Er warf einen Blick auf seinen Chrono. „Wir haben noch sieben Minuten. Wir sollten in Position gehen."

Kaum hatte er seinen Satz zu Ende gesprochen, sagte Siri etwas, das die ganze Männergruppe um sie herum in brüllendes Gelächter ausbrechen ließ. Dann wandte sie sich voller Anmut ab. Einen Augenblick später war sie bei Ferus und Anakin.

„Ich hab etwas entdeckt", sagte sie. „Charmant sein ist anstrengend. Und noch etwas. Man kann sich bei Leuten tatsächlich einschmeicheln. Ich konnte ein paar Informationen bekommen. Die Hälfte der Sicherheits-Droiden sind Attrappen. Und jeden Tag desertieren mehr Soldaten aus der Armee. Sie werden seit Monaten nicht mehr bezahlt. Tedas Reichtum neigt sich dem Ende zu. Er kann sich sein Regime nicht mehr leisten, also sieht er sich nach jeder erdenklichen Geldquelle um. Und bis dahin spart er an allen Ecken und Enden."

„Ich habe einen Ausweg für den Fall gefunden, dass wir fliehen müssen", sagte Anakin. „Es wäre schwierig, aber nicht unmöglich. Es gibt einen Teil in der Mauer, der nicht so schwer bewacht ist. Er liegt hinter einem Dickicht aus Büschen mit hellen Blüten und Dornen, die einen Meter lang sind. Wir könnten die Macht benutzen, um über das Dickicht zu springen, dann mitten in der Luft die Seilkatapulte aktivieren, die Mauer vollends hochklettern und dabei die Droiden mit den Lichtschwertern ausschalten. Ich bin mir allerdings nicht sicher, was wir auf der anderen Seite vorfinden werden. Es patrouillieren zweifellos auch außerhalb der Palastmauer Wachen."

„Alles in allem sollten wir einfach hoffen, dass Obi-Wan nicht gefangen wird", sagte Siri.

„Ich tue mein Bestes", sagte Obi-Wan, der gerade hinter ihr ankam. „Aber wir haben jetzt ein anderes Problem. Die Slam-Gang ist da. Die echte."

„Das sind schlechte Neuigkeiten", sagte Siri. „Weiß Teda es schon?"

„Noch nicht. Die Kommunikationssysteme sind gestört. Das ist zweifelsohne Joylins Werk. Ich habe versucht, Slam davon abzuhalten, heute Abend Kontakt mit Teda aufzunehmen. Ich bezweifle jedoch, dass er sich lange daran halten wird. Teda dreht hier seine Runden."

Siri runzelte die Stirn. „Unsere Zeit ist gerade abgelaufen."

„Dann haben wir umso mehr Gründe, bei der Revolte mitzuhelfen", sagte Anakin. „Wenn sie Erfolg hat, brauchen wir uns keine Sorgen mehr wegen Teda oder der Slams zu machen."

„Dennoch können wir nicht alle dieses Risiko eingehen", sagte Obi-Wan. „Diese Party ist plötzlich sehr eng geworden. Ihr drei solltet zur Villa zurückkehren und euch auf einen schnellen Aufbruch mit Jenna Zan Arbor vorbereiten. Ich werde die Codes stehlen, mich mit Joylin treffen und dann bei der Villa zu euch stoßen."

Anakin schüttelte den Kopf. „Ich lasse Euch nicht hier zurück, Meister."

„Doch das wirst du tun, und zwar, weil ich es dir befehle", sagte Obi-Wan. „Vergiss nicht, mein junger Padawan, dass die Mission Vorrang hat."

Obi-Wan legte Anakin kurz eine Hand auf die Schulter. Die Geste zeigte Anakin, dass er seine Unterstützung zu schätzen wusste, seine Entscheidung aber feststand.

Doch Anakin wollte immer noch nicht gehen.

„Obi-Wan hat Recht", sagte Siri. „Trotzdem gehen wir nicht."

Obi-Wan sah sie leicht genervt an. „Siri, ich habe keine Zeit für Diskussionen."

„Genau. Du brauchst uns hier. Wir werden auf die Slams aufpassen. Und sobald du die Codes hast, gehen wir alle gemeinsam."

„Das gefällt mir nicht", sagte Obi-Wan.

Siri blieb standhaft. „Schlecht für dich."

Obi-Wans Missfallen zeigte sich nur an den leicht verkniffenen Lippen. Er drehte sich abrupt um und verschwand in der Menge.

Ferus atmete hörbar aus. „Wie war das mit den Schmeicheleien, um ans Ziel zu kommen?"

„Schmeicheleien wirken bei Obi-Wan nicht", sagte Siri. „Und wenn wir gerade davon reden: Ich werde mich auf die Suche nach Teda machen. Ich werde ihn von den Slams fern halten. Ihr beide bleibt in der Nähe des Büros für den Fall, dass Obi-Wan euch braucht."

Anakin und Ferus machten sich auf den Weg. Die Menge der Partygäste war jetzt dichter. Noch mehr Wesen waren angekommen. Sie waren lauter und ausgelassener. Die Musik dröhnte und manche Gäste tanzten. Anakin sah nichts als bunte Farben und rote Gesichter voller aufgesetzter Fröhlichkeit, die er abscheulich fand. Er begann, sich unwohl zu fühlen. Sie riskierten mit jedem weiteren Schritt, entdeckt zu werden. Sein Meister brach in die geheimen Dateien eines Regierungsoberhauptes ein. Und Siri versuchte, einen Verrückten mit Charme abzulenken.

Langsam. Durchatmen. Die Macht wird dir helfen.

„Ich habe Partys schon immer gehasst", sagte Ferus. „Ich wusste nie, wie ich mich da amüsieren soll."

Anakin spürte, wie sich seine Nerven immer mehr anspannten. Er beobachtete, wie Obi-Wan sich den beiden Wachen im Flur zu Tedas Büro näherte. Er winkte mit der Hand und sogar auf diese Entfernung spürte Anakin, wie die Macht floss.

Die Wachen nickten. Obi-Wan ging an ihnen vorbei und war verschwunden.

„Wir haben nur noch ein paar Minuten", sagte Anakin.

Ferus und Anakin warteten. Wenn Obi-Wan im Korridor erscheinen würde, sollten sie sich den Wachen nähern und sie mit Hilfe der Macht ablenken. Dann würde Obi-Wan mit den Sicherheitscodes einfach hinausgehen können und sie würden die Party verlassen. Einfach.

Das war es aber nicht. Zwei Minuten später ging der Sicherheitsalarm los.

Kapitel 11

Obi-Wan konnte es einfach nicht glauben. Natürlich war er kein kriminelles Superhirn, doch er fühlte sich durchaus imstande, mit Hilfe der Macht eine Datei mit Sicherheitscodes aus einem bewachten Büro zu entwenden. Doch jetzt hatte er irgendeinen unsichtbaren Auslöser übersehen, von dem Joylins Informant nichts gewusst hatte.

Die Wachen würden jede Sekunde hereinstürzen. Obi-Wan verscheuchte die Unzufriedenheit mit sich selbst aus seinem Kopf. Sie lenkte ihn nur ab. Er hatte erst die Hälfte seiner Aufgabe erledigt. Alarm oder nicht, er musste es zu Ende bringen.

Er tippte das Passwort ein, das ihm Joylin gegeben hatte. Dann öffnete er ein mit Holz furniertes Schubfach an der Seite von Tedas Schreibtisch. Zu seiner Überraschung herrschte darin eine furchtbare Unordnung. Durafolien, Holobücher, Disks, leere Einwickelpapiere von irgendwelchen Süßigkeiten. Ein Teil der Süßigkeiten war geschmolzen und zu einer Masse zusammengelaufen, die die Durafolien miteinander verklebte.

„Nichts Schlimmeres als ein unordentlicher Diktator", murmelte Obi-Wan. Er hob ein rotes Etui mit einer Disk darin hoch. Joylin hatte ihm gesagt, dass sich darauf die Sicherheitscodes befanden.

Der Alarm klingelte ihm in den Ohren, als er plötzlich eine Erschütterung in der Macht spürte und die ersten Wach-Droiden durch die Tür flogen. Er machte mit bereits aktiviertem Lichtschwert einen Satz über den Tisch hinweg und schlug sie nieder. Vier weitere kamen geflogen und erhellten den Raum mit ihrem Blasterfeuer. Obi-Wan lenkte das Feuer ab und lief auf die Tür zu. Doch noch bevor er sie erreichen konnte, raste eine Platte aus Durastahl herunter und blockierte seinen Fluchtweg. Über dem einzigen Fenster schoss ebenfalls eine Panzerplatte herunter. Offensichtlich sollte ein Eindringling mit den tödlichen Droiden im Innern gefangen werden.

Das Blasterfeuer drang unablässig auf ihn ein. Es folgte ihm in Zickzacklinien durch den Raum, um ihn zu treffen und ihn ins Jenseits zu befördern. Obi-Wan warf sich auf die Droiden, zog gleichzeitig Siris Lichtschwert und sprang mit Hilfe der Macht hoch, um die Maschinen niederzuschlagen. Als die Droiden rauchend zu seinen Füßen lagen, hörte er den Lärm von Wachen vor der Tür und dem verbarrikadierten Fenster.

Frage: Sollte er ein Loch in das Fenster oder die Türfüllung schneiden und hinausspringen, wo er genau ins Blasterfeuer laufen würde? Oder sollte er warten, bis sie hereinkamen?

Obi-Wan beschloss zu warten. Er würde ein paar Sekunden den Überraschungseffekt auf seiner Seite haben. Sie würden hereinkommen und erwarten, dass er tot oder schwer verwundet war.

Er stellte sich an einen Schrank, außerhalb der direkten Sichtlinie von Fenster und Tür. Er drückte sich gegen den Schrank. Aber zu seiner Überraschung bewegte sich dieser.

Er sprang zur Seite, als die Schranktür in die Wand glitt. Da stand Becka. Obi-Wan steckte schnell die Lichtschwerter weg.

Becka warf einen Blick auf die rauchenden Droiden-Trümmer. „Sterne und Planeten, seid Ihr gut." Er winkte Obi-Wan zu sich. „Hier entlang."

Obi-Wan zögerte.

„Wenn Ihr durch dieses Fenster springt, werdet Ihr der halben Sicherheitstruppe von Teda gegenüberstehen. Die andere Hälfte steht vor dieser Tür. Sie warten darauf, dass die Droiden Euch töten, bevor sie die Panzerplatte öffnen. Euch bleiben ungefähr zwölf Sekunden. Habt Ihr die Codes?"

„Ja." Obi-Wan sprang in den geheimen Gang. „Ich schätze, Ihr seid mein Informant."

„Ich arbeite mit Joylin zusammen. Wir werden im Korridor in der Nähe der Küche herauskommen. Bleibt einfach bei mir."

„Ich muss meine Bande suchen."

„Ich würde sagen, Ihr müsst zuerst einmal hier herauskommen, aber gut. Sie werden vielleicht das ganze Gelände hermetisch verriegeln, wenn sie herausfinden, dass der Raum leer ist."

Becka führte ihn um mehrere Biegungen. Sie erreichten

eine Tür, die gelb umrandet war. Becka drückte einen Knopf, und das Türblatt glitt zur Seite.

Obi-Wan fand sich in einer kleinen Kammer wieder, die voller Mäntel und Tücher hing.

Becka öffnete die Außentür einen Spalt. „Los."

Obi-Wan schlich hinaus. Becka folgte ihm.

Die Menge war nervös. Obi-Wan konnte die Panik geradezu riechen. Die vielen Kriminellen fühlten sich zweifellos nicht besonders wohl, wenn ein Sicherheitsalarm losging. Doch dann brach der Alarm ab, und die Stille war noch bedrückender.

„Falscher Alarm, Leute!", rief Becka. „Amüsiert Euch weiter!" Er gab den Musikern ein Zeichen. „Der Große Regent Teda weist Euch an, weiterzuspielen!"

Der Anblick von jemandem in Uniform hatte einen gewissen Effekt. Die Musiker begannen zu spielen und die Gäste begannen zu murmeln.

„Hier entlang." Becka führte Obi-Wan durch einen Korridor und dann durch eine andere Tür in den großen Saal. Obi-Wan sah Anakin und Ferus, die noch immer den Korridor im Auge behielten, in dem Obi-Wan verschwunden war. Obi-Wan wusste, dass sein Padawan kurz davor war, in den Gang zu laufen und nach ihm zu suchen.

Er ging schnell zu den beiden hin. „Es ist alles in Ordnung. Becka hilft uns. Wo ist Valadon?"

„Sie ist draußen und hält sich bereit, Euch Deckung zu geben für den Fall, dass Ihr aus dem Fenster kommt."

Becka, Obi-Wan, Anakin und Ferus liefen nach draußen.

Die Mauer war hell beleuchtet. Droiden flogen summend über ihre Köpfe hinweg.

Sie sahen Siri an der Seite des Palastes stehen, gleich hinter dem Ring aus Wachen, die das Fenster umstellten. Die Panzerplatte war wieder eingezogen worden und ein paar der Wachen waren in das Zimmer gesprungen.

Obi-Wan rief Siri mit Hilfe der Macht. Sie drehte sich um und sah ihn an. Erleichterung stand ihr ins Gesicht geschrieben. Sie kam auf ihn zu.

Becka beobachtete aufmerksam die Aufstellung der Wachen. Plötzlich drehte sich eine Gruppe von ihnen um und ging auf die Tore zu. Oben auf der Mauer begannen Lichter rhythmisch zu blinken.

„Nicht gut", sagte Becka. „Sie riegeln das Gelände ab."

Obi-Wan sah sich um. „Irgendwelche Vorschläge?"

„Ich habe die Rückseite der Mauer erkundet", sagte Anakin. „Ich glaube, wir können es schaffen."

„Ich glaube nicht, dass Ihr es versuchen solltet", sagte Becka. „Wenn sie Euch sehen, wird alles nur noch schwieriger. Die Sicherheitskräfte werden Euch suchen, bis sie Euch gefangen haben. Überlasst das hier mir. Wir brauchen nur eine kleine Panik als Deckung."

Die Menge war bereits am Rande einer Panik. Sie wussten nicht, was vor sich ging. Sicherheitswachen stürmten jetzt durch den Palast und prüften ID-Karten. Schwärme von Wach-Droiden schwebten summend durch die Luft. Die protzige Party hatte sich in ein Gefängnis verwandelt – in einen Ort, den niemand von den Partygästen gern von innen sah.

„Wartet hier einen Moment", sagte Becka.

Er ging von Gruppe zu Gruppe und sprach leise. Immer wenn er weiterging, redeten die Gäste miteinander, und dann mit anderen. Bald wurden Stimmen laut.

„Das ist skandalös!"

„Ich lasse mich nicht einsperren!"

„Ich bin auf diesen Planeten wegen Sicherheit und Frieden gekommen …"

Becka erschien an Obi-Wans Seite. „Geht einfach mit den anderen hinaus."

„Aber es geht niemand."

„Ihr geht voraus. Die Gäste werden Euch folgen. Ich habe ihnen gesagt, dass Teda sie auf unbestimmte Zeit für Befragungen festhält. Sie sind wütend und haben Angst. Teda wird Euch gehen lassen. Er ist von den Bestechungsgeldern abhängig. Er wird niemanden aufhalten. Ihr werdet schon sehen. Los jetzt."

Siri warf Obi-Wan einen Blick zu und zuckte mit den Schultern. „Es ist einen Versuch wert."

Obi-Wan raffte seinen Mantel um sich. „Ich werde das nicht hinnehmen!", rief er. „Ich gehe!"

„Ja, lasst uns sofort gehen!", stimmte Siri zu.

Köpfe drehten sich. Als Obi-Wan und Siri davongingen, gefolgt von Anakin und Ferus, gingen ihnen ein paar der mutigeren Gäste hinterher. Zuerst tröpfelten die Gäste nur hinaus, doch schließlich war es wie ein reißender Strom.

Alles geschah genau so, wie Becka es angekündigt hatte. Die Menge näherte sich den nervösen Sicherheitswachen am

Tor. Die Soldaten zogen ihre Blaster, feuerten aber nicht auf die Gäste, als diese sich mit Siri und Obi-Wan an der Spitze dem Tor näherten. Einer der Wächter sprach schnell in einen Comlink. Er nahm offensichtlich Kontakt mit Teda auf.

Ein paar Sekunden später ging das Tor auf. Teda konnte sein Vermögen nicht aufs Spiel setzen, indem er die verärgerte, die sein Regime unterstützten.

Und so verließen Obi-Wan und die anderen Jedi den Palast auf einem Weg, den sie sich bei ihrer Ankunft nicht ausgemalt hatten – durch den Vordereingang mit einer Gruppe wütender Krimineller im Schlepptau.

Joylin erwartete die Jedi am zuvor vereinbarten Ort, einer schmalen Gasse hinter den teuren Geschäften in der Hauptstraße.

„Wie ich hörte, hattet ihr es nicht gerade leicht", sagte er.

Obi-Wan gab ihm die Disk mit den Codes.

Joylin öffnete die Dateien und sah sie sich schnell durch. „Es hat sich gelohnt." Er sah auf. „Unsere Leute sind auf Posten. Wir werden zuerst bei der Sicherheitszentrale zuschlagen und den ZIP ausschalten. Dann erobern wir den Rest."

„Denkt daran", sagte Obi-Wan. „Wir wollen Zan Arbor."

Joylin nickte. „Teil der Abmachung. Und wir werden uns daran halten. Bei Sonnenaufgang melden wir uns bei euch und ihr könnt uns sagen, wie ihr weitermachen wollt. Euer Schiff wird betankt und ihr bekommt eine Startgenehmigung, wenn es das ist, was ihr wollt. Wir haben Pläne, alle anderen Transportmittel zu konfiszieren, also werdet ihr die Einzigen sein, die den Planeten verlassen könnt."

Obi-Wan nickte. Gut. So waren die Slams die einzige Wahl, die Zan Arbor blieb.

„Bis dahin rate ich euch, in eurer Villa zu bleiben und euch bedeckt zu halten. Es wird hier zunächst sehr rau zugehen, bevor alles wieder im Lot ist."

„Ich dachte, das wäre eine Revolution ohne Blutvergießen", sagte Ferus.

„Ich sagte, ich hatte es so vor", gab Joylin zurück. „Und ich habe es noch immer vor." Er sah nach oben. Wach-Droiden begannen in den Straßen zu patrouillieren und mit ihren Suchscheinwerfern in dunkle Ecken zu leuchten. „Ich muss jetzt den ZIP ausschalten."

Er drehte sich um und verschwand in der dunklen Gasse. Obi-Wan und Siri tauschten besorgte Blicke aus. Sie hatten noch selten eine Regierungsübernahme erlebt, die ohne Blutvergießen abgelaufen war.

Doch sie konnten nichts weiter tun als warten.

Kapitel 12

Die Jedi folgten Joylins Rat, zur Villa zurückzukehren, nicht. Sie blieben auf den Straßen und beobachteten die Entwicklung der Revolution.

Die Luft war jetzt so voller Wach-Droiden, dass ein konstantes Brummen durch die Straßen hallte. Tedas Regierung war seit dem Diebstahl im Büro des Regenten in höchster Alarmbereitschaft.

Die Jedi wussten sofort, wann der ZIP ausgeschaltet war: als die Wach-Droiden leblos zu Boden stürzten.

Doch nur ein paar Minuten später schwärmte die Armee durch die Straßen. Die Jedi zogen sich zurück, als die Soldaten zur Wolkenblumen-Mauer marschierten, um die Widerstandsbewegung zurückzuschlagen.

Sie kamen gerade rechtzeitig, um zu sehen, wie Romins Arbeiter durch die Sicherheitstore stürmten. Die Masse von Wesen war wie in gewaltiger Berg. Die Jedi wurden jetzt einfach mitgerissen, als die entschlossene Menge zu Tedas Palast marschierte und die Armee in einem harten Kampf zurückschlug.

Obi-Wan hatte gehofft, in dieser dunklen Nacht Freude

und Befreiung zu sehen. Doch stattdessen sah er nichts als blinde Wut. Der Jedi sah mit schwerem Herzen zu, wie das Plündern und die Gewalt begannen. Man hatten den Rominern zu lange zu viel vorenthalten. Angst war ihr ständiger Begleiter gewesen. Sie hatten zusehen müssen, wie ihre Kinder litten.

Diese Wut hatte sich selbst genährt und war gewachsen. Und jetzt wollten sie zerstören, was sie zerstört hatte.

Stahlglas brach. Denkmäler stürzten um. Selbst Bäume wurden umgehackt. In den exklusiven Geschäften, die den Reichen dienten, wurde Feuer gelegt – und in den Banken, den Ratssälen und sogar in den Med Centern. Bürger, die vom Teda-Regime profitiert hatten, wurden auf die Straßen gezerrt und niedergemetzelt.

Die Jedi konnten nicht überall zugleich sein. Alles geriet zu schnell außer Kontrolle.

Siri und Obi-Wan waren erschüttert. Sie waren das volle Risiko eingegangen. Sie hatten das Beste gehofft und das Schlimmste gesehen.

Obi-Wan sah das Entsetzen in Ferus' Augen. Siris Padawan war still geworden. Obi-Wan sah, wie er angesichts der Dinge erschauderte, deren Kommen er befürchtet hatte.

„Das haben wir getan", sagte er.

„Nein", sagte Anakin. „*Sie* tun es."

„Wir müssen helfen", sagte Ferus drängend.

„Wir helfen, wo wir können", sagte Siri zu ihnen. „Aber wir können es nicht aufhalten, Ferus."

Sie fanden auf der Straße liegende Arbeiter und brachten

sie in Sicherheit. Sie kümmerten sich um die Verwundeten und verhinderten Gewalttaten, wo sie konnten.

Die Nacht schien endlos zu sein. Der Lärm der Zerstörung wurde leiser, als die Rominer in anderen Teilen der Stadt wüteten. Die Jedi hörten das gedämpften Donnergrollen ferner Explosionen. Das Klirren von Stahlglas. Das weit entfernte Heulen eines Alarms. Ein Schrei, der wie von einem Vogel klang. Doch sie wussten, dass es kein Vogel war.

Bei Sonnenaufgang hatten die Jedi ihre Villa zum Außenposten ausgebaut, den sie gegen die wütende Menge verteidigten und von dem sie Jenna Zan Arbors Villa beobachteten, die bislang unberührt geblieben zu sein schien. So lange Zan Arbor dort blieb, hatte Obi-Wan dasselbe vor. Scharen von Rominern saßen im Garten der Jedi-Villa – Leute, die aus ihren geplünderten oder zerbombten Häusern geflohen waren. Die Jedi hatten gar nicht erst damit begonnen, zu sortieren, wer in Tedas Regierung beschäftigt gewesen war und wer nur in der Stadt gelebt oder gearbeitet hatte. Sie gewährten allen Flüchtlingen Zugang zu ihrem Garten.

Die aufgehende Sonne brachte ein wenig Ruhe in die Straßen. Die Arbeiter der Widerstandsbewegung patrouillierten jetzt und versuchten, die Ordnung wiederherzustellen. Obi-Wan und Anakin waren auf alles gefasst, obwohl sie schon seit Stunden nicht mehr bedroht worden waren.

„Eine lange Nacht", sagte Anakin.

„Ja."

„Aber auch nach dieser Nacht bin ich noch nicht der Meinung, dass wir einen Fehler gemacht haben."

Obi-Wan seufzte. Er versuchte, das zertrampelte Gras unter seinen Händen glatt zu streichen. „Fehler oder nicht – ich bin nicht bereit, das zu beurteilen. Wir haben die Entscheidung anhand der Tatsachen getroffen, die uns bekannt waren."

„Aber wir hatten Recht", beharrte Anakin.

Obi-Wan sah den Willen, von dem Ferus gesprochen hatte, das Bedürfnis, die Situation auf Anakins Sichtweise hinzubiegen. Das Bedürfnis, Recht zu haben.

„Anakin, manchmal ist die Überzeugung, das Richtige entschieden zu haben, nicht erstrebenswert. Ein wenig Unsicherheit in deinem Kopf kann eine gute Sache sein. Wird sich am Schluss erweisen, ob wir Recht hatten? Ich hoffe es. Haben wir getan, was wir konnten? Ja. Daran glaube ich fest. Und das ist vorerst genug."

Siri rief sie von der Villa. „Es werden Nachrichten übertragen. Die Widerstandsbewegung hat jetzt die Kontrolle über das Kommunikationssystem. Joylin wird eine Ansprache halten."

Obi-Wan und Anakin gingen schnell nach drinnen. Siri, Ferus und ein paar der Flüchtlinge hatten sich um den Videoschirm versammelt. Durch die Tür kamen noch mehr, und noch mehr standen an den Fenstern, damit sie hineinsehen konnten.

Joylin erschien auf dem Schirm. Selbst auf dem Videobild war seine Anziehungskraft eindeutig. Seine Kleidung war fleckig und zerknittert. Sein Gesicht zeigte, wie mitgenommen er war. Und doch strahlte sein Körper eine unglaubliche Stärke aus und sein Blick war voller Entschlossenheit.

„Romin ist jetzt in den Händen seines Volkes", sagte er.

Ein Geräusch drang aus der Menge, halb Keuchen, halb Schreien. Niemand hatte gern unter Teda gelebt. Doch die Befreier hatten beinahe die Stadt zerstört. Wie sicher war es unter ihnen?

„Die Widerstandsbewegung der Bürger hat jetzt den Palast des Tyrannen Teda sowie die Regierungsgebäude besetzt. Wir haben die Kommunikation und das Transportwesen unter Kontrolle. Es hat bedauerlicherweise Plünderungen und Brandstiftung gegeben, doch dem wurde jetzt Einhalt geboten. Niemand darf Romin ohne das Einverständnis der Bürgerlichen Widerstandsbewegung verlassen. Die Armee des Großen Regenten ist desertiert und zu uns übergetreten. Lasst uns unseren Sieg feiern, Bürger. Unser Tyrann ist erledigt."

Eine Frau neben Obi-Wan begann zu weinen. Ein Mann wandte sich mit der Hand vor dem Mund ab.

„Obwohl wir heute den ersten Tag einer Regierung des Friedens und der Freiheit begehen, ist der Tyrann, der unser Vertrauen, unsere Städte und unser Land missbrauchte, noch immer auf freiem Fuß. Der Feigling ist geflohen."

Obi-Wan und Siri warfen sich Blicke zu. Also war es noch nicht überstanden. Solange Teda noch frei war, war die Regierung der Widerstandsbewegung bestenfalls als wacklig zu bezeichnen.

„Teda floh mit den wenigen, die ihn noch unterstützen. Unter ihnen ist sein Stabschef General Yubicon und die galaktische Verbrecherin Jenna Zan Arbor."

Anakin schlug mit der Faust gegen die Wand. Es war eine seltene Demonstration von Wut. Zan Arbor war ihnen wieder entwischt.

„Teda ist jetzt ein gesuchter Krimineller. Wir klagen ihn hiermit der Verbrechen gegen Romin an. Und wir verkünden das Folgende: Wir halten den Rest seiner Führungsriege und seiner Regierungsbeamten in Gewahrsam. Wenn Teda sich nicht ergibt, werden wir sie exekutieren. Einen nach dem anderen."

Joylin sah mit stechendem Blick in die Kamera. „Wachen, Sorgen, Schützen. König Teda liebt sein Volk. Beweist uns, dass Ihr kein Monster seid, Teda. Rettet diejenigen, die Euch gegenüber noch loyal sind. Und stellt Euch dem Urteil des Volkes, das zu lieben Ihr vorgebt. Wir erwarten, dass Ihr Euch ergebt. Die erste Exekution wird in einer Stunde stattfinden. Euer Assistent Hansel wird als Erster sterben."

Auf dem Schirm blieb nur ein Rauschen zurück.

Ferus sah zu Obi-Wan hinüber. Sein Gesicht war weiß. Er schüttelte den Kopf und wandte sich ab.

Obi-Wan hatte sich die ganze Nacht mit dem Gedanken getröstet, dass beim Morgengrauen alles anders aussehen würde. Doch stattdessen waren die Dinge viel schlimmer geworden, als er sich je hätte vorstellen können.

Kapitel 13

Obi-Wan war froh, Slams feine Roben ablegen zu können. Siri legte ihr Seidenkleid, das nun schmutzig und zerrissen war, zusammen und verstaute es.

„Ich bin froh, wieder eine Jedi zu sein", sagte sie.

Die beiden überließen Anakin und Ferus das Kommando und gingen schnell durch die verlassenen Straßen zu Tedas Palast.

„Es ist ja nicht so, dass mich die Ereignisse überraschen", sagte Obi-Wan zu Siri. „Ich hatte nur gehofft, dass es anders ausgeht."

„Es ist immer besser, sich auf das Schlimmste gefasst zu machen", erwiderte Siri. „Ich bin froh, dass wir Meister Windu vor der Revolte kontaktiert haben."

„Es wird trotzdem einige Zeit dauern, bis uns die Jedi-Verstärkung erreicht", sagte Obi-Wan. „Mace sagte, er würde kommen. Ich könnte mir vorstellen, dass er nicht gerade in bester Laune ist. Er war von Anfang an nicht besonders glücklich über diesen Plan."

„Ferus auch nicht", sagte Siri. „Er hatte Recht, was den Aufstand betrifft – er geriet allzu leicht außer Kontrolle. Ferus denkt, dass sie die Revolte vielleicht verschoben hätten, wenn wir nicht geholfen hätten. Vielleicht wäre Teda auch ohne Zutun gestürzt. Ich denke oft, Ferus fehlt einfach die Erfahrung, um zu wissen, dass man manchmal für eine schwere Entscheidung auch Konsequenzen tragen muss. Aber dann denke ich wieder ..., was wäre, wenn er Recht hätte?"

„Wenn er Recht hätte, dann hätten wir Unrecht", gab Obi-Wan zurück. „Das ist alles. Denkst du, die Jedi hätten immer Recht?"

Siri seufzte. „Manchmal klingst du wie Qui-Gon."

„Nach all den Jahren bekomme ich endlich ein Kompliment von dir."

Obi-Wan war froh, dass die Bemerkung Siris Miene aufhellte. „Bilde dir nicht zu viel darauf ein", brummte sie.

„Ferus ist für sein Alter sehr weise", fuhr Obi-Wan fort. „Er denkt sehr tiefsinnig. Doch selbst wenn bei einer Entscheidung ein bestimmtes Ergebnis wahrscheinlich erscheint, so muss man manchmal doch das Risiko eingehen, dass es anders endet."

„Ja, Ferus riskiert zu wenig", sagte Siri. „Anders als Anakin. Dein Padawan ist willens, alles zu riskieren."

Obi-Wan wusste, dass sie es als Kompliment meinte. Siri bewunderte Anakins Wagemut, seine Selbstsicherheit und wie behände er mit der Macht umging. Es war unüblich für Siri, eine einmal getroffene Entscheidung in Frage zu stellen – genau wie für Anakin. Obi-Wan war in mancher Hinsicht eher wie Ferus. Wie eigenartig, dass er und Anakin ein Team geworden waren. Sie waren so unterschiedlich.

Den Meister der Padawan erwählt.

Yoda hatte das viele Male zu ihm gesagt, als er selbst noch ein Jedi-Schüler gewesen war. Der alte Jedi-Meister war der Meinung, dass in den meisten Fällen die Macht Meister und Padawan zusammenbrachte, auch wenn die Gründe dafür völlig unklar waren. Obi-Wan hatte das starke Gefühl, dass das stimmte.

Joylin musste sie erwartet haben, denn die Sicherheitswachen ließen sie ohne Probleme passieren. Ein großer Wachmann brachte sie zu Tedas Büro, in dem Obi-Wan die Codes gestohlen hatte. Auf dem Weg dorthin sahen sie Mitglieder der Widerstandsbewegung, die durch den Palast spazierten und sich die wertvollen Gegenstände ansahen. Viele hatten bunte Mäntel und Tuniken über ihre abgenutzte Kleidung angezogen. Sie hatten offensichtlich die Schränke des Palastes geplündert. Überall lagen noch die Überreste der großen Party herum: halb leer gegessene Teller, zurückgelassene Musikinstrumente und verschüttete Drinks. Es lag eine eigenartige Stimmung in der Luft. Die Leute schienen eher erschöpft als begeistert zu sein.

Obi-Wan und Siri gingen in das Büro. Joylin hatte den größten Teil der kostbaren Möblierung ausgeräumt und den Teppich aufgerollt. Er war damit beschäftigt, zusammen mit einem Assistenten Tedas Datenbank durchzusehen.

„Hier ist genügend Material, um ihn zehnfach wegen irgendwelcher Staatsverbrechen anzuklagen, und dabei habe ich erst vor einer Stunde angefangen", sagte Joylin. Jetzt, wo Obi-Wan ihm gegenüberstand, konnte er Erschöpfung und zugleich Triumph in den Zügen des Mannes erkennen. Joylin drehte sich nicht zu den Jedi um, sprach aber weiter, als er die Dateien durchsah. „Ich nehme an, ihr habt schon von Jenna Zan Arbor gehört. Sie ist mit Teda geflohen. Glaubt mir, wir haben versucht, sie aufzuspüren. Ich weiß noch nicht, wie sie entkommen konnten. Oder wo sie sind. Ihr Schiff wurde zerstört, als die Aufständischen die Landeplattform erreichten. Keine Sorge – ich konnte sie aufhalten, bevor sie euer Schiff zerstörten. Ich habe es sogar für euch auftanken lassen."

Endlich sah Joylin auf. „Ich tat, was ich konnte. Ich nehme an, ihr seid wegen der zweiten Zahlung eures Honorars hier."

„Die zweite Zahlung interessiert uns nicht", sagte Obi-Wan. „Und wir werden Euch den ersten Teil zurückzahlen. Benutzt es zur Renovierung des Med Centers."

Jetzt schien Joylin zum ersten Mal die Veränderung in ihrem Erscheinungsbild aufzufallen.

„Wer seid Ihr?", fragte er.

„Wir sind Jedi", gab Obi-Wan zurück. „Wir hatten die Vollmacht des Senats."

„Wir haben von den Exekutionen erfahren, die Ihr plant", sagte Siri. „Das dürft Ihr nicht tun."

Joylins Haut schien sich enger über seine Gesichtsknochen zu spannen. „Ich bin der Regent von Romin. Ich kann tun, was ich will."

„Diese Worte kommen mir irgendwie bekannt vor", sagte Obi-Wan. „Euch auch, Joylin?"

„Ich bin nicht Teda", gab Joylin zurück. Er schüttelte den Kopf. „Wie könnt Ihr es wagen", fuhr er leise fort. „Ihr seid erst vor zwei Tagen auf meinem Planeten angekommen. Ihr habt nichts gesehen. Ihr wisst nichts. Ihr habt die Gefängnisse nicht gesehen, die bis zum Bersten mit Leuten gefüllt waren, die Teda *missfielen*. Ihr habt nicht einmal den kleinsten Teil des Unheils gesehen, das er angerichtet hat."

„Das ist noch lange keine Rechtfertigung für Mord", sagte Siri. „Ihr seid für diese Wesen Richter, Geschworene und Henker zugleich. Das ist gegen das galaktische Gesetz."

„Sie sind alle Mörder!", rief Joylin. „Versteht Ihr denn nicht? Wenn wir Teda ungeschoren davonkommen lassen, werden wir niemals sicher sein. Unsere Bewegung wird zusammenbrechen. Wir wissen nicht, wie viele aus der Armee desertiert sind und wie viele mit ihm geflohen sind. Wenn ich das nicht tue, könnten wir die Kontrolle über die Regierung verlieren!"

„Zögert es hinaus", sagte Obi-Wan. „Die Jedi können Euch helfen. Es kommen noch mehr von uns."

„Ich habe nicht nach den Jedi gerufen."

„Aber ich", sagte Obi-Wan. „Der Senat hat seine Zustimmung gegeben."

Joylin stand auf. „Das ist mein Planet", sagte er mit eiskalter Stimme. „Ich habe zwanzig Jahre lang gearbeitet und entbehrungsreich gelebt, um hier zu stehen. Ich werde nicht riskieren, dass die Regierung des Volkes wieder zusammenbricht."

„Entschuldigt bitte", sagte Obi-Wan. „Aus unserer Sicht sieht es eher so aus, als wäret *Ihr* die Regierung."

Joylin stützte die Hände auf den Tisch und lehnte sich nach vorn. Er sah gefasst aus, doch seine Augen funkelten die Jedi voller Feindschaft an.

„Eure Einmischung ist hier nicht willkommen. Ich habe nichts mehr zu sagen. Geht, oder ich lasse Euch hinauswerfen."

Obi-Wan war sich vollkommen im Klaren darüber, dass niemand im Palast in der Lage war, sie hinauszuwerfen. Aber ein Kampf würde jetzt die Lage nicht verbessern. Er und Siri drehten sich um und gingen hinaus.

Auf dem Weg zurück zur Villa besprachen sie, was sie als Nächstes unternehmen sollten. Es war klar, dass sie sich Joylin zum Feind gemacht hatten. Sie wussten nicht, wie lange er ihnen noch erlauben würde, auf Romin zu bleiben. Das musste dann zwar nicht bedeuten, dass sie gehen würden, es würde aber alles erschweren.

„Ich glaube, wir sollten Teda aufspüren", sagte Obi-Wan. „Wenn Zan Arbor bei ihm ist, wird das zwei unserer Probleme lösen."

„Einverstanden", sagte Siri. „Aber wo sollen wir suchen, wo Joylins Leute noch nicht gesucht haben?"

Sie gingen durchs Palasttor hinaus. Ferus rannte ihnen entgegen.

„Wir haben gerade eine Nachricht empfangen", sagte er. „Sie kam von Teda und Zan Arbor. Sie bitten um ein Treffen mit den Slams. Und da die Revolte stattfand, bevor Teda die richtigen Slams kennen lernte, sind wir das!"

Kapitel 14

Teda und Zan Arbor hielten sich in einem Sicherheitshaus ein gutes Stück von der Stadt entfernt auf. Die Jedi hatten sich von einem der Flüchtlinge, die sie aufgenommen hatten, einen Gian-Luftgleiter geliehen. Das Haus lag in einem solch dicht bewachsenen Waldstück, dass sie den Gleiter stehen lassen und zum vereinbarten Treffpunkt zu Fuß gehen mussten. Sie wurden von General Yubicon empfangen, Tedas Stabschef.

„Es sind nur 250 Meter in diese Richtung", sagte er.

Anakin fiel auf, dass der General sie im Zickzack durch den Wald führte, um sie zu verwirren. Er hatte ja keine Ahnung, dass er es mit Jedi zu tun hatte. Anakin wusste, dass er mit Leichtigkeit den Rückweg finden würde.

Sie kamen auf eine kleine Lichtung. Das Haus vor ihnen war aus vorgefertigten Plasteel-Teilen gebaut, sodass es leicht abgebaut und abtransportiert werden konnte. Das musste Tedas Geheimnis gewesen sein. Das Sicherheitshaus stand niemals lange am gleichen Ort.

Das Haus war von Wachposten umringt. Anakin wusste, dass im Wald noch mehr standen. Er konnte sie nicht sehen, doch er wusste, dass sie da waren. Teda hatte offensichtlich einen kleinen Teil seiner Armee bei sich behalten.

Ein Wachmann an der Tür winkte sie hinein. Man erwartete sie.

Das Haus war winzig im Vergleich zum Palast. Es war zwar nur spärlich möbliert, dafür aber luxuriös, mit gepolsterten Sitzgelegenheiten und dicken Teppichen. Die Zimmer gingen ineinander über; sie bildeten ein Quadrat, in dessen Mitte ein offener Innenhof lag. Die Jedi wurden zu diesem Hof geführt, und dort warteten Teda und Jenna Zan Arbor auf sie.

Teda machte einen recht zerschlagenen Eindruck, Zan Arbor hingegen war vollkommen gefasst. Kein einziges Haar ihrer perfekten Frisur war gekrümmt. Anakin, der seine Maske wieder trug, hielt sich im Hintergrund, als Obi-Wan und Siri vortraten. Er hoffte, als eines der unwichtigeren Mitglieder der Slam-Bande Zan Arbors Aufmerksamkeit zu entgehen. Er musste wieder daran denken, wie eindringlich sie ihn über die Macht befragt hatte. Er hatte zwar keine Angst vor ihr, es war ihm allerdings lieber, wenn er ihr aus dem Weg gehen konnte.

Wie Anakin erwartet hatte, waren Teda und Jenna Zan Arbor vollkommen auf Siri und Obi-Wan konzentriert, die Anführer der Bande. Siri trug wieder eine sehr offenherzige Robe, dieses Mal in einem blassen Rosa. Sie hatte sich natürlich darüber beschwert; wenn man sie allerdings so freudig auf Teda zugehen und ihre Hand zur Begrüßung etwas zu lange in der seinen liegen sah, hätte man es niemals vermutet. Niemand wäre auf den Gedanken gekommen, dass sie den Regenten verabscheute, wenn man sah, wie sie ihn anlächelte. Und wie sie sich dann so wegdrehte, dass ihr Röckchen wehte, bevor sie sich hinsetzte und schüchtern die Beine übereinander schlug. Obi-Wan schaffte es, auch seinen Teil der Posse zu spielen, indem er sich zum klingelnden Geräusch seiner Robe lächelnd setzte.

„Vielen Dank für Euer Kommen", sagte Teda. „Ihr versteht natürlich, dass diese so genannte Revolte des Volkes nur vorübergehend ist. Ich versichere Euch, dass sich das legen wird."

„Aber das ist nicht der Grund Eures Hierseins", sagte Zan Arbor, die das Thema ‚Aufstand' offensichtlich langweilte. „Ihr seid gestern zu mir gekommen und habt mir angeboten, an einer Unternehmung teilzunehmen. Unglücklicherweise musste ich ablehnen. Jetzt bitte ich Euch umgekehrt um die Chance, Euch ein verführerisches Angebot machen zu dürfen."

Obi-Wan neigte den Kopf. „Ich werde versuchen, Euch Eure Ablehnung zu verzeihen. Bitte fahrt fort."

Siri sah Teda mit einem umwerfenden Augenaufschlag an. „Ich liebe es, verführt zu werden."

Zan Arbor reagierte auf Siris Flirtversuch mit einem genervten Blick. „Teda und ich haben bei einem bestimmten Unternehmen schon einmal zusammengearbeitet ..."

„Bitte entschuldigt", sagte Teda. „Aber ich habe meinen Titel nicht verloren."

Jenna Zan Arbor verdrehte die Augen, was Teda allerdings

nicht sehen konnte. „Der *Große Regent* Teda und ich sind Partner in einer Unternehmung. Aufgrund der überraschenden Natur der Revolte – obwohl man genügend Vorzeichen dafür hätte sehen können, wenn man clever genug gewesen wäre – und der Unfähigkeit der großen Armee von Romin, diese zurückzuschlagen …"

Interessant, dachte Obi-Wan. *Zan Arbor fürchtet sich nicht im Geringsten vor Teda. Sie verspottet ihn schamlos vor allen Leuten. Und er schluckt es einfach.*

„… finden wir uns in einer Situation wieder, in der wir Eure Hilfe brauchen. Deshalb möchten wir Euch die Chance eröffnen, zu uns zu stoßen. Kurz: Wir brauchen falsche, aber sehr ausführliche Dokumente, was ja anscheinend Eure Spezialität ist."

„Das sollte nicht das Problem sein", sagte Obi-Wan. „Wir benötigen nur Zugang zu unserem Schiff und unseren Datenbanken. Ich bin froh, sagen zu können, dass unser Schiff den Aufstand überstanden hat."

„Meines nicht", sagte Zan Arbor mit einem wütenden Blick zu Teda. „Es war eine *Luxe Flightwing*. Sie ist vollkommen zerstört."

„Ah", sagte Obi-Wan und schnalzte mit der Zunge. „Ihr sitzt also auf Romin fest. Wie unvorteilhaft."

„Wir werden Euch natürlich Euer normales Honorar zahlen", sagte Teda.

„Oder etwas mehr", sagte Obi-Wan mit einem Grinsen. „In Anbetracht der Umstände."

Zan Arbor nickte und akzeptierte so Obi-Wans Argument,

dass sie sich an niemanden sonst wenden konnte. „Wir benötigen auch Eure Talente als Einbrecher für einen bestimmten Job. Eigentlich ist es nicht irgendein Job. Es ist eine Gelegenheit für Euch, Euer Leben zu ändern. Das Vorhaben ist so groß, dass Ihr Euch danach zur Ruhe setzen und den Rest Eures Lebens genießen könnt."

„Wir leben schon recht gut", bemerkte Siri.

„Ihr werdet besser leben", erwiderte Jenna Zan Arbor schnippisch.

„Und Ihr werdet keine Flüchtlinge sein", sagte Teda in einer honigsüßen Stimme. „Ihr könnt aus einer Menge Systeme wählen, wo Ihr leben möchtet." Er zwinkerte Siri zu. „Sagt mir nur, welches Ihr wählt, damit ich Euch besuchen kann."

„Mit anderen Worten, Ihr seid hier zur rechten Zeit am rechten Ort", sagte Zan Arbor. „Ihr bekommt Eure Chance, Euer Schicksal als kleine Gauner zu ändern."

„Jenna, Jenna", sagte Teda zurechtweisend. „Ihr sprecht über die Slams. Sie sind brillante Verbrecherhirne."

Zan Arbor winkte ab. „Ich meine es nicht respektlos. Ich spreche nur Tatsachen aus. Ich biete ihnen nur etwas an, was sie sich niemals selbst ausdenken könnten. Ihr, Slam; obwohl Ihr mit Lügen Euren Lebensunterhalt bestreitet, solltet es respektieren, dass ich Euch nicht belüge. Also, wo ist Euer Schiff?"

„Es steht auf der Hauptlandeplattform. Betankt und bereit."

„Gut. Seid Ihr also dabei?"

„He, lasst uns mal das Gas rausnehmen", sagte Obi-Wan. „Ich habe noch nicht genug gehört."

Anakin wusste, was sein Meister dachte. Er wollte mehr Informationen herausfinden – Informationen, die Teda und Zan Arbor nicht gern mit ihnen teilten. Es musste sich um die Unternehmung handeln, an der sie zusammen mit Granta Omega arbeitete.

„Das alles klingt sehr spannend", säuselte Siri. „Aber wir benötigen mehr Details. Um welche Art Job handelt es sich?"

„Das müsst Ihr noch nicht wissen", sagte Zan Arbor.

„Seid Ihr finanziell gut ausgestattet?", wollte Obi-Wan wissen.

„Das ist nicht das Problem", versicherte Zan Arbor ihm.

„Habt Ihr noch andere Partner?", fragte Obi-Wan.

Jenna Zan Arbor zögerte. „Noch einen", sagte sie schließlich.

Siri sah Teda mit ihren blauen Augen eindringlich an. „Ich hoffe, dieser Partner ist von ebensolcher Größe wie Ihr. Obwohl ich mir das nicht vorstellen kann."

„Er ist es", prahlte Teda, bevor Zan Arbor ihn davon abhalten konnte. „Er ist der mächtigste Geschäftsmann in der Galaxis. Er …"

„Das reicht", unterbrach ihn Zan Arbor. Sie wandte sich an Obi-Wan. „Also dann, unser erster Schritt besteht darin, von diesem Planeten zu verschwinden. Wir müssen zu Eurem Schiff gehen."

„Habt Ihr Joylins Ultimatum gehört?", fragte Obi-Wan Teda. „Er droht damit, Eure loyalen Mitarbeiter zu exekutieren. Hansel ist der Erste."

„Ich hörte davon", gab Teda mit einem Seufzen zurück. „Oh, der arme Hansel. Es tut mir so Leid für ihn." Er rieb sich die Hände. „Seid Ihr sicher, dass Ihr genügend Treibstoff habt? Wir reisen in den Kern, nach Coruscant."

„Coruscant?", fragte Obi-Wan.

„Teda, still jetzt", zischte Zan Arbor böse. „Wer ist Euer Experte für Dokumente?", fragte sie Obi-Wan.

„Waldo", sagte Obi-Wan und zeigte auf Anakin.

Zan Arbor drehte sich um. Die Sonne kam gerade hinter einer Wolke hervor und Anakin fühlte sich plötzlich trotz seiner Maske dem grellen Licht ausgesetzt.

Sekunden verstrichen. Anakin war unangenehm warm. Die Macht erbebte. Eine Warnung.

„Ich kenne dich", sagte Jenna Zan Arbor.

„Das glaube ich nicht."

„Wir sind uns schon einmal begegnet."

„Vielleicht", sagte Obi-Wan. „Wir sind viel herumgekommen."

„Joylin hat den Raumhafen abgeriegelt, wir haben jedoch eine Starterlaubnis", ging Siri dazwischen. „Wir müssen allerdings innerhalb der nächsten Stunde starten. Seid Ihr bereit?"

„Ich bin bereit", sagte Zan Arbor. Ihre Aufmerksamkeit wich von Anakin. Es gab im Augenblick Wichtigeres.

„Dann lasst uns gehen", sagte Obi-Wan.

Draußen war plötzlich Aufruhr zu hören. Teda sprang mit

einem Blaster in den Händen auf die Beine. Die Jedi drehten sich um.

Der echte Slam und seine Bande stürzten in den Innenhof. Slam zeigte direkt auf Obi-Wan.

„Betrüger!", rief er.

Kapitel 15

Teda war erschrocken, doch Jenna Zan Arbor lächelte plötzlich, so als wäre ihr etwas klar geworden.

„Jedi", sagte sie. „Jetzt erinnere ich mich."

Jetzt sah Teda panisch aus. „Jedi?"

Die Wissenschaftlerin erhob sich und ging näher an Anakin heran. Die Slams und die anderen Jedi ignorierte sie einfach. „Gute Verkleidung. Passt zu dir. Aber es ist nicht dein Gesicht, an das ich mich erinnere. Deine Erscheinung. Die Art, wie du dich bewegst. Ich erinnere mich nach unserem gemeinsamen Besuch auf Vanquor an dich. Ich habe nach dir gefragt. Teda, bewundert Ihr mich nicht dafür, dass ich erkannt habe, dass dieser schäbige Gefangene anders als die anderen war? Du bist Anakin Skywalker."

Sie sah ihn mit einem gierigen Blick an. Anakin wurde unruhig.

„Ich habe die Macht so lange studiert", murmelte sie. „Aber niemals hätte ich einen solchen Lohn erwartet."

„Ich bin nicht Euer Lohn", stieß Anakin hervor.

„Nun, du bist mein Gefangener, und das ist dasselbe. Weißt du, von wie vielen Wachen du im Augenblick umstellt bist?"

Obi-Wan warf Anakin einen Blick zu. Die Jedi könnten kämpfen. Sie könnten fliehen. Doch Obi-Wan bedeutete ihm, dass er warten sollte. Sie mussten noch mehr herausfinden. Es stand zu viel auf dem Spiel.

„Wir können sie zum Gefängnis bringen und auf der Stelle exekutieren", sagte Teda.

„Nicht so hastig", erwiderte Zan Arbor.

„Ihr müsst sie ja nicht umbringen", sagte Slam, der sich jetzt nicht mehr wohl in seiner Haut zu fühlen schien. „Sagt ihnen einfach, sie sollen sich nicht mehr als Slams ausgeben."

Valadon, die ebenso groß und blond wie Siri war, sah ihre Nachahmerin eisig an. „Und sie sollen uns unsere Kleidung zurückgeben."

Zan Arbor hatte ihren Blick nicht von Anakin gelassen. „Wisst Ihr, was wir hier haben, Teda?"

„Ja", stöhnte er. „Ziemliche Probleme."

„Ein Faustpfand. Erinnert Ihr Euch noch an unsere letzte Diskussion? Wenn wir unserem Partner etwas wirklich Wertvolles bringen, wird er uns anders betrachten. Wir können einen größeren Anteil aushandeln."

„Wovon redet Ihr, Jenna?", fragte Teda ungeduldig. „Wertvoll? Faustpfand? Bitte vergesst nicht, dass ich ein regierender Regent war, der gerade aus seinem Palast verjagt wurde. Ich bin nicht gerade bester Laune!"

„Der Auserwählte", sagte Jenna Zan Arbor leise zu Anakin, sodass niemand anders sie hören konnte. „Man hat mir von dir erzählt. Mein Interesse an der Macht ist groß. Groß genug, um zu wissen, dass dein Schicksal eine Bürde für dich ist. Erinnerst du dich noch an die Zone der Selbstbeherrschung? Ich kann sie wieder zu dir bringen."

Anakin erinnerte sich, wie wohl er sich gefühlt hatte. Ein geistiges Wohlbefinden ohne die dauernde Traurigkeit oder ewige Schuldgefühle. Da war nur Sonne und Zufriedenheit gewesen – eine Zufriedenheit, die er als Jedi nie empfunden hatte. Die Jedi hatten es ihm versprochen, doch nichts war geschehen. Vielleicht würde es auch nie geschehen.

„Ah", sagte sie leise. „Wenn wir schon von Verlockung reden ..."

Er zog die Maske ab. Es gab keinen Grund mehr dafür, sie aufzubehalten. „Ihr könnt mich nicht verlocken", gab er zurück.

„Ich habe gesehen, wie du es genossen hast", sagte sie. „Ich kann all deine Lasten verschwinden lassen."

„Meine einzige Last ist im Augenblick, dass ich mit Euch reden muss", gab Anakin zurück.

Sie lächelte. Anakin konnte sehen, dass sie einmal verführerisch gewesen war, bevor das Böse sie verändert hatte. Ihr Lächeln war strahlend, anerkennend und einladend.

„Du erinnerst mich an jemanden, den ich vor langer Zeit kennen gelernt habe", sagte sie.

Obi-Wan hörte ihre Bemerkung. „Qui-Gon Jinn", sagte er.

Zan Arbor wirbelte herum. Sie ging näher an Obi-Wan heran. „Kennen wir uns?"

„Obi-Wan Kenobi."

Sie lachte voller Freude. „Obi-Wan! Ihr wart damals noch ein kleiner Junge! Ihr seid aber groß geworden." Sie betrachtete ihn von oben bis unten. „Ich hörte, Qui-Gon starb auf Naboo. Und Yaddle wurde auch erst neulich ‚eins mit der Macht', oder nicht? Ein Mitglied des Rates! Das bringt einen doch zum Nachdenken, oder nicht?" Sie schüttelte den Kopf. „Was ist denn los mit den Jedi? Ihre Kraft lässt nach, die besten Anführer geschlagen. Und doch wollen sie nicht einsehen, dass sie nachlassen. So ein Jammer, dabei zuzusehen. So interessant für eine wissenschaftliche Untersuchung."

Anakin sah, wie Siris Augen aufblitzten. Sie sagte kein Wort. Er wusste aus Erfahrung, dass sie Übeltäter niemals angriff. Sie wartete einfach auf ihren Augenblick. Sie war sich absolut sicher, dass sie letztlich gewinnen würde. Anakin mochte diese Sicherheit. In seinem Kopf war ein Bild von Jenna Zan Arbor auf einer Gefängniswelt, während er, Obi-Wan, Siri und Ferus ihr hinterhersahen, als sie weggeführt wurde. Er brauchte die Vision, um sich daran festzuhalten.

„Jenna, wir brauchen einen Plan", sagte Teda verstört.

„Oh, König, entspannt Euch", gab Zan Arbor zurück. „Slam, Valadon, nehmt Euch eine kleine Erfrischung. Wir müssen uns unterhalten. Ihr werdet uns von diesem Planeten wegbringen. Keine Sorge, wir wissen, wo Euer Schiff steht. Und wir haben Euch ein Angebot zu machen, das die Jedi bereits in Eurem Namen angenommen haben."

Locker wie immer zog Slam einen Stuhl an den Tisch und goss sich etwas Tee ein. „Das klingt schon vielversprechender. Wie froh ich bin, dass mich Eure Boten gefunden haben."

„In der Zwischenzeit", sagte Zan Arbor, „ruft den Rest Eurer Wachen zusammen, Teda. Und ich meine *alle*. Ich möchte, dass General Yubicon das Kommando übernimmt."

„Aber er ist jetzt mein persönlicher Leibwächter!"

„Oh, seid kein solches Baby. Ich habe genug von Eurem Gejammer." Sie wandte sich an die Jedi. „Ich versichere Euch, dass sie eine absolut überlegene Bewaffnung besitzen. Und wenn Ihr nicht wollt, dass jemand verletzt wird, dann tut Ihr besser daran, auf mich zu hören." Sie taxierte die Slams mit einem Blick. Es war deutlich, dass sie sie opfern würde, wenn die Jedi nicht kooperierten.

Die Wachen kamen näher. Teda sprach in einen Comlink, und schon bald war das Summen von Swoops zu hören, als noch mehr Wachen über dem Innenhof schwebten. Anakin sah, dass sie mit Blastergewehren auf sie zielten – und auf Slam, Valadon und die anderen Bandenmitglieder.

„Eure Lichtschwerter", sagte Zan Arbor. „Gebt sie General Yubicon."

Obi-Wan nahm sein und Siris Lichtschwert vom Gürtel und gab sie ab. Ferus und Anakin taten dasselbe. Anakin wusste, dass sein Meister niemals sein Lichtschwert abgeben würde, wenn er nicht vorhatte, es in Kürze wieder zurückzubekommen.

„Legt die Lichtschwerter in den Safe des Gefängnisses", befahl Zan Arbor dem General. „Ich will sie untersuchen. Steckt die Gefangenen in eine Zelle und lasst sie bewachen. Wir holen sie ab, sobald wir hier fertig sind." Sie sah General Yubicon mit eisigem Blick an. „Lasst sie nicht aus den Augen, hört nicht auf sie und macht keine Fehler. Los."

General Yubicons Augen funkelten, als er die Lichtschwerter in einen Sack steckte und auf seinen Rücken schwenkte. Anakin konnte sehen, dass er nicht gern Befehle von Zan Arbor entgegennahm. Teda hingegen sagte kein Wort. Es war jetzt klar, wer hier wirklich das Kommando hatte. Zan Arbor hatte Teda unter der Knute.

Slam nickte den Jedi zu. „Tut mir Leid. Ich hatte nicht gewollt, dass es so übel für Euch ausgeht. Aber hier kriegt nun mal jeder die Rechnung, die er verdient."

„Das stimmt", sagte Obi-Wan. „Wenn Ihr Euch mit diesen beiden zusammentut, werdet Ihr auch bekommen, was Ihr verdient."

Die Jedi wurden grob aus dem Haus getrieben und auf einen Trampelpfad geführt. Über dem Weg hingen so dicht mit dunkelgrünen Blättern bedeckte Äste, dass kein Sonnenlicht mehr hindurchdrang.

Sie marschierten weiter und weiter den Weg entlang. Im Augenblick spielten sie noch mit, doch sie warteten nur auf den richtigen Moment, um das Blatt wieder zu wenden. Die Gegend schien verlassenen und es war feucht. Anakin sah, wie General Yubicon mit einem Untergebenen sprach. Er ließ die Macht fließen, damit er über das Geräusch ihrer Schritte und das Summen der Swoops hinweg hören konnte, was der Offizier sagte.

„... dachte, wir hätten einen starken Anführer, doch er ist wirklich so ein Versager, wie man gesagt hat. Soll ich jetzt etwa plötzlich der Großen Regentin Jenna Zan Arbor gegenüber loyal sein?"

„Und was soll ich tun?", fragte der andere Soldat voller Abscheu. „Erst lebe ich in einem Palast, und am nächsten Tag mitten in einem Sumpf. Grund genug, um der Widerstandsbewegung beizutreten."

„Und was würde die Widerstandsbewegung unternehmen, wenn Sie Euch fände?", sagte Yubicon. „Seht Euch doch an, was sie mit dem armen Hansel machen. Ich sage Euch, wir sind bei Teda sicherer. Na ja, zumindest dachte ich das. Aber jetzt habe ich den Verdacht, dass Jenna Zan Arbor mit ihm zusammen flieht und uns zurücklässt. Teda sagte, er würde seine ersten Offiziere mitnehmen, aber wird sie es ihm erlauben? Sie planen etwas Großes. Teda sagte, dass ihnen sogar der Senat zu Diensten war."

Der Senat? Anakin warf Obi-Wan einen kurzen Blick zu. Er erkannte sofort, dass sein Meister ebenfalls zuhörte.

„Wir sind da", sagte der andere Offizier. „Passt gut auf. Die Gefangenen wissen irgendwoher, dass etwas im Gang ist. Sie sind unruhig. Ganz zu schweigen von hungrig."

„Ihr könnt froh sein, nicht an deren Stelle zu sein", sagte General Yubicon.

Das Gefängnis ragte vor ihnen auf, lang und flach, und aus dunklem Durabeton gebaut, damit es aus der Luft oder von der Straße nicht auffiel. Die Widerstandsbewegung war noch nicht bis hierher vorgedrungen. Die Jedi wurden durch ein Energietor in das Areal geführt. Am Eingang zum eigentlichen Gebäude hob sich eine Tür in die Decke, um sie einzulassen.

Im Gefängnis stank es nach Schmutz und Verwesung. Nirgendwo gab es Fenster. Eine Sicherheitskonsole lief an einer kahlen Wand entlang. Droiden, die nicht von der Revolte in der Stadt beeinflusst waren, saßen da und beobachteten die Geräte. Ihre Sensoren blinkten grün, als General Yubicon eintrat.

Energiekäfige hingen von der Decke. Die Wände und Böden waren mit einer schwarzen Masse beschmiert. Verzweiflung und Schmerz schienen ebenso Bestandteile dieses Bauwerks zu sein wie Durastahl und Durabeton.

Obi-Wan warf Anakin einen Blick zu.

Noch nicht, aber bald.

Die Wachen strömten hinter ihnen herein. Jetzt hatten sie es zumindest nicht mehr mit den Swoops in der Luft zu tun.

Die Wachen aktivierten eine zweite Tür, die sich ebenfalls nach oben öffnete. Hinter einem Energiezaun lag eine riesige Gefängniszelle. Sie war voller Wesen von allen möglichen Planeten. Die meisten von ihnen trugen Lumpen und waren barfuß. Sie beobachteten die Wachen voller Hass. Ein paar von ihnen machten den Eindruck, als würden sie sich darauf freuen, ein paar neue Gefangene vermöbeln zu können.

„Wann, Meister?", fragte Anakin drängend.

„Es scheint mir", sagte Ferus respektvoll, „dass jetzt ein extrem guter Zeitpunkt wäre."

„In Ordnung", sagte Obi-Wan. „Jetzt."

Die vier Jedi handelten wie einer. In dem Gefängnis befanden sich zweiundzwanzig Soldaten und fünf Gefängnis-Droiden in Sichtweite. In den anderen Räumen gab es zweifellos noch mehr Droiden. Doch jetzt war ein guter Zeitpunkt für einen Angriff.

Obi-Wan, Ferus und Anakin kümmerten sich um die Wachen. Sie stießen mit Hilfe der Macht die erste Reihe der Soldaten so hart nach hinten, dass sie auf die hinter ihnen stehenden Kollegen fielen. Blasterschüsse zuckten durch die Luft und schlugen in den Gefängniswänden ein. Siri wirbelte herum und trat General Yubicon in die Brust. Er stürzte rücklings zu Boden. Sein Kopf schlug auf dem harten Durabeton auf und er wurde ohnmächtig, den erstaunten Ausdruck noch immer auf dem Gesicht. Sie beugte sich zu ihm hinunter, holte die Lichtschwerter aus dem Sack und warf sie ihren Jedi-Kollegen zu.

Anakin machte einen Satz über die Wachen hinweg. Er hielt sich an der Unterseite eines Energiekäfigs fest, nutzte den Schwung für einen Salto mitten in der Luft und landete hinter den Soldaten. Aus dieser Position konnte er zwei der Offiziere mit Leichtigkeit entwaffnen, bevor sie eine Chance bekamen, sich umzudrehen. Die Wachen drehten sich ohne ihre Blaster um, sahen General Yubicon am Boden liegen und rannten einfach davon.

Die Jedi kämpften sich mit blitzenden Lichtschwertern durch die restlichen Offiziere und Droiden und lenkten dabei permanent das Feuer ab. Hinter ihnen brüllten die Gefangenen Beifall.

Dann hörte Anakin eine Stimme über die anderen hinweg. Sie kam aus einer Zelle. Da die anderen Gefangenen haltlos brüllten, dauerte es einen Augenblick, bis er etwas verstehen konnte. „Die Betäubungsnetze!"

Da kamen noch mehr Wachen hereingerannt. Sie hatten Betäubungsnetz-Katapulte dabei. Dass sie damit auch andere Wachen einwickeln würden, kümmerte sie nicht – sie feuerten die elektrisch geladen Netze einfach ab. Einen Sekundenbruchteil schienen sie einfach in der Luft zu hängen. Einen Augenblick später würden sie sich über den Raum senken.

In diesem Sekundenbruchteil stellte Anakin seine Berechnungen an. Er wusste, dass sie von dem Elektroschock gelähmt sein würden, wenn das Netz sie traf. Sie würden sich in den Netzen verheddern und jede ihrer Bewegungen würde einen weiteren lähmenden Elektroschock auslösen. Es würde besser sein, ihnen auszuweichen, als sie mit dem Lichtschwert zu zerschneiden. Die Netze würden sie vielleicht nicht einfangen, aber sie würden sie auf jeden Fall aufhalten.

Er handelte, bevor die anderen sich auch nur rühren konnten. Er hielt eine Hand hoch. Er spürte die Macht in dem Raum. Konnte er es schaffen? Er griff mit seinem Verstand hinaus und griff nach der Macht. Er dachte an seinen Unterricht bei Soara Antana. Alles im Gefängnis schien zu fließen. Es war einfach zu bewegen, einfach zu manipulieren.

Mit Hilfe der Macht schleuderte er alle Netze auf die Wachleute zurück.

Die Männer fielen schreiend und mit den Beinen rudernd zu Boden. Nur ein paar Sekunden später lagen sie reglos da; sie wollten auf keinen Fall weitere Stromschläge bekommen.

Die Gefangenen brüllten auf.

Da begannen plötzlich die Wände des Gefängnisses zu leuchten. Eine rote Linie tauchte an der Wand auf und setzte sich schnell nach oben fort.

„Draußen muss die Armee sein", sagte Obi-Wan. „Sie benutzen Laser-Artillerie. Passt auf ... die Wand wird gleich einstürzen!"

Sie machten einen Satz rückwärts, als plötzlich die Wand mit gewaltigem Getöse einstürzte und die Gefängniszelle frei im Wald stand.

Doch das wahre Übel wurde erst jetzt deutlich: Draußen stand ein komplettes Bataillon Soldaten.

„Ergebt Euch!", bellte eine elektronisch verstärkte Stimme.

„Lasst uns heraus!", rief einer der Gefangenen. „Lasst uns kämpfen!"

Obi-Wan sprang an die Kontrolleinheit des Energiegitters und deaktivierte es. Die Gefangenen liefen los und holten sich Blastergewehre und Betäubungsknüppel von den gestürzten Wachen.

„Wir können es schaffen. Gebt uns nur eine Chance." Ein kleiner Rominer in einer zerknautschten Tunika stand neben Obi-Wan, einen Blaster in der Hand.

„Wir haben Euch nicht befreit, um zuzusehen, wie Ihr umgebracht werdet", sagte Obi-Wan. „Da draußen steht eine komplette Armee. Mit Granat- und Raketenwerfern."

„Ergebt Euch oder Ihr müsst sterben!", rief die Stimme.

Anakin sah die Gefangenen an. Sie schauten grimmig drein. Sie waren zum Kampf bereit, was auch immer da kommen mochte.

„Macht, was Ihr wollt", sagte der Gefangene. „Wir waren zu lange da drin. Wir werden uns nicht ergeben."

„Wir können gewinnen, Meister", drängte Anakin.

„Es muss hier irgendwo eine Waffenkammer geben", sagte Obi-Wan schnell zu Anakin. „Geh mit Ferus. Bringt mit, was ihr finden könnt."

Anakin gab Ferus ein Zeichen, und sie sprangen über die Wachen in den Betäubungsnetzen hinweg und den Korridor entlang. Die Waffenkammer zu finden, war nicht sonderlich schwierig. Sie fanden Blastergewehre und noch mehr Betäubungsnetz-Katapulte. Die Gefangenen drängten sich mit ihnen in den Raum und deckten sich schnell mit den Gewehren und Betäubungsknüppeln ein. Anakin nahm einen Flammenwerfer. Dann gingen er und Ferus mit weiteren Betäubungsnetzen zurück zu Obi-Wan und Siri.

„Sie ändern ihre Formation", sagte Obi-Wan. „Sie wollen ihre Verluste gering halten. Diese Betäubungsnetze kommen wie gerufen. Aber sie reichen nicht so weit."

„Von einem Swoop müsste man sich über die Reichweite keine Sorgen machen", sagte Ferus. „Draußen vor der Tür stehen welche."

„Wenn du nur einen Fuß nach draußen setzt, werden sie dich niederschießen", sagte Obi-Wan.

„Gebt mir Deckung", sagte Ferus.

Anakin wäre einfach losgelaufen. Ferus jedoch wartete auf Siris Nicken. Dann rannte er zur Vorderseite des Gebäudes.

„Anakin, benutz den Flammenwerfer", sagte Obi-Wan. „Schieß nicht auf die Frontlinie. Bewege ihn einfach hin und her, damit sie sich zurückziehen. Versuch, sie zwischen diese Bäume zu treiben, damit Ferus die Netze werfen kann. Siri, komm mit mir."

Anakin warf den Flammenwerfer an, während Siri und Obi-Wan hinausliefen. Die Armee begann zu feuern. Sie kämpften sich mit Hilfe von verschiedenen Raketenwerfern voran, während Anakin den Flammenwerfer auf den Bereich vor der ersten Linie konzentrierte.

Siri und Obi-Wan machten mit Hilfe der Macht einen Sprung über die Flammen hinweg und zerstörten mit ihren Lichtschwertern die Waffen, die die fliehenden Truppen zurückgelassen hatten.

Ferus flog über sie hinweg, eine Hand am Steuer des Swoop und mit den Knien als Steuerhilfe. Er aktivierte mit erstaunlicher Schnelligkeit einen Katapult nach dem anderen und warf die Netze über der Frontlinie der Truppen ab.

Die Soldaten in der vordersten Reihe stürzten zu Boden und die anderen waren verwirrt. Sie sahen hilflos zu ihrem Captain hinüber, doch der war damit beschäftigt, die anderen Soldaten auf ein Feuer anzusetzen, das im Unterholz ausgebrochen war. Der Rauch hüllte die hustenden Soldaten ein.

Obi-Wan drehte sich zu den Gefangenen um. Er hielt eine Hand hoch. „Jetzt!", rief er.

Die Gefangenen rannten mit einem Aufschrei los. Die Jedi hatten es geschafft, die Armee durcheinander zu bringen. Doch das hatte die Soldaten nicht völlig zerschlagen. Granatfeuer donnerte und Blasterfeuer zischte. Die Jedi führten den Sturm der Gefangenen an, lenkten das Feuer ab, wo sie konnten, und stießen Soldaten mit Hilfe der Macht um.

Anakin spürte, wie sein Herz in Erwartung des Kampfes gegen eine Armee pochte. Er fühlte sich siegessicher, sah aber, dass es schwierig werden würde. Obi-Wan hatte Recht gehabt. Was für ein Sieg wäre es, wenn die Gefangenen dabei ums Leben kämen? Um ihn herum fielen sie, einer nach dem anderen, ganz gleich wie viele Raketen er abwehrte. Sie waren zu wenig Jedi und es gab zu viele Waffen.

Genau in diesem Augenblick tauchte ein leuchtend roter Gleiter am Himmel auf. Er fiel wie ein Stein nach unten, um dann auf perfekte Weise zu landen, wie eine Feder auf einem Grashalm. Anakin spürte einen Anflug von Erleichterung. Es gab nur zwei oder drei Jedi, die ein Schiff so landen konnten. Er selbst war einer davon. Ein anderer war Obi-Wans alter Freund Garen Muln.

Die Rampe des Schiffes senkte sich. Mace Windu, Bant Eerin und Garen Muln liefen herunter. Ihre Lichtschwerter zuckten summend durch die Luft, als sie auf die Truppen zuliefen.

Die Macht war jetzt stark, da sie alle auf dem Höhepunkt ihrer Konzentration kämpften. Sie griffen die Armee in einer gemeinsamen Strategie an, wobei sie die verschiedenen Divisionen voneinander trennten und die Anführer ausschalteten, die versuchten, alles wieder zu organisieren.

Das Blatt wendete sich in kürzester Zeit. Als sich der Captain der Truppen den Jedi gegenüber sah, legte er seine Waffen nieder und ergab sich.

Anakin konnte beinahe ein erleichtertes Seufzen hören, als die gesamte Armee die Waffen fallen ließ. Alle waren des Kämpfens müde. Alle wollten nur noch nach Hause gehen.

Kapitel 16

„Es wird langsam zur Gewohnheit, dass ich dich retten muss", sagte Garen zu Obi-Wan.

Bant zeigte ihr schüchternes Lächeln. „Dieses Mal kam ich mit auf die Reise."

Obi-Wan legte ihr eine Hand auf die Schulter. Er sagte kein Wort. Sie lächelten einander nur an. Er hatte Bant seit drei Jahren nicht mehr gesehen. Sie hatten dennoch ein Kommunikationssystem miteinander entwickelt. Wann immer einer von ihnen im Tempel war, hinterließ er dem anderen eine Nachricht oder ein kleines Geschenk. Ein Flussstein, etwas Süßes, eine getrocknete Blume oder einen bestimmten Satz, den sie in einer anderen Sprache gelernt hatten, aufgeschrieben auf einem gefalteten Stück Durafolie und mit einem Stück Stoff zusammengebunden. So verspürte Obi-Wan immer ihre sanfte Gegenwart in seinem Leben. Aber es war besser, sie zu sehen.

„Wenn es Euch beiden nichts ausmacht, die Begrüßung abzukürzen, dann hätte ich gern einen Statusbericht", sagte Mace trocken. Er war offensichtlich nicht besonders begeistert darüber, dass er seinen Terminplan für einen Flug nach Romin hatte ändern müssen.

„Zuerst einmal: Die richtige Slam-Bande befindet sich auf Romin", sagte Obi-Wan.

„Ich weiß", gab Mace Windu zurück. „Sie hatten offensichtlich den Gefängniswärter bestochen."

„Teda und Zan Arbor haben gemeinsam ein Komplott geschmiedet, wie sie den Planeten verlassen können", sagte Siri. „Sie werden versuchen, das Schiff der Slams dazu zu benutzen. Joylin ist noch immer an der Macht. Die erste Exekution wird in ... fünfzehn Minuten stattfinden."

„Ich glaube, dass unsere erste Aufgabe darin besteht, dem Großen Regenten die Notwendigkeit seiner Kapitulation zu klarzumachen", sagte Mace.

Sie bekamen Zan Arbor und Teda zu fassen, als sie gerade in einem Luftgleiter voller Kisten starten wollten. Garen landete den Jedi-Raumjäger genau vor ihnen.

„Los!", rief Zan Arbor zu Teda, der am Steuer saß.

„Normalerweise *werde* ich gefahren", sagte Teda. „Ich *fahre* eigentlich nie."

„Um der Galaxis Willen, lasst mich fahren!", rief Zan Arbor.

Mace Windu sprang vor die Maschine und versenkte sein Lichtschwert im Antrieb des Luftgleiters, wobei er mit diesem einen Schlag die komplette Energieversorgung außer Betrieb setzte. „Keine Sorge. Ihr könnt mit uns fliegen."

Zan Arbors Lippen waren weiß. Ihre angespannten Nackenmuskeln zeigten ihre Wut. Ihre Adern zeichneten sich wie Seile auf ihrer Haut ab. „Jedi", zischte sie.

„Was habt Ihr mit meiner Armee gemacht?", fragte Teda. „Niemand antwortet auf meine Anfragen. Ihr dürft Euch nicht in die Angelegenheiten einer autonomen Macht einmischen!"

„Die Reste Eurer Armee wurden aufgelöst und Euer Kommandant hat sich ergeben", sagte Mace. „Und ich fürchte, ich *habe* die Autorität, mich einzumischen. Ich bin im Namen des Senats hier, um die Bedingungen für Eure Kapitulation auszuhandeln."

„Ich werde mich niemals ergeben!", rief Teda.

Zan Arbor stieg aus dem Gleiter. „Ich habe mit dieser Sache nichts zu tun, also werde ich wohl ..."

Mace Windu hielt sein gleißend helles Lichtschwert nur ein paar Zentimeter vor ihr Gesicht. „Ich glaube", sagte er leise, „Ihr werdet tun, was man Euch sagt."

Zan Arbor wich zurück und setzte sich auf die Kante des Luftgleiters.

„Also", sagte Mace Windu. „Wo sind die Slams?"

„Woher sollen wir das wissen?", fragte Zan Arbor mit gespieltem Desinteresse.

„Ich schätze, Ihr wolltet Euch gerade zu ihrem Schiff aufmachen", sagte Siri. „Die Slams warten zweifellos gerade darauf, dass sie Teda und Zan Arbor vom Planeten schaffen können."

„Das Folgende wird jetzt passieren", sagte Mace Windu. „Wir werden Euch zum Hauptquartier der neuen Regierung von Romin eskortieren."

„Ihr meint, Ihr werdet mich zu meinem Palast bringen?", fragte Teda verächtlich. „Damit ich mit Mördern und Dieben verhandeln kann? Wird so etwas heutzutage vom Senat sanktioniert?"

„Der Senat unterstützt diese Revolution vor dem Hintergrund Eurer vielen Verbrechen gegen Eure eigenen Bürger", polterte Mace. „Ihr habt Glück, dass die Jedi hier sind und verhindern, dass man Euch in Stücke reißt. Und jetzt lasst uns gehen."

Joylin saß mit seinen engsten Vertrauten bei einem großen Mahl im Speisesaal, als die Jedi mit Teda und Zan Arbor im Schlepptau erschienen. Er schob sein Essen weg und stand auf.

„Also seid Ihr doch gekommen", sagte er und sah Teda voller Hass an. „Aber nicht freiwillig, wie ich sehe. Typisch für Eure Feigheit."

Teda sah sich auf dem Tisch um. „Das ist mein Essen!"

„Es ist das Essen der Bürger von Romin."

Zan Arbor verdrehte die Augen. „Ja ja, die Demokratie", spöttelte sie.

„Die Forderungen des Senats lauten wie folgt", sagte Mace. „Es werden keine Exekutionen ausgeführt. Es werden Gerichtsverhandlungen mit ordentlicher Beweisführung abgehalten. Ihr könnt keine neue Regierung bilden und die Vorgehensweisen der alten übernehmen. Das seht Ihr doch sicher ein."

Joylin sagte nichts. Er starrte Teda nur voller Hass an.

„Gebt den Befehl, die Hinrichtung zu stoppen", sagte Mace.

Joylin rührte sich nicht.

Jetzt ergriff Ferus das Wort. „Die Unterstützung des Senats ist wichtig für den Aufbau Eurer neuen Welt", sagte er zu Joylin. „Ihr habt schon so viel unternommen. Eure Vision verdient die besten Möglichkeiten, sich zu entfalten."

Joylin drehte sich um, so als wäre er aus einem tiefen Schlaf erwacht. „Ja", sagte er. Er nahm seinen Comlink. „Exekution abbrechen. Teda hat sich ergeben."

„Ich hoffe, Ihr steckt mich nicht zu den anderen", sagte Teda zu Joylin. „Sie wären sicherlich nicht besonders ... erfreut, mich zu sehen."

„Ich glaube, ich habe den perfekten Ort für Euch", sagte Joylin. „Wachen!"

Die Wachen brachten Teda und Zan Arbor weg. Joylin drehte sich um und sprach mit einem Assistenten auf der anderen Seite des Raumes.

„Ich bin bestürzt, dass Leben ausgelöscht wurden, doch das Resultat ist gut", sagte Mace. „Diese Veränderung auf Romin wird zu einer besseren Welt führen."

Er wandte sich an Ferus. „Du hast gerade sehr gut gesprochen. Du hast Joylin ermöglicht, seine Entscheidung zu treffen und gleichzeitig vor seinen Mitstreitern das Gesicht zu wahren."

„Politik hat immer auch ein wenig mit Stolz zu tun", sagte Ferus.

„Ferus hatte diese Situation besser durchschaut als wir", sagte Siri. „Er hat eine chaotische Übernahme vorausgesehen. Er sagte, dass Joylin uns überraschen würde, und er hatte Recht."

„Gut, Ferus", sagte Mace. „Wir müssen Probleme voraussehen."

Obi-Wan fiel auf, dass Anakin unglücklich aussah. Mace hatte sein Lob Ferus allein zuteil werden lassen. Obi-Wan ging näher an seinen Padawan heran.

„Ich bin stolz auf dich", sagte er. „Du hast gut gekämpft", sagte er. „Mit Hingabe und Präzision."

Doch Anakin hörte nicht zu.

Etwas stimmte nicht.

Kapitel 17

Anakin hielt sich im Hintergrund und beobachtete Joylin aufmerksam. Er wusste, dass die Macht ihm half. Er wusste, dass diese neue Fähigkeit eine Seite der Macht war, die er noch nie erfasst hatte und er hatte plötzlich das Gefühl, als müsste er jubeln. Er besaß also noch mehr Kräfte, als ihm klar war. Er konnte plötzlich in Joylins Herz blicken. Er sah nicht nur das, was Joylin vor ihnen durchblicken ließ, oder das, was ihm gleichgültig war, wenn sie es sahen. Er sah sein geheimstes Inneres. Joylin war plötzlich so klein. Er war eine solch einfache Beute.

Das wusste ich nicht, dachte Anakin. *Die Macht kann nicht nur Objekte manipulieren. Ich kann auch lebende Wesen manipulieren. Ich kann ihre Ängste und Geheimnisse gegen sie einsetzen.*

„Ihr habt es getan", sagte er zu Joylin. „Ihr habt ihn gehen lassen."

Die Jedi drehten sich überrascht zu ihm um.

„Diese Wachen bringen Teda nicht ins Gefängnis", sagte Anakin. „Ihr wolltet nie, dass er sich ergibt. Ihr wusstet, dass er ein viel zu großer Feigling war, um sich zu ergeben. Ihr habt ihm das Ultimatum nur gestellt, um einen Grund dafür zu haben, all seine treuen Anhänger hinzurichten. Ihr hattet Angst davor, dass sie, wenn sie überleben, eine mächtige neue Basis bilden und Euch dann vernichten würden. Ihr wusstet, dass Teda ohne sie bedeutungslos war, dass er nicht in der Lage war, eine Regierung zu führen. Er war nur eine Marionette. Ihr fürchtet ihn nicht, und deshalb müsst ihr ihn auch nicht töten. Es reicht, wenn er verschwindet. Wenn Euch jemand wie Zan Arbor genügend bezahlt, lasst ihr ihn davonlaufen. Sie schloss schon vor der Revolution einen Handel mit Euch ab, oder nicht?"

Die Jedi drehten sich zu Joylin um. Sein wütendes Schweigen sagte alles.

„Wo sind sie?", fragte Mace.

„Ich schätze, Teda und Zan Arbor sind auf dem Weg zu Slams Schiff", sagte Anakin. „Und ich würde außerdem davon ausgehen, dass die Slams eine Erlaubnis zum Verlassen des Planeten haben, was auch immer Joylin uns erzählt hat. Er hielt die Erlaubnis trotz der Abriegelung der Landeplattform aufrecht."

„Widerruft die Erlaubnis", befahl Mace.

„Es ist zu spät", gab Joylin zurück.

Mace und die Jedi warfen Joylin noch einen verächtlichen Blick zu und verließen den Raum.

Sie rannten zur Landeplattform und fuhren in einem der Turbolifte nach oben. Als sie oben ankamen, versteckten sie sich schnell hinter einem Gravschlitten, der voller Ausrüstungsteile stand. Sie konnten sehen, wie die Slams das Schiff zum Aufbruch bereitmachten. Anakin konnte hinter der Frontscheibe eine blonde Person sehen.

„Sie sind noch da", sagte Mace. „Ausgezeichnete Arbeit, Anakin. Los!"

„Wartet", sagte Obi-Wans scharf. Mace drehte sich überrascht um. Man wies ihn nur selten an, zu warten.

„Wir sollten sie gehen lassen", sagte Obi-Wan. „Dies ist eine Chance für uns. Sie sind auf dem Weg zu Granta Omega. Es ist die einzige Möglichkeit, ihn zu finden. Wenn wir einen Peilsender an Bord schmuggeln können, haben wir ihn."

„Obi-Wan, wir haben hier und jetzt Jenna Zan Arbor", sagte Mace. „Sie ist zu großem Übel imstande. Seid Ihr willens, sie wegen Granta Omega gehen zu lassen?"

„Ich habe das starke Gefühl, dass wir es tun müssen", sagte Obi-Wan. „Omega ist die größere Bedrohung."

Ferus biss sich auf die Lippe und sah von Obi-Wan zu Mace. Anakin wartete ab, die Hand auf dem Lichtschwert.

Siris Augen funkelten zustimmend. „Obi-Wan hat Recht. Ferus und ich sind bereit, sie auf dieser Mission zu begleiten", sagte sie zu Mace.

„Ich weiß nicht, ob Ihr Recht habt", sagte Mace. „Eine Position, in der ich mich in letzter Zeit nur allzu oft befinde. Wenn Ihr so entschieden darüber denkt, Obi-Wan, unterstütze ich Eure Entscheidung. Aber alles hängt davon ab, dass wir den richtigen Peilsender ungesehen an Bord dieses Schiffes bekommen."

Obi-Wan wandte sich mit solcher Zuversicht, mit solcher Überzeugung an Anakin, dass der glaubte, diesen Augenblick nie wieder zu vergessen. Zwischen ihnen lag ein unzerstörbares Vertrauen.

„Anakin?"

„Ich werde es tun, Meister."

Er holte einen Peilsender aus seiner Gürteltasche und erhob sich. Er hielt sich hinter den Ausrüstungsteilen, den Gravschlitten und einem Tankwagen und ging so nahe an das Schiff heran, wie er nur wagte. Er würde seinen Moment abpassen müssen. Ein Moment, an dem niemand an Bord hinüber sah.

Die Macht. Er konnte sie benutzen. Er war sich nur nicht sicher, wie. Doch er griff nach ihr und zog sie um sich zusammen, formte sie nach seinem Willen zu dem, was er brauchte.

Die Triebwerke sprangen an. Er war dicht genug dran, um die Hitze zu spüren. *Jetzt.*

Das Schiff hob sich vielleicht einen Meter und verharrte kurz in dieser Position, ein kritischer Augenblick, in dem vielleicht Koordinaten und andere Informationen eingetippt wurden. Mit Hilfe der Macht zog Anakin diese Sekunden in die Länge. Genug Zeit für ihn.

Anakin nutzte die Macht, um geradewegs auf den Abgasstrahl zuzuspringen, wo er auf keinem Monitor zu sehen sein würde. Der Plasmastrahl war glühend heiß, viel zu heiß, als dass ein lebendes Wesen es aushalten konnte. Anakin jedoch stand unbehelligt in dem Strahl. Hier befand er sich dicht am Rand der Landeplattform. Er schätzte seine Sprungbahn ab, als sich das Schiff hob. Mit einem Stöhnen rief er die Macht zur Hilfe und warf den Peilsender. Er sah, wie er an der Unterseite haften blieb, als das Schiff immer weiter in die Höhe stieg. Als das Schiff sich drehte, saß Anakin schon wieder hinter einer Treibstoffpumpe – hinter die er sich millimetergenau hatte fallen lassen.

Das Schiff der Slams schoss außer Sicht.

Anakin stand auf. Seine Beine zitterten nach diesem gefährlichen Manöver ein wenig. Seine Haut fühlte sich heiß an, doch er wusste, dass er keine Verbrennungen hatte. Mace und die anderen kamen zu ihm.

Mace sah ihn mit seinen dunklen Augen an. „Beeindruckend."

„Bist du verletzt?", fragte Obi-Wan. „Ich hatte dich nicht gebeten, in den Triebwerksstrahl des Schiffes zu springen."

„Ich bin nicht verletzt."

Mace sah zu dem Kondensstreifen hinauf, den das Schiff zurückgelassen hatte. „Ich hoffe, wir haben die richtige Entscheidung getroffen", sagte er. „Seid Ihr bereit, Euch auf die Verfolgung zu machen?"

„Ja", sagte Obi-Wan. „Granta war uns immer einen Schritt voraus. Er hat unsere Begegnungen immer geplant. Dieses Mal werde ich entscheiden, wie wir uns das nächste Mal begegnen."

„Möge die Macht mit Euch sein." Mace machte sich auf den Weg.

„Äh, Meister Windu?", sagte Obi-Wan. Mace drehte sich um und sah ihn ungeduldig an.

„Nur noch eine Sache", fuhr Obi-Wan fort. „Wir brauchen Euer Schiff."

Siri saß an den Kontrollen des Kreuzers. Sie waren jetzt seit Tagen unterwegs und folgten dem Signal des Peilsenders. Das Schiff der Slams war auf dem Weg zum endlos weiten Raum des Outer Rim.

Ferus hatte sich auf seiner Liege ausgestreckt. Er würde die nächste Schicht am Steuer übernehmen. Obi-Wan saß am Tisch im Essbereich. Er hatte ein paar Holodateien vor sich – Informationen über Granta Omega, im Tempel zusammengestellt von Jocasta Nu. Obi-Wan kannte diese Daten auswendig, doch er glaubte noch immer, nicht alles gesehen zu haben.

Anakin saß da und sah zu den Sternen hinaus. Er befand sich in einem Zustand tiefer Ruhe. Es war nicht direkt Meditation, aber er war für die Galaxis offen, für die Energie, die in den Sternen und Planeten, Satelliten, in Materie und Antimaterie brodelte, in Gravitation, toter Masse und in lebenden Wesen.

Plötzlich setzte er sich senkrecht auf. Jeder seiner Muskeln war angespannt.

Obi-Wan sah auf. „Was ist?"

Anakin drehte sich zu ihm um.

„Omega. Er weiß, dass wir kommen.

STAR WARS
REBEL FORCE

Die spektakuläre, neue Romanreihe um die Helden der Rebellion im Kampf gegen das übermächtige Imperium.

STAR WARS: Rebel Force
Band 1: Im Fadenkreuz
ISBN 978-3-8332-1878-1

STAR WARS: Rebel Force
Band 2: Die Geisel
ISBN 978-3-8332-1938-2

STAR WARS: Rebel Force
Band 3: Der Attentäter
ISBN 978-3-8332-1939-9

STAR WARS: Rebel Force
Band 4: Unter Beschuss
ISBN 978-3-8332-2031-9

© 2010 Lucasfilm Ltd. & ™.
All rights reserved.

www.paninicomics.de

Das Imperium beherrscht die Galaxis.
Der Jedi-Rat ist zerschlagen und die Jedi vernichtet.

STAR WARS
DER LETZTE JEDI

Die spannende Romanreihe um die Geschehnisse
direkt im Anschluss an den Kinohit Star Wars EPISODE III

Band 9:
Der Meister der Täuschung
ISBN 978-3-8332-1733-3

Band 8:
Gegen das Imperium
ISBN 978-3-8332-1514-8

Band 7:
Die Geheimwaffe
ISBN 978-3-8332-1513-1

Band 6:
Die Rückkehr der Dunklen Seite
ISBN 978-3-8332-1515-5

Band 5:
Im Netz des Bösen
ISBN 978-3-8332-1365-6

Band 4:
Tod auf Naboo
ISBN 978-3-8332-1358-8

Band 3:
Unterwelt
ISBN 978-3-8332-1357-1

Band 2:
Düstere Vorboten
ISBN 978-3-8332-1275-8

Band 1:
Auf verlorenem Posten
ISBN 978-3-8332-1274-1

© 2008 Lucasfilm Ltd. & ™.
All rights reserved.

PANINI BOOKS
www.paninicomics.de

STAR WARS REPUBLIC COMMANDO™

DIE ELITE DER KLONKRIEGER IM UNDERCOVER-EINSATZ!

Die offiziellen Klonkriegsromane zum atemberaubenden Videogame von LucasArts.

Star Wars
REPUBLIC COMMANDO
Band 3: True Colors
ISBN 978-3-8332-1653-4

Star Wars
REPUBLIC COMMANDO
Band 2: Triple Zero
ISBN 978-3-8332-1366-3

Star Wars
REPUBLIC COMMANDO
Band 1: Feindkontakt
ISBN 978-3-8332-1199-7

Außerdem im Buchhandel erhältlich:

Star Wars REPUBLIC COMMANDO
Band 4: Order 66
ISBN 978-3-8332-1735-7

Star Wars The Force Unleashed
Roman zum Game
ISBN 978-3-8332-1737-1

DARTH VADER
Aufstieg und Fall
ISBN 978-3-8332-1655-8

© 2009 Lucasfilm Ltd. & ™. All rights reserved.

www.starwars.com
www.lucasarts.com

www.paninicomics.de

Die frühen Abenteuer von Obi-Wan Kenobi und Qui-Gon Jinn

STAR WARS
JEDI-PADAWAN

Bei Panini bereits erschienen:

Sammelband 1 — ISBN 978-3-8332-1147-8
- # 1 „Die geheimnisvolle Macht"
- # 2 „Der dunkle Rivale"
- # 3 „Die gestohlene Vergangenheit"

Sammelband 2 — ISBN 978-3-8332-1367-0
- # 4 „Das Zeichen der Krone"
- # 5 „Die Rächer der Toten"
- # 6 „Der ungewisse Weg"

Sammelband 3 — ISBN 978-3-8332-1449-3
- # 7 „Der bedrohte Tempel"
- # 8 „Der Tag der Abrechnung"
- # 9 „Die Suche nach der Wahrheit"

Sammelband 4 — ISBN 978-3-8332-1556-8
- # 10 „Der gefährdete Frieden"
- # 11 „Die tödliche Jagd"
- # 12 „Das teuflische Experiment"

Sammelband 5 — ISBN 978-3-8332-1654-1
- # 13 „Die riskante Rettung"
- # 14 „Die Kraft der Verbundenheit"
- # 15 „Das Ende der Hoffnung"

Sammelband 6 — ISBN 978-3-8332-1714-2
- # 16 „Schrei nach Vergeltung"
- # 17 „Die einzige Zeugin"
- # 18 „Die innere Bedrohung"

Sammelband 7 — ISBN 978-3-8332-1790-6
- # 19 „Die schicksalhafte Täuschung"
- # 20 „Die dunkle Gefolgschaft"

PANINI BOOKS

© 2008 Lucasfilm Ltd. & TM. All rights reserved. Used under authorization.